# La verdad sobre el caso Savolta

Seix Barral

Esta edición dispone de recursos pedagógicos en www.planetalector.com

© Eduardo Mendoza, 1975
   www.eduardo-mendoza.com
© Editorial Planeta, S. A., 1975, 2014
   Seix Barral, un sello editorial de Editorial Planeta, S. A.
   Avda. Diagonal, 662-664, 08034 Barcelona (España)
   www.seix-barral.es
   www.planetadelibros.com

Ilustración de la cubierta: cartel «Treballadors llegiu *Las noticias*»
Fotografía del autor: © Joan Tomás
Primera edición en Colección Booket: enero de 2006
Segunda impresión: octubre de 2006
Tercera impresión: enero de 2007
Cuarta impresión: agosto de 2007
Quinta impresión: noviembre de 2007
Sexta impresión: junio de 2008
Séptima impresión: octubre de 2008
Octava impresión: marzo de 2009
Novena impresión: junio de 2009
Décima impresión: octubre de 2010
Undécima impresión: octubre de 2013
Duodécima impresión: junio de 2014
Decimotercera impresión: agosto de 2014
Decimocuarta impresión: noviembre de 2014

Depósito legal: B. 41.412-2010
ISBN: 978-84-322-1700-5
Impresión y encuadernación: CPI (Barcelona)
*Printed in Spain* - Impreso en España

## Biografía

Eduardo Mendoza nació en Barcelona en 1943. Ha publicado las novelas *La verdad sobre el caso Savolta* (1975), que obtuvo el Premio de la Crítica; *El misterio de la cripta embrujada* (1979); *El laberinto de las aceitunas* (1982); *La ciudad de los prodigios* (1986), Premio Ciudad de Barcelona; *La isla inaudita* (1989); *Sin noticias de Gurb* (1991, 2011); *El año del diluvio* (1992); *Una comedia ligera* (1996), por la que obtuvo en París, en 1998, el Premio al Mejor Libro Extranjero; *La aventura del tocador de señoras* (2001), Premio al Libro del Año del Gremio de Libreros de Madrid; *El último trayecto de Horacio Dos* (2002); *Mauricio o las elecciones primarias* (2006), Premio de Novela Fundación José Manuel Lara; *El asombroso viaje de Pomponio Flato* (2008), Premio Terenci Moix y Pluma de Plata de la Feria del Libro de Bilbao, *El enredo de la bolsa y la vida* (2012), y el libro de relatos *Tres vidas de santos* (2009), siempre en Seix Barral, y *Riña de gatos. Madrid 1936*, novela galardonada con el Premio Planeta 2010.

Más información en: www.eduardo-mendoza.com

# NOTA DEL AUTOR

*Nací, crecí y me eduqué en un país caracterizado por la paz, el orden y la garantía de que casi todo lo que podía suceder era previsible. Desde luego, todos sabíamos que esta placidez reposaba sobre una violencia inaudita, cuyos orígenes eran complejos y se remontaban a un largo pasado; pero en la calle un velo de discreción parecía cubrir este pasado y los libros de Historia sólo suministraban al respecto datos fríos del rigor académico. Quiero decir que no disponíamos de una narración que nos permitiera reconstruir este pasado como algo vivo y, en consecuencia, reconocernos en él. Por supuesto, cuando empecé a escribir* La verdad sobre el caso Savolta *no pretendía cubrir esta carencia: ni mi ambición era tan grande ni mi intención tan precisa; simplemente acometí su escritura movido por este impulso. Con anterioridad había escrito varias cosas, inclusive un par de novelas cortas y, si no recuerdo mal, bastante inconsistentes. Pronto pude comprobar que al enfrentarme a una tarea de mayor envergadura, como la que he descrito, me sentía más cómodo, aunque no, por descontado, más seguro. Una larga estancia en Londres y sus confortables bibliotecas y la generosidad de algunas personas que me habían facilitado el acceso a una valiosa documentación me habían permitido reunir el material necesario para cimentar la trama. El resto fue saliendo poco a poco, a lo largo de varios años de trabajo constante. Como quien arma un extenso puzzle, empecé por la periferia: estando*

7

en Holanda, adonde me había llevado mi trabajo y mi recalcitrante empeño por huir de aquel país sosegado al que antes he aludido, escribí una anécdota que constituyó el punto de arranque del relato, pero que luego, tras muchas modificaciones, acabó desapareciendo casi por completo. A partir de ahí fui componiendo el mosaico un poco al tuntún, dejándome llevar por las impresiones del momento más que por ningún tipo de estrategia o de criterio selectivo. Cuando consideré que mi propósito había llegado a su fin, empecé una segunda etapa, más ardua, la de ordenar y disponer el material de tal modo que el producto final no se disolviera en un laberinto de historias concurrentes. Al final me encontré con un paquete de casi mil folios y la molesta sensación de no saber cómo ni por qué los había escrito. Cometí la desvergüenza (tenía veinticinco años) de dárselo a leer a algunos amigos e incluso de presentarlo a alguna editorial. Con los comentarios que recibí y la reflexión que me permitía el lento transcurso de los meses, fui modificando muchas partes de la novela, en especial su estructura, que queriendo ser intrincada había resultado simplemente caótica y, sabiamente, eliminando episodios y personajes secundarios que sobrecargaban la trama y la hacían aún más confusa.

En 1973 sentí una vez el deseo irreprimible de cambiar de aires y la suerte hizo que obtuviera un trabajo en las Naciones Unidas. Esto suponía irme a vivir a Nueva York, como le sucede al protagonista de La verdad sobre el caso Savolta, algo que yo ni remotamente había previsto cuando le di este destino. Sea como fuere, antes de emigrar, y aprovechando que mi buen amigo Pere Gimferrer llevaba un tiempo trabajando en la editorial Seix Barral, le llevé el manuscrito. En un tiempo récord, que siempre le agradeceré, lo leyó y lo recomendó. A finales de aquel mismo año salí para Nueva York con el contrato firmado en el equipaje.

*Por suerte para mí,* La verdad sobre el caso Savolta *no apareció hasta pasado un tiempo, concretamente hasta el 23 de abril de 1975, con ocasión del Día del Libro. Ahora bien, en estas fechas el país atravesaba por un momento de febril expectativa: un sistema que parecía inamovible se resquebrajaba a ojos vistas y el cambio, aunque incierto, era inminente. Debido a estas circunstancias, la población vivía en un estado de perpetua alerta, no sólo por lo que se refiere a los acontecimientos de carácter político, sino a cualquier cosa; la opinión pública tenía, por así decir, la sensibilidad a flor de piel; a diferencia de lo que había venido ocurriendo en las décadas anteriores, los periódicos y revistas eran leídos con avidez y reflexión. El que las críticas a* La verdad sobre el caso Savolta *fueron favorables le dio, en aquel momento especial, una difusión que en otro no habría tenido.*

*Transcurrido tanto tiempo, me es muy difícil enjuiciarlo, entre otras razones, porque no lo he vuelto a leer. Le tengo, desde luego, un gran cariño, ya que me proporcionó un lugar respetable en el mundo literario, donde aún vivo, en parte, de esas rentas. Pero sobre todo, le tengo un gran cariño porque recuerdo su elaboración como una época especialmente intensa de mi vida literaria, llena de ilusiones, de esfuerzos angustiosos y resultados sorprendentes, de decisiones que en mi inexperiencia eran trascendentales. Podría decir que me jugaba el todo por el todo, o que puse toda la carne en el asador, dos frases hechas cuyo significado no acabo de entender muy bien.*

*No sé si, como a veces se ha dicho,* La verdad sobre el caso Savolta *inauguró una época en la narrativa española. Si así fue, el hecho me satisface, pero no me enorgullece, porque se refiere más a la oportunidad de su aparición que a su calidad intrínseca. Yo creo que su posible singularidad responde a la aparición de una forma de entender la lectura (más que la escritura) no precisa-*

*mente nueva, pero sí más ilusionada y más dinámica que la que hasta ese momento había imperado entre nosotros. De ningún modo creo que esta manera distinta de entender la narración fuera una rebelión contra lo anterior: sin la experiencia de los escritores formalistas, la narrativa que utilicé en* La verdad sobre el caso Savolta *habría sido puro anacronismo. Tampoco veo en lo que hice ninguna innovación: la recuperación de la fábula no se había producido o no se había producido de un modo tan programático en la literatura española (aunque ya existían las novelas de costumbres teñidas de ironía de Juan Marsé y las novelas de corte policial de Manuel Vázquez Montalbán, por citar sólo dos ejemplos próximos a mi persona), pero sí había penetrado ya, y con qué fuerza, la narrativa latinoamericana. Si algún mérito tuve, fue probablemente el de haber absorbido, de un modo inconsciente y sin demasiado quebranto, la colisión de tantas cosas nuevas como hubo aquellos años.*

EDUARDO MENDOZA

# LA VERDAD
## SOBRE EL CASO SAVOLTA

*A Diego Medina*

The class whose vices
he pilloried was his own,
now extinct, except
for long survivors like him
who remember its virtues.

W. H. AUDEN

No tienes por qué tener miedo, porque estos
pies y piernas que tientas y no ves, sin duda
son de algunos forajidos y bandoleros que en
estos árboles están ahorcados; que por aquí
los suele ahorcar la justicia cuando los coge,
de veinte en veinte y de treinta en treinta; por
donde me doy a entender que debo de estar
cerca de Barcelona.

CERVANTES,
*Don Quijote de la Mancha*

## NOTA

Para la redacción de algunos pasajes de este libro (en especial de aquellos escritos en forma de artículos periodísticos, cartas o documentos) he utilizado, convenientemente adaptados, fragmentos de:

P. Foix, *Los archivos del terrorismo blanco*
I. Bo y Singla, *Montjuich, notas y recuerdos históricos*
M. Casal, *Origen y actuación de los pistoleros*
G. Núñez de Prado, *Los dramas del anarquismo*
F. de P. Calderón, *La verdad sobre el terrorismo*

Por lo demás, todos los personajes, sucesos y situaciones son imaginarios.

# PRIMERA PARTE

# I

FACSÍMIL FOTOSTÁTICO DEL ARTÍCULO APARECIDO EN EL PERIÓDICO *LA VOZ DE LA JUSTICIA* DE BARCELONA EL DÍA 6 DE OCTUBRE DE 1917, FIRMADO POR DOMINGO PAJARITO DE SOTO

*Documento de prueba anexo n.º 1*

*(Se adjunta traducción inglesa del intérprete jurado Guzmán Hernández de Fenwick)*

El autor del presente artículo y de los que seguirán se ha impuesto la tarea de desvelar en forma concisa y asequible a las mentes sencillas de los trabajadores, aun los más iletrados, aquellos hechos que, por haber sido presentados al conocimiento del público en forma oscura y difusa, tras el *camouflage* de la retórica y la profusión de cifras más propias al entendimiento y comprensión del docto que del lector ávido de verdades claras y no de entresijos aritméticos, permanecen todavía ignorados de las masas trabajadoras que son, no obstante, sus víctimas más principales. Porque sólo cuando las verdades resplandezcan y los más iletrados tengan acceso a ellas, habremos alcanzado en España el lugar que nos corresponde en el concierto de las naciones civilizadas, a cuyo progreso y ponderado nivel nos han elevado las garantías constitucionales, la libertad de prensa y el sufragio universal. Y es en estos

19

momentos en que nuestra querida patria emerge de las oscuras tinieblas medioevales y escala las arduas cimas del desarrollo moderno cuando se hacen intolerables a las buenas conciencias los métodos oscurantistas, abusivos y criminales que sumen a los ciudadanos en la desesperanza, el pavor y la vergüenza. Por ello no dejaré pasar la ocasión de denunciar con objetividad y desapasionamiento, pero con firmeza y verismo, la conducta incalificable y canallesca de cierto sector de nuestra industria; concretamente, de cierta empresa de renombre internacional que, lejos de ser semilla de los tiempos nuevos y colmena donde se forja el porvenir en el trabajo, el orden y la justicia, es tierra de cultivo para rufianes y caciques, los cuales, no contentos con explotar a los obreros por los medios más inhumanos e insólitos, rebajan su dignidad y los convierten en atemorizados títeres de sus caprichos tiránicos y feudales. Me refiero, por si alguien no lo ha descubierto aún, a los sucesos recientemente acaecidos en la fábrica Savolta, empresa cuyas actividades...

REPRODUCCIÓN DE LAS NOTAS TAQUIGRÁFICAS TOMADAS EN EL CURSO DE LA PRIMERA DECLARACIÓN PRESTADA POR JAVIER MIRANDA LUGARTE, EL 10 DE ENERO DE 1927 ANTE EL JUEZ F. W. DAVIDSON DEL TRIBUNAL DEL ESTADO DE NUEVA YORK POR MEDIACIÓN DEL INTÉRPRETE JURADO GUZMÁN HERNÁNDEZ DE FENWICK

*(Folios 21 y siguientes del expediente)*

JUEZ DAVIDSON. Dígame su nombre y profesión.
MR. MIRANDA. Javier Miranda, agente comercial.
J. D. Nacionalidad.
M. Estadounidense.

J. D. ¿Desde cuándo es usted ciudadano de los Estados Unidos de América?

M. Desde el 8 de marzo de 1922.

J. D. ¿Cuál era su nacionalidad anterior?

M. Española de origen.

J. D. ¿Cuándo y dónde nació usted?

M. En Valladolid, España, el 9 de mayo de 1891.

J. D. ¿Dónde ejerció usted sus actividades entre 1917 y 1919?

M. En Barcelona, España.

J. D. ¿Debo entender que vivía usted en Valladolid y se trasladaba diariamente a Barcelona, donde trabajaba?

M. No.

J. D. ¿Por qué no?

M. Valladolid está a más de 700 kilómetros de Barcelona...

J. D. Aclare usted este punto.

M. ... aproximadamente 400 millas de distancia. Casi dos días de viaje.

J. D. ¿Quiere decir que se trasladó a Barcelona?

M. Sí.

J. D. ¿Por qué?

M. No encontraba trabajo en Valladolid.

J. D. ¿Por qué no encontraba trabajo? ¿Acaso nadie le quería contratar?

M. No. Había escasez de demanda en general.

J. D. ¿Y en Barcelona?

M. Las oportunidades eran mayores.

J. D. ¿Qué clase de oportunidades?

M. Sueldos más elevados y mayor facilidad de promoción.

J. D. ¿Tenía trabajo cuando fue a Barcelona?

M. No.

J. D. Entonces, ¿cómo dice que había más oportunidades?

M.    Era sabido por todos.

J. D.    Explíquese.

M.    Barcelona era una ciudad de amplio desarrollo industrial y comercial. A diario llegaban personas de otros puntos en busca de trabajo. Al igual que sucede con Nueva York.

J. D.    ¿Qué pasa con Nueva York?

M.    A nadie le sorprende que alguien se traslade a Nueva York desde Vermont, por ejemplo, en busca de trabajo.

J. D.    ¿Por qué desde Vermont?

M.    Lo he dicho a título de ejemplo.

J. D.    ¿Debo asumir que la situación es similar en Vermont y en Valladolid?

M.    No lo sé. No conozco Vermont. Tal vez el ejemplo esté mal puesto.

J. D.    ¿Por qué lo ha mencionado?

M.    Es el primer nombre que me ha venido a la cabeza. Tal vez lo leí en un periódico esta misma mañana...

J. D.    ¿En un periódico?

M.    ... inadvertidamente.

J. D.    Sigo sin ver la relación.

M.    Ya he dicho que sin duda el ejemplo está mal puesto.

J. D.    ¿Desea que el nombre de Vermont no figure en su declaración?

M.    No, no. Me es indiferente.


—Pensábamos que no vendríais —dijo la señora de Savolta estrechando la mano del recién llegado y besando en ambas mejillas a la esposa de éste.

—Son manías de Neus —respondió el señor Claudedeu señalando a su mujer—. En realidad, hace una hora que podríamos haber llegado, pero insistió en demorarnos para no ser los primeros. No le parece de buen tono, ¿eh?

—Pues, la verdad —dijo la señora de Savolta—, ya empezábamos a pensar que no vendríais.

—Al menos —dijo la señora de Claudedeu—, no habréis empezado a cenar.

—¿Empezado? —exclamó la señora de Savolta—. Hemos terminado hace un buen rato. Os quedaréis en ayunas.

—¡Menuda broma! —rió el señor Claudedeu—. De haberlo sabido, habríamos traído unos bocadillos.

—¡Unos bocadillos! —chilló la señora de Savolta—. Qué idea, Madre de Dios.

—Nicolás tiene ideas de bombero —sentenció la señora de Claudedeu bajando la vista.

—Oye, no será verdad eso de que habéis cenado, ¿eh? —inquirió el señor Claudedeu.

—Sí, es verdad, claro que sí, ¿qué os pensabais? Teníamos hambre y como que creímos que no vendríais... —dijo la señora de Savolta fingiendo una gran consternación, pero la risa le traicionó y acabó la última frase con un sofoco.

—No, si a fin de cuentas aún seremos los primeros en llegar —añadió la señora de Claudedeu.

—No tengas miedo, Neus —la tranquilizó la señora de Savolta—. Por lo menos hay doscientos invitados. Ni se cabe, créeme. ¿No oyes el escándalo que arman?

Efectivamente, a través de la puerta que comunicaba el vestíbulo con el salón principal se oían voces y música de violines. El vestíbulo, por el contrario, estaba desierto, silencioso y en penumbra. Sólo un criado de librea montaba guardia junto a la puerta que daba acceso a la casa desde el jardín, serio, rígido e inexpresivo como si no advirtiese la presencia de las tres personas que charlaban junto a él, sino la de un jefe invisible y volador. Recorría con la mirada los artesonados del techo y pensaba en sus cosas, o escuchaba la conversación con disimulo. Una doncella llegó muy azarada y tomó los abrigos de los recién llegados y el sombrero y el bastón del caballero, esquivando la mirada descarada y jocosa de éste, más atenta a la inspección de su ama, que seguía sus movimientos con aparente indiferencia, pero alerta.

—Espero que no hayáis retrasado la cena por nuestra culpa —dijo la señora de Claudedeu.

—Ay, Neus —reconvino la señora de Savolta—, tú siempre tan mirada.

La puerta del salón se abrió y apareció en el hueco el señor Savolta, circundado de un halo de luz y trayendo consigo el griterío de la pieza contigua.

—¡Mira quién ha llegado! —exclamó, y añadió en tono de reproche—: Ya pensábamos que no vendríais.

—Tu mujer nos lo acaba de decir —apuntó el señor Claudedeu—, y nos ha dado un buen susto, además, ¿eh?

—Todos andan preguntando por ti. Una fiesta sin Claudedeu es como una comida sin vino —se dirigió a la señora de Claudedeu—. ¿Qué tal, Neus? —y besó respetuoso la mano de la dama.

—Ya veo que echabais a faltar las payasadas de mi marido —dijo la señora de Claudedeu.

—Haz el favor de no coartar el pobre Nicolás —respondió a la señora el señor Savolta, y dirigiéndose al señor Claudedeu—: Tengo noticias de primera mano. Te vas a petar de risa, con perdón —y a las damas—: Si me dais vuestro permiso, me lo llevo.

Tomó del brazo a su amigo y ambos desaparecieron por la puerta del salón. Las dos señoras aún permanecieron unos instantes en el vestíbulo.

—Dime, ¿cómo se porta la pequeña María Rosa? —preguntó la señora de Claudedeu.

—Oh, se porta bien, pero no parece muy animada

—respondió su amiga—. Más bien un poco aturdida por todo este ajetreo, como si dijéramos.

—Es natural, mujer, es natural. Hay que hacerse cargo del contraste.

—Quizá tengas razón, Neus, pero ya va siendo hora de que cambie de manera de ser. El año que viene termina los estudios y hay que empezar a pensar en su futuro.

—¡Quita, mujer, no seas exagerada! María Rosa no tiene por qué preocuparse. Ni ahora ni nunca. Hija única y con vuestra posición..., va, va. Déjala que sea como quiera. Si ha de cambiar, pues ya cambiará.

—No creas, no me disgusta su carácter: es dulce y tranquila. Un poco sosa, eso sí. Un poco..., ¿cómo te diría?..., un poco monjil, ya me entiendes.

—Y eso te preocupa, ¿verdad? Ay, hija, que ya veo adónde vas a parar.

—A ver, ¿qué quieres decir, eh?

—Tú me ocultas una idea que te da vueltas en la cabeza, no digas que no.

—¿Una idea?

—Rosa, con la mano en el corazón, dime la verdad: estás pensando en casar a tu hija.

—¿Casar a María Rosa? ¡Qué cosas se te ocurren, Neus!

—Y no sólo eso: has elegido al candidato. Anda, dime que no es verdad, atrévete.

La señora de Savolta se ruborizó y ocultó su confusión tras una risita queda y prolongada.

—Huy, Neus, un candidato. No sabes lo que dices. ¡Un candidato! Jesús, María y José...

JUEZ DAVIDSON. ¿Encontró usted trabajo en Barcelona?

MIRANDA. Sí.

J. D. ¿Por qué medios?

M.   Llevaba cartas de recomendación.

J. D.   ¿Quién se las proporcionó?

M.   Amigos de mi difunto padre.

J. D.   ¿Quiénes eran los destinatarios de las mismas?

M.   Comerciantes, abogados y un médico.

J. D.   ¿Uno de los destinatarios de las cartas le contrató?

M.   Sí, así fue.

J. D.   ¿Quién concretamente?

M.   Un abogado. El señor Cortabanyes.

J. D.   ¿Quiere deletrear su nombre?

M.   Ce, o, erre, te, a, be, ene, i griega, e, ese. Cortabanyes.

J. D.   ¿Por qué le contrató ese abogado?

M.   Yo había estudiado dos cursos de leyes en Valladolid. Eso me permitía...

J. D.   ¿Qué tipo de trabajo realizaba para el señor Cortabanyes?

M.   Era su ayudante.

J. D.   Amplíe la definición.

M.   Hacía recados en el Palacio de Justicia y en los
juzgados municipales, acompañaba a los clientes
a prestar declaración, llevaba documentos a las
notarías, realizaba gestiones de poca importancia
en la Delegación de Hacienda, ordenaba y ponía
al día el archivo de asuntos y buscaba cosas en los
libros.

J. D.   ¿Qué cosas buscaba?

M.   Sentencias, citas doctrinales, opiniones de autores
especializados sobre temas jurídicos o económi-
cos. A veces, artículos de periódicos y revistas.

J. D.   ¿Los encontraba?

M.   Con frecuencia.

J. D.   ¿Y era retribuido por ello?

M.   Claro.

J. D.   ¿Le retribuían en relación proporcional al trabajo
prestado o variaba según los resultados del mismo?

M.   Me daba una mensualidad fija.

J. D.   ¿Sin incentivos?

M.   Una gratificación en Navidad.

J. D.   ¿También fija?

M.   No. Solía variar.

J. D.   ¿En qué sentido?

M.   Era más elevada si las cosas habían ido bien aquel año en el despacho.

J. D.   ¿Solían ir bien las cosas en el despacho?

M.   No.


Cortabanyes jadeaba sin cesar. Era muy gordo; calvo como un peñasco. Tenía bolsas amoratadas bajo los ojos, nariz de garbanzo y un grueso labio inferior, colgante y húmedo que incitaba a humedecer en él el dorso engomado de los sellos. Una papada tersa se unía con los bordes del chaleco; sus manos eran delicadas, como rellenas de algodón, y formaban los dedos tres esferas rosáceas; las uñas eran muy estrechas, siempre lustrosas, enclavadas en el centro de la falange. Cogía la pluma o el lápiz con los cinco deditos, como un niño agarra el chupete. Al hablar producía instantáneas burbujas de saliva. Era holgazán, moroso y chapucero.

El despacho de Cortabanyes estaba en una planta baja, en la calle de Caspe. Constaba de un recibidor, una sala, un gabinete, un trastero y un lavabo. Las restantes habitaciones de la casa las había cedido Cortabanyes al vecino mediante una indemnización. Lo reducido del local le ahorraba gastos de limpieza y mobiliario. En el recibidor había unas sillas de terciopelo granate y una mesilla negra, con revistas polvorientas. La sala estaba rodeada por una biblioteca, sólo interrumpida por tres puertas, una cristalera de vidrio emplomado que daba al hueco de la escalera y una ventana de una sola hoja, cubierta por una cortina del mis-

27

mo terciopelo que las sillas, y que daba a la calle. Al gabinete se llegaba por la puerta horadada en la biblioteca: en él estaba la mesa de trabajo de Cortabanyes, de madera oscura con tallas de yelmos, arcabuces y tizonas, una silla semejante a un trono tras la mesa y dos butacones de piel. El trastero estaba lleno de archivadores y armarios con puertas de persiana que corrían de arriba abajo y se plegaban por iniciativa propia, con estrépito de trallazo. Tenía el trastero una mesita de madera blanca y una silla de muelles: ahí trabajaba el pasante, Serramadriles. En la sala-biblioteca, una mesa larga, circundada de sillas tapizadas, servía para las reuniones numerosas, aunque raramente acontecían. Era donde trabajábamos la Doloretas y yo.

Lucía un buen solete y había gente que aprovechaba la tibieza en las terrazas de los cafés. El *boulevard* de las Ramblas estaba vistoso: circulaban banqueros encopetados, militares graves, almidonadas amas que se abrían paso con las capotas charoladas de los cochecillos, floristas chillonas, estudiantes que faltaban a clase y se pegaban, en broma, riendo y metiéndose con la gente, algún tipo indefinible, marinos recién desembarcados. Teresa brincaba y sonreía, pero pronto se puso seria.

—El bullicio me aturde. Sin embargo, creo que no soportaría ver las calles vacías: las ciudades son para las multitudes, ¿no crees?

—Veo que no te gusta la ciudad —le dije.

—La odio. ¿Tú no?

—Al contrario, no sabría vivir en otro sitio. Te acostumbrarás y te sucederá lo mismo. Es cuestión de buena voluntad y de dejarse llevar sin ofrecer resistencia.

En la Plaza de Cataluña, frente a la Maison Dorée, había una tribuna portátil cubierta por delante por la bandera catalana. Sobre la tribuna disertaba un orador y un grupo numeroso escuchaba en silencio.

—Vámonos a otra parte —dije.

Pero Teresa no quiso.

—Nunca he visto un mitin. Acerquémonos.

—¿Y si hay alboroto? —dije yo.

—No pasará nada —dijo ella.

Nos aproximamos. Apenas si se oían las palabras del orador desde aquella distancia, pero, debido a su ventajosa posición sobre la tribuna, todos podíamos seguir sus gestos vehementes. Algo creí entender sobre la lengua catalana y *la tradició cultural i democràtica* y también sobre *la desídia voluntària i organitzada des del centre* o *pel centre*, frases fragmentadas y aplausos y tras ellos frases que se diluían en el ronroneo de los comentarios, gritos de *molt bé!* y el inicio deslavazado y arrítmico de *Els segadors*. Por la calle de Fontanella llegaban guardias de a pie, de dos en fondo, portando cada uno su mosquetón; se alinearon en la acera, de espaldas al muro de los edificios, y adoptaron la posición de descanso.

—Esto se pone negro —dije.

—No seas miedoso —dijo Teresa.

Los cantos proseguían y se intercalaban gritos subversivos. Un joven se apartó del ruedo de oyentes, tomó una piedra y la lanzó con furia contra las vidrieras del Círculo Ecuestre. Al hacerlo se le cayó el sombrero.

—*Fora els castellans!* —decían ahora.

Una figura vestida de negro, de barba cana y rostro de ave apareció en una de las ventanas. Extendió los brazos y gritó: *Catalunya!* Pero retrocedió al ver que su presencia provocaba un aluvión de piedras y una salva de pitos.

—¿Quién era? —preguntó Teresa.

—No lo vi bien —dije—. Me parece que Cambó.

Entretanto los guardias del piquete seguían impertérritos, en espera de las órdenes del oficial que sostenía una pistola. Por la Rambla de Cataluña bajaban grupitos a la carrera, enarbolando cachiporras y gritando *¡España Republicana!*, por lo que supuse que serían los «jóvenes bárbaros» de Lerroux. Los separatistas les arrojaron piedras, el oficial de la pistola hizo una seña y sonó un cornetín. Hubo piedras para los guardias, volvió a sonar el cornetín, se montaron los mosquetones. Los «jóvenes bárbaros» golpeaban a los separatistas, que respondían a las cachiporras con piedras y puños y puntapiés: eran más numerosos, pero contaban con mujeres y ancianos inútiles para la refriega. Cayeron algunos cuerpos al suelo, ensangrentados. Los guardias apuntaban a los contendientes, estoicamente plantados sobre las piernas separadas, aguantando las pedradas ocasionales. Por la calle de Pelayo apareció la caballería. Formaron ante el Salón Cataluña con los sables desenvainados, luego avanzaron en abanico, primero al trote, poco a poco al galope y, por último, a rienda suelta, como un ciclón, por entre las palmeras, saltando por encima de los bancos y los parterres de flores, levantando polvaredas y haciendo vibrar el suelo con los secos pisotones. La gente huía, salvo aquellos que se hallaban enzarzados en la lucha cuerpo a cuerpo. Corrían en las direcciones expeditas: Rambla de Cataluña, Ronda de San Pedro y Puerta del Ángel. El orador se había esfumado y los jóvenes bárbaros desgarraban la bandera catalana. Los jinetes repartieron sablazos con la hoja plana sobre las cabezas de los fugitivos. Los que caían no se levantaban para no ser arrollados: se cubrían con las manos el cráneo y esperaban a que los caballos hubiesen pasado. Los guardias de a pie habían descrito un círculo cerrando la escapatoria por la Puerta del Ángel y disparaban al aire tiros sueltos. Algunas personas, cogidas entre los jinetes y los de a pie, alzaban los brazos en señal de rendición.

Habíamos corrido, al principio, hasta las Ramblas y nos mezclamos con los paseantes. Al poco rato apareció un grupo de policías que llevaba en el centro a tres individuos esposados. Los individuos se dirigían a los transeúntes diciendo:

—Ya ven ustedes, siempre pagamos los mismos.

Los transeúntes se hacían los sordos. Nosotros seguíamos corriendo cogidos de la mano. Eran días de irresponsable plenitud, de felicidad imperceptible.

CONTINUACIÓN DEL ARTÍCULO APARECIDO EN EL PERIÓDICO *LA VOZ DE LA JUSTICIA* DE BARCELONA EL DÍA 6 DE OCTUBRE DE 1917 FIRMADO POR DOMINGO PAJARITO SOTO

*Documento de prueba anexo n.º 1*

*(Se adjunta traducción inglesa del intérprete jurado Guzmán Hernández de Fenwick)*

... la empresa Savolta, cuyas actividades se han desarrollado de manera colosal e increíble durante los últimos años al amparo y a costa de la sangrienta guerra que asola a Europa, como la mosca engorda y se nutre de la repugnante carroña. Y así es sabido que la ya citada empresa pasó en pocos meses de ser una pequeña industria que abastecía un reducido mercado nacional o local a proveer de sus productos a las naciones en armas, logrando con ello, merced a la extorsión y al abuso de la situación comprometida de estas últimas, beneficios considerables y fabuloso lucro para aquélla a costa de éstas. Todo se sabe, nada escapa con el transcurso de los años a la luz de las conciencias despiertas y sensibles: no se ignora la índole y cariz de los negocios, ni las presiones y abusos a que ha recurrido y que son tales que, de saberse, no podrían por menos de producir escándalo y firme reproche. También son de dominio público los nombres de aquellos que han dedicado y dedican su inteligencia y denodado esfuerzo al ya citado empeño de lucro: son el señor Savolta, su fundador, principal accionista y rector del rumbo de la empresa; el siniestro jefe de personal, ante cuya presencia los obreros se estremecen y cuyo nombre suscita tal indignación y miedo en todos los hogares proletarios que se le conoce por el sobrenombre de «el Hombre de la Mano de Hierro», y, por último, pero no en menor grado, el escurridizo y pérfido Lepprince, de quien...

Recuerdo aquella tarde fría de noviembre y a Pajarito de Soto tieso en el borde de su silla, perdido al fondo de la mesa de juntas, en la sala-biblioteca, con la gorra de cuadritos sobre las rodillas, a punto de pisar la bufanda que había resbalado y se había enroscado sumisamente a sus pies, mientras la Doloretas recogía con prisas su abrigo y sus manguitos y su paraguas de puño de plata falsa incrustada de piedras falsas verdes y rojas, y recuerdo que Serramadriles no paraba de armar ruido en el cuartito con los archivadores rebeldes y la máquina y la silla de muelles, y que Cortabanyes no salía de su gabinete, cuando habría sido el único que hubiera podido mitigar la violencia del encuentro y tal vez por ello permanecía mudo e invisible, sin duda escuchando tras la puerta y mirando por el ojo de la cerradura, cosas ambas que ahora me parecen poco probables, y recuerdo que Pajarito de Soto cerró los ojos como si el encuentro le hubiera producido el efecto de un fogonazo de magnesio disparado por sorpresa y le costara reconocer lo que ya sospechaba, lo que sabía porque yo se lo había insinuado primero y revelado después, que aquel hombre que le sonreía y le escrutaba era Lepprince, siempre tan elegante, tan mesurado, tan fresco de aspecto y tan jovial.

JUEZ DAVIDSON. ¿Conoció usted por razón de su trabajo al señor Lepprince o fueron otras causas las que le pusieron en contacto con él?

MIRANDA. Fue a través de mi trabajo.

J. D. ¿El señor Lepprince era cliente del despacho del señor Cortabanyes?

M. No.

J. D. Creo ver un contrasentido.

M. No hay tal.

J. D. ¿Por qué?

M. Lepprince no era cliente de Cortabanyes, pero acudió una vez en busca de sus servicios.

J. D. Yo a esto le llamo ser cliente.

M. Yo no.

J. D. ¿Por qué no?

M. Se considera cliente al que usa de los servicios de un abogado de forma habitual y exclusiva.

J. D. ¿No era ése el caso del señor Lepprince?

M. No.

J. D. Explíquese.

Lepprince abrió un pequeño cofre adherido al estribo del automóvil y extrajo un par de pistolones.

—¿Sabrás manejar un arma?

—¿Será necesario?

—Nunca se puede predecir.

—Pues no sé cómo funcionan.

—Es fácil, ¿ves?, están cargadas, pero no disparan. Esta clavija es el seguro; la levantas y puedes apretar el gatillo. Ahora no lo hago, claro, porque sería una imprudencia, basta que veas cómo se hace dado el caso. Lo mejor, de todos modos, es llevar el seguro puesto para que no se dispare llevándola en el cinto y te baje la bala por la pernera del pantalón, ¿entiendes? Es fácil, ¿ves?, subes el percutor y el tambor gira dejando el cartucho nuevo en la recámara. Entonces sólo tienes que hacer girar el tambor para desalojar la cápsula gastada, si bien es posible que haya que hacer eso antes, o haberlo hecho ya. En cualquier caso, lo esencial es no apretar el gatillo antes de accionar el percutor hacia..., hacia la posición de fuego, ¿ves? Así, como yo lo hago. Luego no tienes más que disparar, pero con tiento. Y nunca debes hacerlo si no existe peligro real, inequívoco y próximo, ¿lo entiendes?

¡Lepprince!

—La civilización exige al hombre una fe semejante a la que el campesino medieval tenía puesta en la providencia. Hoy hemos de creer que las reglas sociales impuestas tienen un sentido semejante al que tenían para el agricultor las estaciones del año, las nubes y el sol. Esas reivindicaciones obreras me recuerdan a las procesiones rogativas impetrando la lluvia... ¿Cómo dices?..., ¿más coñac?..., ah, la revolución...

El escurridizo y pérfido Lepprince, de quien poco o nada se sabe, salvo que es un joven francés llegado a España en 1914, al principio de la terrible conflagración que tantas lágrimas y muertes ha causado y sigue causando al país de origen del mencionado y desconocido señor Lepprince, que pronto se dio a conocer en los círculos aristocráticos y financieros de nuestra ciu-

34

dad, siendo objeto de respeto y admiración en todos ellos, no sólo por su inteligencia y relevante condición social, sino también por su arrogante figura, sus maneras distinguidas y su ostentosa prodigalidad. Pronto este recién llegado, que surgió a la superficie engallado y satisfecho de la vida, que parecía tener en sus arcas todo el dinero de la vecina República y se hospedaba en uno de los mejores hoteles bajo el nombre de Paul-André Lepprince, fue objeto de agasajo que se materializó en sabrosas propuestas por parte de las altas esferas económicas. Jamás sabremos en qué consistieron estas propuestas, pero lo cierto es que, apenas transcurrido un año de su aparición, lo encontramos desempeñando una labor directiva en la empresa más pujante y renombrada del momento y la ciudad: Savolta...

En el salón una orquesta interpretaba valses y mazurcas encaramada sobre una tarima forrada de terciopelo. Algunas parejas danzaban en el reducido espacio libre dejado por los corrillos. Había concluido la cena y los invitados aguardaban impacientes la medianoche y la llegada subsiguiente del nuevo año. El joven Lepprince conversaba con una señora de avanzada edad.

—Me han hablado mucho de usted, joven, pero ¿quiere creer que aún no le había visto en persona? Es tremendo, hijo, el aislamiento en que vivimos los viejos... Tremendo.

—No diga eso, señora —respondió el joven Lepprince con una sonrisa—. Diga más bien que ha elegido usted un tranquilo *modus vivendi*.

—Qué va, hijo. Antes, cuando mi pobre marido, que en gloria esté, vivía, era distinto. No parábamos de salir y frecuentar... Pero ahora, ya no puede ser. Me aturden estas reuniones. Me fatigan terriblemente, y apenas anochece, tengo ganas de retirarme y dormir. Los viejos vivimos de los recuerdos, hijo. Las fiestas y la diversión no se han hecho para nosotros.

El joven Lepprince disimuló un bostezo.

—Así que usted es francés, ¿eh? —insistió la señora.

—En efecto. Soy de París.

—Nadie lo diría, oyéndole hablar. Su castellano es perfecto. ¿Dónde lo aprendió?

—Mi madre era española. Siempre me habló en español, de modo que puede decirse que aprendí el español desde la cuna. Incluso antes que el francés.

—Qué bien, ¿verdad? A mí me gustan los extranjeros. Son muy interesantes, cuentan cosas nuevas y distintas de las que oímos cada día. Nosotros siempre estamos hablando de lo mismo. Y es natural, digo yo, ¿eh? Vivimos en el mismo lugar, vemos a la misma gente y leemos los mismos periódicos. Por eso debe de ser que discutimos siempre: por no tener nada de que hablar. En cambio con los extranjeros no hace falta discutir: ellos cuentan sus cosas y nosotros las nuestras. Yo me llevo mejor con los extranjeros que con los de aquí.

—Estoy seguro de que usted se lleva bien con todo el mundo.

—Ca, no lo crea, hijo. Soy muy gruñona. Con los años, el carácter también se deteriora. Todo va de baja. Pero, hablando de extranjeros, dígame una cosa, ¿conoció usted al ingeniero Pearson?

—¿Fred Stark Pearson? No, no le conocía, aunque oí hablar de él con frecuencia.

—Era una gran persona, ¡ya lo creo! Muy amigo de mi difunto esposo, que en gloria esté. Cuando el pobre Juan, mi esposo, ¿sabe?, cuando el pobre Juan falleció, Pearson fue el primero en acudir a mi casa. Figúrese, él, tan importante, que había iluminado toda Barcelona con sus inventos. Pues, sí, fue el primero en acudir y estaba tan emocionado que sólo le salían palabras en inglés. Yo no entiendo el inglés, ¿sabe, hijo?, pero de oírle hablar con aquella voz tan suave y tan honda que tenía, comprendí que me estaba contando lo mucho que apreciaba a mi difunto esposo y eso me hizo llorar más que todos los pésames que recibí después. Apenas unos años después murió el pobre Pearson.

—Sí, lo sé.


JUEZ DAVIDSON.  ¿Qué clase de relación tuvo usted con Lepprince?

MIRANDA.  Prestación de servicios.

J. D.  ¿Qué clase de servicios?

M.  Diversas clases de servicios, siempre acordes con mi profesión.

J. D.  ¿Qué profesión?

M.  Jurídica.

J. D.  Antes dijo usted que no era abogado.

M.  Bueno..., trabajaba con un abogado, en asuntos legales.

J. D.  ¿Trabajó para Lepprince por delegación de Cortabanyes?

M.  Sí..., no.

J. D.  ¿Sí o no?

M.  Al principio, sí.


He olvidado la fecha exacta de nuestro encuentro. Sé que fue a principios del otoño del 17. Habían finalizado las turbulentas jornadas de agosto: las Juntas habían sido disueltas; los suboficiales, encarcelados y libertados; Saborit, Anguiano, Besteiro y Largo Caballero seguían presos, Lerroux y Macià, en el exilio; las calles, tranquilas. De las paredes colgaban pasquines que la lluvia deshacía. Lepprince hizo su aparición a última hora de la tarde, pidió ver a Cortabanyes, fue in-

37

troducido al gabinete y ambos conferenciaron una media hora. Luego Cortabanyes me llamó, me presentó a Lepprince y me preguntó si tenía comprometida la noche. Le dije la verdad, que no. Me pidió que acompañara al francés y le prestase mi ayuda, que me convirtiese, por una noche, en «algo así como su secretario particular». Mientras Cortabanyes hablaba, Lepprince había unido las yemas de los dedos y miraba fijamente al suelo, sonriendo y corroborando distraído con leves vaivenes de cabeza las palabras del abogado. Luego salimos a la calle y me condujo a su automóvil, un Fiat modelo *conduite-cabriolet* de dos asientos, de carrocería roja, capota negra y metales dorados. Me preguntó si me daba miedo el automóvil y le contesté que no. Fuimos a cenar a un restaurante de lujo donde le conocían. Al salir a la calle, Lepprince abrió un pequeño cofre adherido al estribo del automóvil y extrajo un par de pistolones.

—¿Sabrás manejar un arma? —me dijo.

—¿Será necesario? —le pregunté.


JUEZ DAVIDSON. ¿Conoció usted, también por aquellas fechas, a Domingo Pajarito de Soto?

MIRANDA. Sí.

J. D. ¿Reconoce como suyos, de Domingo Pajarito de Soto, quiero decir, los artículos depositados ante el Tribunal y que figuran como documentos de prueba número 1?

M. Sí.

J. D. ¿Trató usted personalmente a Domingo Pajarito de Soto?

M. Sí.

J. D. ¿Con asiduidad?

M. Sí.

J. D. ¿Pertenecía el citado señor, en su opinión, claro

está, al partido anarquista o a una de sus ramificaciones?

M.  No.

J. D.  ¿Está seguro?

M.  Sí.

J. D.  ¿Le dijo él explícitamente que no pertenecía?

M.  No.

J. D.  En tal caso, ¿cómo puede estar tan seguro?


La taberna de Pepín Matacríos estaba en un callejón que desembocaba en la calle de Aviñó. Nunca logré aprender el nombre del callejón, pero sabría ir a ciegas, si aún existe. Infrecuentemente visitaban la taberna conspiradores y artistas. Las más de las noches, inmigrantes gallegos afincados en Barcelona y uniformados a tono con sus empleos: serenos, cobradores de tranvía, vigilantes nocturnos, guardianes de parques y jardines, bomberos, basureros, ujieres, lacayos, mozos de cuerda, acomodadores de teatro y cinematógrafo, policías, entre otros. Nunca faltaba un acordeonista y, de vez en cuando, una ciega que cantaba coplas estridentes a cuyos versos había suprimido las letras consonantes: e-u e-u-o u-e-a-i-o-o-o. Pepín Matacríos era un hombrecillo enteco y ceniciento, de cuerpo esmirriado y cabeza descomunal en la que no figuraba otro pelo que su espeso bigote de guías retorcidas puntas arriba. Había sido faccioso de una suerte de mafia local que por aquellas épocas se reunía en su taberna y a la que controlaba desde detrás del mostrador.

—Yo no soy abiertamente opuesto a la idea de moral —me dijo Pajarito de Soto mientras dábamos cuenta de la segunda botella—. Y, en este sentido, admito tanto la moral tradicional como las nuevas y revolucionarias ideas que hoy parecen brotar de toda mente pensante. Si lo miras bien, unas y otras tienden a lo mismo: a encauzar y dar sentido al comportamiento del hombre dentro de la sociedad; y tienen entre sí un elemento común, fíjate: la vocación de unanimidad. La nueva moral sustituye a la tradicional, pero ninguna se plantea la posibilidad de convivencia y ambas niegan al individuo la facultad de elegir. Esto, en cierto modo, justifica la famosa repulsa de los autocráticos a los demócratas: «quieren imponer la democracia incluso a los que la rechazan», habrás oído esa frase mil veces, ¿no? Pues bien, con esta paradoja, y al margen de su intención cáustica, descubren una gran verdad, es decir, que las ideas políticas, morales y religiosas son en sí autoritarias, pues toda idea, para existir en el mundo de la lógica, que debe ser tan selvático y aperreado como el de los seres vivos, debe librar una batalla continua con sus oponentes por la primacía. éste es el gran dilema: si uno solo de los miembros de la comunidad no acata la idea o no cumple la moral, ésta y aquélla se desintegran, no sirven para nada y, en lugar de fortalecer a cuantos las adoptan, los debilitan y entregan en manos del enemigo.

Y en otra ocasión, paseando casi de madrugada por el puerto:

—Te confesaré que me preocupa más el individuo que la sociedad y lamento más la deshumanización del obrero que sus condiciones de vida.

—No sé qué decirte. ¿No van estrechamente ligadas ambas cosas?

—En modo alguno. El campesino vive en contacto directo con la naturaleza. El obrero industrial ha perdido de vista el sol, las estrellas, las montañas y la vegetación. Aunque sus vidas confluyan en la pobreza material, la indigencia espiritual del segundo es muy superior a la del primero.

—Esto que dices me parece una simpleza. De ser así, no emigrarían a la ciudad como lo están haciendo.

Un día en que le hablaba en términos elogiosos del automóvil meneó la cabeza con pesadumbre.

—Pronto los caballos habrán desaparecido, abatidos por la máquina, y sólo se utilizarán en espectáculos circenses, paradas militares y corridas de toros.

—¿Y eso te preocupa —le pregunté—, la desaparición de los caballos barridos por el progreso?

—A veces pienso que el progreso quita con una mano lo que da con la otra. Hoy son los caballos, mañana seremos nosotros.

AFFIDÁVIT PRESTADO ANTE EL CÓNSUL DE LOS ESTADOS UNIDOS DE AMÉRICA EN BARCELONA POR EL EX COMISARIO DE POLICÍA DON ALEJANDRO VÁZQUEZ RÍOS EL 21 DE NOVIEMBRE DE 1926

*Documento de prueba anexo n.º 2*

*(Se adjunta traducción inglesa del intérprete jurado Guzmán Hernández de Fenwick)*

Yo, Alejandro Vázquez Ríos, presto juramento y digo:

Que nací en Antequera (Málaga) el día 1 de febrero de 1872, que ingresé en el Cuerpo de Policía en abril de 1891 y, como tal, desempeñé mis funciones en Valladolid, siendo ascendido en 1907 y trasladado a Zaragoza, nuevamente ascendido en 1910 y trasladado a Barcelona, donde resido actualmente. Que abandoné el ya citado Cuerpo en 1920 pasando a ocupar un puesto en el departamento comercial de una empresa del ramo de la alimentación. Que durante el ejercicio de mi cargo de policía tuve ocasión de seguir de cerca los hechos que hoy se conocen como «el caso Savolta». Que con anterioridad a mi designación para la investigación de los mencionados hechos, había tenido conocimiento de la existencia de Domingo Pajarito de Soto, del cual se conocían unos artículos aparecidos en el periódico obrerista *La Voz de la Justicia* y de marcado carácter infamante, vejatorio y subversivo. Que del ya citado individuo se desconocía su filiación; se sabía que procedía de Galicia, que no tenía trabajo ni domicilio declarados, que vivía con una mujer de la que tenía un hijo, ignorándose si esa unión se había realizado de conformidad con la Iglesia Católica; que entre sus lecturas se contaban los siguientes autores: Roberto Owen, Miguel Bakunín, Enrique Malatesta, Anselmo Lorenzo, Carlos Marx, Emilio Zola, Fermín Salvoches, Francisco Ferrer y Guardia, Federico Urales y Francisco Giner de los Ríos, entre los más representativos, así como folletos de Ángel Pestaña, Juan García Oliver, Salvador Seguí (a) «el Noi del Sucre» y Andrés Nin, entre otros, y publicaciones antigubernamentales como *La Revista Blanca*, *La Voz del Trabajo*, *El Condenado*, entre otras, y la ya citada *La Voz de la Justicia*, en la que colaboraba. Que al parecer había tenido contactos con el ya citado Andrés Nin (véase la ficha que se adjunta) y tal vez con otros dirigentes de igual o parecida tendencia, sin que se sepa a ciencia cierta en qué medida...

JUEZ DAVIDSON. ¿Cuándo conoció usted a Lepprince?
MIRANDA. He olvidado la fecha exacta de nuestro encuentro. Sé que fue a principios del otoño del 17. Habían finalizado las turbulentas jornadas de agosto.
J. D. Explique brevemente el encuentro.
M. Lepprince fue al despacho de Cortabanyes y éste, tras hablar con él, me ordenó que me pusiese a su servicio. Lepprince me condujo a su auto, fuimos a cenar y luego a un cabaret.

J. D.  ¿Adónde dice que fueron?

M.  A un cabaret. Un local nocturno en el que...

J. D.  Sé perfectamente lo que es un cabaret. Mi expresión fue de asombro, no de ignorancia. Prosiga.

Consistía en una sala no muy grande donde se alineaban una docena de mesas en torno a un espacio vacío, rectangular, en uno de cuyos extremos había un piano y dos sillas. En las sillas reposaban un saxófono y un violoncelo. Al piano se sentaba una mujer muy repintada y vestida con un traje ceñido, largo hasta los pies y abierto por el costado. Interpretaba la mujer una polca a ritmo de nocturno que interrumpió al entrar nosotros.

—Estaba segura de que no me fallarían —dijo enigmáticamente, y se levantó y vino hacia nosotros sonriendo, avanzando la pierna como si probase la temperatura del agua desde la orilla, con lo cual la pierna adelantada emergía de la abertura del vestido enfundada en una malla de reflejos vítreos. Lepprince la besó en ambas mejillas y yo le tendí la mano, que la mujer retuvo mientras decía—: Os daré la mejor mesa, ¿cerca de la orquesta?

—Lejos, a ser posible, madame.

La conversación era un poco absurda, pues sólo una de las mesas estaba ocupada por un marino barbudo y fornido que había enterrado la cara en una jarra de ginebra y apenas si cesaba de bucear para respirar el aire polvoriento del local. Luego llegó un vejete muy fino, con la cara embadurnada de cremas y el pelo teñido de rubio cobrizo. Pidió una copita de licor que paladeó mientras se desarrollaba el espectáculo, y un tipo huraño, con gruesas gafas e inconfundibles rasgos de oficinista, que preguntó el precio de todo antes de beber, hizo proposiciones tacañas a todas las mujeres, sin éxito. Por entre la clientela vagaban cuatro mujeres semidesnudas, entradas en carnes, depiladas fragmentariamente, que circulaban de mesa en mesa entorpeciéndose las unas a las otras, adoptando posturas estáticas por breves segundos, como fulminadas por un rayo paralizador. La que más asiduamente visitó nuestra mesa se llamaba Remedios, «la Loba de Murcia». Pedimos a Remedios una jarra de ginebra, como habíamos visto hacer al marino, y aguardamos.

—Los alemanes bombardearon el barco en que viajaba. Y eso que sólo era un barco de pasajeros, fíjese usted. Hasta ese momento yo había simpatizado con los alemanes, ¿sabe, hijo?, porque me parecían un pueblo noble y guerrero, pero a partir de entonces, les deseo que pierdan la guerra de todo corazón.

—Es natural —dijo Lepprince, hizo una reverencia y se retiró. Un criado le ofreció una bandeja de la que tomó una copa de champán. Bebió para poder caminar sin verter el líquido y en aquel acto sorprendió las miradas de la señora de Savolta y de su amiga, la señora de Claudedeu, fijas en él. Sonrió a las damas y se inclinó de nuevo. Entonces advirtió junto a ellas la presencia de una joven que dedujo sería María Rosa Savolta. Era poco más que una niña de larga cabellera rubia. Vestía un traje de *soirée* de faya gris recubierta de una túnica de gasa blanca, fruncida, con corpiño y adornos de piel de seda negra, con las puntas rematadas de guirnaldas. Lepprince se fijó en los ojos grandes y luminosos de la joven Savolta que destacaban en la palidez de su cutis. Le dirigió una sonrisa más amplia que las anteriores y la joven desvió la mirada. Un hombre bajo y grueso, de calva brillante, se le aproximó.

—Buenas noches, monsieur Lepprince, ¿se divierte usted?

—Sí, desde luego, ¿y usted? —respondió el francés, que no había reconocido a su interlocutor.

—Yo también, pero no es de eso de lo que vine a hablarle.

—¿Ah, no?

—No. Yo quería presentarle mis disculpas por nuestro infortunado encuentro.

Lepprince miró con más detenimiento al hombre: vestía con cierta inelegancia pueblerina, y sudaba. Le chocaron los ojos grises, fríos, ocultos bajo unas espesas cejas que parecían los bigotes de un oficial prusiano. Se dijo que no conseguía recordar aquellas facciones y que, sin embargo, esa noche experimentaba una inusitada perspicacia para captar el espíritu en los ojos de las personas. Presagio de acontecimientos.

—Lo lamento..., no recuerdo dónde nos hemos visto anteriormente, señor...

—Turull. Josep Turull, agente inmobiliario, para servirle. Nos vimos hace poco en...

—Oh, ya recuerdo, claro... ¿Turrull, dice usted?

—Turull, con una sola erre.

Estrechó la mano del desconocido y siguió recorriendo la sala por entre grupos de señoras enjoyadas, sedosas, aromáticas, que mareaban un poco a los caballeros. En la biblioteca contigua al salón se respiraba un humo agrio de cigarros puros y se mezclaban carcajadas ruidosas y risitas con el susurro del último chisme o la última anécdota de un personaje conocido.

—¿Le tiraron tomates y huevos podridos?

—Piedras, una lluvia de piedras. Por supuesto no le pudieron alcanzar, pero el gesto es lo que cuenta.

—No se puede gritar vivas a Cataluña desde las ventanas del Círculo Ecuestre, ¿no les parece?

—Hablábamos de nuestro amigo...

45

Lepprince sonrió.

—Ya sé de quién hablan. Me contaron esa historia.

—De todas formas —dijo—, hay que tener la endiablada inteligencia de ese hombre para jugar con Madrid, con los catalanes y, por si fuera poco, con esos oficialillos descontentos.

—Que de poco le arrastran a Montjuïc.

—Habría salido a las veinticuatro horas rodeado del fervor popular: un Maura con la aureola de Ferrer.

—No sea usted cínico.

—No le defiendo como persona, pero reconozco que media docena de políticos como él cambiarían el país.

—Habría que ver qué clase de cambio es ése. Para mí no hay mucha diferencia entre él y Lerroux.

—Coño, Claudedeu, no exageremos —dijo Savolta. Claudedeu se congestionó.

—Todos son iguales: traicionarían a Cataluña por España y a España por Cataluña si eso les reportara un interés personal.

—¿Y quién no haría lo mismo? —apuntó Lepprince.

—Silencio —atajó Savolta—, por ahí viene.

Miraron hacia el salón y le vieron atravesar en dirección a la biblioteca, saludando a derecha e izquierda, con la sonrisa prieta y el ceño fruncido.


Llevábamos mucho rato en el cabaret cuando empezó el espectáculo. Primero llegó un hombre que fue recibido por los eructos del marino y que resultó ser el instrumentista, es decir, el que se hacía cargo del saxófono y el violoncelo. Tomó este último instrumento y le arrancó unas notas lúgubres acompañado por el piano. Luego la mujer del piano se levantó y pronunció unas palabras de bienvenida. El marino había sacado de su bolsa de hule un bocadillo apestoso y lo mordisqueaba vertiendo de la boca migas y rumias sobre la mesa. El oficinista lóbrego, de las gruesas gafas, se quitó los zapatos. El vejete nos dirigía guiños. La mujer anunció al chino Li Wong, del cual dijo:

—Les llevará de su mano al reino de la fantasía.

Yo me agitaba molesto por el pistolón que sentía clavado en el muslo.

—Espero que su magia no le permita descubrir que vamos armados —murmuré.

—Causaría una pésima impresión —corroboró el francés.

El chino barajaba unos gallardetes de los que apareció una paloma. Ésta sobrevoló la pista y se posó en la mesa del marino a picotear las migas. El marino la desnucó con una macana y se puso a desplumarla.

—Oh, hol-lol —dijo el chino—, la clueldad del homble.

El oficinista vicioso se aproximó al marino con los zapatos en la mano y le insultó.

—Haga usted el favor de devolver este animalillo a su dueño, desvergonzado.

El marino asió la paloma por la cabeza y la blandió ante los ojos del oficinista.

—Suerte tiene usted de ser cegato, que si no, le daba...

El oficinista se quitó las gafas y el marino le dio con la paloma en ambos carrillos. Rodaron los zapatos y el oficinista se agarró al borde de la mesa para no caer.

—Soy un hombre instruido —exclamó—, y miren adónde me ha conducido mi mal.

—¿Cuál es tu mal, hijito? —preguntó el vejete que había recogido los zapatos y sujetaba con ternura al oficinista.

—Tengo mujer y dos niños y mire dónde me hallo, ¡en qué antro!

Todos estábamos pendientes del oficinista mientras el chino, desamparado, hacía volatines con cintas coloreadas. Remedios, la «Loba de Murcia», susurró:

—La semana pasada se nos suicidó un parroquiano.

—En los burdeles afloran muchas verdades —sentenció Lepprince.

... ¿Fue la incorporación del fatuo y engomado Lepprince o fueron las aciagas circunstancias las que hicieron posible la realización del antiguo dicho de que «a río revuelto ganancia de pescadores» (y yo añadiría: «de poco escrupulosos pescadores»)? No es mi propósito despejar esta incógnita. La verdad es una: que poco después de la «adquisición» del flamante francesito, la empresa duplicó, triplicó y volvió a doblar sus beneficios. Se dirá: qué bien, cuánto debieron beneficiarse los humildes y abnegados trabajadores, máxime cuanto que para que tal ganancia se hiciera posible tuvieron que incrementar en forma extraordinaria la producción, multiplicando la jornada laboral hasta dos y tres horas diarias, renunciando a las medidas más elementales de seguridad y reposo en pro de la rapidez en la manufactura de los productos. Qué bien, pensarán los lectores que no saben, como se dice, de la misa la mitad; y que me perdonen las autoridades eclesiásticas por comparar la misa con ese infierno que es el mundo del trabajo...

—No es la nuestra una tarea fácil —dijo el comisario Vázquez.

Lepprince le ofreció una caja de puros abierta de la que el comisario tomó uno.

—Vaya, buen veguero —comentó; sudaba—. Parece que hace calor aquí, ¿verdad?

—Quítese la chaqueta, está usted en su casa.

El comisario se quitó la chaqueta y la colgó del respaldo de su asiento. Encendió el puro con sonoro chupeteo y exhaló una bocanada de humo seguida de un chasquido aprobatorio.

—Lo que dije: un buen veguero. Sí, señor.

Lepprince le indicó un cenicero donde arrojar el papel de celofán que antaño envolvía el puro y que, concienzudamente atornillado, había servido para prenderlo.

—Si le parece a usted bien —dijo Lepprince—, podríamos pasar a tocar el tema que nos ocupa.

—Oh, por supuesto, monsieur Lepprince, por supuesto.

Recuerdo que, al principio, me cayó mal el comisario Vázquez, con su mirada displicente y su media sonrisa irónica y aquella lentitud profesional que ponía en sus palabras y sus movimientos, tendente sin duda a exasperar e inquietar y a provocar una súbita e irrefrenable confesión de culpabilidad en el oyente. Su premeditada prosopopeya me sugería una serpiente hipnotizando a un pequeño roedor. La primera vez que le vi lo juzgué de una pedantería infantil, casi patética. Luego me atacaba los nervios. Al final comprendí que bajo aquella pose oficial había un método tenaz y una decisión vocacional de averiguar la verdad a costa de todo. Era infatigable, paciente y perspicaz en grado sumo. Sé que abandonó el Cuerpo de Policía en 1920, es decir, según mis cálculos, cuando sus investigaciones debían estar llegando al final. Algo misterioso hay en ello. Pero nunca se sabrá, porque hace pocos meses fue muerto por alguien relacionado con el caso. No me sorprende: muchos cayeron en aquellos años belicosos y Vázquez tenía que ser uno más, aunque tal vez no el último.


—Toda moral no es sino la justificación de una necesidad, entendiendo por necesidad el exponente máximo de la realidad, porque la realidad se hace patente al hombre cuando traspone los dominios de la elucubración y se vuelve necesidad acuciante; la necesidad, por tanto, de una conducta unánime ha hecho surgir de la mente humana la idea de moral.

Así me hablaba Domingo Pajarito de Soto un atardecer en que habíamos ido paseando, a la salida del trabajo, por la calle de Caspe y la Gran Vía. Estábamos sentados en un banco de piedra en los jardines de la Reina Victoria Eugenia, desiertos por el viento frío que soplaba. Cuando calló Pajarito de Soto nos quedamos un rato embobados contemplando el surtidor.

—La libertad —prosiguió— es la posibilidad de vivir acorde con la moral impuesta por las realidades concretas de cada individuo en cada época y circunstancia. De ahí su carácter variable, relativo e imposible de delimitar. En esto, ya ves, soy anarquista. Difiero, en cambio, en creer que la libertad, en tanto que medio de subsistencia, va unido a la sumisión a la norma y al estricto cumplimiento del deber. Los anarquistas, en este sentido, tienen razón, pues su idea procede de la necesidad real, pero la traicionan en tanto en cuanto no toman en cuenta la realidad para cimentar sus tesis.

—No conozco tan a fondo el anarquismo como para darles la razón o rebatir tus argumentos —repliqué.

—¿Estás interesado en el tema?

—Sí, por supuesto —dije, más por agradarle que por ser sincero.

—Entonces, ven. Te llevaré a un sitio interesante.

—Oye, ¿no será peligroso? —exclamé alarmado.

—No temas. Ven —me dijo.


Teresa y yo habíamos ido aquella tarde a un salón de baile situado en la parte alta de la ciudad, donde ésta entronca con la villa de Gracia. Se llamaba «Reina de la Primavera». Contenía más gente de la que hubiese admitido su ya vasta capacidad, pero el ambiente resultaba simpático y alegre. Había lamparillas de gas ocultas tras cristales de colores que esparcían haces de luz mortecina sobre las parejas, las mesas rebosantes de familias sudorosas, la orquesta bullanguera, las mozas trajinantes y los guardianes del orden que recorrían la pista y oteaban los rincones empuñando cachiporras. Subían globos gaseosos por entre los estratos de humo hasta el techo desportillado del que pendían guirnaldas y banderolas con las que rebotaban para emprender un lánguido descenso hacia las cabezas abrillantadas de los danzantes. Nos divertíamos cuando Teresa me dijo de pronto:

—Soy una flor tronchada sin tierra bajo mis pies. Me abraso, vámonos.

Contemplé de cerca el rostro de la mujer que se mecía entre mis brazos y advertí en su piel tersa un tinte descolorido, una red irregular de venillas grisáceas e inicios de surcos en los alrededores de los ojos y la boca. Tras sus párpados entornados adiviné las riberas hasta donde descienden los pastos frescos, la brisa empalagosa de los bosques y el rumor del agua y las hojas y las cosas en movimiento que constituye un lenguaje secreto de la infancia. Jamás olvidaré a Teresa.


JUEZ DAVIDSON. ¿Frecuentaba los cabarets el señor Lepprince?

MIRANDA. No.

J. D. ¿Bebía?

M. Moderadamente.

J. D. ¿Recuerda haberle visto ebrio en alguna ocasión?

M. Yo diría, mejor, alegre.

J. D. ¿Reconoce haberle visto alegre?

M. Alguna vez. A todo el mundo...

J. D. ¿Perdido el control de sí mismo?

M.    No.

J. D.    ¿Recuperaba la lucidez si las circunstancias lo requerían?

M.    Sí.

J. D.    ¿Cree usted que utilizaba productos tóxicos?

M.    No.

J. D.    ¿Le pareció a usted en algún momento loco o trastornado?

M.    No.

J. D.    Resumiendo, ¿consideraba usted a Lepprince un hombre perfectamente normal?

M.    Sí.

... Sólo la hipocresía farisaica y cerril de los espíritus de orden que subordinan la marcha del mundo a la preservación de sus privilegios bastardos a costa de cualquier injusticia y de cualquier sufrimiento ajeno, podría escandalizarse o sorprenderse ante los hechos. Pues ¿qué sucedió sino que la prosperidad inmerecida de los logreros, los traficantes, los acaparadores, los falsificadores de mercaderías, los plutócratas en suma, produjeron un previsible y siempre mal recibido aumento de los precios que no se vio compensado con una justa y necesaria elevación de los salarios? Y así ocurrió lo que viene aconteciendo desde tiempo inmemorial: que los ricos fueron cada vez más ricos, y los pobres, más pobres y miserables cada vez. ¿Es, pues, reprobable, como algunos pretenden, que los desheredados, los débiles, los parientes pobres de la inhumana e insensible familia social recurriesen a un único camino, al solo medio que su condición les deparaba? No, sólo un insensato, un torpe, un ciego, podría ver algo censurable en tal actitud. En la empresa Savolta, debo decirlo, señores, y entrar así en uno de los más oscuros y penosos pasajes de mi artículo y de la realidad social, se pensó, se planeó y se intentó lo único que podía planearse, pensarse e intentarse. Sí, señores, la huelga. Pero los desamparados obreros no contaban con (¿me atreveré a pronunciar su nombre?) ese cancerbero del capital, esa sombra temible ante cuyo recuerdo tiemblan los hogares proletarios...

—Me envía «el Hombre de la Mano de Hierro» —dijo Lepprince—. ¿Han oído hablar de él?

—¿Quién no lo ha oído, señor? Todo Barcelona...

—Vayamos al grano —dijo Lepprince.

El aposento donde se celebró la contrata no era grande, pero sí lo suficiente para que pudieran hablar cinco personas con cierta holgura. Las paredes estaban empapeladas de andrajos y había una mesa carcomida, dos sillas y un sofá. Del techo colgaba una lámpara de petróleo que parpadeaba y no existían ventanas ni orificio alguno de ventilación. Los dos hombres ocupaban las sillas; Lepprince y yo, el sofá, y ella, rebozada en su capa de lentejuelas, se hizo un ovillo sobre la mesa, con las piernas cruzadas.

Recuerdo vivamente la profunda impresión que me produjo María Coral la primera vez que la vi. Tenía el cabello negro y espeso que caía en serenas ondas sobre sus espaldas, los ojos negros también y muy grandes, la boca pequeña de gruesos labios, la nariz recta, la cara redonda. Iba exageradamente pintada y aún conservaba la capa de terciopelo y falsa pedrería con que se tapaba después de su actuación. Había seguido con el corazón encogido sus evoluciones en el aire, lanzada y recogida por aquellos forzudos torpes, idiotas y bestiales que la sobaban y mandaban con el gesto autoritario del toro semental. Cada vez que la veía girar y voltear en el vacío, a punto de caer y estrellarse contra la sucia pista de aquel desangelado cabaret, un gemido se ahogaba en mi garganta y maldije los turbios senderos que la llevaron a desempeñar aquella peligrosa y marginada profesión de saltimbanqui en un local obsceno y viciado por todo lo bajo y malo de este mundo. Quizá presentía futuros sufrimientos. Recuerdo que odié sin conocerle al «Hombre de la Mano de Hierro» y a todas las circunstancias que mezclaban en su tela de araña venenosa el destino de aquella niña con la suerte fatídica del hampa y el laberinto dramático del crimen; sin salida. Odié la pobreza, me odié a mí mismo, a Cortabanyes, que me había hecho partícipe de la contrata, a la empresa Savolta y a ella, en especial.

CONTINUACIÓN DEL AFFIDÁVIT PRESTADO ANTE EL CÓNSUL DE LOS ESTADOS UNIDOS DE AMÉRICA EN BARCELONA POR EL EX COMISARIO DE POLICÍA DON ALEJANDRO VÁZQUEZ RÍOS EL 21 DE NOVIEMBRE DE 1926

*Documento de prueba anexo n.º 2*

*(Se adjunta traducción inglesa del intérprete jurado Guzmán Hernández de Fenwick)*

... Que supe más adelante de la existencia de una mujer llamada María Coral, joven al parecer hermosa, de profesión artista y complicada en los hechos objeto de mi declaración. Que la tal María Coral, de apellido y origen desconocidos y de raza gitana (según me pareció deducir de sus rasgos físicos y tez), llegó a Barcelona en septiembre u octubre de 1917, en compañía de dos forzudos no identificados, con los que ejecutaba suertes acrobáticas en un cabaret de ínfima categoría de esta ciudad. Que los dos forzudos, a tenor de informes recibidos de otras localidades donde actuaron anteriormente, encubrían bajo su actividad artística la más lucrativa profesión de matones a sueldo, profesión que favorecía su corpulencia física y adiestramiento por una parte y, por otra, el hecho de desplazarse continuamente de una localidad a otra e incluso al extranjero. Que, de acuerdo con mis conjeturas, indemostrables, la susodicha María Coral abandonó la compañía de los dos forzudos en Barcelona, quedándose aquélla mientras partían éstos. Que la separación aludida se debió (siempre en el terreno de las suposiciones) a la intervención de algún poderoso personaje (¿Lepprince?, ¿Savolta?, ¿«el Hombre de la Mano de Hierro»?) que la hizo su amante. Que al cabo de un cierto tiempo desapareció de nuevo sin dejar rastro. Que reapareció en circunstancias extrañas en 1919...

—Ay, Rosa —dijo la señora de Claudedeu—, que ya barrunto quién es tu candidato.

—Neus, ¿quieres dejar de decir tonterías? —riñó la señora de Savolta—. Te digo que la niña es muy joven aún para pensar en estas cosas.

María Rosa Savolta se había despegado de su madre unos instantes para ir a tomar un refresco y regresó a tiempo de oír la última frase.

—¿De qué habláis?

—De nada, hija, de nada. Tonterías que se le ocurren a Neus.

—Hablábamos de ti, primor —rectificó la señora de Claudedeu.

—Ah, de mí...

—Claro, eres la persona más importante de la fiesta. Le decía yo a tu madre, con la confianza que me da el haberte visto nacer, que ya eres una mujercita, y muy linda, por cierto, y que conste que no lo digo por hacerte gracia, que menuda bruta soy yo cuando me pongo a cantar las verdades del barquero...

La joven María Rosa Savolta se había ruborizado y tenía los ojos fijos en el vaso que sostenía con ambas manos.

—Y le decía yo a tu madre que va siendo hora de que pienses en tu futuro. En lo que harás, me refiero, cuando termines los estudios en el internado. Con eso, ya sabes lo que quiero decir.

—Pues no, no, señora —respondió María Rosa Savolta.

—Mira, niña, deja de llamarme señora y haz el favor de tutearme y llamarme por mi nombre. No te creas que adoptando esta actitud de mojigata me vas a matar la curiosidad.

—Oh, no, Neus. No intentaba...

—Ya sé yo que sí, ¿te crees que no he sido joven y que no he recurrido a estos trucos? Anda, boba, seamos amigas y cuéntame la verdad. ¿Estás enamorada?

—¿Yo? Qué disparate, Neus..., ¿de quién iba yo a enamorarme metidita todo el día en el internado?

—¡Qué sé yo! Eso se lleva en la sangre. Si no se ven hombres, se inventan, se sueñan... ¡Buenas somos las mujeres! A tu edad, claro.

La intervención de la señora de Parells salvó el apuro de la joven María Rosa Savolta.

—¿A que no sabéis lo que me acaban de contar? —dijo uniéndose al grupo.

—No, claro que no lo sabemos. ¿Vale la pena?

—Ya me lo diréis cuando lo hayáis oído. Niña, guapa, ¿por qué no te vas a dar un paseo?

—Sé discreta, hija —continuó la señora de Claudedeu a María Rosa Savolta.

—Ve a ver a los señores a la biblioteca, María Rosa —dijo su madre, la señora de Savolta—. Estoy segura de que aún no has saludado a nadie.

—A la biblioteca no, mamá —suplicó María Rosa Savolta.

—Haz lo que te digo y no repliques. Tienes que sacudirte esa ridícula timidez. Anda, ve.


El vejete cubría de besos el rostro del oficinista, que tanteaba en busca de sus gafas. El marino acabó de desplumar la paloma y se la metió en el bolsillo.

—Para desayunar —dijo roncamente.

—Qué ogro —chilló el vejete.

Cuando hubieron acomodado de nuevo al oficinista, éste se quedó mudo y adormecido en sus remordimientos, arrullado en los brazos del vejete. Había desaparecido el chino.

—¿Cómo se suicidó ese parroquiano? —pregunté a Remedios.

—De un pistoletazo. El insensato nos causó la ruina por ser teatral. Ahora estamos pendientes de la decisión de la policía para ver si nos cierran el establecimiento.

—¿Y qué harían entonces?

—Las aceras, ¿qué otra cosa sugiere usted? Nadie nos contratará, ya no somos jovencitas, ¿cuántos años me pondría usted?

Una mujer obesa, cincuentona, vestida de Manon Lescaut, ocupaba el lugar del chino. Arrancó a cantar con voz de contralto una tonadilla de doble sentido.

—No más de treinta —dijo Lepprince, haciendo una mueca irónica.

—Cuarenta y siete, macho, y no te chotees.

—Pues te conservas muy dura.

—Toca, toca, sin miedo.

El marino arrojó los restos del bocadillo sobre la cantante y el oficinista rompió a llorar en brazos del vejete. La cantante se despegó el pan del vestido, roja de ira.

—¡Sois unos malparidos, cago en vuestras madres! —gritó con su potente vozarrón.

—Para cantar me basto yo solo —dijo el marino y entonó una balada de ron y piratas con hosca voz.

—¡Hijos de puta! —tronó la cantante—. Quisiera yo veros en el Liceo, haciendo estas charranadas.

—Ahí me gustaría verte a ti cantando —dijo el vejete, que había soltado al oficinista y gesticulaba, de pie.

—¡Me sobra de todo para cantar en el Liceo, colgajo de mierda!

—¡Te sobra finura, putarranco! —aulló el vejete.

—Muchas quisieran tener de lo que a mí me sobra —gritó la cantante y se sacó por encima del escote unas tetas como tinajas. El vejete se abrió los pantalones y se puso a orinar burlonamente. La cantante dio media vuelta y se retiró bamboleante y digna, sin esperar aplausos. Al llegar a las cortinas, tras el piano, se giró en redondo y dijo, solemne—: ¡Te parieron en una escupidera, marica!

El vejete se volvió al oficinista y murmuró:

—No le hagas caso, cielo.

Remedios se sentó en mi silla. Casi caí de bruces contra el suelo si ella no me hubiera prensado entre sus brazos titánicos.

—Esto es un vertedero ahora —comentó—, pero en otro tiempo hubo aquí cosa buena.

Estaba medio asfixiado y pedí ayuda con los ojos a Lepprince, pero éste se había bebido la jarra entera de ginebra y contestó a mi mirada con las pupilas vidriosas y la boca colgante de un pez.

—Fue un lugar selecto —dijo Remedios—. Sí, esto mismo que ahora ves convertido en un festival de groserías. Y no hace muchos años, no vayas tú a creer, apenas tres o cuatro, cuando la guerra no era una engañifa, como ahora.

La mujer del piano, la del traje ceñido y la pierna fuera, rogó respeto para los artistas que se ganaban la vida honestamente y para el público que deseaba ver el espectáculo en santa paz. El oficinista se adelantó hasta el centro del local con los ojos arrasados en lágrimas.

—La culpa es sólo mía, señora. Yo he sido el causante del alboroto y pido ser castigado con todo rigor.

—No se lo tome tan a pecho, joven —dijo la pianista—, ocupe su asiento y diviértase como los demás.

—Venían espías y traficantes de todos los países —dijo Remedios—, venían dispuestos a pasarlo bien y a olvidar la guerra. Sus gobiernos los enviaban a realizar sabe Dios qué trabajos, pero ellos no pensaban en otra cosa.

El oficinista se había hincado de rodillas con los brazos en cruz.

—No me iré sin antes haber confesado públicamente mis pecados.

La pianista dio muestras de inquietud, temiendo sin duda una nueva tragedia, definitiva para el negocio.

—Llegaban juntos, en grupo, y se cachondeaban de la guerra y de sus países y de la madre que los parió. La patrona nos decía cuando los calaba: Chicas, prepárense, que vienen espías. Ya conocíamos sus gustos; eran de distintas nacionalidades, incluso enemigos, pero coincidían, ya lo creo que coincidían, ¡y qué caprichos!

—No tiene nada de malo divertirse un poco —decía la pianista—. Todos somos buena gente, ¿no es cierto? Una picardía de vez en cuando, ¿qué mal puede hacer?

—No es de vez en cuando, señora —dijo el oficinista—. Es casi una vez por semana.

—Muchos se sodomizaron tras esa cortina —me dijo Remedios—. Espías, quiero decir.

De pronto se revolucionó todo.

—¡Se acabaron las payasadas! ¡Que siga la fiesta!

Era Lepprince quien había gritado. Yo me sobresalté y habría caído de no afianzarme los brazos de Remedios. El francés se había levantado con el rostro encendido, los cabellos alborotados, la camisa entreabierta y los ojos relampagueantes.

—¿No me oyen? Que siga la fiesta, he dicho. ¡Usted —dirigiéndose al oficinista—, vuelva a su sitio y no dé más la lata con sus plañidos! Y tú —a la pianista—, toca el piano, que para eso se te paga. ¿Qué pasa? ¿No me oyen?

Agarró al oficinista por las solapas de su terno raído y lo llevó en volandas a través de la pista depositándolo sobre el regazo del vejete. A continuación, y sin detenerse a recuperar el aliento, dio un puntapié a la silla del marino. Éste se despertó furioso.

—¿Qué diablos sucede? —rugió.

—Que me molestan sus ruidos en general y sus ronquidos en particular, ¿está claro?

—Está claro que le voy a partir los morros —dijo el marino sacando su matraca, pero la dejó caer cuando vio que Lepprince lo tenía encañonado con el pistolón.

—Si quiere camorra, le meto un tiro en el entrecejo.

El marino sonrió torvamente.

—Me recuerda esto una aventura que corrí en Hong Kong —dijo, y se arremangó el pantalón mostrando una pata de palo—. Terminó mal.

La pianista reanudó su trabajo y el hombre del violoncelo, que había seguido impertérrito el desarrollo de los incidentes, tomó el saxófono e interpretó una tonadilla ligera. Las cortinas se descorrieron y dejaron paso a dos hombres peculiarmente fornidos y a una gitanilla cubierta con una capa negra de falsa pedrería.


... Los infelices trabajadores habían llegado a un acuerdo, habían hecho acopio de valor, sus corazones latían al unísono y sus cerebros embrutecidos estaban llenos de una sola idea. ¡La huelga! En unos días, tal vez en unas horas, se decían alborozados, nuestra desventura se trocará en victoria, nuestros males habrán cesado como se desvanece y retrocede la angustiosa pesadilla reintegrándose al mundo de la noche, de donde salió. El nerviosismo les hacía sudar, y no por el esfuerzo, pues aquellos duros y avezados obreros ya no sudaban ni experimentaban el cansancio ni la fatiga aun en los más rigurosos días del verano. Pero, ay, no contaban con la firmeza y aparente omnipresencia de «el Hombre de la Mano de Hierro», ni con el cerebro frío y calculador del sibilino Lepprince...

—Soy Lepprince. Me manda «el Hombre de la Mano de Hierro».

Vi volverse lívido a Pajarito de Soto. Me miraba como la víctima debe mirar al verdugo que levanta el hacha. Le sonreí, le hice un gesto tranquilizador.

—He leído sus artículos en *La Voz de la Justicia*. Me han parecido brillantes, pero un tanto, ¿cómo diría?, un tanto apasionados. Bien está la pasión en un joven, no lo niego. Claro que, ¿no juzga usted exageradas sus afirmaciones? ¿Podría probar lo que relata con tan vívidos colores? No, por supuesto que no. Usted, amigo mío, ha recogido tan sólo rumores, versiones unilaterales, inocente, pero desmesuradamente abultadas y deformadas por el ángulo de quien participa, de quien tiene, por decirlo así, sus propios intereses en juego. Dígame, don Pajarito, ¿se conformaría usted con la versión que yo pudiera darle de los hechos? ¿Verdad que no? Claro está, claro está.

JUEZ DAVIDSON. ¿Fueron al cabaret en busca de esparcimiento?

MIRANDA. Oh, no.

J. D.   ¿Por qué dice «Oh, no»?

M.   No era propiamente un cabaret.

J. D.   ¿Qué quiere decir?

M.   Era un antro asqueroso. Un vertedero.

J. D.   Entonces, ¿a qué fueron?

M.   Lepprince quería entrevistarse con alguien.

J. D.   ¿Precisamente allí, en ese antro?

M.   Sí.

J. D.   ¿Por qué?

M.   Las personas con las que quería entrevistarse trabajaban allí.

J. D.   ¿En qué trabajaban?

M.   Eran acróbatas, hacían piruetas circenses. Formaban parte del espectáculo.

J. D.   ¿Y para qué quería verlos Lepprince?

M.   Para contratarlos.

J. D.   ¿Tenía Lepprince intereses en algún circo?

M.   No.

J. D.   Explíquese.

M.   Los acróbatas eran matones a sueldo, en horas libres.

J. D.   ¿De modo que fueron Lepprince y usted a contratar matones?

M.   Sí.


—Supongo —empezó diciendo Lepprince— que no debo revelar cómo tuve conocimiento de su existencia.

Los forzudos se miraron entre sí.

—Es natural —dijo uno de los forzudos—, somos bastante conocidos.

—Ni el carácter de la propuesta que vengo a formularles.

—¿Una propuesta? —dijo el otro forzudo—. ¿Qué propuesta?

El francés pareció desconcertado, pero reaccionó.

—Un trabajo que deberían realizar para mí..., para nosotros, quise decir. He oído que realizan ustedes este tipo de trabajo... al margen de sus actividades artísticas.

—¿Artísticas? —dijo el primer forzudo—. Ah, sí: actividades artísticas, nuestros números. ¿Le han gustado?

—Mucho —respondió Lepprince—, están muy bien.

—Tenemos más, no crea; bastantes más que le gustarían también. Mi compañero los piensa y yo también los pienso, a veces. Así nos salen más variados, porque los pensamos entre los dos. ¿Entiende?

—Ya veo —atajó Lepprince—, pero me interesaría tratar primero el otro tema: el trabajo que les quería proponer.

—Es natural que le interesen estas cosas —dijo el primer forzudo.

—Mi compañero y yo —dijo el segundo forzudo— pensamos siempre números nuevos para no cansar al público. Los que ha visto son números viejos, porque hace poco que actuamos en esta ciudad. Cuando llegamos a un sitio, hacemos los números viejos, porque nadie nos conoce aún, si no nos han visto hacerlos antes, en otro sitio. Pero cuando cambiamos de ciudad... Bueno, cuando cambiamos de ciudad hacemos los viejos, ¿entiende?, porque nadie los conoce.

El francés se volvió hacia mí aprovechando que los forzudos se habían enzarzado en la discusión de un nuevo número.

—Actúa tú —susurró.

—Yo quisiera que ustedes me contaran esos números nuevos —dije a los forzudos—. ¿Por qué no liquidan su asunto con este señor y luego hablamos con calma de los números nuevos?

Los dos forzudos se volvieron sorprendidos hacia mí.

—¡Pero si ya estamos hablando de los números nuevos!

En el silencio que se produjo, sonó la voz de María Coral:

—Está bien, señores, ¿a quién hay que pegar?

Lepprince se ruborizó.

—Vaya..., es decir... —balbuceó.

—Conviene que las cosas queden claras. ¿Se trata de gente importante?

—No —dijo el francés—, gentecilla de poca monta.

—¿Suelen ir armados?

—Ni pensarlo, no...

—El riesgo aumenta la tarifa.

—No hay riesgo, en este caso, pero tampoco voy a discutir la tarifa.

—Resuma los datos, si tiene la bondad —interrumpió la gitana.

—Represento a los dirigentes de una empresa —dijo Lepprince—. Supongo que podré ocultar el nombre de mis mandantes.

—Por supuesto.

—Recientemente se han introducido en el sector obrero elementos perturbadores del... buen orden de la empresa. Los tenemos localizados por medio de confidentes leales, ya sabe a lo que me refiero.

—Supongo que sí —dijo María Coral.

—Nuestra intención..., la de mis mandantes, claro, es disuadir a estos elementos perturbadores. Por el momento no constituyen un peligro serio dentro de la empresa, pero la crisis se avecina y su semilla podría prender en el ánimo del elemento trabajador. Hemos juzgado preferible atacar el mal de raíz, en bien de todos, aunque somos opuestos al sistema disuasivo por principio.

—¿El trabajo incluye localización y seguimiento o nos darán ustedes toda la información?

—Nosotros..., mi secretario, en concreto —me señaló a mí—, les proporcionará la lista de sujetos en cuestión, así como el lugar y momento en que, a nuestro juicio, debe llevarse a cabo su tarea. No necesito decirle que toda iniciativa por su parte, al margen de nuestras instrucciones precisas, podría causarnos un perjuicio considerable y que...

—Nosotros sabemos cuál es nuestra obligación, señor...

—Permítame ocultar mi nombre, María Coral.

La gitana se puso a reír.

—En cuanto a la forma de pago... —dijo.

—Mi secretario —dijo Lepprince— vendrá dentro de unos días con la lista de que le hablé y una parte del precio que convengamos. Finalizado el primer trabajo se les entregará el resto del dinero y podrán iniciar el segundo, ¿de acuerdo?

María Coral meditó y acabó asintiendo.

—No hace falta que su... secretario venga otra vez a esta pocilga. Solemos cenar en una tasca, cerca de aquí. Se llama casa Alfonso, la verán al salir. De nueve a nueve y media puede dar con nosotros ahí. ¿Para cuándo la primera visita?

—En breve —dijo el francés—. No se comprometan con nadie. ¿Hay algo más?

La gitana adoptó una actitud provocativa.

—Por mi parte...

—Desearía, en la medida de lo posible —dijo Lepprince evidentemente turbado—, que nuestras relaciones se redujeran a una mera contraprestación de servicios por pago. Cualquier contacto deben efectuarlo a través de mi secretario y, por supuesto, caso de tener complicaciones con las autoridades, dejarán mi nombre aparte así como el de mis mandantes aun en el supuesto de que lo averiguasen. Asimismo, una vez finalizado su trabajo, como es costumbre, abandonarán la ciudad.

—¿Alguna cosa más? —dijo María Coral.

—Sí, una advertencia: no intenten tomarnos el pelo.

La gitana se rió de nuevo. Cuando salimos a la calle amanecía y soplaba una brisa helada. Nos subimos los cuellos de las chaquetas y anduvimos a buen paso hacia el automóvil, que tardó en arrancar a causa de la congelación de sus líquidos. Recorrimos una ciudad desierta hasta llegar a mi domicilio, frente al cual Lepprince detuvo el coche aunque no extinguió el funcionamiento del motor.

—Fascinante mujer, ¿verdad? —dijo Lepprince.

—¿Esa gitana? Sí, ya lo creo.

—Misteriosa, me atrevería a decir: como la tumba de un faraón jamás hollada. Dentro puede guardar la belleza sin límites, el arcano latente, pero también la muerte, la ruina, la maldición de los siglos. ¿Te parezco un poco literario? No me hagas caso. Llevo una vida rutinaria, como todo empresario que se precie. Estas aventurillas me enloquecen. ¡Hacía tantos años que no veía amanecer tras una juerga! ¡Vaya por Dios! Lo bien que lo hemos pasado. Oye, ¿te has dormido?

—No, qué va, no dormía: he cerrado los ojos porque me siento fatigado, pero no dormía.

—Vamos, ve a la cama; es muy tarde y a lo mejor has de madrugar mañana. Que descanses bien.

—¿Cómo nos pondremos de acuerdo para el asunto de las listas, el pago y todo eso? —pregunté.

—No te preocupes por nada. Ya recibirás noticias mías. Ahora vete y descansa.

—Buenas noches.

—Buenas noches.

Descendí del automóvil y me di cuenta entre sueños de que Lepprince no arrancó hasta que hube cerrado por dentro la puerta de la casa.


Cuando la más joven de las cuatro mujeres se hubo ido, las tres señoras juntaron sus cabezas. La señora de

Parells, enjuta, pecosa, con el cuello estriado de arrugas y la nariz huesuda y prominente, se puso a cuchichear.

—¿No sabéis? Hace una semana la policía sorprendió a la de Rocagrossa en un hotel de tercera categoría con un marinero inglés.

—¡Qué me dices! —exclamó la señora de Claudedeu.

—No lo creo —terció la señora de Savolta.

—Es seguro. Buscaban a un maleante o a un anarquista y allanaron todas las habitaciones. Cuando se los llevaban a la comisaría, la de Rocagrossa se identificó y pidió hablar por teléfono con su marido.

—¡Qué cara más dura! ¡Parece imposible! —dijo la señora de Claudedeu—. ¿Y qué dijo él?

—Nada, ya veréis. La de Rocagrossa fue muy astuta. En vez de llamar a su marido, llamó a Cortabanyes y él la sacó del lío.

—¿Y tú cómo lo sabes? —dijo la señora de Savolta—. ¿Te lo ha contado Cortabanyes?

—No, él no revelaría estas cosas. Son secreto profesional. Lo he sabido por otro conducto, pero es seguro —sentenció la señora de Parells.

—Es un escándalo de padre y muy señor mío —dijo la señora de Claudedeu.

—¿Y el inglés? —preguntó la señora de Savolta.

—No se sabe nada. También le dejaron ir y se volvió a su barco, como gato escaldado, sin ganas de volver a las andadas. Era un individuo sin importancia: un fogonero o algo por el estilo.

—¿Por qué haría esa mujer una cosa semejante? —reflexionó la señora de Savolta.

—Cosas de la vida, mujer —dijo la señora de Claudedeu—. Es joven y medio extranjera. Tienen otra forma de ser.

—Además —añadió la señora de Parells—, está lo de su marido, no sé si lo sabéis.

—¿Rocagrossa? ¿Lluís Rocagrossa? Pues, ¿qué le pasa?

—¿Cómo? ¿No estáis enteradas? Dicen que..., en fin, que si le gustan los hombres...

—¡Hija! —dijo la señora de Claudedeu—. Cada día incluyes uno de nuevo en tu lista.

—¿Qué le voy a hacer? Los calo a la primera.

—Ay, chicas —dijo la señora de Savolta—, no comprendo cómo os gusta hablar de estos temas tan escabrosos. A mí me dan asco estas cosas. No lo puedo remediar.

—Ni a mí tampoco me gustan, Rosa —protestó la señora de Parells—. Os lo cuento porque me lo acaban de contar, pero no para disfrutar con estas porquerías.

—Vamos de mal en peor —dijo la señora de Claudedeu.


... Y ahora debo retener el temblor de mis dedos y refrenar la indignación y el bochorno que siento dentro de mí para relatar del modo más escueto, objetivo y desapasionado, los hechos, los hechos desnudos que acontecieron aquella noche fatídica, pocos días antes de la fecha prevista y ansiada para llevar a cabo la tan esperada, necesaria y justa huelga.

En el curso del conflicto que acabo de describir se había destacado entre los obreros un hombre llamado Vicente Puentegarcía García, hombre de carácter levantado y austero, equilibrado y enérgico, de recta intención y clara inteligencia y, además, de una probidad a toda prueba. Pues bien, a eso de la una de la madrugada del día 27 de septiembre del corriente año, el citado Vicente Puentegarcía García regresaba a su domicilio, sito en la calle de la Independencia, en la barriada de San Martín, completamente tranquilo y muy ajeno al espantoso atentado de que iba a ser objeto pocos minutos más tarde. La noche era deliciosa, apacible. En el cielo puro, límpido, sereno y azulado brillaban tímidamente algunas estrellas, y la democrática calle de la Independencia se veía solitaria, quieta, silenciosa. La plácida quietud y el callado reposo de aquella barriada sólo eran turbados de vez en cuando por las fuertes pisadas del modesto vigilante nocturno, Ángel Peceira, al hacer el recorrido de la demarcación a su cargo, sin que él, ni nadie, pudiera sospechar el trágico drama que en la soledad misteriosa se estaba incubando y que en breve se iba a desarrollar con la más segura impunidad.

A poco aparece un joven trabajador, recio, fuerte, robusto, de rasgos afilados y pletórico de vida y de ilusiones. Este joven trabajador es Vicente Puentegarcía García, quien, después de asistir a una asamblea de huelguistas, se retira a descansar alegre, confiado. Al llegar al cruce de dicha calle con la de Mallorca, Puentegarcía se para a conversar un rato y fumar un cigarrillo con el vigilante, del que se despide cariñosamente poco después.

A escasos metros del portal de su casa, dos hombres fornidos, de ojos amenazadores, se destacan de la sombra y avanzan hacia él. Puentegarcía se dirige inerme al encuentro de los dos hombres, lento, tranquilo.

—¡Alto ahí! —exclama uno de ellos, el que parece tener más autoridad y cara de más grosero, de más canalla, de más bandido.

El obrero se detiene. Uno de los hombres consulta una lista proporcionada sin duda por los cobardes instigadores de aquel acto ruin.

—¿Eres tú Vicente Puentegarcía García?

—Sí lo soy —responde Puentegarcía.

—Pues, síguenos —ínstanle aquellos esbirros inquisitoriales. Y tomándole con férreas manos por las muñecas lo conducen a un rincón apartado y oscuro.

69

—¡No me traten así —clama Puentegarcía—, que no soy un criminal, sino un humilde obrero!

Pero ya uno de los esbirros ha descargado un fuerte golpe sobre la cara del infeliz. Éste se contrae en una horrible mueca de dolor intenso.

—¡Dale duro! —exclama el que parece dirigir la partida—. Así escarmentará de una vez por todas.

El desgraciado suplica con los ojos humedecidos por el llanto, pero la brutal tortura no cesa. Llueven los golpes y Puentegarcía se tambalea, mártir del terrible suplicio que los puñetazos le producen, cae al suelo ensangrentado y casi inconsciente. Aun tendido síguenle propinando puntapiés y puñetazos los dos asesinos. El infortunado Puentegarcía, al verse a los pies de aquellos facinerosos, sintió un estremecimiento convulsivo, vio ráfagas de luz, círculos luminosos y espadas de fuego.

Su desventurada esposa, que ha salido al balcón intranquila por la tardanza de su compañero, y advertida por el ruido, se lanza como una loca a la calle, deshecha en lágrimas, hendiendo los aires con puntiagudos y atravesantes gritos de dolor, de consternación tremenda. Los cobardes verdugos huyen al verla venir. Atraído por los gritos acude el honrado sereno. Entre ambos transportan al lecho el magullado cuerpo del obrero, el cual, retorciéndose en un charco de sangre espesa y humeante, aún puede balbucear despreciativo: «¡Miserables! ¡Canallas!»

Al día siguiente no comparece al trabajo Vicente Puentegarcía García, que siempre había sido tan puntual, tan cumplidor, tan irreprochable. Su grave estado le impide advertir a sus compañeros del peligro que les acecha. Así caen, en noches sucesivas, los trabajadores Segismundo Dalmau Martí, Miguel Gallifa Rius, Mariano López Ortega, José Simó Rovira, José Olivares Castro, Agustín García Guardia, Patricio Rives Escuder, J. Monfort y Saturnino Monje Hogaza. Informada la policía de los atentados, ésta realizó pesquisas, pero los rufianes habían desaparecido como por ensalmo y ninguna de las pistas proporcionadas por las víctimas permitió su identificación. Aunque los nombres de quienes movían los hilos de este sangriento e infame teatro de marionetas estaban en el pensamiento del pueblo, nada se pudo probar contra ellos. La huelga no se llevó a cabo y así se cerró uno de los más vergonzosos y repugnantes capítulos de la historia de nuestra querida ciudad.

Por la bruma del barrio portuario deambulé con los sobres a lo largo de aquel septiembre monótono y caliginoso. La primera noche me costó dar con la tasca porque había ido en coche la vez anterior y apenas me había fijado en el trayecto seguido. Encontré a los forzudos y a la gitana finalizando la cena. Ellos me saludaron con alegría. Yo advertí que María Coral, sin afeites, vestida con un sencillo traje de costurera y alejada del ambiente lúbrico de cabaret, distaba mucho de producir el efecto subyugante que más de una noche me había estimulado. Sin embargo, reconocí, la sonrisa y el hablar de la gitana conservaban el mismo desparpajo que me turbaba.

—Me gustaste la otra noche, ¿sabes? —me dijo María Coral.

Yo había ido a cumplir una misión y tendí el sobre a manos de la gitana.

—¿No viene tu amo esta vez? —me preguntó con sorna.

—No. Así quedamos, si mal no recuerdo.

—Así quedamos, pero me habría gustado verle. Díselo mañana, ¿te acordarás?

—Como quieras.

La segunda vez que fui a casa Alfonso no llevé un

sobre, sino dos. María Coral se rió, pero no hizo comentario alguno al respecto.

—Dile a tu amo —dijo al despedirse— que no le defraudaremos en ningún aspecto.

Y me lanzó un beso desde la puerta que provocó comentarios de los parroquianos. La tercera vez, encontré a los forzudos comiendo a dos carrillos, pero María Coral no estaba con ellos.

—Se ha ido, la muy ingrata —dijo uno de los forzudos—. Nos abandonó hace un par de días.

—Ella se lo pierde —le consolaba el otro forzudo—. Ya me dirás cómo hará su número sin nosotros.

—A nosotros nos da lo mismo, ¿sabes? —me dijeron—, porque podemos seguir haciendo lo mismo. El público viene por nosotros. Sólo que me da rabia que se haya ido después de lo que hicimos por ella.

—De lo que le ayudamos y todo —dijo el otro forzudo.

—La encontramos muerta de hambre por uno de esos pueblos donde actuábamos antes, ¿sabe? Y la trajimos con nosotros por pena que nos dio.

—Pero cuando vuelva sabrá quiénes somos.

—No la dejaremos actuar con nosotros.

—Ya lo creo que no.

—¿Era la...? —pregunté—. ¿Qué tipo de relaciones mantenía con ustedes?

—Relaciones de ingratitud —dijo uno de los forzudos.

—Relaciones de abandonarnos, después de todo lo que hicimos por ella —concluyó el otro.

Renuncié a sonsacarles respecto a la gitana y les interrogué sobre su trabajo, no el del cabaret, sino el que realizaban por cuenta de Lepprince.

—Oh, va bien. Buscamos al tipo que dice la lista y le damos unos garrotazos. Cuando está tendido le decimos: «¡Para que aprendas a no meterte donde no te llaman!» Eso nos dijo ella que teníamos que decir: «Donde no te llaman.» Y nos vamos a todo correr, no sea que venga la policía.

—Casi nos enganchan la última vez. Estuvimos corriendo un rato hasta no poder más y tuvimos que meternos en una taberna a tomar dos cervezas del sofocón que llevábamos. Y mire lo que son las casualidades: en aquella taberna estaba el tipo al que habíamos dado garrotazos la vez anterior. De que nos vio abrió la boca del susto: le faltaban dos dientes que le arrancó éste. Le gritamos: «¡Para que no te metas donde no te llaman!», y el tío salió corriendo. Nosotros también nos fuimos, por prudencia.

Aquélla fue la última vez que llevé sobres a casa Alfonso.


—Pensándolo bien —dije—, tu teoría conduce inevitablemente al fatalismo y tu idea de libertad no es sino un conjunto de límites marcados por las consecuencias de unos hechos que son, a su vez, consecuencia de otros anteriores.

—Ya veo por dónde vas —replicó Pajarito de Soto—, aunque creo que yerras. Si la libertad no existe fuera del marco de las realidades, como la libertad de volar, que sobrepasa los límites físicos del hombre, no es menos cierto que dentro de dichos límites la libertad es completa y, según el uso que se haga de ella, se configurarán las condiciones subsiguientes. Tomemos, por ejemplo, la protesta obrera en nuestros días. ¿Me vas a decir que no es un hecho condicionado por las circunstancias? No. Nada más palmario: las condiciones salariales, el desequilibrio de precios y salarios, las condiciones de trabajo, en suma, no podían sino producir esta reacción. Ahora bien, ¿cuál será el resultado? Lo ignoramos. ¿Conseguirá la clase trabajadora el otorgamiento de sus exigencias? Nadie lo puede prever. ¿Por qué? Porque la derrota o el triunfo dependen de la *elección* de los medios. Por tanto, y ahí mi conclusión, la misión de todos y cada uno de nosotros no es luchar por la libertad o el progreso, en abstracto, que son palabras huecas, sino contribuir a crear unas condiciones futuras que permitan a la humanidad una vida mejor en un mundo de horizontes amplios y claros.

CONTINUACIÓN DEL AFFIDÁVIT PRESTADO ANTE EL CÓN-SUL DE LOS ESTADOS UNIDOS DE AMÉRICA EN BARCELO-NA POR EL EX COMISARIO DE POLICÍA DON ALEJANDRO VÁZQUEZ RÍOS EL 21 DE NOVIEMBRE DE 1926

*Documento de prueba anexo n.° 2*

*(Se adjunta traducción inglesa del intérprete jurado Guzmán Hernández de Fenwick)*

... Que aun antes de participar directa y personalmente en el hoy llamado «caso Savolta» tuve conocimiento de unos supuestos atentados perpetrados contra diez obreros de la misma empresa. Que se dijo que dichos atentados (ninguno de los cuales sobrepasó una simple paliza sin consecuencias) eran perpetrados por orden expresa de los directivos de la empresa y por mediación de matones, a fin de abortar una supuesta huelga en germen. Que de las investigaciones que se llevaron a cabo (y en las que no tuve intervención alguna) se dedujo que no existían pruebas, ni siquiera remotas, de la participación del capital. Que se sospechaba que los atentados procedían del propio sector obrero y se debían a disensiones internas o a una supuesta pugna por el liderazgo o primacía dentro de dicho sector entablada entre dos destacados alborotadores, un tal Vicente Puentegarcía García y un tal J. Monfort, siendo el primero un conocido anarquista andaluz y el segundo un peligroso comunista catalán y amigo de Joaquín Maurín (véase fichero adjunto). Que a consecuencia de las denuncias interpuestas por uno de los presuntos atacados (creo recordar que se trataba de un tal Simó) y de las ya mencionadas pesquisas, se practicaron con posterioridad algunas detenciones, entre las que se cuentan las de los ya citados Vicente Puentegarcía y J. Monfort, la de un tal Saturnino Monje Hogaza (comunista), un tal José Oliveros Castro (anarco-sindicalista), un tal Gallifa (anarco-sindicalista) y un tal José Simó Rovira (socialista). Que todos o casi todos los antedichos fueron puestos inmediatamente en libertad y que ninguno estaba preso cuando yo me hice cargo del ya citado caso.

# II

REPRODUCCIÓN DE LAS NOTAS TAQUIGRÁFICAS TOMADAS
EN EL CURSO DE LA SEGUNDA DECLARACIÓN PRESTADA
POR JAVIER MIRANDA LUGARTE EL 11 DE ENERO DE 1927
ANTE EL JUEZ F. W. DAVIDSON DEL TRIBUNAL DEL ESTA-
DO DE NUEVA YORK POR MEDIACIÓN DEL INTÉRPRETE JU-
RADO GUZMÁN HERNÁNDEZ DE FENWICK

*(Folios 70 y siguientes del expediente)*

JUEZ DAVIDSON. Explique usted de modo conciso y ordenado cómo conoció a Domingo Pajarito de Soto.

MIRANDA. Estaba yo un día en el despacho de Cortabanyes cuando llegó Lepprince...

J. D. ¿Cuándo fue eso?

M. No recuerdo la fecha exacta. Debió de ser a mediados de octubre del 17.

J. D. ¿Era la primera vez que Lepprince iba al despacho?

M. No. La segunda, que yo sepa.

J. D. ¿Cuándo fue la primera?

M. Un mes antes, poco más o menos.

J. D. Infórmenos sobre esa primera visita.

M. Ya lo hice durante la sesión de ayer. En su primera visita Lepprince requirió mis servicios y le
acompañé a un cabaret.

J. D. Está bien. Prosiga con la segunda visita.

M. Lepprince traía una cartera de mano. Se metió en

76

el gabinete de Cortabanyes y conferenciaron. Luego fui convocado al gabinete.

J. D.  ¿Quién estaba presente aparte de usted?

M.  Lepprince y Cortabanyes.

J. D.  Continúe.

M.  Lepprince había desplegado sobre la mesa el contenido de la cartera.

J. D.  Descríbalo.

M.  Eran tres ejemplares de *La Voz de la Justicia*, periódico para mí desconocido, pues se trataba de un panfleto de corto tiraje y aparición irregular. Uno de los ejemplares estaba abierto por una de sus páginas centrales. Un artículo aparecía enmarcado en lápiz rojo y la firma rodeada de un círculo también rojo.

J. D.  ¿De quién era esa firma?

M.  De Domingo Pajarito de Soto.

J. D.  ¿Se trataba de los artículos que figuran como documentos de prueba 1a, 1b y 1c de este expediente?

M.  Sí.

J. D.  Prosiga.

M.  Cortabanyes me ordenó localizar al autor de los artículos.

J. D.  ¿Para qué?

M.  Lo ignoraba en ese momento.

J. D.  ¿Aceptó usted la orden?

M.  Al principio, no.

J. D.  ¿Por qué no?

M.  Había oído rumores sobre los atentados contra los obreros y temía complicarme...

J. D.  ¿Dio usted estas mismas razones a Lepprince?

M.  Sí.

J. D.  ¿Con estas mismas palabras?

M.  No.

J. D.  ¿Cuáles fueron sus palabras exactas?

M.  No recuerdo.

J. D.  Haga un esfuerzo.

M.  Le pregunté..., le pregunté si era un trabajo semejante al que habíamos realizado la vez anterior.

J. D.  ¿Entendió Lepprince lo que usted quería decir?

M.  Sí.

J. D.  ¿Cómo lo sabe?

M.  Se puso a reír y me dijo que no tuviera miedo alguno, que podía estar presente en todas las fases
de la operación que proyectaba e interponerme en
cualquier momento y ante cualquier eventualidad;
siempre que algo me pareciera oscuro.

J. D.  ¿Y así lo hizo?

M.  Sí.

J. D.  ¿Localizó a Pajarito de Soto con facilidad?

M.  Lo localicé, pero no con facilidad.

J. D.  Cuente cómo lo hizo.


¿Para qué? Fueron largas jornadas de caminatas fatigosas, renuentes conversaciones, infructuosos sobor-
nos, agotadoras esperas, seguimientos errabundos y estériles hasta que di con la pista verdadera. Yo buscaba
el éxito a cualquier precio, no tanto por quedar bien
ante Cortabanyes como por complacer a Lepprince,
cuyo interés en mí me abría las puertas a expectativas
imprevistas, a las más disparatadas esperanzas. Veía en
él una posible vía de salida al marasmo del despacho
de Cortabanyes, a las largas tardes monótonas e im-
productivas y al porvenir mezquino e incierto. Serramadriles era mi conciencia, la voz de alerta si mi ánimo decaía o me dejaba dominar por la abulia o el de-
saliento. Decía que Lepprince era «nuestra lotería», el
cliente a quien hay que mimar y complacer, con quien
hay que ser obsequioso y útil hasta la oficiosidad, eficaz en apariencia y leal por interés, a toda costa. Me
pintaba un futuro sórdido y odioso a las órdenes de un

78

Cortabanyes cada vez más viejo, más irritable y más dejado de la mano de la fortuna. Me pintaba, en cambio, un panorama esplendoroso de la mano de Lepprince, en las altas esferas de las finanzas y el comercio barceloneses, en el gran mundo, con sus automóviles, sus fiestas, sus viajes, su vestuario y sus mujeres, como hadas, y un caudal de dinero en monedas deslumbrantes, tintineantes, que manaban de los poros de esa bestia rampante que era la oligarquía catalana. Por esos vericuetos, hastiado de horas perdidas sin provecho y sostenido por el anhelo, di con Pajarito de Soto una noche, a mediados o a finales de octubre, en una casa señorial y ruinosa de la calle de la Unión, donde tenía un aposento realquilado. Había llamado a muchas puertas y recibido muchos chascos, por lo que mi voz era ya cansina cuando pregunté si allí vivía el periodista. Me había respondido una mujer joven, de sonrisa hermosa. Aún no sabía que se llamaba Teresa ni que, andando el tiempo, sería el primer gran amor de mi vida. Vuelve la imagen de aquel instante a mi mente como restos de un naufragio que las olas arrojaran a la playa. Era un aposento rectangular, muy grande y poblado por un laberinto de muebles heterogéneos que hacían de la estancia una especie de vivienda sin tabiques. Los muebles se agrupaban en torno a centros surgidos de la necesidad (la reiterada teoría de la necesidad): en un rincón había una cama de matrimonio deshecha, dos mesillas de noche, una lámpara de pie y una cunita donde dormía un niño; en el rincón opuesto había una mesa circundada de sillas de tamaños dispares; esparcidos, dos butacones de harapienta tapicería y muelles protuberantes, una biblioteca de plúteos combados, un armario entreabierto, una consola esquinera y coja y un aparador barrigón. El piso estaba sembrado de libros y periódicos amontonados que habían invadido en mayor o menor grado la superficie de

79

varios de los muebles. Presidía la estancia una estufa ventruda de la que irradiaba un calor atenazador, «para que no se resfriara el niño». En uno de los butacones dormitaba Domingo Pajarito de Soto. Parecía de corta estatura, como era, cabezudo y cetrino, con el pelo negro y brillante como tinta china recién vertida, manos diminutas y brazos excesivamente cortos aun para su exigua persona, ojos abultados y boca rasgada y carnosa, nariz chata y cuello breve: una rana. Se sorprendió al verme y aún más cuando le dije que había leído sus artículos en *La Voz de la Justicia* y que gente importante, cuyos nombres no estaba autorizado a dar, se habían interesado en él. Al principio supuso que serían los directores de una publicación o los organizadores de algún partido político. Le vi tan ingenuo e ilusionado que acabé por desvelarle a medias el secreto. No entendió, le cegaban sus ambiciones románticas. Recuerdo aquella tarde fría de noviembre y a Pajarito de Soto tieso al borde de su silla, perdido al fondo de la mesa de juntas, en la sala-biblioteca. Lepprince se mostró cordial y respetuoso, alabó «su estilo incisivo» y su valor; rechazó la versión que de los hechos había pintado y le hizo una sorprendente proposición: elaborar un estudio completo de la empresa Savolta desde el punto de vista del trabajador: condiciones de trabajo, producción, salarios, crisis y huelga. Le ofreció libre acceso a todas las dependencias fabriles y administrativas, toda la información y ayuda necesaria; tanta, aseguró, «como recibía el propio Savolta». Le garantizó la impunidad y la libre publicidad de cuanto deseara escribir al respecto. Le pidió, a cambio, que no diese a conocer sus conclusiones al público hasta haber ofrecido a los directivos «la oportunidad de corregir las fallas». Le anunció, para el término de su estudio, la convocatoria de una reunión o asamblea mixta, de capital y trabajo, en la que se discutirían «contando con su presencia» los problemas planteados por el cambio de las circunstancias. Le prometió, a cambio de sus servicios, «la cantidad de cuarenta duros». En conjunto, era más de lo que Pajarito de Soto podía esperar y lo aceptó emocionado. Confieso que al principio yo sentí miedo por él. Pero Lepprince reiteró su promesa de no emplear coacción alguna sobre el periodista. Tuve fe en su palabra de caballero y no me opuse a la transacción. Ni creo que Pajarito de Soto hubiese aceptado, en aquellos momentos, advertencia de ningún tipo. Cuando nuestra amistad se hubo afianzado, en frecuentes charlas y paseos, le recordé lo inestable de su posición, entre dos fuegos. Lo hacía en parte por afecto y en parte asumiendo los temores que, a solas, me confiaba Teresa. No hizo caso: quería realizar una labor positiva y veraz; era simple de alma e intención, quería un futuro claro para su hijo, un horizonte nimbado de trabajo, prosperidad y plenitud. Juntos hicimos y deshicimos planes de amplio alcance, no sólo individuales. Discutimos minucias hasta el amanecer, recorrimos cada uno de los rincones de la ciudad dormida, poblados de mágicas palpitaciones. Si encontrábamos un portal abierto nos introducíamos en el tenebroso zaguán alumbrándonos con una cerilla y remontábamos las escaleras hasta la azotea, desde donde contemplábamos Barcelona a nuestros pies. Domingo Pajarito de Soto se sentía, y su impresión no andaba desencaminada, el diablo cojuelo de nuestro siglo. Con su dedo extendido sobre las balaustradas de los terrados señalaba las zonas residenciales, los conglomerados proletarios, los barrios pacíficos y virtuosos de la clase media, comerciantes, tenderos y artesanos. Juntos vaciamos muchas botellas de vino, vivificador por las noches y vengativo al despertar; asistimos a reuniones políticas, defendimos a la par ideologías comunes, siempre distintas, más por amistad que por convicción.

Nunca supe antes ni he sabido después lo que significaba un amigo. En cuanto a Teresa, ya dije que fue mi gran amor. Nos veíamos a diario, con cualquier pretexto que me sirviera para salir desbocado del despacho y no regresar en un par de horas. La primera vez que me llamó lo hizo como amiga y en ese tono se mantuvo la entrevista. Una vecina complaciente se había hecho cargo del pequeño. Me citó en una lechería próxima a su casa, un local largo y estrecho, dividido en dos mitades por una celosía de madera. La primera mitad tenía un mostrador de mármol desportillado donde una mujer gorda fajada en un delantal de hule amarillento despachaba leche, queso, mantequilla y otros productos. Tras la celosía se agrupaban cuatro mesitas pegadas a la pared, a lo largo de la cual había un banquillo adosado. Parejas jóvenes ocupaban las mesas: estudiantes, menestrales, mancebos y aprendices de corta edad acompañados de camareras, doncellas, dependientas, mecanógrafas, enfermeras y operarias. Hablaban en susurros, abrazados, o se besaban y manoseaban protegidos de la curiosidad recíproca por la débil luz que recibía el reservado y por la complicidad de una picardía comúnmente compartida. Teresa me recibió con discreta afabilidad, me pidió disculpas por el lugar y alegó haber prometido a su complaciente vecina no alejarse, lo que justificaba la elección de la lechería por ser el establecimiento más próximo a su casa. En la charla, que debió durar más de una hora, me reveló los temores en relación con el trabajo de su marido y la obstinación de Domingo en no atender a razones. Yo le dije que no veía tal peligro a menos que Pajarito de Soto cometiera una imprudencia grave. Se mostró aliviada por mis palabras y la conversación tomó un tono más general: hablamos de la vida dura en las ciudades, del ingrato esfuerzo por abrirse camino, de la responsabilidad de tener un hijo y del futuro sombrío de nuestra sociedad. Al término del diálogo me pidió que no insistiera en acompañarla y que abandonase la lechería primero, sin aguardarla fuera o seguirla. Manifesté que así lo haría y le tendí la mano, pero ella se aproximó a mi rostro y me dio en los labios un beso de los que sólo en los sueños de los solitarios sin amor se dan y se reciben. Así comenzó una larga serie de salidas y paseos, al amparo de la vecina complaciente, de la negligencia disciplinaria de Cortabanyes y de las ausencias prolongadas de Pajarito de Soto, ahogado en su trabajo, en su fábrica y en sus locas teorías. Teresa quería de corazón a su marido, pero la convivencia le resultaba ardua: él era un hombre bueno, pero inconstante, nervioso e irresponsable, ciego para todo lo que no fuesen sus ideales reformistas, absorto en la meditación y elaboración de proclamas, denuncias y reivindicaciones; oscilaba entre violentos estados de avasalladora energía creativa y súbitas depresiones que le sumían en el malhumor y el silencio. Teresa sufría callada el desamparo y, en cierta medida, el miedo a las bruscas y despóticas reacciones de su marido, insegura y desprotegida. Yo, por mi parte, también sufría. Mis experiencias anteriores en el terreno amoroso eran nulas: alguna furtiva incursión nocturna y largas horas de imaginación febril. En cierta ocasión, intentando comprender la incapacidad de su marido, le hablé de la dificultad de amar, del lenguaje imposible y los gestos indecisos y las palabras que quieren decir y no dicen y las miradas que quieren expresar y no expresan. En realidad, hablaba de mí, de mi desconcierto ante la vida y de mis tanteos desesperados en el centro de todas las encrucijadas del mundo. Y así, dividido y torturado, transcurrieron semanas inolvidables: de día callejeaba con Teresa, o íbamos a bailar o a la lechería que vio el inicio de nuestra plática, y por las noches discutía y me emborrachaba con Pajarito de Soto en la taberna de Pepín Matacríos. Debo aclarar que mis relaciones con Teresa durante aquellas semanas no fueron adúlteras en la forma ni el fondo. Si hubo amor consciente, jamás afloró. Éramos almas unidas por la mutua necesidad de compañía y, si fingíamos los besos y ademanes del amante, lo hacíamos para crear un mundo ficticio de cariño que materializase nuestros sueños, como el niño que cabalga a horcajadas en el brazo de una butaca en busca de aventuras tocado con un gorro de papel y enarbolando el mango de una escoba. Las pocas veces que nos reunimos los tres, Pajarito de Soto, Teresa y yo, no nos afligía la culpabilidad. Yo me ruborizaba por el súbito temor a descubrir nuestro secreto y me mostraba hosco y distante con Teresa, cosa que a Pajarito de Soto le producía una paradójica preocupación. Lamentaba que su mujer y yo no hiciésemos buenas migas y varias veces me hizo jurar que si a él le sucedía cualquier cosa yo tomaría bajo mi protección a Teresa y al niño. Ella se reía y se burlaba de nosotros, con una temeridad no exenta de malicia. Pero nuestras conciencias estaban tranquilas. Hasta que se produjo el desenlace con la contundencia de un cataclismo y la precisa combinación de una jugada de ajedrez. Sucedió pocos días antes de Navidad. Yo estaba trabajando y luchando contra el sopor que me había dejado la noche anterior cuando llegó la llamada. Serramadriles me tendió el teléfono, que tomé con una agitación cargada de presentimientos. Era Teresa. Quería que fuera urgentemente a su casa. No me dio razón, sólo un ruego desesperado. Acudí a la carrera. Ya por entonces conocía las farolas, los edificios y el pavimento de la calle de la Unión como mi propia casa. Llamé a la puerta y su voz me hizo pasar. El aposento estaba en penumbra, sólo alumbrado por los débiles reflejos del carbón que ardía en la estufa. Antes de que mis ojos se acostumbrasen a la tenue luz, Teresa se arrojó en

84

mis brazos y me cubrió de besos y caricias, murmurando palabras ardientes y enloquecidas, arrancándo-
me la ropa, abriendo las suyas, hasta que nuestros pechos se juntaron trémulos y espantados. Sin decir una
palabra nos desplazamos hasta la cama. En la cunita
dormía el niño. Penetramos un instante en la tiniebla,
torturando y padeciendo al mismo tiempo, identifican-
do víctima y verdugo, como el torbellino ígneo que debió ser el universo en su principio, hasta que una mano
gigantesca e invisible nos separó con la fuerza con que
se agrietará el suelo al fin del mundo, y quedamos ten-
didos sobre la colcha, enlazadas todavía las piernas,
nadando hacia la orilla de la conciencia, en busca del
aliento perdido y del hilo de la razón. Vagamente oí
una voz en la que reconocí a Teresa, una Teresa nueva,
que me decía que me amaba, que la llevase conmigo,
lejos de aquella casa, lejos de Barcelona, que por mí
abandonaría a su marido y a su hijo, que sería mi es-
clava. Sentí un aguijón de dentro afuera. Por primera
vez tuve miedo a ser descubierto, un miedo que me
hizo dejar de sudar y me volvió la piel seca y rasposa.
Ella me aseguró que Pajarito de Soto no volvería en varias horas. Era tarde y le pregunté la causa de la tardanza. Me dijo que la empresa para la que trabajaba,
es decir, la empresa Savolta, o mejor, Lepprince, había
convocado la famosa reunión o asamblea para las siete. Al oírlo comprendí el alcance de mi traición e imaginé a mi amigo doblemente abandonado. Me vestí,
salí sin atender a los gritos y las súplicas de Teresa y
llamé a un coche de punto. Era noche cerrada y un reloj señalaba las ocho y media. El coche me condujo a
la estación. Allí tuve que aguardar veinte minutos a que
arrancara el tren. Pronto éste adquirió velocidad y a
poco de dejar la estación se adentró en los suburbios,
en dirección a la zona industrial de Hospitalet. Yo contemplaba el paisaje con desasosiego, acurrucado en el

fondo del vagón semidesierto para cobijarme de las corrientes de aire que me atravesaban el cuerpo. El clima debía de ser riguroso en el exterior porque me veía obligado a desempañar con la mano la ventanilla por el vaho que se condensaba y que, unido al hollín, formaba una cortina pantanosa y mugrienta. Trataba sin éxito de poner orden a mis ideas. Los suburbios que atravesábamos, y que yo desconocía, me deprimieron hondamente. Junto a la vía, y hasta donde alcanzaba la vista, se apiñaban las barracas sin luz, en una tierra grisácea, polvorienta y carente de vegetación. Circulaban por entre las barracas hileras de inmigrantes, venidos a Barcelona de todos los puntos del país. No habían logrado entrar en la ciudad: trabajaban en el cinturón fabril y moraban en las landas, en las antesalas de la prosperidad que los atrajo. Embrutecidos y hambrientos esperaban y callaban, uncidos a la ciudad, como la hiedra al muro. Eso recuerdo del viaje y que, al llegar a mi destino, un andén gélido barrido por el viento, alquilé un simón desvencijado que me condujo a la fábrica Savolta. Que chapoteando en lodazales pestilentes, por avenidas oscuras, el triste carruaje de ultratumba inventaba su camino con paso inalterablemente lento. Que el aire enrarecido por emanaciones viciosas me corroía la garganta. No sé lo que llegué a pensar ni cuánto tiempo transcurrió. Sólo sé que llegamos a un edificio enorme, parecido a un circo metálico, que se marchó el coche y que di un rodeo buscando la entrada. Vi el automóvil rojo de Lepprince junto a la puerta, me metí: era un pasadizo iluminado por quinqués. Me salió al encuentro un vigilante nocturno al que dije quién era y lo que buscaba. Me hizo atravesar una nave silenciosa en la que había diseminados unos cucuruchos de lona que supuse que ocultaban las máquinas. Al trasponer otra puertecilla noté bajo mis pies el grosor de una alfombra. El vigilante se despidió y desapareció. Yo avancé por el pasillo alfombrado hasta otra puerta más grande, de madera. Empujé la puerta y me cegó la claridad. Estaba en una sala iluminada, de cuyas paredes colgaban cuadros. En el centro había una mesa larga, mucho más larga que la mesa de juntas donde trabajábamos la Doloretas y yo, y en torno a la mesa se sentaban unas treinta personas, la mitad de las cuales parecían obreros y la otra mitad directivos. Entre los directivos reconocí a Lepprince, y entre los obreros, a Pajarito de Soto. La reunión concluía cuando llegué; los ánimos estaban excitados. Un hombre grueso, que ocupaba el asiento contiguo a la presidencia, golpeaba la mesa con la mano produciendo un sonido seco, como si la mano fuese de hierro. Así supe de quién se trataba. El que presidía debía ser Savolta. Todos chillaban y se interrumpían y sobre todas las voces destacaba la de Pajarito de Soto, insultando, acusando, profiriendo amenazas contra los directivos y contra la sociedad. Comprendí lo que ya sabía, lo que había comprendido cuando Teresa me dijo dónde estaba su marido: que todo había sido un fraude, que Lepprince había estado jugando con Pajarito de Soto por motivos ignorados y que éste, en el último momento, se había dado cuenta de la superchería y había reaccionado con uno de sus violentos arranques que tanto asustaban a Teresa. Y comprendí que de haber estado yo allí desde el principio aquello no habría sucedido y que mi traición había sido completa e irreversible. No entendí nada de lo que discutieron. Creo más bien que había quedado atrás la fase de la discusión cuando yo llegué. Reinaba el desconcierto hasta que un obrero rogó a Pajarito de Soto que se callase y que no hiciese aún más comprometida su situación, que «bastante lata les había dado ya», y que les dejase arreglar por sí solos sus problemas. Patronos y obreros abuchearon a Pajarito de Soto, que abandonó la sala. Sólo Lepprince mantenía la calma y la sonrisa. Seguí a mi amigo por corredores y naves sin alcanzarle. Le llamé a voces. Fue inútil y sólo conseguí extraviarme. Me senté junto a un cucurucho de lona y rompí a llorar. La mano de Lepprince en mi hombro me volvió a la realidad. Era tarde, había que irse, la asamblea había sido pospuesta. Me llevó a casa en su coche. Al día siguiente no fui a trabajar; el otro era domingo y permanecí encerrado, sin salir a comer siquiera. El lunes decidí enfrentarme de nuevo a los hechos. Pajarito de Soto había muerto el sábado, cuando se reintegraba, de madrugada y medio borracho, a su hogar. Se hablaba de accidente, de atropello, de dos hombres enfundados en gabanes vistos a medianoche por alguien que lo comentó de pasada con el sereno, de una misteriosa carta que Pajarito de Soto fue a echar al correo, de que la mujer y el niño habían huido precipitadamente sin dejar dirección ni mensaje. La policía me interrogó. Les dije que no sabía nada, que no sospechaba lo que hubiese podido suceder. Me di cuenta, en medio de mi confusión, de que sería inútil lanzar sugerencias cimentadas en el aire. Tampoco estaba seguro de que Lepprince fuese responsable de aquella muerte. Antes de hablar tenía que hacer averiguaciones por mi cuenta. Por supuesto, no di un paso por encontrar a Teresa. Nada más lógico que su deseo de perderme de vista para siempre. Por otra parte, aun suponiendo que la encontrase, que me perdonase y que lográsemos borrar de nuestra memoria aquellos dramáticos acontecimientos, ¿qué podía ofrecerle? Yo era sólo un asalariado cuya única esperanza de subsistencia estaba puesta en Lepprince.

# III

María Rosa Savolta vacilaba en la puerta de la biblioteca, con la mirada perdida que atravesaba el aire sin tropiezo. A su lado un hombre lustroso y un anciano de barba blanca discutían.

—Lo que yo digo siempre, amigo Turull —decía el hombre de la barba blanca—, suben los precios, baja el consumo; baja el consumo, bajan las ventas; bajan las ventas, suben los precios. ¿Cómo llamaría usted a esta situación?

—La hecatombe —decía el llamado Turull.

—Antes de un año —prosiguió el de la barba blanca—, todos en la miseria; y si no..., al tiempo. ¿Sabe usted lo que se dice por Madrid?

—Cuénteme usted. Me tiene sobre ascuas, como se dice vulgarmente.

El anciano bajó la voz.

—Que antes de la primavera cae el gabinete de García Prieto.

—Ah, ya..., ya veo. De forma que García Prieto ha formado nuevo Gobierno, ¿eh?

—Hace dos meses que lo formó.

—Vaya. Y dígame, ¿quién es ese García Prieto?

—Pero, bueno, vamos a ver, ¿usted no lee los periódicos?

Unos brazos titánicos aferraron a María Rosa Savolta por las axilas y la izaron en vilo sobre las cabezas. La joven se alarmó mucho.

89

—¡Mirad quién ha venido a visitarnos, me cago en diez! —gritaba el autor de la fechoría. Por la voz María Rosa Savolta reconoció a don Nicolás Claudedeu.

—¿Ya no te acuerdas de mí, granuja?

—Claro, tío.

—¡Butifarra! —exclamó don Nicolás Claudedeu depositándola de nuevo en el suelo—. Hace unos años te sentabas en mis rodillas y tenía que hacer de caballo una hora seguida. Y ahora, ya ves: ¡mierda para el tío Nicolás!

—No diga eso, tío Nicolás. Le recordaba con cariño, a menudo.

—Los viejos a la basura, di que sí. Ya sé yo en qué pensabas a menudo, sinvergüenza. Con esta cara, Dios mío, y estos pechines tan ricos.

—Por el amor de Dios, tío... —suplicó la joven.

Todos contemplaban la escena con una sonrisa. Todos excepto el elegante joven cuya mirada había sorprendido minutos antes y ante la cual había bajado ruborosamente la suya. Con una copa en la mano, el elegante joven callaba y meditaba, con la espalda apoyada en la jamba de la puerta de la biblioteca, dominando ésta y el salón.


La puerta del gabinete se abrió y la Doloretas y yo simulamos trabajar con afán. Cortabanyes nos tuvo que llamar varias veces, pues hacíamos como que no advertíamos su presencia, absortos en la tarea. Nos pidió que convocásemos a Serramadriles. Éste tardó en responder, aunque debía de estar escuchando tras la puertecilla del trastero. Los tres reunidos aguardábamos en pie las palabras del jefe.

—Mañana es Navidad —dijo Cortabanyes, y se detuvo jadeando.

»Mañana es Navidad —prosiguió— y no quiero...

dejar pasar esta fecha sin..., eeeeh..., hacerles sabedores de mi afecto y... mi agradecimiento. Han sido ustedes unos colaboradores leales y..., eeeeh..., eficientes,
sin los cuales la buena marcha del... del despacho no
habría sido..., esto..., posible.

Hizo una pausa y nos miró uno a uno con sus ojillos irónicos.

—Sin embargo, no ha sido un buen año... No por
eso vamos a desanimarnos, claro está. Hemos sobrevi-
vido y mientras estemos en la..., eeeeh...., brecha, la
oportunidad puede atravesar esa puerta en cualquier
instante.

Señaló la puerta y todos nos volvimos a mirarla.

—Pensemos que sin duda el..., esto..., que viene será
mejor. Lo primero es..., es..., es el trabajo y el interés.
La suerte viene sola cuando se..., cuando se... Bueno,
¿saben una cosa? Ya estoy cansado de hablar. Tengan
los sobres.

Sacó del bolsillo tres sobres cerrados con nuestros
nombres escritos y tendió uno a Serramadriles, otro a
la Doloretas y otro a mí. Los guardamos sin abrir, sonriendo y dando las gracias. Cuando se retiraba me aba-
lancé hacia el gabinete.

—Señor Cortabanyes, quiero hablar con usted. Es
urgente.

Me miró sorprendido y luego se encogió de hombros.

—Está bien, pasa.

Entramos en el gabinete. Se sentó y me miró de
arriba abajo. Yo estaba de pie, frente a él. Puse las manos sobre la mesa e incliné el cuerpo hacia adelante.

—Señor Cortabanyes —dije—, ¿quién mató a Pajarito de Soto?

REPRODUCCIÓN DE LAS NOTAS TAQUIGRÁFICAS TOMADAS EN EL CURSO DE LA TERCERA DECLARACIÓN PRESTADA POR JAVIER MIRANDA LUGARTE EL 12 DE ENERO DE 1927 ANTE EL JUEZ F. W. DAVIDSON DEL TRIBUNAL DEL ESTADO DE NUEVA YORK POR MEDIACIÓN DEL INTÉRPRETE JURADO GUZMÁN HERNÁNDEZ DE FENWICK

*(Folios 92 y siguientes del expediente)*

JUEZ DAVIDSON. En los informes relativos a la muerte de Pajarito de Soto se menciona la existencia de una carta, ¿lo sabía?

MIRANDA. Sí.

J. D. ¿Tuvo usted en aquellas fechas conocimiento de la carta?

M. Sí.

J. D. ¿Le mencionó Pajarito de Soto la existencia de la carta antes de morir?

M. No.

J. D. ¿Cómo supo entonces que existía tal carta?

M. El comisario Vázquez me habló de ella.

J. D. Tengo entendido que el comisario Vázquez también murió.

M. Sí.

J. D. ¿Asesinado?

M. Eso creo.

J. D. ¿Sólo lo cree?

M. Su muerte se produjo después de haber abandonado yo España. Sólo puedo hablar por referencias y por conjeturas.

J. D. Según sus... conjeturas, ¿tuvo que ver la muerte del comisario Vázquez con el caso que investigaba y que es objeto del presente interrogatorio?

M. Lo ignoro.

J. D. ¿Está seguro?

M. No sé nada sobre la muerte de Vázquez. Sólo lo que han publicado los periódicos.

J. D. Yo creo que sí sabe algo...

M. No.

J. D. ... que oculta hechos de interés para este tribunal.

M. No.

J. D. Le recuerdo, señor Miranda, que puede negarse a responder a las preguntas, pero que, si responde, y hallándose bajo juramento, sus respuestas deben ajustarse a la verdad y nada más que la verdad.

M. No tiene tanto interés como yo en aclarar este caso.

J. D. ¿Insiste en que ignora las circunstancias de la muerte del comisario Vázquez?

M. Sí.

Que tuve conocimiento de la muerte de Domingo Pajarito de Soto a raíz de producirse aquélla, si bien no tomé parte directa en el esclarecimiento de los hechos. Que el inspector a cargo del caso dio por finalizada la investigación alegando que la muerte sobrevino por causas naturales, al golpearse la víctima el cráneo contra el bordillo de la acera. Que si bien el cuerpo presentaba otras contusiones, éstas se debían al atropello de que fue objeto por parte de un vehículo no identificado, que se dio a la fuga. Que nada permitía suponer intencionalidad en la sucesión de actos que condujeron a la muerte del ya citado Domingo Pajarito de Soto. Que respecto a la carta presuntamente desaparecida, nada se sabía. Que interrogadas las personas allegadas al difunto nada pudo deducirse de sus declaraciones, no hallándose contradicciones que coadyuvasen a modificar la opinión del agente que llevó a cabo las pesquisas. Que la mujer con la que el ya citado difunto vivía desapareció, ignorándose aún su paradero. Que más tarde tuve ocasión de revisar yo mismo el caso...

—Me parece una locura que quieras... investigar el caso por tu cuenta —dijo Cortabanyes—. La policía hizo... cuanto pudo. ¿No lo crees así? Allá tú..., hijo, allá tú. Yo sólo... te lo digo por tu bien. Perderás... el tiempo. Y eso no es... lo peor: los jóvenes no tenéis por qué ser tacaños... con el tiempo. Lo peor es que te meterás en un... lío y no sacarás... nada en limpio. A la gente no le... agrada que alguien meta las narices en sus... asuntos, y hacen santamente bien. Cada cual... es muy dueño de vivir tranquilo..., a su aire. A nadie le agrada... que le husmeen entre... las piernas. Ya sé que no te... voy a convencer. Hace muchos años que no... logro convencer a nadie... Piensa que no hablo en nombre de... la sabiduría, sino del cariño... que te profeso..., hijo.

Hablaba con frases cortas y atropelladas, como si temiese agotar el aliento y ahogarse a mitad de camino.

—Yo también fui joven y cabezota..., no me gustaba el mundo, igual que a ti..., pero no hacía nada por cambiarlo, no..., ni por amoldarme a él, como tú..., como todos. Empecé como pasante de... un abogado viejo, que me..., que me proporcionó poco trabajo, muy poco dinero y... ninguna experiencia. Luego... conocí a Lluïsa, la que..., la que sería mi mujer, y nos..., y nos... casamos. La pobre Lluïsa me... admiraba y me in..., infundió, por amor, una confianza..., una confianza que la previsora Providencia me había... negado con razón. Por ella me establecí por mi cuenta; fue una emocionante... aven..., aventura... La única aventura... Los muebles los compramos de segunda mano... y colgamos una placa..., una placa... en el portal... No vino nadie... no vino nadie y Lluïsa decía... que no me impa-

94

cientase, que llegaría de pronto un..., un cliente y luego, los demás en..., en cadena, pero llegó... el primero y perdí..., perdí el caso, y no me pagó... y no vinieron..., los demás no vinieron... Así sucedió con todos... Siempre parecían el... primero, no..., arrastraban tras de sí... un aluvión tras de sí. No tuvimos hijos y Lluïsa se me murió.

—Cortabanyes es un gran hombre —dijo Lepprince en cierta ocasión—, pero tiene un grave defecto: siente ternura por sí mismo y esa ternura engendra en él un heroico pudor que le hace burlarse de todo, empezando por sí mismo. Su sentido del humor es descarnado: ahuyenta en lugar de atraer. Nunca inspirará confianza y raramente cariño. En la vida se puede ser cualquier cosa, menos un llorón.

—¿Cómo conoce usted tan bien a Cortabanyes? —le pregunté.

—No le conozco a él, sino a su careta. La naturaleza crea infinitos tipos humanos, pero el hombre, desde su origen, sólo ha inventado media docena de caretas.

De los tilos de la Rambla de Cataluña colgaban luminarias de colores formando lazos, coronas, estrellas y otros motivos navideños. La gente se recogía con discreción para celebrar la Nochebuena en la intimidad. Circulaban pocos coches, que iban de retiro. Si Cortabanyes no me hubiera dado la dirección de Lepprince, si algo se hubiera interpuesto en mis propósitos, habría desistido. No pensé que, dada la fecha, Lepprince cenaría en compañía o habría salido, invitado. En el zaguán me detuvo un portero uniformado, de anchas patillas blancas. Le dije adónde iba y me preguntó el motivo.

—Amigo de Lepprince —respondí.

Abrió las puertas del ascensor y tiró del cable de arranque. Mientras ascendía dando tumbos le vi soplar un tubo metálico y hablar con alguien. Debió de anunciar mi visita, porque un criado me aguardaba frente a la verja del ascensor cuando éste se detuvo en el piso cuarto. Me hizo pasar a un vestíbulo sobrio. En la casa se notaba un calor difuso y equilibrado y el aire estaba impregnado del perfume de Lepprince. El criado me rogó que tuviese la bondad de esperar unos instantes. Solo en el cálido y austero vestíbulo, mi voluntad flaqueaba. Se oyeron pasos y apareció Lepprince. Llevaba un elegante traje oscuro, pero no iba vestido de etiqueta. Tal vez no pensaba salir. Me saludó con afabilidad, sin sorpresa, y me preguntó el motivo de mi presencia inesperada.

—Debo disculparme por lo intempestivo de la hora y lo inadecuado de la fecha —le dije.

—Todo lo contrario —replicó—. Siempre me alegra recibir visitas de amigos. No te quedes ahí: pasa, ¿o llevas prisa? Tomarás, al menos, una copa conmigo, espero.

Me condujo a través de un pasillo a un saloncito en uno de cuyos rincones ardían unos troncos en un hogar. De la chimenea colgaba un cuadro. Lepprince me advirtió que se trataba de una genuina reproducción de un Monet. Representaba un puentecito de madera cubierto de hiedra sobre un riachuelo cuajado de nenúfares. El puente unía dos lados de un bosque frondoso, el riachuelo circulaba bajo un túnel de verdor. Lepprince señaló un carretón de metal y cristal en el que había varias botellas y vasos. Acepté una copa de coñac y un cigarrillo. Fumando y bebiendo y extasiado frente a las brasas del hogar me sentí adormecido y cansado.

—Lepprince —me oí decir—, ¿quién mató a Pajarito de Soto?

JUEZ DAVIDSON. Tengo ante mí las declaraciones presta-
das por usted a la policía con motivo de la muerte de Domingo Pajarito de Soto. ¿Las reconoce?

MIRANDA. Sí.

J. D. ¿No se ha suprimido ni añadido nada?

M. Creo que no.

J. D. ¿Sólo lo cree?

M. No. Estoy seguro.

J. D. Quiero leerle un párrafo. Dice así: «Preguntado el
declarante si sospechaba que la muerte del citado
Pajarito de Soto podía deberse a un atentado criminal, respondió que no abrigaba sospecha alguna...» ¿Es correcto este párrafo?

M. Sí.

J. D. No obstante, inició usted pesquisas por su cuenta
para esclarecer la muerte de su amigo.

M. Sí.

J. D. ¿Mintió usted a la policía cuando afirmó «que no
abrigaba sospecha alguna»?

M. No mentí.

J. D. Explíquese.

M. No poseía ningún indicio que me permitiese afir-
mar que la muerte de Pajarito de Soto fue voluntariamente causada. Por eso declaré a la policía lo
que ahí está escrito.

J. D. Sin embargo, investigó usted, ¿por qué?

M. Quería conocer las circunstancias que rodearon
esa muerte.

J. D. Insisto, ¿por qué?

M. Una cosa es la sospecha y otra es la duda.

J. D. ¿Dudaba usted de que la muerte de Pajarito de
Soto fuese accidental?

M. Sí.

—Me dijeron que... había que apa... rentar importancia... Yo me resistía, yo..., que sólo en la vida había, que fracasado, y defraudado... a la pobre Lluïsa... Pero lo hice... Aparenté sin... resultado; fue una... cómica representa... ción, una grotesca... Obligué a los clientes a... esperar horas en... la antesala, como si es... estuviese muy ocupado... Se iban sin esperar ni unos... minutos... No sé..., no sé por qué no caían... en el señuelo de la importancia. Otros... lo practicaban con éxito... Probé otros trucos con... idéntico resultado..., ya sin objeto... desde que la pobre Lluïsa... se me fue. Lo hacía para... demostrar que su confianza..., que su confianza estaba justificada y que..., de haber vivido, yo le... habría dado cuanto... ella merecía. Pero la vida..., la vida es un tiovivo, que da vueltas... y vueltas hasta marear y luego..., y luego... te apea en el mismo sitio en que... has subido... Yo no en todos estos años...

Aún dio varias chupadas al puro antes de hablar, y cuando lo hizo adoptó un tono reiterativo y didáctico. Gesticulaba poco, subrayando con el dedo índice alguna frase o algún dato importante o el final de un párrafo particularmente trágico. Pero denotaba un profundo conocimiento de la materia y una retentiva más que regular para fechas, nombres y estadísticas, el comisario Vázquez.

—En la segunda mitad del siglo pasado —dijo—, las ideas anarquistas que pululaban por Europa penetraron en España. Y prendieron como el fuego en la hojarasca; ya veremos por qué. Dos focos principales de contaminación son de mencionar: el campo andaluz y Barcelona. En el campo andaluz, las ideas fueron transmitidas de forma primitiva: seudosantones, más locos que cuerdos, recorrían la región, de cortijo en pueblo y de pueblo en cortijo, predicando las nefastas ideas. Los ignorantes campesinos les albergaban y les daban comida y vestido. Muchos quedaron embobados por la cháchara de aquellos mercachifles de falsa santidad. Era eso: una nueva religión. O, por mejor decir, y ya que somos gente instruida, una nueva superstición. En Barcelona, por el contrario, la prédica tomó un cariz político y abiertamente subversivo desde los inicios.

—Todo eso lo sabemos ya, comisario —interrumpió Lepprince.

—Es posible —dijo el comisario Vázquez—, pero para mi explicación conviene que partamos de una base común y clara de conocimiento.

Tosió, posó el cigarro en el borde del cenicero y se concentró de nuevo entornando los ojos.

—Ahora bien —prosiguió—, se impone establecer una distinción fundamental. A saber, que en Cataluña se da una clara mezcla que no debe inducirnos a error. Por una parte, tenemos al anarquista teórico, al fanático incluso, que obra por móviles subversivos de motivación evidente y que podríamos llamar autóctono. —Nos miró a través de los párpados entrecerrados, como preguntándonos y preguntándose si habíamos asimilado su contribución terminológica—. Son los famosos Paulino Pallás, Santiago Salvador, Ramón Sempau, Francisco Ferrer Guardia, entre otros, y actualmente, Ángel Pestaña, Salvador Seguí, Andrés Nin..., hasta el número que quieran imaginar.

»Luego están los otros, la masa..., ¿comprenden lo que quiero decir? La masa. La componen mayormente los inmigrantes de otras regiones, recién llegados. Ya saben cómo viene ahora esa gente: un buen día tiran sus aperos de labranza, se cuelgan del tope de un tren y se plantan en Barcelona. Vienen sin dinero, sin trabajo apalabrado, y no conocen a nadie. Son presa fácil de cualquier embaucador. A los pocos días se mueren de hambre, se sienten desilusionados. Creían que al llegar se les resolverían todos los problemas por arte de magia, y cuando comprenden que la realidad no es como ellos la soñaron inculpan a todo y a todos, menos a sí mismos. Ven a las personas que han logrado abrirse camino por su esfuerzo, y les parece aquello una injusticia dirigida expresamente contra ellos. Por unos reales, por un pedazo de pan o por nada serían capaces de cualquier cosa. Los que tienen mujer e hijos, o una cierta edad, son más acomodaticios, recapacitan y toman las cosas con calma, pero los jóvenes, ¿me comprenden?, suelen adoptar actitudes violentas y antisociales. Se agrupan con otros de idéntica calaña y circunstancias, celebran reuniones en tugurios o a la intemperie, se discursean y exaltan entre sí. La delincuencia los aprovecha para sus fines: les engañan, les aturden y siembran falsas esperanzas en sus corazones. Un buen día cometen un crimen. No tienen relación alguna con la víctima; en muchos casos, ni la conocen siquiera. Obedecen consignas de quienes obran en la sombra. Luego, si caen en nuestras manos, nadie los reclama, no se sabe de dónde proceden, no trabajan en ningún sitio y, si pueden hablar, no saben lo que han hecho, ni a quién, ni por qué, ni el nombre del que los instigó. Comprenderá, señor Lepprince, que así planteadas las cosas...

Recuerdo aquella tarde. Pajarito de Soto había venido a buscarme a la salida del despacho. La Doloretas y Serramadriles nos saludaron de lejos y se dirigieron juntos a tomar el tranvía. Pajarito de Soto tiritaba con las manos en los bolsillos, su gorra de cuadritos y su bufanda gris, de flecos ralos. No llevaba gabán, porque no tenía. No hacía ni dos horas que yo había dejado a Teresa en su casa. La vida era un loco tiovivo, como solía decir Cortabanyes. Caminamos charlando por la Gran Vía y nos sentamos en los jardines de la reina Victoria Eugenia. Pajarito de Soto me habló de los anarquistas, yo le respondí que nada sabía.

—¿Estás interesado en el tema?

—Sí, por supuesto —dije más por agradarle que por ser sincero.

—Entonces, ven. Te llevaré a un sitio interesante.

—Oye, ¿no será peligroso? —exclamé alarmado.

—No temas, ven.

Nos levantamos y anduvimos por la Gran Vía y por la calle de Aribau arriba. Pajarito de Soto me hizo entrar en una librería. Estaba vacía salvo por una dependienta jovencita tras el mostrador, que leía un libro. Pasamos por su lado sin saludar y nos introdujimos por un espacio libre entre dos estanterías. La trastienda contenía más anaqueles llenos de libros viejos, desencuadernados y amarillentos. Había en el centro un semicírculo de sillas en torno a una butaca. Ocupaba la butaca un anciano de larga barba cana, vestido con un traje negro muy usado, cubierto de lamparones y brillante por los codos y las rodillas, que disertaba. En las sillas del semicírculo se sentaban hombres de todas las edades, de condición humilde, a juzgar por su aspecto, y una mujer madura, de cabello rojizo y tez pálida llena de pecas. Pajarito de Soto y yo nos situamos tras las sillas y escuchamos de pie las explicaciones del anciano.

—Yo no creí —decía—, y he de confesaros en esto mi error, que el tema de la charla que desarrollé anteayer fuese a levantar tanta polémica y tanta contradicción aquí y fuera de aquí. Era un tema que yo quería desarrollar, pero casi en familia, como algo tímido, como algo interno, no de los componentes del Partido, sino de todos los que han seguido de cerca, con más o menos interés, nuestra posición y que podían, en algún momento, compartir las inquietudes y las orientaciones del Partido. Tal vez me digáis, o alguien diga, en otro lugar, que las muestras de interés suscitadas por el tema de mi charla, que no por mi charla en sí, harto deficiente, prueban de modo irrefutable mi error. Yo no lo veo así, aunque me declaro presto a reconocer mis equivocaciones, que sin duda serán innumerables, y si hablo en ese tono que alguien pudiera tachar de pretencioso, es tan sólo en el convencimiento de que sacar a la luz los temas axiales del anarquismo resulta con mucho más beneficioso que los errores que pudiera cometer en el transcurso de mis aseveraciones osadas, no lo niego, pero cargadas de recta intención.


Lepprince, con una copa en la mano, callaba y miraba, con la espalda contra el quicio de la puerta de la biblioteca, dominando ésta y el salón principal. Los invitados habían desorbitado las dimensiones de este último y se oían voces y risas en el vestíbulo. Unos criados hicieron correr los paneles de madera que comunicaban ambas piezas formando con ello una sola de gran tamaño. El vestíbulo fue iluminado.

—Por lo menos debe de haber aquí doscientas personas, ¿no te parece? —dijo Lepprince.

—Sí, por lo menos eso.

—Existe un arte —prosiguió—, aunque tal vez sea una ciencia, que se llama «la selección perceptiva». ¿Sabes a lo que me refiero?

—No.

—Ver entre muchas cosas aquellas que te interesan, ¿entiendes?

—¿Voluntariamente?

—Consciente e instintivo a partes iguales. Yo le llamaría un sentido perceptivo ambiguo. Por ejemplo, echa una ojeada rápida y dime a quién has visto: el primero que se te ocurra.

—A Claudedeu.

—Ya ves: en igualdad de condiciones, ése ha sido el primero. ¿Y por qué? Por su estatura, lo cual indica la participación del sentido visual. Pero ¿sólo por eso? No, hay algo más. Tú vas tras él desde hace tiempo, ¿no es así?

—Algo hay de cierto —respondí.

—No habrás creído la leyenda.

—¿Del «Hombre de la Mano de Hierro»?

—El apodo forma parte de la leyenda.

—Quizá los hechos también formen parte, y en ese caso...

—Sigamos con el experimento perceptivo —dijo Lepprince.


JUEZ DAVIDSON. En la sesión de ayer usted reconoció haber practicado averiguaciones por su cuenta. ¿Lo ratifica?

MIRANDA. Sí.

J. D. Diga en qué consistieron esas averiguaciones.

M. Fui a ver a Lepprince...

J. D. ¿A su casa?

M. Sí.

J. D. ¿Dónde vivía Lepprince?

M. En la Rambla Cataluña, número 2, piso 4.º

J. D. ¿Qué día fue usted a verle, aproximadamente?

M. El 24 de diciembre de 1917.

J. D. ¿Cómo recuerda la fecha con tanta exactitud?

M. Era la víspera de Navidad.

J. D. ¿Le recibió Lepprince?

M. Sí.

J. D. ¿Qué hizo luego?

M. Le pregunté quién había matado a Pajarito de Soto.

J. D. ¿Se lo dijo?

M.    No.

J. D.    ¿Averiguó usted algo?

M.    Nada en concreto.

J. D.    ¿Le reveló Lepprince algún hecho que usted desconocía y que juzga de interés para el procedi-
miento?

M.    No..., es decir, sí.

J. D.    ¿En qué quedamos?

M.    Hubo un hecho marginal.

J. D.    ¿Qué fue?

M.    Yo no sabía que Lepprince había sido amante de
María Coral.


—Era suave, frágil y sensual como un gato; y también
caprichosa, egoísta y desconcertante. No sé cómo lo
hice, qué me impulsó a cometer aquella locura. Me
sentí subyugado desde que la vi, en aquel cabaret, ¿recuerdas? Me sorbió la voluntad. La miraba moverse,
sentarse y andar y no era dueño de mí. Me acariciaba
y hubiese dado cuanto poseo de habérmelo pedido.
Ella lo sabía y abusaba; tardó en dárseme, ¿comprendes lo que quiero decir? Y cuando lo hizo, fue peor. Ya
te lo dije, parecía un gato jugando con el ratón. Jamás
se entregó por completo. Siempre parecía estar a punto de interrumpir... cualquier cosa y desaparecer de
una vez por todas.

—Y eso hizo, ¿no?

—No. Fui yo quien le ordenó que se marchase. La
eché. Me daba miedo..., no sé si me expreso. Un hombre como yo, de mi posición...

—¿Vivía en esta casa?

—Prácticamente. Hice que abandonase a los dos
perdonavidas con los que actuaba y la instalé en un
hotelito. Pero ella quería venir aquí. Ignoro cómo averiguó mi dirección; aparecía en los momentos más

inesperados: cuando yo estaba ocupado con una visita, cuando tenía invitados de compromiso. Un escándalo, ya te puedes figurar. Se pasaba el día entero... No, ¿qué digo?, ¡días enteros!, ahí, en ese sillón, donde tú estás ahora. Fumaba, dormía, leía revistas ilustradas y comía sin cesar. Luego, de pronto, aunque yo la necesitase, se iba pretextando que necesitaba ejercicio. No volvía en dos o tres, cuatro días. Yo temía y deseaba que no regresara, las dos cosas al mismo tiempo. Sufrí mucho. Hasta que un día, la semana pasada, hice acopio de valor y la puse donde la encontré: en la calle.

—¿Lamenta usted su decisión?

—No, pero vivo triste y solo desde que se fue. Por eso me has encontrado en casa; porque no quise aceptar ninguna invitación ni ver a nadie conocido esta noche.

—En tal caso, será mejor que me vaya.

—No, por Dios, lo tuyo es distinto. Me alegra que hayas venido. En cierto modo, perteneces a su mundo para mí. Tu imagen y la suya están unidas en mi recuerdo. Tú la trataste, hiciste de intermediario. Una noche llevaste dos sobres en lugar de uno, ¿recuerdas? En el otro había una carta en la que le decía que necesitaba verla, que acudiese a cierto lugar a una hora determinada.

—Sí, ya me fijé en que había una duplicidad ilógica. Y que le causó un raro efecto la otra carta.

Lepprince guardó silencio con la vista fija en el humo del cigarrillo que subía denso en el aire tibio del saloncito.

—Quédate a cenar, ¿quieres? Me hace falta un amigo —dijo casi en un susurro.

JUEZ DAVIDSON. ¿No es raro que un hombre que investiga la muerte de su amigo acepte la invitación del presunto asesino?

MIRANDA. No resulta fácil explicar las cosas que suceden en la vida.

J. D. Le ruego que haga un esfuerzo.

M. Pajarito de Soto me inspiraba sentimientos de afecto y Lepprince..., no sé cómo decirlo...

J. D. ¿Admiración?

M. No sé..., no sé.

J. D. ¿Envidia, quizá?

M. Yo lo llamaría... fascinación.

J. D. ¿Le fascinaba la riqueza de Lepprince?

M. No sólo eso.

J. D. ¿Su posición social?

M. Sí, también...

J. D. ¿Su elegancia? ¿Sus maneras educadas?

M. Su personalidad en general. Su cultura, su gusto, su lenguaje, su conversación.

J. D. Sin embargo, lo ha pintado usted en anteriores sesiones como un hombre frívolo, ambicioso, insensible a cuanto no fuera la marcha de su negocio, y egocéntrico en alto grado.

M. Eso creí al principio.

J. D. ¿Cuándo rectificó su juicio?

M. Esa noche, a lo largo de la conversación.

J. D. ¿Qué temas trataron?

M. Temas varios.

J. D. Trate de recordar. Especifíquelos.


¿Habrá quien quiera escucharme con otros oídos que no sean los de la fría razón? Ya sé, ya sé. Por dignidad debí despreciar los halagos de quienes provocaron directa o indirectamente la muerte de Pajarito de Soto. Pero yo no podía pagar el precio de la dignidad. Cuando se vive en una ciudad desbordada y hostil; cuando no se tienen amigos ni medios para obtenerlos; cuando se es pobre y se vive atemorizado e inseguro, harto de hablar con la propia sombra; cuando se come y se cena en cinco minutos y en silencio, haciendo bolitas con la miga del pan y se abandona el restaurante apenas se ha ingerido el último bocado; cuando se desea que transcurra de una vez el domingo y vuelvan las jornadas de trabajo y las caras conocidas; cuando se sonríe a los cobradores y se les entretiene unos segundos con un improvisado comentario intrascendente y fútil; en estos casos, uno se vende por un plato de lentejas adobado con media hora de conversación. Los catalanes tienen espíritu de clan, Barcelona es una comunidad cerrada, Lepprince y yo éramos extranjeros, en mayor o menor grado, y ambos jóvenes. Además, con él me sentía protegido: por su inteligencia, por su experiencia, por su dinero y su situación privilegiada. No hubo entre nosotros lo que pudiera llamarse camaradería. Yo tardé años en apear el tratamiento y cuando pasé a tutearle, lo hice por orden suya y porque los acontecimientos así lo requerían, como se verá. Tampoco nuestras charlas derivaron en apasionadas polémicas, como había sucedido con Pajarito de Soto a poco de conocernos: esas acaloradas discusiones que ahora, en el recuerdo, acrecientan su importancia y se convierten en el símbolo nostálgico de mi vida en Barcelona. Con Lepprince la conversación era pausada e intimista, un intercambio sedante y no una pugna constructiva. Lepprince escuchaba y entendía y yo apreciaba esa cualidad por encima de todo. No es fácil dar con alguien que sepa escuchar y entender. El mismo Serramadriles, que habría podido ser mi compañero idóneo, era demasiado simple, demasiado vacío: un buen compañero de farras, pero un pésimo conversador. En cierta ocasión, comentando el problema obrero, le oí decir:

—Los obreros sólo saben hacer huelgas y poner petardos, ¡y todavía pretenden que se les dé la razón!

A partir de aquel momento ya no volví a manifestar mis opiniones en su presencia. En cambio Lepprince, a pesar de ocupar una posición menos incomprometida que la de Serramadriles, era más reflexivo en sus juicios. Una vez, divagando sobre el mismo tema, me dijo:

—La huelga es un atentado contra el trabajo, función primordial del hombre sobre la tierra; y un perjuicio a la sociedad. Sin embargo, muchos la consideran un medio de lucha por el progreso.

Y añadió:

—¿Qué extraños elementos interfieren en la relación del hombre con las cosas?

Por supuesto, no simpatizaba con los movimientos proletarios, ni con ninguna de las teorías obreristas subversivas, pero tenía, respecto a la actitud revolucionaria, una visión más amplia y comprensiva que los de su clase.

—En este mundo moderno que nos ha tocado vivir, donde los actos humanos se han vuelto multitudinarios, como el trabajo, el arte, la vivienda e incluso la guerra, y donde cada individuo es una pieza de un gigantesco mecanismo cuyo sentido y funcionamiento desconocemos, ¿qué razón se puede buscar a las normas de comportamiento?

Era individualista ciento por ciento y admitía que los demás también lo fuesen y buscasen la obtención, por todos los medios a su alcance, del máximo provecho. No hacía concesiones a quien se interponía en su camino, pero no despreciaba al enemigo ni veía en él la materialización del mal, ni invocaba derechos sagrados o principios inamovibles para justificar sus acciones.

Respecto a Pajarito de Soto, reconoció haber tergiversado el memorándum. Lo afirmó con la mayor naturalidad.

—¿Por qué le contrató, si pensaba engañarle luego? —pregunté.

—Es algo que sucede con frecuencia. Yo no tenía la intención de engañar a Pajarito de Soto *a priori*. Nadie paga un trabajo para falsificarlo e irritar a su autor. Pensé que tal vez nos sería útil. Luego vi que no lo era y lo cambié. Una vez pagado, el memorándum era mío y podía darle la utilidad que juzgase más conveniente, ¿no? Así ha sido siempre. Tu amigo se creía un artista y no era más que un asalariado. Con todo, te confesaré que siento cierta simpatía por estos personajes novelescos, no muy listos, pero llenos de impulsos. A veces los envidio: sacan más jugo a la vida.

Y respecto a la muerte de mi amigo:

—Yo no fui, por supuesto. Ni creo que la idea partiese de Savolta ni de Claudedeu. Savolta está viejo para estas cosas, no quiere complicaciones y casi no interviene en los asuntos... ejecutivos. Es un figurón. En cuanto a Claudedeu, a pesar de su leyenda, es un buen hombre, algo rudo en su modo de hacer y de pensar, pero no carece de sentido práctico. La muerte de Pajarito no nos reportaba ningún beneficio y nos está acarreando, en cambio, un sinfín de molestias. Eso, sin contar con el mal ambiente que nos ha granjeado entre los obreros. Por otra parte, de haber querido perjudicarle, nos habría bastado con querellarnos judicialmente por las injurias contenidas en sus artículos. Él no habría podido costearse un abogado y habría dado con sus huesos en la cárcel.

Un día que chismorreábamos, se me ocurrió preguntarle:

—¿Cómo perdió Claudedeu la mano que le falta?

Lepprince se echó a reír.

—Estaba en el Liceo el día que Santiago Salvador arrojó las bombas. La metralla le arrancó la mano de cuajo como si hubiera sido un muñeco de barro. Comprenderás que no aprecie a los anarquistas. Pídele que te lo cuente. Lo hará encantado. Vamos, lo hará aunque no se lo pidas. Te dirá que su mujer no ha querido volver a pisar el Liceo desde aquella trágica noche y que eso le compensa la pérdida de la mano. Que habría dado el brazo entero por no soportar más óperas.

Sobre la situación política española tenía también ideas claras:

—Este país no tiene remedio, aunque me esté mal el decirlo en mi calidad de extranjero. Existen dos grandes partidos, en el sentido clásico del término, que son el conservador y el liberal, ambos monárquicos y que se turnan con amañada regularidad en el poder. Ninguno de ellos demuestra poseer un programa definido, sino más bien unas características generales vagas. Y aun esas cuatro vaguedades que forman su esqueleto ideológico varían al compás de los acontecimientos y por motivos de oportunidad. Yo diría que se limitan a aportar soluciones concretas a problemas planteados, problemas que, una vez en el gobierno, sofocan sin resolverlos. Al cabo de unos años o unos meses el viejo problema revienta los remiendos, provoca una crisis y el partido a la sazón relegado sustituye al que le sustituyó. Y por la misma causa. No sé de un solo gobierno que haya resuelto un problema serio: siempre caen, pero no les preocupa porque sus sucesores también caerán.

»En cuanto a los políticos, desaparecidos Cánovas del Castillo y Sagasta, nadie ha ocupado su puesto. De los conservadores, Maura es el único que posee inteligencia y carisma personal para disciplinar a su partido y arrastrar a la opinión pública tras él, al menos, sentimentalmente. Pero su orgullo le desborda y su tozudez le ciega. Con el tiempo crea disensiones internas y enfurece al pueblo. En cuanto a Dato, el hombre de recambio del partido, carece de la necesaria energía y le cuadra el apodo que le aplican los mauristas despechados: «el Hombre de la Vaselina».

»Los liberales no tienen a nadie. Canalejas se quemó en salvas que decepcionaron a todos hasta que un anarquista le voló los sesos ante el escaparate de una librería. Los liberales, en suma, se sostienen sobre la sola baza del anticlericalismo, recurso que surte un efecto popular, facilón, inútil y breve. Los conservadores, por el contrario, aparentan ser beatones y capilleros. Así ambos halagan los bajos instintos del pueblo: éstos, la blandura sensiblera católica; aquéllos, el libertinaje anarquizante.

»Dentro de los partidos, la disciplina es inexistente. Los miembros se pelean entre sí, se zancadillean y tratan de desprestigiarse los unos a los otros en una carrera disparatada por el poder que perjudica a todos y no beneficia a nadie.

»Estos dos partidos, sin base popular y sin el apoyo de la clase media moderada, están condenados al fracaso y conducirán al país a la ruina.

A Lepprince le conté mi vida solitaria, mis proyectos y mis ilusiones.


Hice señas a Pajarito de Soto y nos retiramos a un rincón de la librería.

—¿Quién es? —pregunté por lo bajo.

—El *mestre* Roca, un maestro de escuela. Da clases de Geografía, Historia y Francés. Vive solo y dedica su existencia a la programación de la Idea. Cuando termina su jornada en la escuela viene a este local y habla del anarquismo y los anarquistas. A las nueve en punto se retira, prepara él mismo su cena y se acuesta.

—¡Qué vida más triste! —dije sin poder evitar un estremecimiento.

—Es un apóstol. Hay muchos como él. Acerquémonos.

El *mestre* Roca fue uno de los pocos anarquistas a

111

los que llegué a ver antes de la irrupción violenta del 19. El anarquismo era una cosa, y los anarquistas, otra muy distinta. Vivíamos inmersos en aquél, pero no teníamos contactos con éstos. Por aquel entonces, y así siguió siendo durante algunos años, tenía yo una visión bien pintoresca de los anarquistas: hombres barbados, cejijuntos y graves, ataviados con faja, blusón y gorra, hechos a la espera callada tras una barricada de muebles destartalados, tras los barrotes de una celda de Montjuïc, en los rincones oscuros de las calles tortuosas, en los tugurios, en espera de que llegase su momento para bien o para mal y el ala cartilaginosa de un murciélago gigantesco y frío rozase la ciudad. Hombres que aguardaban agazapados, estallaban en furia y eran ejecutados al amanecer.

FICHA POLICIAL DE ANDRÉS NIN PÉREZ, REVOLUCIONARIO ESPAÑOL DE QUIEN SE SOSPECHA PUEDA TENER RELACIÓN DIRECTA O INDIRECTA CON EL CASO OBJETO DEL PRESENTE EXPEDIENTE

*Documento de prueba anexo n.º 3i*

*(Se adjunta traducción al inglés del intérprete jurado Guzmán Hernández de Fenwick)*

En la parte superior de la ficha, en los ángulos izquierdo y derecho respectivamente, figuran sendas fotografías del individuo fichado. Las dos fotografías son casi idénticas. En ambas el fichado aparece de frente. La foto de la izquierda lo muestra con la cabeza descubierta. La de la derecha, tocado con un sombrero de ala ancha. La corbata y la camisa son idénticas y la expresión y el sombreado tan iguales que hacen pensar que se trata de la misma fotografía, siendo el sombre-

112

ro un hábil retoque de laboratorio. Un examen más detallado permite apreciar que en la segunda fotografía (la de la derecha) el fichado lleva gabán, difícil de distinguir de la chaqueta que lleva en la primera fotografía (la de la izquierda) porque tanto el color como las solapas (única parte visible de ambas prendas) son muy parecidos. Posiblemente se trate de dos fotografías hechas el mismo día en el mismo lugar (con seguridad un centro policial). En tal caso, habrían hecho ponerse al fichado sus prendas de abrigo (sombrero y gabán) para facilitar su identificación en la calle. El fichado es un hombre joven, flaco, de rostro alargado, mandíbula angulosa, mentón prominente, nariz aguileña, ojos oscuros entornados (probablemente miope), pelo negro y lacio. Lleva gafas ovaladas, sin aro, de varillas flexibles.

(Datos suministrados por el Departamento de Análisis Fotográfico de la Oficina de Investigación Federal de Washington, D. C.)

La ficha adjunta dice:

ANDRÉS N I N PÉREZ
PROPAGANDISTA PELIGROSO
MAESTRO DE ESCUELA
Nació en Tarragona en 1890

Perteneció a las Juventudes Socialistas de Barcelona, las que dejó (*sic*) para ingresar en el Sindicalismo, siendo con Antonio AMADOR OBÓN y otros, los organizadores del Sindicato Único de Profesiones Liberales.

Asistió como delegado al 2.º Congreso Sindicalista celebrado en Madrid en diciembre de 1919.

Fue detenido el día 12 de enero de 1920 en el Centro Republicano Catalán de la calle del Peu de la Creu, en reunión clandestina de delegados del Comité Ejecutivo, para promover la huelga general revolucionaria, siendo conducido al castillo de Montjuïc.

En libertad el día 29 de junio de 1920.

En marzo del 1921, al ser detenido Evelio BOAL LÓPEZ, se hizo cargo de la secretaría general de la Confederación Nacional del Trabajo, pero, ante la persecución de que fue objeto por la policía de Barcelona, huyó a Berlín, en donde fue detenido por la policía alemana en octubre del mismo año.

—Sigamos con el experimento perceptivo —dijo Lepprince.

Me había invitado a la fiesta de Fin de Año que se celebraba, como era costumbre, en la mansión de los señores de Savolta. Era ésta una casa-torre situada en Sarrià.

Pasé a recoger a Lepprince por su domicilio. Estaba terminando de vestirse y al verle comprendí lo que quería decir Cortabanyes cuando me advirtió de que los ricos eran de otro mundo y de que nosotros jamás nos pareceríamos a ellos, ni les entenderíamos ni les podríamos imitar.

Lepprince me advirtió que asistirían a la fiesta todos los miembros del consejo de administración de la empresa Savolta.

—No se te ocurra perseguirles con el cuento de la muerte de Pajarito de Soto —me reconvino en broma.

Le prometí comportarme sabiamente. Fuimos hasta la casa en su coche. Lepprince me presentó a Savolta, a quien yo ya conocía por haberle visto la noche en que acudí a la fábrica en pos de Pajarito de Soto. Era un hombre de cierta edad, pero no viejo. Sin embargo, tenía una mirada macilenta, mal color y gestos y voz temblorosos. Supuse que alguna enfermedad le roía. Claudedeu, en cambio, rebosaba vitalidad; por todas partes

114

se oía su vozarrón y por todas partes se veía su cuerpo de gigante de cuento infantil. Poseía el don de la carcajada contagiosa. Me fijé en su mano enguantada y en el ruido metálico que producía contra los objetos al chocar y me volvió la imagen del colérico Claudedeu apostrofando a Pajarito de Soto y golpeando la mesa de juntas. También reconocí a Parells, que la noche aciaga ocupaba un asiento cercano a Savolta. Me impresionó la expresión de inteligencia que abarcaba, no sólo los ojos, sino cada rasgo de su cara de vieja. Lepprince me había explicado que desempeñaba el cargo de asesor financiero y fiscal de la empresa. Su padre había sido fusilado por los carlistas en Lérida durante la última guerra y Pere Parells había heredado del difunto una honda devoción por el liberalismo. Se vanagloriaba de ser librepensador y ateo, pero acompañaba cada domingo a su mujer a misa porque «por el hecho de haber contraído matrimonio, ella había adquirido el derecho social de ser acompañada». Diré también que las mujeres de estos señores y de otros a las que fui presentado me parecieron todas cortadas por el mismo patrón y que confundí sus nombres y sus fisonomías apenas hube besado convencionalmente sus manos.

La fiesta se desarrolló en su primera mitad bajo el signo del pacífico cotilleo. Los hombres fumaban en la biblioteca; se hablaba en frases cortas, mordaces, y se reían los ocultos significados y las maliciosas alusiones. Las mujeres, en el salón, comentaban sucesos con aire grave y pesimista, escasamente reían y su conversación se componía de monólogos alternos a los que las oyentes asentían con gestos afirmativos y nuevos monólogos que corroboraban o repetían lo antedicho. Algunos hombres jóvenes compartían los corrillos femeninos. También adoptaban un aire circunspecto y se limitaban a manifestar conformidad o acuerdo sin intervenir.

En un rincón distinguí a una linda niña, la única joven de la reunión, que conversaba con Cortabanyes. Luego me la presentaron y supe que se trataba de la hija de Savolta, que vivía interna en un colegio y que había venido a Barcelona a pasar las Navidades con sus padres. Parecía muy asustada y me confesó sus ansias por regresar junto a las monjas a las que tanto quería. Me preguntó que qué era yo y Cortabanyes dijo:

—Un joven y valioso abogado.

—¿Trabaja usted con él? —me preguntó María Rosa Savolta señalando a mi jefe.

—A sus órdenes, para ser exacto —repliqué.

—Tiene usted suerte. No hay hombre más bueno que el señor Cortabanyes, ¿verdad?

—Verdad —respondí con cierta sorna.

—Y ese señor que hablaba con usted, ¿quién era?

—¿Lepprince? ¿No se lo han presentado? Venga, es socio de su padre de usted.

—¿Ya es socio, tan joven? —dijo, y se ruborizó intensamente.

Presenté a Lepprince a María Rosa Savolta porque intuí su deseo de conocerlo. Cuando ambos intercambiaban formalidades me retiré, un tanto molesto por las evidentes preferencias de la hija del magnate, y un tanto harto de hacer el títere.

JUEZ DAVIDSON. Describa de modo somero la situación de la casa del señor Savolta.

MIRANDA. Estaba enclavada en el barrio residencial de Sarrià. En un montículo que domina Barcelona y el mar. Las casas eran del tipo llamado «torre», a saber: viviendas de dos o una planta rodeadas de jardín.

J. D. ¿Dónde se celebraba la fiesta?

M.    En la planta baja.

J. D.   ¿Todas las habitaciones de la planta baja comunicaban con el exterior?

M.    Las que yo vi, sí.

J. D.   ¿Con el jardín o con la calle?

M.    Con el jardín. La casa estaba emplazada en el centro del jardín. Había que atravesar un trecho de jardín para llegar a la puerta.

J. D.   ¿De la puerta se pasaba directamente al salón?

M.    Sí y no. Se accedía a un vestíbulo en el que había una escalinata que conducía al piso superior. Descorriendo unos paneles de madera, el salón y el vestíbulo formaban una sola pieza.

J. D.   ¿Estaban descorridos los paneles de madera?

M.    Sí. Se descorrieron poco antes de medianoche para dar cabida al número creciente de invitados.

J. D.   Describa ahora la situación de la biblioteca.

M.    La biblioteca era una pieza separada. Tenía entrada por el salón, pero no por el vestíbulo.

J. D.   ¿Qué distancia mediaba entre la biblioteca y la escalinata del vestíbulo?

M.    Unos doce metros..., aproximadamente, cuarenta pies.

J. D.   ¿Dónde se hallaba usted cuando sonaron los disparos?

M.    Junto a la puerta de la biblioteca.

J. D.   ¿Dentro o fuera de ésta?

M.    Fuera, es decir, en el salón.

J. D.   ¿Lepprince estaba con usted?

M.    No.

J. D.   ¿Pero podía verle desde su posición?

M.    No. Estaba justo detrás de mí.

J. D.   ¿Dentro de la biblioteca?

M.    Sí.

Llevaban media hora de charla Lepprince y la hija del magnate. Yo me impacientaba porque quería que le dejase de una vez y poder volver a nuestra conversación, pero Lepprince no cesaba de dirigirle frases y de sonreír, como un autómata. Y ella escuchaba embelesada y sonreía. Me ponían nervioso los dos, mirándose y sonriendo como si posaran para un fotógrafo, sosteniendo cada uno una bolsita llena de uvas y su copa de champaña.

Que no asistí personalmente a la fiesta. Que tuve conocimiento de los hechos a los pocos momentos de haberse producido y que, media hora más tarde, me personé en la residencia del señor Savolta. Que, según me dijeron, nadie había abandonado la casa después de producirse los hechos, salvo la persona o personas que efectuaron los disparos. Que éstos fueron hechos desde el jardín, con arma larga. Que los disparos penetraron por la cristalera del salón, en el ángulo que forma ésta con la puerta de entrada a la biblioteca...

JUEZ DAVIDSON. ¿Está seguro de que los disparos procedían del jardín y no de la biblioteca?
MIRANDA. Sí.
J. D. Sin embargo, se hallaba usted equidistante de ambos puntos.
M. Sí.
J. D. De espaldas al lugar de procedencia de los disparos.
M. Sí.
J. D. ¿Quiere repetir la descripción de la vivienda?
M. Ya lo hice. Puede leerla en las notas taquigráficas.

<small>J. D.</small> Ya sé que puedo leer las notas taquigráficas. Lo que quiero es que usted repita la descripción para ver si incurre en contradicciones.

<small>M.</small> La casa estaba situada en el área residencial de Sarrià, rodeada de jardín. Había que cruzar un trecho...

A la medianoche Savolta se subió a la escalera del vestíbulo y reclamó silencio. Unos criados atenuaron las luces salvo aquellas que iluminaban directamente al magnate. Sin otro punto donde mirar los invitados concentraron su atención en Savolta.

—Queridos amigos —dijo éste—, tengo de nuevo el placer de veros a todos reunidos en esta vuestra casa. Dentro de unos minutos, el año 1917 dejará de existir y un nuevo año empezará su curso. El placer de reuniros en estos segundos memorables...

Entonces, o quizá después, empezaron a sonar los disparos. Cuando decía no sé qué del cambio de año y pasar el puente todos unidos.

### AL PRINCIPIO FUE SÓLO UNA EXPLOSIÓN

Al principio fue sólo una explosión y un ruido de cristales rotos. Luego gritos y otra explosión. Oí silbar las balas sobre mi cabeza, pero no me moví, paralizado como estaba por la sorpresa. Varios invitados se habían agazapado, tirado por los suelos o refugiado detrás del que tenían más próximo. Todo fue muy rápido, no recuerdo cuántos disparos siguieron a los dos primeros, pero fueron muchos y muy seguidos. Creo que vi a Lepprince y a María Rosa Savolta boca abajo y pensé que los habían matado. Y a Claudedeu ordenando que apagasen las luces y que todo el mundo se pusiese a cubierto. Había quien chillaba «¡La luz! ¡La luz!», y otros gritaban como si hubiesen sido heridos. Los disparos cesaron en seguida.

No habían durado casi nada. En cambio, los gritos se prolongaron y la oscuridad, también. Al final, viendo que no había más disparos, un criado hizo funcionar los interruptores y volvió la claridad y nos dejó cegados. A mi alrededor había llantos y nervios desbocados y unos decían que había que llamar a la policía y otros decían que había que cerrar las puertas y las ventanas y nadie se movía. La mayor parte de los invitados seguía tendida, pero no parecían heridos, porque miraban a todas partes con los ojos muy abiertos. Entonces sonó un grito desgarrador a mi espalda y era María Rosa Savolta que llamaba a su padre así: «¡Papá!», y todos vimos al magnate muerto. Las barandillas de la escalera habían saltado en pedazos, la alfombra se había convertido en polvo y los escalones de mármol, acribillados, daban la impresión de ser de arena.

El *mestre* Roca carraspeó y dijo con voz trémula y pausada:

—Y así vine a parar, como quizá recordéis, en lo que llamé, tal vez con imprevisión de las consecuencias, «la muerte y legado del Anarquismo», frase que provocó al parecer escándalo en muchos seguidores de la Idea y reproches a mi persona, que no me han dolido, pues contenían más devoción a la Idea que rencor contra sus aparentes detractores. No obstante, el interés y la polémica nada tienen que ver con la «muerte» o la «vida» del tema debatido. En la Italia del siglo XV se desataron apasionados intereses y fructíferas polémicas en torno a la cultura clásica de Grecia y Roma, mas, decidme, ¿resucitaron con ello aquellas culturas? Se objetará probablemente que las culturas estaban vivas, puesto que promovieron un interés «vivo», y que sólo estaban muertas sus fuentes. Pero, en realidad, lo que sucede es que se nos hace difícil entender, a nosotros, los mortales, el verdadero sentido de la palabra «muerte» y más aún su realidad, el hecho esencial que la constituye.

»Permitidme, pues, que humildemente me ratifique; sin altanería, pero con firmeza: el anarquismo ha muerto como muere la semilla. Falta saber, no obstante, si ha muerto agostado en la tierra estéril o si, como en la parábola evangélica, se ha transformado en flor, en fruto y en árbol; en nuevas semillas. Y afirmo, y ruego que me perdonéis por ser tan categórico, pero lo juzgo necesario para no caer en una cortés y huera charla de salón, afirmo, digo, que toda idea política, social y filosófica, muere tan pronto como surge a la luz y se transfigura, como la crisálida, en acción. Ésa es la misión de la idea: desencadenar los acontecimientos, transmutarse, y de ahí su grandeza, del campo etéreo del pensamiento incorporal al campo material; mover montañas, según frase de la Biblia, ese bello libro tan mal utilizado. Y por eso, porque la idea deviene un hecho y los hechos cambian el curso de la Historia, las ideas deben morir y renacer, no permanecer petrificadas, fósiles, conservadas como piezas de museo, como adornos bellos, si queréis, pero aptos sólo para el lucimiento del erudito y del crítico sutil e imaginativo.

»Ésa es la verdad, lo digo sin jactancia, y la verdad escandaliza; es como la luz, que hiere los ojos del que vive habituado a la oscuridad. Y ése es mi mensaje, amigos míos. Que salgáis de aquí meditando, no la idea, sino la acción. La acción infinita, sin límites, sin rémora ni meta. Las ideas son el pasado, la acción es el futuro, lo nuevo, lo por venir, la esperanza, la felicidad.

# IV

Los recuerdos de aquella época, por acción del tiempo, se han uniformado y convertido en detalles de un solo cuadro. Desaparecida la impresión que me produjeron en su momento, limadas sus asperezas por la lija de nuevos sufrimientos, las imágenes se mezclan, felices o luctuosas, en un plano único y sin relieve. Como una danza lánguida vista en el fondo del espejo de un salón ochocentista y provinciano, los recuerdos adquieren un aura de santidad que los transfigura y difumina.

La casa estaba cerrada y ante la puerta un criado impedía el paso a los visitantes. Aguardábamos a la intemperie, apiñados en la parte delantera del jardín. De vez en cuando distinguíamos siluetas cruzando una ventana. Tras la tapia, en la calle, una muchedumbre se había reunido para rendir el postrer homenaje al magnate. Un frío seco y un aire luminoso y sereno hacían llegar con limpieza el lejano tañido de las campanas. Se oía piafar a los caballos y golpes de cascos en la calzada. Se abrió la puerta de la casa. El criado se retiró y dio paso a un canónigo revestido de ornamentos funerarios. Salieron dos monaguillos y corrieron a formar en hilera. El primero llevaba un largo palo rematado por un crucifijo metálico. El segundo balanceaba un incensario que desprendía volutas perfumadas. El canónigo tenía los ojos clavados en el misal y entonaba un cántico sacro, coreado desde dentro de la casa por voces hondas. Iniciaron la procesión; tras el canónigo marchaban cuatro curas en doble columna. Luego aparecieron los maceros del ayuntamiento con sus vestiduras medievales, sus pelucas y sus clavas doradas, en forma de devanadera. Por último, el féretro en que reposaba Savolta, con festones y brocados. Lo portaban Lepprince, Claudedeu, Parells y otros tres hombres cuyos nombres no sabía. En el balconcito del primer piso vimos a la señora de Savolta, a otras señoras y a María Rosa Savolta enlutadas, con pañuelitos en la mano que viajaban súbitamente a los ojos para restañar una lágrima por el magnate.

Detrás del féretro marchaba un desconocido que vestía un largo abrigo negro y se tocaba con bombín del mismo color bajo el cual caían rubios mechones, casi albinos. Tenía las manos hundidas en los bolsillos y giraba la cabeza de un lado a otro, clavando en todos los asistentes sus ojos azules que destacaban en un rostro blanco como la cera.


El comisario Vázquez entró en su despacho. Su secretario arrojó sobre la mesa unos papeles para ocultar el periódico que leía.

—¿Quién le ha mandado hacer un paquete? —gruñó el comisario Vázquez—. Lea su periódico y déjese de tonterías.

—Ha llamado por teléfono don Severiano. Le dije que se había usted ausentado por mor de unas diligencias y respondió que llamaría de nuevo.

—¿Llamaba desde Barcelona?

—No, señor. Una chica, o señorita, que no dijo su nombre, dio aviso de conferencia desde una localidad que no me fue posible retener. Se oía muy mal.

El comisario Vázquez colgó su abrigo de un perchero mugriento y se sentó en su pegajosa silla giratoria.

—Déme un cigarrillo. ¿Alguna otra novedad?

—Un individuo desea verle. Me parece que no se trata de un habitual.

—¿Qué quiere? ¿Quién es?

—Hablar con usted. No suelta prenda. Es Nemesio Cabra Gómez.

—Bueno. Le haremos esperar un rato, para que tenga ocasión de sintetizar su discurso. ¿Me da o no me da ese pitillo?

El secretario abandonó su mesa.

—Quédese con el paquete. Llevo uno entero en el bolsillo del gabán y, además, no me conviene fumar demasiado, por la bronquitis.

La muchedumbre que colmaba las aceras y la calzada y que se había encaramado a los árboles y a las farolas y a las verjas de las casas vecinas emitió un mugido sordo cuando apareció el féretro. Entre las cabezas descubiertas de la gente sobresalían aquí y allá los caballos de la policía que mantenía el orden con los sables en la mano. Componían la multitud representantes de todas las clases sociales: hombres de alcurnia, vestidos de negro con flamantes chisteras; militares con uniforme de gala; buenas gentes atraídas por el espectáculo ciudadano, y obreros que acudían a dar el último adiós a su patrono. Avanzó la carroza charolada tirada por seis corceles engalanados con plumas, jaeces y gualdrapas de metal oscuro y conducida por cocheros de levita y chambergo también emplumado y lacayos de calzón corto, colgados de los estribos. Cargaron el féretro en la carroza y la banda municipal tocó la *Marcha fúnebre* de Chopin mientras el carruaje iniciaba un paso lento y la multitud se santiguaba y se estremecía. Ocupaban la presidencia del cortejo las autoridades y les seguían los socios, amigos y allegados del magnate. También se unió a la presidencia el extraño individuo del largo gabán y el bombín negro y otro personaje vestido de gris que dirigió unas palabras quedamente a los más próximos, asintió a las respuestas con la cabeza y se alejó. Era el comisario Vázquez, encargado del caso.


—¿Qué pinta tiene ese Nemesio Cabra Gómez? —preguntó el comisario Vázquez.

El secretario hizo un mohín.

—Bajito, moreno, delgado, sucio, sin afeitar...

—Obrero en paro, supongo —dijo el comisario.

—Eso parece, sí, señor.

Después de hojear los periódicos y ver que no aludían al suceso de la noche anterior, el comisario Vázquez ordenó que hicieran pasar al confidente.

—¿De qué quieres hablarme?

—Vengo a contarle cosas de su interés, señor comisario.

—No pago a los soplones —advirtió el comisario Vázquez—. Me molestan y no reportan nada práctico.

—Colaborar con la policía no es malo.

—Ni rentable —añadió el comisario.

—Llevo nueve meses parado.

—¿Y quién te da de comer? —preguntó el comisario.

Nemesio Cabra Gómez sonrió. Ceceaba ligeramente. Se encogió de hombros. El comisario Vázquez se volvió a su secretario.

—¿Podemos ofrecer un trozo de pan y un café con leche a un parado?

—Ya no queda café.

—Que vuelvan a colar los posos —dijo Vázquez.

El secretario salió sin abandonar la postura sedente.

—¿Qué me vas a decir? —dijo el comisario.

—Sé quién lo mató —dijo Nemesio Cabra Gómez.

—¿A Savolta?

Nemesio Cabra Gómez abrió su boca desdentada.

—¿Mataron a Savolta?

—Lo traerán los periódicos de la tarde.

—No lo sabía..., no lo sabía. ¡Qué gran desgracia!


Bajo el sol de enero avanzaba la letanía mortuoria de los curas y la carroza y la muchedumbre tras ella. Un estremecimiento general nos sacudía, pues todos teníamos el convencimiento de que uno de los asistentes era el asesino. La iglesia se colmó y también la calle hasta donde abarcaba la vista. Los primeros bancos los ocupaban las mujeres, que ya estaban allí cuando nosotros llegamos. Plañían y rezaban y oscilaban al borde del colapso. Luego se agolpaba en las naves una multitud silente y respetuosa. En la calle, por el contrario, reinaba un gran alboroto. La reunión de todos los financieros barceloneses producía discusiones, altercados, regateos, acercamientos oportunistas, tanteos y sugerencias. Los secretarios no cesaban de anotar y de llevar recados de un lado para otro, abriéndose paso a codazos, febriles por concluir antes que nadie la transacción.

Al salir del templo me topé con Lepprince.

—¿Qué se dice por ahí? —me preguntó.

—¿Por ahí? ¿Dónde?

—Pues, por ahí..., en los periódicos, en la calle. ¿Qué dice Cortabanyes? Yo no he abandonado la casa en estos dos días, prácticamente. Justo el tiempo de cambiarme de ropa, tomar un baño y comer algo.

—Todo el mundo comenta la muerte del señor Savolta, como es natural, pero no se ha esclarecido nada, si es a eso a lo que se refiere.

—Claro que me refiero a eso. ¿En qué sentido se dirigen las sospechas?

—El atentado vino de fuera. Se descarta que haya podido ser uno de los asistentes.

—Yo no descartaría nada, si fuera policía, pero estoy de acuerdo en que no fue cuestión personal.

—Tiene una idea formada, ¿no?

—Naturalmente que sí. Como tú y como todos.

Claudedeu se unió a nosotros. Lloraba como un niño.

—No lo puedo creer..., tantos años juntos y ahora, miren ustedes... No lo puedo creer.

Cuando se hubo ido, Lepprince me dijo:

—No puedo entretenerme. Ven mañana por mi casa. Después de las ocho, ¿de acuerdo?

—No faltaré —dije.


JUEZ DAVIDSON. Ahora desearía tocar un punto que me parece de peculiar relevancia. Y es el siguiente: ¿conocía usted los entresijos de la empresa Savolta?

MIRANDA. De oídas.

J. D. ¿Quién era el accionista mayoritario?

M. Savolta, por supuesto.

J. D. Al decir «por supuesto», ¿quiere decir que Savolta era propietario de todas las acciones de la sociedad?

M. De casi todas.

J. D. ¿En qué proporción?

M. Un 70 % de las acciones le pertenecían.

J. D. ¿Quién poseía el otro 30 %?

M. Parells, Claudedeu y otros vinculados a la empresa poseían hasta un 20 %. El resto estaba en manos del público.

J. D. ¿Siempre había existido este estatus social?

M. No.

J. D. Explique la historia con brevedad.

—La sociedad Savolta —dijo Cortabanyes— la fundó un holandés llamado Hugo van der Vich en 1860 o 1865, si mal no recuerdo; yo apenas tuve participación en ello, como no he tenido participación en casi nada de cuanto ha sucedido a mi alrededor. La constitución se realizó en Barcelona y a la empresa se la denominó Savolta porque por entonces Savolta era el hombre de paja de Van der Vich en España y la finalidad de la empresa no era otra que la evasión fiscal.

Cortabanyes tenía miedo. Desde la fiesta de fin de año experimentaba continuos escalofríos y sus dientes castañeteaban sin cesar. Me convocó y empezó a contarme la historia de la empresa como si quisiera descargarse de un peso. Como si fuera el prólogo de una gran revelación.

—Con el tiempo, Van der Vich se fue chiflando y confió en Savolta la gestión de la empresa, cosa que éste aprovechó para irse apoderando de las acciones del holandés hasta que Van der Vich murió de forma trágica, como es de dominio público.

Yo había leído la romántica historia siendo niño. Hugo van der Vich era un noble holandés que vivía en un castillo rodeado de frondosos bosques. Se volvió loco y adquirió la costumbre de disfrazarse de oso y recorrer a cuatro patas sus posesiones, asaltando a las campesinas y las pastoras. Corrió la leyenda del oso y se organizaron batidas en las que murieron más de treinta osos y seis cazadores. Uno de los osos muertos fue Van der Vich.

—Van der Vich —prosiguió Cortabanyes— dejó un hijo y una hija que siguieron habitando el castillo, al que las gentes atribuyeron fama de encantado. Se decía que por las noches vagaba el alma de Van der Vich y atrapaba entre sus zarpas a cuantos veía, exceptuando a sus hijos, que le dejaban en las almenas miel y roedores muertos para su alimentación. Los hijos vivían incestuosamente amancebados, y en un estado de desidia tal que las autoridades intervinieron y apreciaron en ambos síntomas de locura. El hijo, Bernhard, fue internado en un manicomio en Holanda y la hija, Emma, en un sanatorio suizo. Al estallar la guerra, en 1914, Bernhard van der Vich logró huir de su encierro y se unió al ejército alemán, donde alcanzó el grado de capitán de dragones.

Bernhard van der Vich murió en una operación militar en Francia, cerca de la frontera con Suiza. La Cruz Roja lo trasladó a Ginebra gravemente herido. Cuando cruzaban la frontera, su hermana exclamó: «Bernhard, Bernhard, où es-tu?» Los dos hermanos no se reencontraron: él murió aquella misma noche en el quirófano, y ella, poco después del amanecer. Es posible que todo forme parte de una leyenda forjada en torno a la excéntrica y adinerada familia. Los ricos son distintos al resto de los mortales y es natural que atraigan sobre sí los más disparatados rumores y las más desbocadas fantasías.

MIRANDA. Cuando murieron los hermanos Van der Vich, Savolta y su grupo se habían apoderado ya de todas las acciones, salvo un paquete reducidísimo que quedó depositado en un Banco de Suiza, a nombre de Emma van der Vich.

JUEZ DAVIDSON. ¿No tuvieron herederos los Van der Vich?

M. No, que yo sepa.

J. D. ¿Producía la empresa beneficios que pudieran considerarse altos?

M. Sí.

J. D. ¿Regularmente?

M.   Sobre todo en los años que precedieron a la gue-
     rra y durante la guerra.

J. D.  ¿Luego no?

M.   No.

J. D.  ¿Por qué?

M.   La entrada de los Estados Unidos en la conflagra-
     ción hizo perder la clientela extranjera.

J. D.  ¿Es posible? Dígame, ¿qué producto o productos
     se fabricaban en la empresa Savolta?

M.   Armas.


Nemesio Cabra Gómez se había puesto pálido. El secretario hizo su aparición con una taza de café con leche grisáceo y una hogaza enharinada. Lo dejó sobre
la mesa y volvió a su puesto, donde permaneció con la
mirada extraviada. Nemesio Cabra Gómez desmenuzó
el pan y sumergió los trozos en el café con leche produciendo una pasta repugnante.

—Si no vienes a contarme lo de Savolta —dijo el comisario Vázquez—, ¿a qué has venido?

—Sé quién lo mató —dijo el confidente mostrando
el contenido de su boca.

—¿Pero quién mató a quién?

—A Pajarito de Soto.

El comisario Vázquez meditó unos instantes.

—No me interesa.

—Es un asesinato y los asesinatos interesan a la policía, ¿o no?

—La investigación se cerró hace días. Llegas tarde.

—Habrá que abrirla de nuevo. Sé algo sobre la carta.

—¿La carta? ¿La carta que escribió Pajarito de
Soto?

Nemesio Cabra Gómez dejó de comer.

—Le interesa, ¿eh?

—No —dijo el comisario Vázquez.

130

Tal como habíamos convenido, acudí aquella tarde a casa de Lepprince. El portero, que ya me conocía de anteriores visitas, al verme de luto se creyó en la obligación de manifestar su condolencia por la muerte de Savolta.

—Mientras el Gobierno no tome sus medidas, no habrá paz para la gente honrada. Fusilarlos a todos es lo que habría que hacer —me dijo.

Una vez en el rellano tuve una sorpresa. El hombre pálido del bombín negro y el largo gabán que había visto en las exequias del magnate estaba allí, ante la puerta de la casa, y me impedía el acceso.

—Desabroche su abrigo —me dijo con acento extranjero y además conminatorio.

Le obedecí y él tanteó mi ropa.

—No llevo armas —dije sonriendo.

—Su nombre —me atajó.

—Javier Miranda.

—Esperar.

Chasqueó los dedos y compareció el mayordomo, que aparentó no conocerme.

—Javier Miranda —dijo el hombre del bombín—, ¿pasa o no pasa?

El mayordomo desapareció y volvió a los pocos segundos. Dijo que Lepprince me aguardaba. El hombre pálido se apartó y yo pasé sintiendo su mirada amenazadora en la nuca. Encontré a Lepprince solo en el saloncito donde tantas horas habíamos compartido.

—¿Quién es? —pregunté señalando en dirección a la puerta.

—Max, mi guardaespaldas. Desertor del ejército alemán y hombre de toda confianza. Perdónale si te ha causado molestias. La situación es delicada y he preferido pasar por alto la cortesía en beneficio de la seguridad personal.

131

—¡Es que me ha registrado!

—Aún no te conoce y no se fía ni de su sombra. Es un gran profesional. Ya le daré instrucciones para que no te moleste más en lo sucesivo.

En aquel momento llegaron gritos procedentes del pasillo. Salimos a ver: el guardaespaldas encañonaba con su pistola a un hombre que, a su vez, encañonaba al guardaespaldas.

—¿Qué significa esto, señor Lepprince? —exclamó el recién llegado sin apartar los ojos del guardaespaldas.

Lepprince se reía por lo bajo de lo ridículo de la situación.

—Déjale pasar, Max. Es el comisario Vázquez.

—¿Con pistola? —dijo Max.

—Pues no faltaría más —gruñó el comisario—. Quiere desarmarme, este animal.

—Sí, Max, déjale pasar —concluyó Lepprince.

—¿Puedo pedir una explicación? —dijo el comisario sin ocultar su enfado.

—Deberá disculparle, no conoce a nadie.

—Su guardaespaldas, supongo.

—En efecto. Me ha parecido aconsejable.

—¿No confía en la policía?

—Desde luego que sí, comisario, pero he preferido extremar las precauciones, aun a costa de parecer exagerado. Creo que las molestias de los primeros días quedarán compensadas por la tranquilidad futura. No sólo mía, sino de ustedes también.

—No me gustan los guardaespaldas. Son pistoleros, amantes de la camorra y trabajan por dinero. No he conocido a ninguno que no acabase vendiéndose. Por lo general organizan más líos de los que evitan.

—Este caso es distinto, comisario. Tenga confianza en mí. ¿Un cigarro?

—Los que tenemos todo el día para dormir velamos de noche, cuando descansa la gente de bien. La ciudad duerme con la boca abierta, señor comisario, y todo se sabe: lo que ha pasado y lo que pasará, lo que se dice y lo que se calla, que es mucho en estos tiempos tan duros. Yo soy amante del orden, señor comisario, se lo juro por mis muertos, que en gloria estén. Y si no basta con mi palabra, Dios hay que lo puede certificar. Me marché de mi pueblo porque allí había demasiada revolución. Ya no se respeta hoy en día la voluntad del Altísimo y él tiene que mandarnos un gran castigo si no ponemos remedio los hombres de orden y buena voluntad.

El comisario Vázquez encendió un cigarrillo y se levantó.

—Voy a un recado. Espérame aquí, si te apetece, y me sigues contando luego estas ideas tan hermosas.

Nemesio Cabra Gómez se puso en pie.

—¡Señor comisario! ¿No le interesa lo que sé?

—Por ahora, no. Tengo cosas más importantes que atender.

En la puerta hizo señal al secretario y le dijo por lo bajo:

—Salgo un momento; vigíleme a este pájaro mientras estoy fuera. No le deje marchar. Ah, y le devuelvo su tabaco. Compraré al salir.

Que por orden expresa de mis superiores jerárquicos me hice cargo del «caso Savolta» el 1 de enero de 1918, a raíz del asesinato de aquél. Que el difunto Enrique Savolta y Gallibós, de 61 años de edad, casado, natural de Granollers, provincia de Barcelona, del comercio, era propietario del 70 % de las acciones de la empresa que lleva su nombre, dedicada a la fabricación y venta

133

de armas, explosivos y detonantes, situada en la zona industrial de Hospitalet, provincia de Barcelona, de la cual, a su vez, era director-gerente. Que conocidos los antecedentes de su muerte se atribuyó ésta a las organizaciones obreras, también llamadas sociedades de resistencia, que debieron de llevar a cabo el atentado como represalia por la muerte de un periodista llamado Domingo Pajarito de Soto, acontecida diez o quince días antes y que se achacó en los medios revolucionarios de esta capital a la intervención de uno o varios miembros de la ya citada sociedad. Que las indagaciones condujeron a la detención de...

Pasó enero y luego febrero. Escasamente veía a Lepprince. Fui a visitarle un par de veces, pero topé con una cadena de obstáculos hasta llegar a su presencia: el portero, antaño amable y charlatán en exceso, me paraba, me preguntaba mi nombre y llamaba por la bocina pidiendo instrucciones. En el rellano estaba Max, el guardaespaldas, esperándome: ya no me registraba, pero no quitaba las manos de los bolsillos del gabán. Me hacía entrar en el vestíbulo y avisaba al mayordomo. Éste me volvía a preguntar mi nombre, como si no lo supiera, y me rogaba que aguardase unos minutos. Mi entrevista con Lepprince se veía interrumpida con irritante periodicidad: llamadas extemporáneas, doncellas furtivas que le hacían llegar un papel garrapateado, un secretario rastrero que consultaba dudas, Max que aparecía sin llamar y revisaba los rincones como si buscara cucarachas.

Con todo, seguí frecuentando la casa de la Rambla de Cataluña. A menudo coincidía con el comisario Vázquez. Éste se presentaba de improviso, sostenía una breve escaramuza con Max y penetraba en el salón. Lepprince le obsequiaba con algo: un cigarro, un café con galletas, una copita de licor, y el comisario suspiraba, se desperezaba, parecía relajarse y comenzaba su charla preñada de crímenes, sendas tortuosas y pistas entretejidas. Un día nos comunicó que los sospechosos de la muerte de Savolta estaban ya en Montjuïc. Eran cuatro: dos jóvenes y dos viejos, todos ellos anarquistas, tres inmigrantes sureños y un catalán. Yo pensé para mis adentros cuántos y cuán dolorosos palos de ciego no se habrían dado hasta localizar a los cuatro malhechores.

En efecto, unas semanas antes de que Vázquez nos diera la noticia de la detención y encarcelamiento, hallándome yo aburrido, se me ocurrió pasar por la librería de la calle de Aribau con el propósito de matar una hora escuchando al *mestre* Roca. Pero la librería estaba desierta. Sólo seguía en su lugar la mujer pelirroja, la del mostrador. Avancé hacia la trastienda y ella me impidió el paso.

—¿Desea el señor algún libro?

—¿Ya no viene por aquí el *mestre* Roca? —pregunté.

—No, ya no viene.

—No estará enfermo, espero.

La dependienta miró en todas direcciones y murmuró pegándose a mi oreja:

—Se lo llevaron a Montjuïc.

—¿Por qué? ¿Hizo algo malo?

—Fue a raíz de la muerte del Savolta, ¿sabe a lo que me refiero? Al día siguiente se inició la represión.

El *mestre* Roca contrajo una enfermedad en Montjuïc debido a su avanzada edad. Le soltaron relativamente pronto, pero ya no volvió por la librería ni supe más de él.


—No puede tratarme así, señor comisario, soy un hombre de orden. Mi único propósito fue ayudarle, ¿por qué no me presta un poco de atención?

Nemesio Cabra Gómez se agitaba y se retorcía los dedos haciendo crujir las articulaciones.

—Ten paciencia —dijo el comisario Vázquez—, en seguida estoy por ti.

—¿Sabe usted cuántas horas llevo aquí sentado?

—Muchas, creo.

Nemesio Cabra Gómez se abalanzó sobre la mesa. El comisario se sobresaltó y se cubrió con el periódico mientras el secretario se ponía de pie y hacía gesto de correr hacia la puerta.

—He meditado mucho en estas horas de angustia, comisario. No me abandone. Sé quién mató a Pajarito de Soto y a Savolta, y sé también quién será el próximo en caer. ¿Le interesa o no le interesa?

Recuerdo el último día que fui a la casa de la Rambla de Cataluña. Lepprince me había invitado a comer.

Una vez traspuestos los controles, tomamos una copa de jerez en el saloncito donde ardían troncos a pesar de que la primavera se había hecho dueña de la ciudad e imponía sus colores luminosos y su tibieza exaltante. Luego pasamos al comedor. Mantuvimos una conversación de tipo general, llena de altibajos y silencios. Por último, a los postres, Lepprince me comunicó que se casaba. No me sorprendió el hecho en sí, sino el secreto que había rodeado sus relaciones hasta ese momento. La elegida, no hace falta decirlo, era María Rosa Savolta. Le di mi enhorabuena y no puse otro reparo que la excesiva juventud de su futura esposa.

—Tiene casi veinte años —replicó Lepprince con su dulce sonrisa (yo sabía que acababa de cumplir los dieciocho)—, una sólida formación y una cultura refinada. Lo demás, vendrá por sí solo, con el tiempo. La experiencia suele ser una sucesión de disgustos, fracasos y sinsabores que amargan más de lo que enseñan. Bien está la experiencia para un hombre, que ha de luchar, pero no para una esposa. Dios me permita privarle de la experiencia si ello significa evitarle todo mal.

Alabé sus palabras, de una gran nobleza, y ambos volvimos a sumirnos en una tensa mudez. El mayordomo entró en el comedor, pidió disculpas por la interrupción y anunció la visita del comisario Vázquez. Lepprince le hizo pasar y me rogó que me quedase.

—Disculpe que le recibamos en el comedor, amigo Vázquez —se apresuró a decir Lepprince apenas el comisario hizo su aparición—. Me pareció mejor esto que hacerle esperar o que echar a perder el final de una excelente comida. ¿Quiere unirse a nosotros?

—Muchas gracias, he comido ya.

—Al menos aceptará unos dulces y una copita de moscatel.

—Con mucho gusto.

Lepprince dio las órdenes pertinentes.

—He venido —dijo el comisario— porque creo mi deber tenerle informado de cuanto sucede en relación con... la situación de ustedes.

Al decir ustedes se refería, como entendí, a Lepprince y sus socios. A mí no me había saludado siquiera y mantenía el desdén del primer día, cosa que me afectaba, pero que juzgaba lógica: en su profesión no cabían las atenciones ni los cumplidos y todo cuanto se interpusiera en su camino (amigos, secretarios, ayudantes y guardaespaldas) lo rechazaba sin miramientos.

—¿Se refiere a los atentados? —dijo Lepprince—. ¿Hay alguna novedad respecto a la muerte del pobre Savolta?

—A eso me refiero, exactamente.

—Usted dirá, querido Vázquez.

El comisario se demoraba curioseando las vinagreras y leyendo entre dientes la etiqueta de la botella de vino. Me pareció que su displicencia me rebasaba y se hacía extensiva al propio Lepprince.

—Por medio de..., de gentes que colaboran con la policía de un modo indirecto y oficioso he tenido noticia de que se ha desplazado a Barcelona Lucas «el Ciego» —dijo.

—¿Lucas el qué? —preguntó Lepprince.

—«El Ciego» —repitió el comisario Vázquez.

—¿Y quién es este personaje tan pintoresco?

—Un pistolero valenciano. Ha trabajado en Bilbao y en Madrid, aunque los informes son confusos al respecto. Ya sabe usted lo que pasa con este tipo de gente: de un bandido hacen un héroe y lo imaginan en todo lugar, como a Dios.

Una camarera trajo un plato, un juego de cubiertos y una servilleta para el comisario.

—¿Por qué le llaman «el Ciego»? —preguntó Lepprince.

—Una versión atribuye el apodo al hecho de que, al mirar, entorna los ojos. Otros dicen que su padre fue ciego y cantaba romanzas por los pueblos de la Huerta. Pura leyenda, en mi opinión.

—Él, sin embargo, parece tener la vista fina.

—Como un hilo de acero.

—¿Fue ese Lucas el que mató a Savolta?

El comisario Vázquez se sirvió un par de dulces y dirigió a su interlocutor una mirada significativa.

—¿Quién sabe, señor Lepprince, quién sabe?

—Siga contando cosas de su personaje, por favor. Y coma, coma, verá qué dulces más delicados.

—No sé si se da cuenta, señor Lepprince, de que hablo muy en serio. Ese pistolero es un hombre peligroso y viene por ustedes.

—¿Quiere decir por mí, comisario?

—Dije por ustedes, sin especificar. Si hubiese querido decir por usted, lo habría dicho. Esta misma conversación la mantuve con Claudedeu a primera hora de la mañana.

—¿Hasta qué punto es peligroso? —dijo Lepprince.

El comisario echó mano al bolsillo y extrajo unas cuartillas que tendió a Lepprince.

—Traigo unas notas apuntadas. Yo mismo las extracté del archivo. Déles un vistazo, aunque, a lo mejor, no entiende mi letra.

—Oh, sí, perfectamente. Aquí veo que se le atribuyen cuatro asesinatos.

—Dos asesinatos, propiamente dichos. Los otros dos muertos son policías caídos en una refriega, en Madrid.

—Y se fugó de la cárcel de Cuenca.

—Sí. La guardia civil lo persiguió por las montañas. Al final, no sé por qué, lo dieron por muerto y regresaron al cuartel. Un mes más tarde hacía su aparición en Bilbao.

—¿Trabaja solo? —pregunté.

—Depende. Los informes de Madrid le atribuyen la jefatura de una banda, sin precisar el número de sus componentes. Otros informes lo describen como un lobo solitario. Esto último parece más acorde con su personalidad de hombre fanático y violento en extremo. Si ha tenido asociados lo habrán sido temporalmente, para un trabajo determinado.

El comisario Vázquez partió un tocinillo del cielo y lo saboreó despacio.

—Una delicia, este pastelito —exclamó.

—¿Qué me aconseja que haga, comisario? —preguntó Lepprince.

Vázquez retrasó la contestación hasta después de haber terminado los restos del tocinillo.

—Yo sugeriría..., yo sugeriría que nos tuviese al corriente de todas sus actividades, en el sentido de poder mantener en torno a usted una estrecha vigilancia.

Convendría preparar todas y cada una de sus salidas, de modo y a fin de que obliguemos a Lucas «el Ciego» a dar un golpe desesperado. Tipos como ése no suelen tener paciencia. Si le damos carnada, él mismo se colgará.

La camarera anunció que el café y los licores estaban servidos en el saloncito. Lepprince inició la procesión, pero el comisario Vázquez pretextó tener prisa y abandonó la casa.

—Le molesta que tenga mi propio guardaespaldas —comentó Lepprince en ausencia del comisario—. Opina que interfiere su labor.

—Y es cierto, desde su punto de vista.

—Desde su punto de vista, tal vez. Pero yo me siento más protegido por Max que por toda la policía española junta.

—Bueno, contra eso nada se puede decir. Yo creo, sin embargo, que son sumamente eficientes.

—En tal caso —concluyó Lepprince—, me siento doblemente seguro. Pero esta discusión no es una discusión taurina. Es mi vida lo que anda en juego y no voy a comprobar en mi propia carne quién es mejor y quién es peor.


El doctor Flors se rascaba la barba con un lapicero.

—Es irregular lo que me pide, comisario. El enfermo se halla en un estado de tranquilidad pasajera que su presencia podría alterar.

—¿Qué pasaría si se altera?

—Se pondría furioso y nos veríamos obligados a darle unas duchas de agua fría.

—Eso no hace mal a nadie, doctor. Déjeme hablar con él.

—No debo, créame. Soy responsable de la salud de mis pacientes.

—Y yo soy responsable de la vida de muchas personas. No le pido que haga nada por mí, doctor, sino por el bien público, al que represento. Es un asunto grave.

No muy convencido, el doctor Flors acompañó al comisario a través de largos corredores que parecían no conducir a ninguna parte. Al término de cada corredor, el médico giraba en ángulo recto y tomaba un nuevo corredor. Las paredes estaban pintadas de verde, al igual que las puertas, distribuidas irregularmente. De vez en cuando, a la derecha o a la izquierda del corredor, para desorientación del comisario Vázquez, se abría una cristalera que daba sobre un jardín rectangular, en el centro del cual brincaba un surtidor rodeado de rosales en flor. Por el jardín vagaban algunos enfermos con la cabeza rapada, enfundados en largas batas rayadas, y un enfermero que ostentaba, por contraste, una espesa barba negra. El jardín tan pronto aparecía desde un ángulo como desde otro y, en cierta ocasión, el comisario creyó pasar por el mismo sitio por segunda vez.

—¿No hemos visto antes esta imagen de san José? —preguntó al doctor señalando la imagen que les bendecía desde una hornacina.

—No. Usted quiere decir san Nicolás de Bari, que está en el ala de las mujeres.

—Perdón, me había parecido...

—Es natural su confusión. El hospital es un laberinto. Fue pensado así para lograr un máximo de aislamiento entre sus diversas dependencias. ¿Le gusta nuestro jardín?

—Sí.

—Tendré sumo gusto en enseñárselo al término de su visita. Los propios enfermos lo cultivan y cuidan.

—¿Qué hace aquél? —dijo el comisario Vázquez.

—Extermina insectos dañinos. Busca los nidos y los tapona con cera o barro. La cera es más eficaz, pues los insectos horadan el barro con facilidad y ganan la superficie de nuevo en pocos días. ¿Le interesa la jardinería, comisario?

—Teníamos un huertecillo en mi casa, cuando yo era chico. Y un patio donde mi madre cultivaba flores. Hace mucho de eso, ¿sabe usted?

Enfilaron un pasillo más oscuro que el resto del edificio, a cuyos lados se alineaban espesas puertas sin otra abertura que un diminuto tragaluz protegido por gruesas barras de hierro. Un ronroneo de ultratumba se filtraba por las puertas e inundaba el pasillo. El comisario apretó el paso instintivamente, pero el doctor Flors le indicó que habían llegado.


Con abril llegaron los chaparrones y el tiempo mudable. Una tarde, cuando Nicolás Claudedeu salía de una reunión, empezó a llover. Un coche de punto se aproximaba y lo llamó. El coche se detuvo y Claudedeu entró. En el coche había otro hombre. Antes de que Claudedeu se repusiera de su asombro, le descerrajó un pistoletazo en el entrecejo. El cochero arreó a los caballos y el coche se perdió al galope, ante los ojos atónitos de los policías que custodiaban a Claudedeu y el espanto de los viandantes. El cadáver del «Hombre de la Mano de Hierro» fue hallado al día siguiente en un vertedero municipal. La represión recrudeció, pero Lucas «el Ciego» no se dejaba prender. Los interrogatorios duraban días, las listas de sospechosos alcanzaban cifras de seis guarismos, las confidencias y delaciones menudeaban. La campaña se hizo extensiva no sólo a los anarquistas, sino al movimiento obrero en general.

*Documento de prueba anexo n.° 8*

*(Se adjunta traducción inglesa del intérprete jurado Guzmán Hernández de Fenwick)*

«Barcelona, 27-3-1918

Muy señor mío:

Tengo el gusto de comunicarle, a propósito del individuo en cuyos informes Vd. está interesado, que Francisco Glascá antes de la bomba de la calle del Consulado pertenecía al grupo "Acción" y había sido detenido en otras ocasiones por ejercer violencia, actualmente prestaba sus servicios en casa del patrono señor Farigola y era delegado del sindicato del ramo en cuestión. Vive amistanzado con una mujer, según informes del interesado, y tiene una hija llamada Igualdad, Libertad y Fraternidad. Su domicilio lo encontrará usted en la lista que me mandó y de la que, por lo que me dice, debe tener copia.»

Una cuartilla con aspecto de borrador dice: «Procure que las cosas se lleven a cabo con discreción. En último extremo, pero sólo en último extremo, recurra a nuestros amigos V. H. y C. R. Le agradezco el ejemplar del periódico madrileño *Espartaco*. Es preciso cortar de raíz esos rumores. ¿Qué hay de Seguí? Sea prudente, las cosas andan revueltas. Fdo.: N. Claudedeu.»

«Barcelona, 2-4-1918

Muy señor mío:

Parece ser que los del grupo "Acción" han tomado

143

como una ofensa personal lo de Glascá. Temo que quiera llevar a cabo represalias, aunque dudo que se atrevan a dirigirlas contra Vd. Salgo hacia Madrid mañana sin falta, donde espero entrevistarme con A. F. Ya sabe el poco aprecio que este señor nos tiene, sobre todo a raíz del asunto Jover. Me dijo en su anterior visita que los viajes de Pestaña y Seguí a Madrid están relacionados con la huelga general, y que nuestra actitud y la de otros miembros de la Patronal puede adelantar los acontecimientos e impedirle tomar las oportunas medidas. No quiero ni pensar cómo estarán los ánimos por el ministerio.»

El doctor Flors abrió una puerta e invitó a entrar a su acompañante. No pudo evitar el comisario Vázquez un estremecimiento al trasponer el umbral. La celda era cuadrada y alta de techo, como una caja de galletas. Las paredes estaban acolchadas, así como el suelo. No había ventanas ni agujero alguno, salvo una trampilla en la parte superior que dejaba penetrar una incierta claridad. Tampoco existía mobiliario. El enfermo reposaba en cuclillas, con la espalda erguida apoyada en la pared. Sus ropas estaban hechas jirones y apenas si ocultaban su desnudez, lo que aumentaba su ruindad. Llevaba semanas sin afeitar y se le había caído el pelo en forma irregular dejando al descubierto aquí y allá franjas de cuero cabelludo. Un aire denso y pestilente se respiraba en la celda. Cuando el comisario hubo entrado, el doctor cerró la puerta con llave, y el policía y el enfermo se quedaron solos frente a frente. Lamentaba el comisario Vázquez no haber traído su pistola. Se volvió a la puerta y al mismo tiempo se abrió una mirilla por la que asomó la cara del médico.

—¿Qué hago? —peguntó el comisario.

—Háblele despacio, sin levantar la voz.

—Tengo miedo, doctor.

—No tema, yo estoy aquí por si algo pasa. El enfermo parece tranquilo. Procure no excitarlo.

—Me mira con los ojos desorbitados.

—Es natural. Recuerde que se trata de un loco. No le contradiga.

El comisario Vázquez se dirigió al enfermo.

—Nemesio, Nemesio, ¿no me reconoces?

Pero Nemesio Cabra Gómez no daba señales de advertir la presencia del visitante, aunque seguía mirando fijo al comisario.

—Nemesio, ¿te acuerdas de mí? Viniste a verme varias veces a la Jefatura, ¿eh? Siempre te dimos café con leche y un panecillo.

La boca del enfermo empezó a moverse con lentitud, desprendiendo un reguero de baba. Su voz era inaudible.

—No sé qué me dice —dijo el comisario al doctor Flors.

—Acérquese más —aconsejó el médico.

—No me da la gana.

—Entonces salga.

—Está bien, doctor, me acercaré, pero no lo pierda de vista, ¿eh?

—Descuide usted.

—Mire, doctor —advirtió el comisario—, tengo dos hombres apostados fuera. Si dentro de un rato no salgo sano y salvo, entrarán y le harán responsable a usted de lo que haya sucedido. Ya nos entendemos.

—Usted quiso ver al paciente. Yo ya le aconsejé que desistiera. Ahora no me venga con historias.

El comisario se aproximó a Nemesio Cabra Gómez.

—Nemesio, soy yo, Vázquez, ¿me recuerdas?

Percibió una voz estrangulada, parecida a un gorjeo. Se agazapó y logró entender:

—Señor comisario..., señor comisario...

El sargento Totorno entró en el palco, tosió con discreción y viendo que los dos ocupantes no le prestaban atención, tocó en el hombro a Lepprince.

—Disculpe, señor Lepprince.

—¿Qué sucede?

—Voy a dar una vuelta por el gallinero, a ver si veo algo anómalo.

—Me parece muy bien.

—De paso estiro las piernas, ¿sabe usted? A mí, esto del teatro...

—Vaya, vaya, sargento.

De los palcos contiguos llegaban siseos reclamando silencio y el sargento Totorno salió golpeando las sillas con el sable. Max tomó los prismáticos y los dirigió a los pisos superiores.

—Aficionados —murmuró aludiendo al sargento.

—Hacen lo que pueden —dijo Lepprince.

—Bah.

Cayó el telón y hubo aplausos y brillaron las luces. Max se retiró al antepalco. Lepprince se puso en pie y encendió un cigarrillo antes de salir. Abrió la puerta que comunicaba con el corredor y un policía uniformado le impidió el paso.

—Deseo ir al bar.

—Órdenes del comisario Vázquez: no puede abandonar su localidad.

—Tengo sed. Dígale al comisario Vázquez que venga.

—El comisario no está.

—Pues déjeme salir.

—Lo siento, señor Lepprince.

—Entonces, hágame un favor, ¿quiere?

—Sí, señor, a mandar.

—Busque a un acomodador y dígale que me traiga una limonada. Yo se la pagaré aquí.

Volvió al antepalco. Hacía calor. Max, en mangas de camisa, barajaba los naipes.

—Me quedo, si no le importa —dijo.

—¿Vas a hacer un solitario? —preguntó Lepprince.

—Sí.

—Como prefieras, ¿no te interesa la obra?

—Saldré al final, a ver cómo se acaba.

—¿Tú qué opinas del adulterio, Max?

—Poco, realmente.

—¿Lo repruebas?

—Nunca lo he pensado, yo. A mí, esto del sexo...

—Está bien —dijo Lepprince—. Haz tú el solitario y que tengas suerte.

—Muchas gracias.

Lepprince volvió a ocupar su puesto. Sonó una campanilla con repique anunciando el comienzo del acto tercero. Volvió a repicar y las luces se amortiguaron mientras aumentaba el gas de las espitas de las candilejas. La gente se apresuró a toser y carraspear mientras se alzaba el telón. Golpearon la puerta del antepalco, abrió Max: el policía le tendió una bandeja con un botellín y un vaso.

—La fui a buscar yo mismo.

—Muchas gracias. Aquí tiene y se queda con las vueltas.

—De ningún modo.

—Orden del señor Lepprince.

—Vaya, si es así...

Avisado por Max, Lepprince entró en el antepalco y se bebió la limonada.


—¿Recibió mi llamada, señor comisario?

—Sí, ya ves que aquí me tienes.

—Fue a verle un amigo, ¿verdad, señor comisario?

—Un amigo tuyo, sí.

—Era Jesucristo, ¿sabe?

El comisario Vázquez retrocedió hasta el ventanuco.

—Me parece que delira —susurró al doctor Flors.

—Ya le dije yo...

—Señor comisario, ¿está usted ahí?

—Aquí estoy, Nemesio, ¿qué querías decirme?

—La carta, señor comisario, encuentre la carta.

El comisario Vázquez se aproximó de nuevo al enfermo.

—¿Qué carta, Nemesio?

—Lo dice todo... la carta: encuéntrela y ella le dirá quién mató a Pere Parells. No se lo digo yo, señor comisario. Es Jesucristo quien habla por mi boca. El otro día, ¿sabe?, vi una luz resplandeciente que traspasaba las paredes; tuve que cerrar los ojos para no volverme ciego..., y cuando los abrí, él estaba delante, como está usted ahora, señor comisario, igual que usted, con el blanco sudario que le regaló la Magdalena. Sus ojos desprendían chispas y su barba tenía puntos luminosos como estrellas y en las manos llevaba sus llagas puestas como cuando se le apareció a santo Tomás, el incrédulo.

—Anda, cuéntame lo de la carta, Nemesio.

—No. Esto es más hermoso que lo de la carta, señor comisario, y más interesante. Yo estaba postrado, sin saber qué hacer, y sólo repetía: «Señor, yo no soy digno de que entréis en mi pobre morada», y él me mostró sus Divinas Llagas y su Corona de Espinas que parecía el Sol y me habló con una voz que salía de todos los rincones de la celda. Es verdad, señor comisario, salía de todos los rincones de la celda al mismo tiempo y todo era luz. Y me dijo: «Ve a buscar al comisario Vázquez, de la Brigada Social. Dile todo cuanto sabes y él te sacará de aquí.» Yo le repliqué: «¿Y cómo haré para ir a buscar al comisario Vázquez, si no me dejan salir de aquí, Señor, si me tienen preso?» Y él respondió:

«Yo iré a buscarle a Jefatura y le diré que venga, pero tú has de contarle todo lo que sabes.» Y desapareció dejándome sumido en la oscuridad, en la que permanezco desde que se fue.

El comisario retrocedió hasta la puerta.

—Déjeme salir, doctor, es un caso perdido.

—Espere, señor comisario, no se vaya —decía Nemesio Cabra Gómez.

—Vete al diablo —le gritó el comisario.

Pero el enfermo se había incorporado y asía con las dos manos los hombros del comisario, que cayó de rodillas. El enfermo acercó su rostro al oído del policía y murmuró unas palabras. El doctor Flors había entrado y forcejeaba con el loco para liberar al comisario de las tenazas que le inmovilizaban contra el suelo acolchado. Acudieron dos enfermeros y entre los tres redujeron a Nemesio Cabra Gómez.

—Llévenlo a las duchas —ordenó el doctor Flors.

El comisario Vázquez recomponía su traje. Recogió del suelo el sombrero y un botón de la chaqueta.

—Ya le advertí que no valía la pena intentarlo —dijo el doctor Flors.

—Tal vez —respondió el comisario Vázquez.

Recorrieron sin hablar los pasillos que bordeaban el jardín y se despidieron en la puerta del sanatorio. Dos guardias esperaban en un automóvil.

—Gracias a Dios, comisario. Pensamos que no salía.

—Eso quisierais vosotros, que me encerrasen.

Los dos guardias rieron la broma de su superior.

—¿Dónde vive Javier Miranda? —preguntó de pronto el comisario.

—¿Miranda? —preguntaron los subalternos—, ¿quién es?

—Ya veo que no sabéis dónde vive. Vamos a Jefatura y allí lo averiguaréis.

Cuando Lepprince reapareció en el palco partió el primer disparo del gallinero. Lepprince se desmoronó. El sargento Totorno se precipitó desde las gradas superiores hacia el lugar de donde procedía el fogonazo. Una figura se escurría en dirección a la salida. El sargento Totorno le cerró el paso y la figura giró sobre sus talones y saltó por las gradas hacia la baranda desde la cual hizo frente al sargento. El caído Lepprince se había incorporado; en cada mano tenía una pistola: no era Lepprince, sino Max, que había sustituido a su amo cuando éste bebía la limonada. Hizo dos disparos contra el hombre que se erguía ante la baranda. El hombre se dobló por la cintura y cayó al patio de butacas. Reinaba una escandalosa confusión en el teatro, la representación se había interrumpido y actores y público procedían a desalojar el local atropellándose y tropezando con los que habían sido derribados y siendo derribados a su vez por aquellos que venían detrás. Del gallinero partió un nuevo disparo hacia el palco de Lepprince. Max había saltado al palco contiguo y respondió al ataque con una andanada de sus dos pistolas que detonaban al mismo tiempo y sin cesar. Una bala perdida hirió a un espectador que comenzó a chillar. Rodó un cuerpo por el gallinero y quedó atravesado en una de las gradas. Los terroristas, que no debían de ser menos de cinco, se vieron encerrados entre los revólveres de Max y el fuego del sargento Totorno que, aun herido, seguía repartiendo balazos imprecisos en todas direcciones. Los terroristas intentaron abrirse camino hacia la salida de socorro. El policía que había traído la limonada se personó en el palco de Lepprince con una escopeta, accionó el gatillo y barrió el graderío con metralla. El sargento Totorno se despatarró. Los terroristas que aún se tenían en pie saltaron por encima del cuerpo del sargento y accedieron al pasillo. Allí los remató

Max, oculto tras una columna. El balance de aquella noche fue: tres terroristas muertos. Uno era Lucas «el Ciego», que murió al principio de la refriega de un tiro en el cuello. A otro de los terroristas muertos se le apreció un balazo en el omoplato izquierdo y metralla en el cerebro. Al otro, un impacto en el corazón. Los otros dos terroristas resultaron heridos: levemente uno y de gravedad el otro. Con heridas de pronóstico reservado resultó el bravo sargento Totorno, al que la metralla arrancó dos dedos de la mano derecha. En cuanto al espectador herido por una bala perdida en el glúteo derecho, fue dado de alta a los pocos días e indemnizado por Lepprince.

# V

Había ido al cinematógrafo aquella noche y luego, a la salida, me había tomado unos bocadillos y una cerveza y reemprendido el camino a casa con paso cansino, porque hacía buen tiempo y porque nadie me aguardaba ni tenía qué hacer ni prisa en llegar a ninguna parte. Vivía en un piso pequeño, bajo el tejado de un inmueble moderno, en la calle de Gerona, que un amigo de Serramadriles me proporcionó a poco de arribar a Barcelona. El mobiliario era escasísimo y las pocas piezas de que constaba eran de la peor manufactura: sillas bailarinas, mesas oscilantes, un butacón de mimbre y profusión de cretonas comidas por el sol. El dormitorio tenía una cama estrecha, poco más que un jergón, y un armario sin patas, con la luna cuarteada. El otro aposento estaba destinado a comedor, pero yo, que hacía mis comidas en un restaurante barato y vecinal, lo había destinado a sala de lectura, pues raramente recibía visitas y otra utilización habría resultado superflua. Tenía, por último, un trastero vacío, sin ventanas, y un lavabo en el dormitorio, donde asearse. Los restantes servicios sanitarios estaban en un cuarto independiente, en el rellano de la escalera, y los compartía con un astrónomo y una solterona. Una cosa buena, en cambio, sí había: las ventanas de las dos habitaciones daban sobre un huertecillo dedicado al cultivo de flores. A mediados del 19 desapareció el huertecillo y empezaron a edificar; vaya por Dios.

Como decía, llegué a casa tarde, bordeando la medianoche. Al introducir el llavín en la cerradura noté que la puerta no estaba cerrada. Lo atribuí a un descuido mío, pero bastó para intranquilizarme. Abrí con lentitud: en el comedor había luz. Cerré la puerta de golpe y empecé a bajar las escaleras. Una voz conocida me llamó, a mis espaldas.

—No corra, Miranda, no tiene de qué asustarse.

Me volví. Era el comisario Vázquez.

—Vinimos hace un par de horas. Como no regresaba usted, nos tomamos la libertad de abrir la puerta de su casa y esperarle cómodamente sentados, ¿se enfada?

—No, claro que no. Sólo que me dieron un susto tremendo.

—Sí, lo comprendo. Debimos advertirle de nuestra presencia para evitar que la descubriera por sí mismo, pero ¿qué le vamos a hacer? Ya casi nos habíamos olvidado de usted.

Había vuelto a subir los últimos peldaños y penetré en la casa. En el comedor había dos policías vestidos de paisano, aparte del comisario. Una ojeada me bastó para comprobar que lo habían registrado todo. Yo era muy dueño de protestar e incluso de elevar una queja, pues él había obrado, sin duda, por cuenta propia, prescindiendo de la correspondiente autorización judicial. No obstante, me dije, mi actitud rebelde no podía traerme más que complicaciones y, por otra parte, bien poco me molestaba que hubiesen puesto la casa patas arriba.

—¿De quién es ese retrato? —preguntó el comisario Vázquez señalando una fotografía enmarcada de mi padre.

—De mi padre —respondí.

—Vaya, vaya, ¿qué pensaría su padre de usted si supiera que le visita la policía?

Supuse que quería intimidarme, pero falló y me cedió la ventaja obtenida por la sorpresa.

—No pensaría nada: murió hace tres años.

—Oh, perdón —dijo el comisario—. Ignoraba que fuese usted viudo.

—Huérfano, para ser exacto.

—Eso quise decir, perdón de nuevo.

Ahora la iniciativa era mía: el comisario había hecho el ridículo delante de sus adláteres.

—Lamento no tener nada que ofrecerle, comisario —dije con aplomo.

—No se disculpe, por Dios. Somos sobrios en el cuerpo.

—No disimule delante de mí, comisario. He podido apreciar su buen gusto gastronómico en casa de nuestro común amigo, el señor Lepprince.

Pareció aturdido y yo temí haber ido demasiado lejos en mi ataque personal. Se lo merecía, eso sí. Quería interrogarme prevaliéndose de nuestro conocimiento casual y ello me autorizaba a usar, como él hacía, de nuestras previas relaciones personales. Porque no me cabía duda de que venía más como acusador que como investigador y que buscaba debilitarme mediante su presencia intempestiva y la compañía, innecesaria a todas luces, de sus dos subordinados.

—Hemos venido en visita de amistad —dijo el comisario Vázquez cuando se hubo respuesto—. Naturalmente, no tiene usted por qué admitirnos. Carecemos de orden judicial y, por tanto, nos vemos obligados a apelar a su benevolencia. Claro que huelgan estas explicaciones, siendo usted abogado.

—Yo no soy abogado.

—¿No? Caramba, no doy una esta noche, no sé qué me pasa... ¿Estudiante, entonces?

—Tampoco.

—En fin, ayúdeme, ¿cómo se definiría usted, profesionalmente hablando?

Era un contraataque fulminante.

—Auxiliar administrativo.

—¿Del señor Lepprince?

—No. Del abogado señor Cortabanyes.

—Ah, ya... Pensé, ¿comprende usted?, al verle tan a menudo en el domicilio del señor Lepprince... Pero ya veo que me confundo. Un auxiliar administrativo no comería en la mesa de Lepprince, salvo que mediase algo más, ¿cómo diría?, una relación amistosa, tal vez.

—Todo lo dice usted. Yo no digo nada.

—Ni tiene por qué, amigo Miranda, ni tiene por qué. Hace bien en no despegar los labios. Por la boca muere el pez.

—Entiendo que yo soy el pez, pero ¿debo entender también que usted es el pescador, comisario?

—Vamos, vamos, querido Miranda, ¿por qué somos tan hostiles los españoles? Esto es una reunión de amigos.

—En tal caso, haga el favor de presentarme a estos dos señores. Me gusta saber el nombre de mis amigos.

—Estos dos señores han venido conmigo con el único propósito de acompañarme. Ahora que ha llegado usted, se retiran.

Los dos adláteres del comisario dieron las buenas noches y salieron sin esperar siquiera que les acompañase a la puerta. Cuando nos quedamos solos, el comisario Vázquez adoptó una actitud más circunspecta y al mismo tiempo más familiar.

—Parece sorprendido, señor Miranda, por mi súbito interés hacia usted. Sin embargo, nada más lógico que tal interés, no ya en usted, sino en toda persona relacionada con el caso Savolta, ¿no le parece?

—¿Qué clase de relación tengo yo con el caso Savolta?

—Una pregunta obtusa, en mi opinión, si repasamos los hechos. En diciembre del año pasado muere

155

un oscuro periodista llamado Domingo Pajarito de Soto. De averiguaciones superficiales se desprende una realidad incuestionable: usted es su más íntimo amigo. Pocas semanas después, Savolta cae asesinado y, cosa extraña, usted es uno de los invitados a su fiesta.

—¿Me considera sospechoso de un doble crimen?

—Tranquilícese, no voy en esa dirección. Pero sigamos con los hechos desnudos: ambas muertes tienen o parecen tener un nexo, la empresa Savolta. Pajarito de Soto acababa de realizar un trabajo remunerado para dicha empresa. Cabe preguntarse, ¿quién puso en relación al periodista con sus últimos patronos?

—Yo.

—Justamente: Javier Miranda. Punto segundo: la relación de Pajarito de Soto con la empresa se llevó a cabo por medio de uno de los hombres clave de ésta. No por medio del jefe de personal, Claudedeu, ni por intervención directa de Savolta, sino por mediación de un individuo de funciones inconcretas: Paul André Lepprince. Voy a ver a Lepprince y ¿a quién encuentro a su lado?

—A mí.

—Demasiadas coincidencias, ¿no le parece?

—No. Lepprince me ordenó buscar y contratar a Pajarito de Soto. Del contacto con ambos surgió un vínculo de amistad que se truncó trágicamente en el caso de Pajarito de Soto y que perdura en el caso de Lepprince. La explicación no puede ser más sencilla.

—Sencilla sería de no existir tantos puntos oscuros.

—¿Por ejemplo?

—Por ejemplo, que simultáneamente a sus «vínculos de amistad» con Pajarito de Soto mantuviese usted «vínculos de amistad» con la esposa de éste, Teresa...

Me levanté de la silla impulsado por la indignación.

—Un momento, comisario. No estoy dispuesto a tolerar este tipo de interrogatorio. Le recuerdo que está

156

usted en mi casa y que carece de potestad para proceder como lo hace.

—Y yo le recuerdo que soy comisario de policía y que puedo conseguir no sólo una autorización judicial, sino una orden de arresto y hacer que le traigan esposado a la comisaría. Si quiere jugar la baza de los formalismos jurídicos, juéguela, pero no se lamente luego de las consecuencias.

Hubo un mutis. El comisario encendió un cigarrillo y arrojó el paquete sobre la mesa por si yo quería fumar. Me senté, tomé un cigarrillo y fumamos mientras se diluía la tensión.

—No soy una portera fisgona —prosiguió el comisario Vázquez con voz pausada—. No meto las narices en sus pestilentes vidas privadas para enterarme de si son cornudos, homosexuales o proxenetas. Investigo tres homicidios y una tentativa. Por ello pido, exijo, la colaboración de todos. Estoy dispuesto a ser comprensivo y respetuoso, a saltarme las formalidades, la rutina, todo cuanto sea menester para no importunarles más de la cuenta. Pero no abusen ni me irriten ni me obliguen a usar de mi autoridad, porque les pesará. Ya estoy harto, ¿lo entiende usted?, ¡harto!, de ser el hazmerreír de todos los señoritos mierdas de Barcelona; de que el Lepprince de los cojones me dé pastelitos y copitas de vino dulce como si estuviésemos celebrando su primera comunión. Y ahora viene usted, un pelanas, muy satisfecho de sí mismo porque menea el rabo y le tiran piltrafas en los salones de la buena sociedad, y quiere imitar a sus amos y hacerse el gracioso delante de mí, ponerme en ridículo, como si fuera la criada de todos, en lugar de ser lo que soy y hacer lo que hago: velar por su seguridad. Son ustedes idiotas, ¿sabe?, más idiotas que las vacas de mi pueblo, porque al menos ellas saben hasta dónde pueden llegar y dónde tienen que pararse. ¿Quiere un consejo, Miranda? Cuando me vea entrar en una habitación, aunque sea el comedor de Lepprince, no siga comiendo como si hubiera entrado un perro: límpiese los morros y levántese. Me ha entendido, ¿verdad?

—Sí, señor.

—Así me gusta, que recobre la sesera. Y ahora que somos tan amigos y nos entendemos tan bien, conteste a mis preguntas. ¿Dónde está la carta?

—¿Qué carta?

—¿Cuál ha de ser? La de Pajarito de Soto.

—No sé nada de...

—¿No sabe que Pajarito de Soto escribió y envió una carta el mismo día que lo mataron?

—¿Ha dicho usted «que lo mataron»?

—He dicho lo que he dicho: conteste.

—Oí hablar de la carta, pero jamás la vi.

—¿Está seguro de que no la tiene usted?

—Completamente seguro.

—¿Y no sabe quién la tiene?

—No.

—¿Ni cuál es el contenido de la carta?

—Tampoco, se lo juro.

—Tal vez dice la verdad, pero tenga cuidado si miente. No soy el único que va tras esa carta, y los otros no son tan charlatanes como yo. Primero matan y luego buscan, sin preguntar, ¿entiende?

—Sí.

—En caso de averiguar, de sospechar, de recordar el más mínimo detalle concerniente a la carta, dígamelo sin pérdida de tiempo. Su vida puede depender de que lo haga sin demora.

—Sí, señor.

Se levantó, tomó el sombrero y caminó hacia la puerta. Le acompañé y le tendí la mano, que estrechó fríamente.

—Disculpe mi comportamiento —dije—. Todos estamos nerviosos en estos últimos meses: han sucedido demasiadas cosas horribles. Yo no quiero obstaculizar su labor, como comprenderá.

—Buenas noches —atajó el comisario Vázquez.

Le vi bajar la escalera, entré, cerré con llave y me quedé meditando y fumando los cigarrillos que se había olvidado el comisario, hasta el amanecer. Apenas despuntó el día me dormí. No había dado cuerda al despertador y cuando abrí los ojos eran las once pasadas. Desde un bar llamé al despacho y pretexté un recado urgente. La realidad no difería gran cosa de mi excusa. Bebí un café, leí el periódico y me hice lustrar los zapatos, mientras repetía un confuso monólogo cuyos gestos debían trascender, pues advertí la mirada burlona de los parroquianos. Pagué y salí. Caminando llegué a casa de Lepprince. El portero me dijo que había salido hacía poco más de media hora. Le pregunté si sabía adónde había ido y me respondió, como si revelase un gran secreto, que había ido a Sarrià, a casa de la viuda de Savolta, a pedir la mano de María Rosa. Nos separamos como conspiradores. Anduve hasta la Plaza de Cataluña y allí tomé el tren. Una vez en Sarrià recorrí las calles empinadas, como había hecho meses antes, cuando enterramos al magnate.

Había guardias en la puerta de la torre. Un privilegio que otorgaban las autoridades en memoria del finado, pues la vigilancia era inútil: los terroristas tenían otras dianas ante sus puntos de mira. Me dejaron pasar cuando me hube identificado. El mayordomo se deshizo en excusas para que desistiera de ver a Lepprince.

—Se trata de una pequeña reunión familiar, íntima. Hágase cargo, señor.

Insistí. El mayordomo accedió a comunicar a Lepprince mi presencia, pero no me garantizó que concedieran audiencia. Esperé. Lepprince no tardó ni un minuto en salir a mi encuentro.

—Algo grave debe suceder cuando me interrumpes en un momento tan... privado, por llamarlo así.

—Ignoro si es grave lo que le voy a contar. Ante la duda, preferí pecar por demasía.

Me hizo pasar a la biblioteca. Le referí la visita de Vázquez y su tono incisivo, si bien soslayé la ira del comisario por lo que pudiera tener de ofensivo para Lepprince.

—Hiciste bien en venir —dijo éste cuando hube concluido mi relato.

—Temí no encontrarle luego y que fuera demasiado tarde.

—Hiciste bien, ya te digo. Pero tus temores son infundados. Vázquez sufre de alucinaciones, producidas, con certeza, por un exceso de celo. Es lo que llamaríamos en Francia «deformación profesional».

—También lo llamamos así en España —dijo una voz a nuestras espaldas.

Nos volvimos y vimos al comisario Vázquez en persona. El mayordomo, tras él, esbozaba silenciosos aspavientos, dando a entender que no había podido impedirle la entrada. Lepprince hizo gestos al criado indicándole que se podía retirar. Nos quedamos solos los tres. Lepprince tomó de un estante una caja de cigarros habanos que ofreció al comisario. Éste los rechazó sonriendo y dirigiéndome una mirada malévola.

—Muchas gracias, pero el señor Miranda y yo tenemos gustos más bastos y preferimos los cigarrillos, ¿no es cierto?

—Debo admitir que me fumé los que usted se dejó anoche olvidados —dije.

—Muchos eran; debe cuidar su salud... o sus nervios.

Me ofreció un cigarrillo que acepté. Lepprince depositó la caja en el estante y nos dio fuego. El comisario paseó la vista por la biblioteca y se detuvo ante la ventana.

—Esto es mucho más lindo en primavera que la otra vez... en enero, ya saben.

Dio media vuelta y se apoyó en el marco de la puerta entreabierta, mirando al salón.

—¿Quiere que haga descorrer los paneles para que observe si es posible disparar contra la escalera desde aquí? —dijo Lepprince con su sempiterna suavidad.

—Como podrá suponer, señor Lepprince, ya realicé el experimento en aquella ocasión.

Volvió al centro de la estancia, buscó con los ojos un cenicero y sacudió el cigarrillo.

—¿Puedo preguntar el motivo de su repentina visita, comisario? —dijo Lepprince.

—¿Motivo? No. Motivos, más bien. En primer lugar, quiero ser el primero en felicitarle por su próximo enlace con la hija del difunto señor Savolta. Aunque quizá no sea el primero en felicitarle, sino el segundo.

Lo decía por mí. Lepprince hizo una leve inclinación.

—En segundo lugar, quiero asimismo felicitarle por su buena estrella, que le hizo salir indemne del atentado del teatro. Me lo refirieron con todo lujo de detalles y debo reconocer que me había equivocado cuando dudé de la eficacia de su pistolero.

—Guardaespaldas —corrigió Lepprince.

—Como prefiera. Eso ya no importa, porque mi tercer motivo para venir a verle ha sido despedirme de usted.

—¿Despedirse?

—Sí, despedirme; decirle adiós.

—¿Cómo es eso?

—He recibido instrucciones tajantes. Salgo esta misma tarde para Tetuán —en la sonrisa del comisario Vázquez había un deje de amargura que me conmovió. En aquel instante me di cuenta de que apreciaba mucho al comisario.

161

—¿A Tetuán? —exclamé.

—Sí, a Tetuán, ¿le sorprende? —dijo el comisario como si reparara en mí por primera vez.

—La verdad, sí —respondí con sinceridad.

—¿Y a usted, señor Lepprince, le sorprende también?

—Desconozco totalmente las costumbres de la Policía. Espero, en cualquier caso, que su traslado le sea beneficioso.

—Todos los lugares son beneficiosos o perjudiciales, según la conducta que se observe en ellos —sentenció el comisario.

Giró sobre sus talones y salió. Lepprince se quedó mirando hacia la puerta con una ceja cómicamente arqueada.

—¿Tú crees que volveremos a verle? —me preguntó.

—¿Quién sabe? La vida da muchas vueltas.

—Ya lo creo —dijo él.

CARTA DEL SARGENTO TOTORNO AL COMISARIO VÁZQUEZ DE 2-5-1918 EN LA QUE LE INFORMA DE LA SITUACIÓN EN BARCELONA

*Documento de prueba anexo n.° 7a*

*(Se adjunta traducción al inglés del intérprete jurado Guzmán Hernández de Fenwick)*

«Barcelona, 2-5-1918

Apreciable y distinguido jefe:

Ya me perdonará que me haya demorado tanto en escribirle, pero es que a resultas del accidente que sufrí en el teatro hace un mes y medio quedé imposibilitado para escribir de puño y letra y no me pareció prudente dictar a otra persona esta carta, pues ya sabe cómo es la gente. Al fin aprendí a escribir con la mano izquierda. Ya me perdonará la mala letra que le hago.

Pocas novedades hay por aquí desde que usted se fue. Me retiraron del servicio activo y me han destinado a Pasaportes. El comisario que vino a sustituirle a usted ha ordenado que no se siga vigilando al señor Lepprince. Y todo esto, en conjunto, hace que no sepa nada de él, a pesar del interés que pongo en no perder contacto, como usted me encargó antes de irse. Por los periódicos me he enterado de que el señor Lepprince se casó ayer con la hija del señor Savolta y de que a la boda no asistió casi nadie por deseo expreso de la familia de la novia, ya que tan próxima estaba la muerte de su señor padre. Tampoco han hecho viaje de novios, por el mismo motivo. El señor Lepprince y su señora han cambiado de domicilio. Creo que viven en una casa-torre, pero aún no sé dónde.

El pobrecillo Nemesio Cabra Gómez sigue encerrado. El señor Miranda sigue trabajando con el abogado señor Cortabanyes y ya no se ve con el señor Lepprince. Por lo demás, hay mucha calma en la ciudad.

Y nada más por hoy. Cuídese mucho de los moros, que son mala gente y muy traicioneros. Los compañeros y yo le echamos de menos. Un respetuoso saludo

Fdo.: Sgto. TOTORNO.»

La Doloretas se frotó las manos.

—Tenemos que hacer un pensamiento —dijo.

Yo bostezaba y veía por el ventanuco cómo la calle de Caspe perdía color en la homogeneidad del temprano atardecer. Había luces en algunas ventanas de las casas del frente.

—¿Qué pasa, Doloretas?

—Tenemos de decirle al señor Cortabanyes que ya va siendo hora de encender la salamandra.

—Doloretas, estamos en octubre.

Aproveché aquel improvisado recordatorio para desprender dos hojas atrasadas del calendario y para constatar la fugacidad de los días vacíos. La Doloretas volvió a teclear un escrito cuajado de tachaduras.

—Luego vienen las calipandrias y..., y yo no sé... —refunfuñaba.

Hacía muchos años que la Doloretas trabajaba para Cortabanyes. Su marido había sido abogado y murió joven sin dejar a su mujer de qué vivir. Los compañeros del muerto se pusieron de acuerdo para proporcionar un trabajo a la Doloretas, que le permitiera obtener algún dinero. Poco a poco, a medida que los jóvenes abogados adquirieron más y más importancia, dejaron de necesitar la colaboración esporádica de la Doloretas y la sustituyeron por secretarias fijas, más eficientes y dedicadas. Sólo Cortabanyes, el menos hábil y el más chapucero, siguió dándole trabajos, aumentándole de pizca en pizca su retribución, hasta que la Doloretas se instituyó como un gasto fijo del despacho que Cortabanyes satisfacía de mala gana, pero inalterablemente. No es que fuera muy útil, ni muy rápida, ni los años de trabajo repetido habían creado en ella un mínimo de práctica: cada demanda, cada expediente, cada escrito seguía siendo un arcano indescifrable para la Doloretas. Pero tampoco el bufete de Cortabanyes requería más. Ella, por su parte, jamás dejó de cumplir mal o bien un encargo, jamás quebrantó la lealtad. Nunca pretendió ser un elemento permanente del despacho. Nunca dijo: «Hasta mañana» o «Ya volveré por aquí». Se despedía diciendo: «Adiós y gracias.» Nunca lanzaba indirectas como: «Si tienen algo, ya se acordarán de mí», ni más hipócritamente: «No olviden que me tienen a su disposición», o «Ya saben dónde vivo». Nunca se la vio aparecer sin ser llama-

da con la frase «Pasaba por aquí y subí a saludarles».
Sólo «Adiós y gracias». Y Cortabanyes, cuando preveía
un largo escrito por redactar, maquinalmente decía:
«Llamen a la Doloretas», «Digan a la Doloretas que venga mañana por la tarde», «¿Dónde demonios se ha metido hoy la Doloretas?». Ni Cortabanyes, ni Serramadriles, ni yo sabíamos qué hacía ni de qué vivía la Doloretas cuando no recibía encargos del despacho. Jamás nos
contó su vida, ni sus apuros, si los tenía.

REPRODUCCIÓN DE LAS NOTAS TAQUIGRÁFICAS TOMADAS
EN EL CURSO DE LA NOVENA DECLARACIÓN PRESTADA
POR JAVIER MIRANDA LUGARTE EL 6 DE FEBRERO DE
1927 ANTE EL JUEZ F. W. DAVIDSON DEL TRIBUNAL DEL
ESTADO DE NUEVA YORK POR MEDIACIÓN DEL INTÉRPRE-
TE JURADO GUZMÁN HERNÁNDEZ DE FENWICK

*(Folios 143 y siguientes del expediente)*

JUEZ DAVIDSON. Señor Miranda, celebro que se halle repuesto de la dolencia que le ha impedido asistir a
las sesiones del tribunal estos últimos días.

MIRANDA. Muchas gracias, señoría.

J. D. ¿Se halla en condiciones de proseguir su declaración?

M. Sí.

J. D. ¿Podría informarnos de la índole de la enfermedad que acaba de padecer?

M. Agotamiento nervioso.

J. D. Tal vez desee pedir un aplazamiento *sine die.*

M. No.

J. D. Le recuerdo que comparece ante este tribunal por
propia voluntad y que puede negarse a seguir
prestando declaración en cualquier instante.

M. Ya lo sé.

J. D. Por otra parte, quiero hacer constar que es intención de este tribunal, en virtud de las atribuciones que le han conferido el pueblo y la Constitución de los Estados Unidos de América, esclarecer los hechos sometidos a su juicio y que la aparente dureza que ha mostrado en ciertas ocasiones responde pura y exclusivamente al deseo de llevar a cabo con rapidez y eficacia su cometido.

M. Ya lo sé.

J. D. En tal caso, podemos seguir adelante con el interrogatorio. Sólo me resta recordar al declarante que se halla todavía bajo juramento.

M. Ya lo sé.

La mente humana tiene un curioso y temible poder. A medida que rememoro momentos del pasado, experimento las sensaciones que otrora experimentara, con tal verismo que mi cuerpo reproduce movimientos, estados y trastornos de otro tiempo. Lloro y río como si los motivos que hace años provocaron aquella risa y aquel llanto volvieran a existir con la misma intensidad. Y nada más lejos de lo cierto, pues soy tristemente consciente de que casi todos los que antaño me hicieron sufrir y gozar han quedado atrás, lejos por el tiempo y la distancia. Y muchos (demasiados, Dios mío) descansan bajo la tierra. Esta depresión nerviosa que me aqueja (y que los médicos atribuyen erróneamente a la fatiga de las sesiones ante el juez) no es sino la reproducción fotográfica (mimética, podríamos decir) de aquellos tristes meses de 1918.

Una brillante mañana de junio Nemesio Cabra Gómez oyó descorrerse los baldones que clausuraban la puerta de su celda. Un loquero de barba negra y bata blanca que sostenía un cabo de manguera en la mano le hizo señas de que se levantase y saliera. El loquero echó a andar y se detuvo a pocos pasos.

—Tú delante —ordenó— y sin trapacerías, o te arreo.

Y blandía el cabo de manguera que producía un silbido de culebra. Caminaron por los tortuosos corredores. Al pasar frente a las cristaleras que daban al jardín, Nemesio Cabra Gómez sintió la quemadura del sol y le deslumbró la luz y se pegó al vidrio a contemplar el cielo y el jardín donde otro internado taponaba hormigueros. El loquero le dio con la porra.

—Vamos, tú, ¿qué te pasa?

—Llevo meses en aquel cajón.

—Pues no hagas tonterías o volverás a él.

Aquélla fue la primera noticia que tuvo de que iban a soltarle. Se lo confirmó el doctor Flors. Le dijo que los médicos habían dictaminado su curación y que podía reintegrarse a la vida normal, pero que procurara evitar el alcohol y los excitantes, que no discutiera, que durmiera cuantas horas le pidiera el cuerpo y que visitase a un colega (cuyo nombre y dirección apuntó en una tarjeta) cada vez que se sintiera mal o, en cualquier caso, cada tres meses, hasta que fuera dado de alta definitivamente.

Como la ropa con que había ingresado en la casa de salud estaba del todo inservible y atentaba contra el pudor, el doctor Flors le proveyó de una blusa, unos pantalones, un par de zapatos y un tabardo donados por unas damas de caridad. Hicieron un hatillo con las prendas y le condujeron a la puerta principal.

Una vez libre, se refugió en un bosquecillo y se cambió de ropa. Las prendas que le habían proporcionado eran usadas y de tamaños diversos. La blusa le venía muy holgada y el pantalón, demasiado corto, no pudo abrochárselo. Lo ató con una guita. Los zapatos resultaban estrechos y no llevaba calcetines. El tabardo, en cambio, le pareció excelente, aunque inútil en aquella época del año. Guardó la documentación y los pocos objetos personales que poseía en los bolsillos de su nueva indumentaria y arrojó los harapos tras un matorral. Muy contento regresó al camino y anduvo durante mucho rato hasta que topó con los raíles de un tren de vía estrecha o *carrilet* y los siguió en busca de la estación. Hallada ésta, esperó la llegada del *carrilet*, se subió y se metió en el retrete para no pagar billete, pues carecía de dinero.

Una vez en Barcelona, y cuando todos los pasajeros habían abandonado los vagones, se deslizó al andén, cruzó la verja de salida confundido entre un grupo numeroso y se quedó mirando la calle con los ojos húmedos por la emoción de ser dueño de sus actos.

CARTA DEL COMISARIO VÁZQUEZ AL SARGENTO TOTORNO DE 8-5-1918 INSTÁNDOLE A SEGUIR EN LA BRECHA

*Documento de prueba anexo n.° 7b*

*(Se adjunta traducción inglesa del intérprete jurado Guzmán Hernández de Fenwick)*

«Tetuán, 8-5-1918

Querido amigo:

No pierda moral. Si se siente desfallecer, piense que la lucha en favor de la verdad es la más noble misión a que un hombre puede aspirar sobre la tierra. Y ésa es, precisamente, la misión del policía.

Infórmeme de si Lepprince sigue teniendo a sus órdenes a ese pistolero alemán llamado Max. No revele a nadie nuestra correspondencia. Celebro su restablecimiento. No hay defecto físico que no pueda superarse con voluntad. ¿No le sería más cómodo escribir a máquina?

Un saludo afectuoso.

Fdo.: A. Vázquez
Comisario de Policía.»

Cortabanyes tenía razón cuando me desengañaba: los ricos sólo se preocupan de sí mismos. Su amabilidad, su cariño y sus muestras de interés son espejismos. Hay que ser un necio para confiar en la perdurabilidad de su afecto. Y eso sucede porque los vínculos que pueden existir entre un rico y un pobre no son recíprocos. El rico no necesita al pobre: siempre que quiera lo sustituirá.

No me invitaron a la boda de Lepprince, cosa que, hasta cierto punto, resultaba comprensible. La ceremonia se celebró en la más estricta intimidad, no sólo por respeto a la memoria de Savolta, sino por la inconveniencia de favorecer concentraciones multitudinarias en las que pudiera introducirse algún elemento criminal. Pero yo esperaba seguir viendo a Lepprince después del casamiento, y no fue así. Lepprince tenía estas cosas, incomprensibles y desconcertantes como él mismo. El día en que fui a casa de Savolta y cuando el comisario Vázquez se hubo ido tras comunicarnos su repentina marcha de Barcelona, Lepprince me hizo pasar, de grado o por fuerza, a saludar a sus futuras esposa y suegra. Me arrastró al saloncito del primer piso donde las dos mujeres esperaban su vuelta y me presentó como si de un gran amigo se tratara; reiteró la pomposa denominación de «prestigioso abogado» y me obligó, haciendo caso omiso de las protestas que mi discreción me dictaba, a brindar por su futura felicidad.

De aquel acontecimiento recuerdo la impresión que

me produjo María Rosa Savolta. En los meses transcurridos entre la fatídica noche de Fin de Año y ese día, se había producido un cambio singular en la joven, sea por los sufrimientos acumulados, sea por el enamoramiento (que ni sus ojos ni sus palabras ni sus gestos lograban disimular), sea por la perspectiva del inminente y trascendental cambio que iba a trastocar, en bien, su vida: el matrimonio con Lepprince. Me pareció más adulta, más reposada de maneras, lo que traslucía una mayor serenidad de espíritu. Había cambiado la expresión ingenua de la niña recién salida del tibio colegio por el grave empaque de la señora, y el aire lánguido de la adolescente perpleja, por el aura mágica de la ansiosa enamorada.

Pero no quisiera pecar de retórico: ahorraré las descripciones y pasaré directamente a los hechos escuetos.

CARTA DEL SARGENTO TOTORNO AL COMISARIO VÁZQUEZ DE 21-6-1918 DANDO INFORMACIÓN SOBRE ALGUNOS PERSONAJES CONOCIDOS

*Documento de prueba anexo n.º 7c*

*(Se adjunta traducción inglesa del intérprete jurado Guzmán Hernández de Fenwick)*

«Barcelona, 21-6-1918

Apreciable y respetado jefe:

Ya me perdonará la demora en escribirle, pero me decidí a seguir su ponderado consejo y he pasado estas últimas semanas aprendiendo a teclear a máquina, cosa que ofrece más dificultades de lo que a primera vista pudiera parecer. Mi cuñado me prestó una Underwood y gracias a ello he podido practicar por las noches, aunque ya ve usted la cantidad de faltas que aún me salen.

Por fin averigüé lo que usted quería saber, de si aún el señor Lepprince sigue teniendo aquel pistolero, y la respuesta es que sí, que se lo ha llevado a su nuevo domicilio y le acompaña dondequiera que va. Otra novedad que puede interesarle es la de que soltaron a Nemesio Cabra Gómez hace varios días. Lo supe por un compañero de Jefatura que me contó que habían detenido a Nemesio porque se dedicaba a la elaboración de cigarros puros con tabaco extraído de colillas que recogía del suelo y que luego vendía, pegándoles una vitola, como genuinos habanos. Al parecer, Nemesio invocó su nombre, pero de nada le sirvió, pues lo encerraron. Me dijo el compañero (ese de Jefatura, de quien ya le he hablado) que parece un muerto y que tiene un aspecto demacrado imposible de ver sin sentir lástima. Todo lo demás sigue como antes de irse usted. Tenga cuidado con los moros, que son muy propensos a atacar por la espalda. Respetuosamente a sus órdenes.

Fdo.: Sgto. Totorno.»


Es arduo sobrellevar la soledad, y más cuando a ésta le precede un período de amistad y grata compañía como el que había pasado con Lepprince. De modo que una tarde, harto del vacío que presidía mis horas de ocio tras el trabajo, y saltándome toda regla de urbanidad, acudí a casa de Lepprince, al entrañable piso de la Rambla de Cataluña, cuyos tilos formaban un arco de verdor sobre el *boulevard* remedando el paisaje del cuadro que ornaba la chimenea del saloncito.

El portero de las patillas blancas acudió a mi encuentro y me saludó con efusividad; su presencia me devolvió la vida, como si en su bocaza, donde brillaba el oro, llevara el símbolo de la alianza. Pero pronto me desencantó: los señores de Lepprince se habían mudado. Se asombró de que yo lo ignorase y de que no hubiese visto el cartel en el balcón que anunciaba: SE ALQUILA. Sentía no poder informarme de más detalles, pues él mismo, después de tantos años de servicio fiel, desconocía el paradero del señor Lepprince, tan generoso, tan amable y tan excéntrico.

—De todas formas —añadió en un intento de consolarme—, le confesaré que casi me alegro, porque es que al señorito le apreciaba yo bien, aunque me daba disgustos, pero a su nuevo secretario, ese alemán o inglés que mató a tanta gente en el teatro, a éste, no lo podía yo ni ver. Esta casa siempre ha sido respetable.

Me había tomado del brazo y paseábamos zaguán arriba, zaguán abajo.

—Me dio un susto el señorito cuando aquella mujer se vino a vivir aquí. Ya sabe a cuál me refiero: esa que se subía por los cables del ascensor como si fuera un mono salvaje del África o un americano. Claro que yo soy de la condición de que me gusta comprender a todo el mundo. Y así se lo dije a mi señora, le dije que aunque por el trato y la seriedad parece mayor de la edad que tiene, el señorito Lepprince es joven, mujer, le dije, y es natural que tenga la cabeza loca en ciertos aspectos del vivir cotidiano. Usted me entiende, que más ata pelo..., en fin, le dije, que ya nos entendemos, ¿no?

—Sí, claro —respondí si saber cómo desasirme.

—La prueba es que pasó pronto. Pero ese hombrón tan lechoso de tez, no sé cómo decirle..., no me apetecía. Yo sé bien lo que me digo y ya ve que no tengo reparos en hablar claro. Que no es eso, no, señor, no lo es.

Le había conducido hábilmente hasta la puerta y le tendí la mano en señal de despedida. Él la estrechó emocionado y reteniéndola entre las suyas sudorosas y fofas concluyó:

172

—De todas formas, señor Javier, siento que se haya ido. Le tenía en mucho aprecio, ya lo creo. Y la señora, señor, era una santa. La legítima, quiero decir, usted ya me entiende. ¡Una santa! Ésa sí; ésa sí que me apetecía.

Le conté mi fracaso a Perico Serramadriles y meneó la cabeza como si estuviera maniatado y quisiera desprenderse de sus gafas.

—Se nos murió la vaca, madre mía, se nos murió la vaca —murmuraba.

Tanto repitió lo de la vaca que acabó irritándome y le grité que se callara y me dejara en paz.

—No peleen, caramba —terció la Doloretas—. Vergüenza da oírles. Dos jóvenes como ustedes pensando en el dinero a todas horas, en vez de trabajar y labrarse un futuro, ay, Señor.

CARTA DEL COMISARIO VÁZQUEZ AL SARGENTO TOTORNO DE 31-6-1918 EN LA QUE PIDE SE LE PROPORCIONEN MEDIOS PARA INTERVENIR EN LA VIDA BARCELONESA DESDE SU AISLAMIENTO

*Documento de prueba anexo n.º 7d*

*(Se adjunta traducción inglesa del intérprete jurado Guzmán Hernández de Fenwick)*

«Tetuán, 31-6-1918

Querido amigo:

Acuso recibo de su atenta carta de 21 de los corrientes, cuya lectura me ha sido de gran utilidad. No me cabe duda de la existencia de una conspiración de ilimitado alcance, cuya víctima, en este caso, ha sido el pobre N. Haga lo posible para que la noticia de su detención llegue a mi conocimiento de un modo oficial

173

(un Boletín o un recorte de periódico servirían) a fin de que pueda intervenir gestionando la libertad del sujeto en cuestión. Sentimientos humanitarios me mueven a proceder como lo hago, y usted bien sabe, amigo Totorno, que así es. Si mi influencia vale algo todavía (cosa que cada día se me hace más difícil de creer), la usaré para mitigar en lo posible tanto abuso y tanto desprestigio.

Aplaudo los progresos con la máquina de escribir. La vida es una lucha sin tregua. Ánimo y siempre adelante. Un saludo afectuoso.

Fdo.: A. Vázquez
Comisario de Policía.»


El trabajo continuaba monótono e improductivo. El verano acudió puntual y no llevaba trazas de irse nunca. Mi casa, por estar situada directamente bajo la azotea del edificio, se veía expuesta al sol a todas horas y más parecía un horno que otra cosa. Por la noche apenas si remitía el calor y, en cambio, aumentaba la humedad: los objetos adquirían una pátina viscosa y yo, acostumbrado al clima seco de Castilla, me ahogaba y derretía. Empecé a padecer de insomnio. Cuando conciliaba el sueño, me asaltaban pesadillas. Solía sentir a mi lado, compartiendo el lecho, la presencia de un oso. No me inquietaba el peligro de dormir con una fiera, pues el oso de mis sueños era pacífico y mansurrón, pero su proximidad, en aquel cuarto de aire calcinado, me resultaba insufrible. Despertaba bañado en sudor y tenía que correr al lavabo y arrojarme puñados de agua al rostro. Sentir el líquido resbalar templado por la espalda y el pecho me solazaba brevemente.

Para evitar la compañía del oso y las duermevelas agitadas y fatigosas, leía sin cesar hasta muy avanzada

174

hora. Cuando al fin se me cerraban los ojos, dormía mal y poco. Por la mañana me levantaba muy cansado y el estado hipnótico me duraba el día entero hasta que, por ironías de la naturaleza, recuperaba la lucidez y el brío al llegar la noche.

Por aquellos días Perico Serramadriles y yo tomamos la costumbre de ir a los baños. Acudíamos a la playa en tranvías rebosantes de gente fea y sudorosa, en las horas que mediaban entre la salida de la oficina a mediodía y el reinicio del trabajo por la tarde, y comíamos allí, bien bocadillos que comprábamos, bien ricas paellas en los barracones, aunque pronto tuvimos que prescindir de éstas pues resultaban caras y la digestión se hacía pesada y nos daba un sopor incompatible con nuestras obligaciones. Más de una tarde nos habíamos quedado dormidos en el despacho los dos a un tiempo, cosa que importaba poco, pues los escasos clientes de Cortabanyes veraneaban y la quietud del despacho tan sólo se veía turbada por las moscas pertinaces a las que la Doloretas fustigaba con un periódico enrollado.

CARTA DEL SARGENTO TOTORNO AL COMISARIO VÁZQUEZ DE 12-7-1918 EXPLICANDO CÓMO CUMPLIÓ EL ENCARGO QUE ÉSTE LE HIZO

*Documento de prueba anexo n.º 7e, apéndice 1*

*(Se adjunta traducción inglesa del intérprete jurado
Guzmán Hernández de Fenwick)*

«Barcelona, 12-7-1918

Admirado y distinguido jefe:
Perdone mi tardanza en cumplir sus siempre bien

recibidas órdenes. Ya sabe que por mi actual circunstancia me hallo un poco alejado del ambiente de Jefatura y esto hace más difícil el grato cumplimiento de sus acertadas órdenes. Pero después de mucho cavilar, creo que por fin encontré el sistema de hacer llegar hasta usted la noticia del encierro del desdichado Nemesio. A tal efecto hice que cayera en sus manos la noticia del traslado de Vd. A estas horas Nemesio ya sabe que se encuentra usted en Tetuán y, o mucho me equivoco, o hará lo imposible por ponerse en contacto con Vd. a fin de obtener su intercesión. A mí me ha parecido un buen sistema, ¿qué opina Vd.?

Le agradezco su interés por mis adelantos con la máquina. Usted siempre fue para nosotros un faro en el camino difícil del deber. Ya ve, de todas formas, que mi técnica aún deja mucho que desear. Sin otro particular, queda de usted siempre a sus órdenes.

Fdo.: Sgto. TOTORNO.»


CARTA DE NEMESIO CABRA GÓMEZ AL COMISARIO VÁZQUEZ DE LA MISMA FECHA DANDO CUENTA DE SU TRISTE SITUACIÓN

*Documento de prueba anexo n.º 7e, apéndice 2*

*(Se adjunta traducción inglesa del intérprete jurado Guzmán Hernández de Fenwick)*

«Barcelona, año del Señor de 1918
día de Gracia del 12 de julio

Muy señor mío y hermano en Cristo Nuestro Señor:
Jesucristo, por mediación de uno de sus ángeles, me ha comunicado que se halla usted en Tetuán, noticia

que me sumió en la tristeza y el desconsuelo, si bien
recordé aquellas Sus Palabras:

*Nos azota por nuestras iniquidades*
*y luego se compadece y nos reunirá*
*de las naciones en que nos ha dispersado.*

(Tobías, 13-5)

Dulcificada mi alma y serenado mi espíritu me decido
a escribir esta carta para que sea usted partícipe, como
lo es Dios Nuestro Señor, de las grandes calamidades
que por mis pecados me persiguen. Pues sepa usted,
señor comisario, que advertidos aquellos doctos hombres que me había yo curado de mis dolencias por la
intercesión del Espíritu Santo, me dejaron volver a los
senderos del Señor, donde el trigo y la cizaña tan mez-
clados andan. Y es así que por mi culpa y ceguera fui
a dar en un mal paso que a estas prisiones me ha traído como antes fui a parar a la nauseabunda celda que
usted ya conoce y que sólo con la ayuda del Altísimo
me fue posible abandonar. Con lo cual, dicho sea en
honor de la verdad, he mejorado de condición, pues
aquí me tratan como a un cristiano y no me pegan ni
me dan duchas de agua helada ni me torturan o ame-
nazan y no puedo formular queja de sus modales que
son caritativos y dignos de la misericordia de Dios
Nuestro Señor. Pero es el caso que soy poseedor de
grandes verdades que me han sido reveladas en mi sueño por nube o llama o no sé yo qué (por la gracia divi-
na) y sólo a usted, señor comisario, puedo transmitír-
selas, para lo cual necesito de preciso verme libre de
éstas mis prisiones materiales que me tienen aherroja-
do. Haga algo por mí, señor comisario. No soy un criminal ni un loco, como pretenden. Sólo soy una víctima de las añagazas del Maligno. Ayúdeme y será pre-

miado con dones espirituales en esta vida y con la Salud Eterna en la otra, perdurable.

Hablo a diario con Jesucristo y le pido que le salve a usted de los moros. Atentamente le saluda.

N. C. G.»

*Post Data.* Recibirá esta misiva de manos de un Enviado. No le haga preguntas ni le mire fijamente a los ojos, pues podría contraer una incurable dolencia. Vale.

JUEZ DAVIDSON. En el período que siguió al atentado contra Lepprince, ¿se repitieron las tentativas de darle muerte?

MIRANDA. No.

J. D. ¿Es dable pensar que los terroristas renunciasen tan pronto a su venganza?

M. No lo sé.

J. D. No parece ser ésa su táctica, según mis informaciones.

M. He dicho que no lo sé.

J. D. Siguiendo con los informes que obran en mi poder, a lo largo de 1918 se produjeron en Barcelona ochenta y siete atentados de los llamados «sociales», cuyo balance de víctimas es el siguiente: patrones muertos, 4; heridos, 9; obreros y encargados muertos, 11; heridos, 43. Esto sin contar los daños materiales causados por los numerosos incendios y explosiones dinamiteras. En mayo se produce un saqueo masivo de tiendas de comestibles que se prolonga por varios días y que sólo la declaración del estado de guerra pudo contener.

M. Eran años de crisis, indudablemente.

J. D. ¿Y no le parece raro que, dadas las características de aquellos meses, no se repitieran los atentados contra Lepprince?

M.    No lo sé. No creo que importe mi opinión al respecto.

J. D.  Cambiemos de tema. ¿Podría decirnos a qué atribuye usted el repentino exilio del comisario Vázquez?

M.    No fue un exilio.

J. D.  Rectifico: ¿podría explicar el repentino cambio de destino del comisario Vázquez?

M.    Bueno..., era un funcionario.

J. D.  Eso ya lo sé. Me refiero a los verdaderos motivos que le apartaron del caso Savolta.

M.    No lo sé.

J. D.  ¿No podría tener relación el cese repentino de los atentados con la marcha del comisario Vázquez?

M.    No lo sé.

J. D.  Por último, ¿estaba preparado el atentado contra Lepprince como parte de una comedia que encubría otros trasiegos?

M.    No lo sé.

J. D.  ¿Sí o no?

M.    No lo sé. No lo sé.


Me hundí en un estado depresivo que la soledad agudizaba de día en día, de hora en hora, minuto a minuto. Si daba un paseo para serenar mi atormentado espíritu, caía en un extraño trance que me obnubilaba y me hacía caminar a grandes zancadas sin que mi voluntad interviniera en la elección del camino a seguir. A veces volvía en mí hallándome perdido en una zona suburbana, sin saber por qué derroteros había venido a parar a tan insólito lugar, y me veía obligado a preguntar a los transeúntes para rehacer la ruta. Otras veces, a poco de iniciado el paseo, me encontraba en una encrucijada de calles y, no sabiendo qué dirección tomar, permanecía inmóvil como una estatua o un pedigüeño hasta que el hambre o el cansancio me dictaban la vuelta. Si salía de los lugares conocidos y familiares me asaltaba un desasosiego fatal, temblaba como un condenado y acudían las lágrimas a mis ojos y tenía que regresar y encerrarme entre las cuatro paredes de mi aposento y allí desahogar la sensación de abandono con llanto que a veces se prolongaba durante toda la noche. Me había sucedido despertarme y notar mis mejillas húmedas y empapado el cobertor. Pensé seriamente en el suicidio, pero lo rechacé, más por cobardía que por apego a la existencia. Ya no soportaba la lectura y, si asistía a un cine u otro espectáculo, debía dejar la sala apenas empezaba la función, pues la permanencia se me hacía imposible. En los últimos tiempos había dejado de salir con Serramadriles y nuestro trato se reducía a meras fórmulas de cortesía.

INSTANCIA DEL COMISARIO VÁZQUEZ AL MINISTRO DEL INTERIOR DE FECHA 17-7-1918 INTERCEDIENDO POR LA LIBERTAD DE NEMESIO CABRA

*Documento de prueba anexo n.º 7f*

*(Se adjunta traducción inglesa del intérprete jurado Guzmán Hernández de Fenwick)*

Don Alejandro Vázquez Ríos, comisario de Policía de Tetuán, con el debido respeto y consideración a V. E.

EXPONE Que ha llegado a su poder carta de un individuo llamado Nemesio Cabra Gómez, de fecha 12-7-1918, actualmente detenido por orden gubernativa en los calabozos de la Jefatura de Policía de Barcelona. Que hace unos meses, y hallándose el que suscribe destinado en dicha

Jefatura, tuvo ocasión de conocer y tratar al citado Nemesio Cabra Gómez, apreciando en él síntomas de trastorno mental, síntomas que más tarde se confirmaron y motivaron su internamiento en una de las casas de salud que para tales fines existen en nuestro país. Que más adelante, y a la vista de su parcial recuperación y de que no presentaba indicios de peligrosidad fue dado de alta por los facultativos y reintegrado a la vida social para en ella, merced al trabajo y contacto con las gentes, recuperar el equilibrio y cordura. Que hace pocas semanas fue detenido por una supuesta falsificación de cigarros puros. Que el antedicho Nemesio Cabra Gómez es un débil mental, incapaz de responsabilidad penal y que su encierro sólo puede contribuir a aumentar y hacer incurable su enfermedad, por lo cual, y con el debido respeto y consideración, a V. E.

SUPLICA  Se sirva conceder a la mayor brevedad posible la libertad al susodicho Nemesio Cabra Gómez para que éste pueda integrarse de nuevo a la vida social y llevar a feliz término su curación.

Es gracia que espero obtener del recto proceder de V. E. cuya vida guarde Dios muchos años.

Fdo.: ALEJANDRO VÁZQUEZ RÍOS
Comisario de Policía

Tetuán, al 17 de julio de 1918

EXCMO. SR. MINISTRO DEL INTERIOR.
MINISTERIO DEL INTERIOR. MADRID.

*Documento de prueba anexo n.º 9a*

*(Se adjunta traducción inglesa del intérprete jurado Guzmán Hernández de Fenwick)*

### NOMBRAMIENTOS

Don Alejandro Vázquez Ríos, que desempeñó con admirable brillantez el cargo de comisario de Policía de nuestra ciudad, pasando luego a desempeñar idénticas funciones en Tetuán, ha sido nombrado comisario de Policía de Bata (Guinea).

Los barceloneses que recordamos con gratitud y afecto su estancia entre nosotros y que tuvimos ocasión de admirar su inteligencia, su tesón y su humanidad más allá de lo que exige el cumplimiento del deber, le deseamos una grata estancia en esa hermosa ciudad y le felicitamos de todo corazón por su merecido nombramiento.


Y comencé a beber en demasía, tan pronto salía del despacho, con la ilusa esperanza de que los vahos alcohólicos embrutecieran mis sentidos y me hicieran más llevaderas mis horas. El efecto fue totalmente contraproducente, pues mi sensibilidad se agudizó, el tiempo parecía no transcurrir y me asaltaban ensoñaciones tortuosas. Despertaba crispado y flotaba en las ondas del delirio. El estómago me abrasaba, sentía una bola de algodón en rama taponándome la garganta y la boca, mis manos buscaban a tientas los objetos sin hallarlos, los músculos, entumecidos, no acataban los dictados de mi mente. Temía estar ciego y hasta que la luz de la bombilla no me devolvía las viejas imágenes de mi alcoba no respiraba tranquilo. A veces despertaba con la convicción de haberme quedado sordo y arrojaba al suelo cosas para percibir algún ruido que me demostrase mi error. Otras veces me sentía privado del don de la palabra y tenía que hablar y oír mi voz para estar seguro de seguir entero. Dejé de beber, pero no cedía mi estado enfermizo. Una noche desperté sacudido por escalofríos. Las sienes me latían, me dolían los ojos y la mente ardía al contacto de la mano. Me sentí más solo que nunca y tomé la determinación de volver a casa, con mi familia. Cortabanyes me concedió un permiso indefinido y prometió conservar mi empleo vacante hasta que volviese o renunciase definitivamente, pero lamentó no poder seguir pagándome durante mi ausencia, porque aquél había sido un mal año y los ingresos no permitían despilfarros. No me ofendí: Cortabanyes tenía su lado bueno y su lado malo y una cosa iba por la otra. Del mismo modo llegué a un acuerdo con el propietario de mi casa y éste se avino a no alquilarla en tanto yo siguiera satisfaciendo la renta mensual, encargo que dejé encomendado a Serramadriles.

Tomé el tren y a los dos días estaba en Valladolid. Mi madre me recibió con frialdad, pero mis hermanas enloquecieron de alegría. Se hubiera dicho que las visitaba el rey. Me colmaron de atenciones, me hacían comer a todas horas los más escogidos manjares. Decían que presentaba mal aspecto, que debía engordar y que tenía que dormir y alimentarme para que me volvieran los colores. El reencuentro con el hogar me confortó y me devolvió la paz. Pronto la noticia de mi llegada se desparramó por la ciudad. Cada día se llenaba la casa de antiguos conocidos y de gente a la que no había visto nunca. Todos se interesaban por mí, pero, sobre todo, por la vida en Barcelona. Les referí los atentados anarquistas, tema del día en la prensa local, exagerando los detalles y, por supuesto, mi participación en ellos, en los que siempre figuraba como protagonista.

Sin embargo, era un calor ficticio el que me rodeaba. Con los amigos de la infancia se había roto toda relación afectiva. El tiempo los había cambiado. Se me antojaron viejos a pesar de tener mi edad. Algunos estaban casados con jovencitas cursis y adoptaban un aire paternalista que me hizo gracia en un primer momento y me irritó después. Los más habían alcanzado un nivel social mediocre e inamovible del que se mostraban satisfechos hasta reventar. Con las nuevas amistades, las cosas eran aún peor. Experimentaban una visceral aversión por Cataluña y todo lo catalán. Su contacto con el comerciante desangelado, pretencioso y chauvinista les había creado una imagen del catalán de la que no se apeaban. Remedaban el acento, ironizaban y se mofaban del carácter regional y criticaban con exasperación el separatismo, abrumándome con argumentos como si yo fuera el portaestandarte de los defectos catalanes. Pretendían, creo, que defendiera tesis subversivas y antipatrióticas para poder dar rienda suelta a sus sentimientos hostiles. Si no lo hacía y me identificaba con su postura, se sentían defraudados y continuaban con sus diatribas ignorando mi silencio y mi aquiescencia. Si matizaba su punto de vista por juzgarlo desenfocado o apasionado en extremo, se ofendían y redoblaban el ímpetu de sus ataques, con ardor misional y santa cólera.

Las chicas eran feas, vestían mal y su conversación me resultaba insulsa. La desazón que me invadía estando con ellas me hacía recordar con añoranza la charla de Teresa. Menudeaban las bromas en torno a mi soltería y las madres revoloteaban a mi alrededor con mirada de tasador y melosidad de alcahueta.

Mi familia vivía en la miseria, no sólo por falta de medios materiales, sino por un cierto hálito conventual que la envolvía. Su mentalidad cartuja les hacía escatimar cuanto constituía, no ya un lujo, sino simplemente un placer. La casa estaba siempre en penumbra porque el sol les parecía pecaminoso y «se comía las tapicerías». Las comidas eran sosas por regatear condimentos. La medida de todas las cosas era «un pellizco». Mis hermanas adoptaban un aire monjil y se deslizaban por la casa como almas del purgatorio, rozando las paredes e intentando pasar desapercibidas. Odiaban salir a la calle y el contacto con la gente las convertía en títeres patéticos. Sufrían por ocultar su timidez y su incapacidad de hacer frente al mundo que las rodeaba.

A pesar de los halagos que me proporcionaba mi carácter novedoso, la ciudad empezó a pesarme. Pensé lo que sería mi vida de permanecer allá mucho tiempo: habría que buscar trabajo, rehacer un círculo de amistades, convivir con mi familia, renunciar a las mujeres, claudicar ante las costumbres locales. Hice un cuidadoso balance de los pros y los contras y decidí regresar a Barcelona. Mis hermanas me rogaron que no partiese hasta después de la Navidad. Accedí, pero no concedí prórrogas. El segundo día del nuevo año, harto de pasar por un *dandy* y de no ser comprendido, lié mis bártulos y volví a tomar el tren.

CARTA DEL SARGENTO TOTORNO AL COMISARIO VÁZQUEZ DE 30-10-1918 EN LA QUE SE DAN NOTICIAS Y RECOMENDACIONES

*Documento de prueba anexo n.º 7g*

*(Se adjunta traducción inglesa del intérprete jurado Guzmán Hernández de Fenwick)*

«Barcelona, 30-10-1918

Apreciado jefe:

Ya me perdonará la tardanza en escribirle, pero pocas novedades había que le podían interesar a Vd. Hace unos días, en cambio, sucedió algo que me pareció importante y por esto le escribo con premura. El caso es que volvieron a detener a N. C. G. por ejercer la mendicidad en el claustro de la catedral completamente desnudo. Lo tenemos de nuevo entre nosotros, esta vez condenado a seis meses, más botarate que nunca. La parte interesante del asunto reside en que se le incautaron sus efectos personales, como es rigor, entre los que había, como me dijo un compañero de Jefatura (de quien ya le he hablado en anteriores cartas), *papeles sin importancia* y otras cosas. Sospecho que los papeles sin importancia podrían tenerla y mucha, pero no veo la forma de llegar a ellos. ¿Qué sugiere usted? Ya sabe que me tiene siempre a sus órdenes.

Cuídese mucho de los negros, que son muy dados al canibalismo y a otras bárbaras prácticas. Le saluda con respeto.

Fdo.: Sgto. Totorno.»

CARTA DEL COMISARIO VÁZQUEZ AL SARGENTO TOTORNO DE 10-11-1918 EN RESPUESTA A LA ANTERIOR

«Bata, 10-11-1918

Apreciado amigo:

Me hallo en cama, aquejado de una extraña enfermedad que me consume. Los médicos dicen que son fiebres tropicales y que se curarán tan pronto abandone estas inhóspitas tierras, pero yo ya no confío en mi restablecimiento. Adelgazo a ojos vistas, estoy cerúleo de color y tengo los ojos hundidos y el rostro cubierto de manchas que me dan mala espina. Cada vez que me miro al espejo me aterra constatar los progresos de la enfermedad. No duermo y mi estómago rechaza los alimentos que ingiero con esfuerzo. Mis nervios están desquiciados. El calor es insoportable y tengo metido en el cerebro ese incesante tam-tam que parece brotar de todas partes al mismo tiempo. No creo que volvamos a vernos.

En cuanto a N. C. G., que le den morcilla.

Un saludo.

Fdo.: Vázquez.»

# SEGUNDA PARTE

# I

Eran las nueve y media de una noche desapacible de diciembre y se había desencadenado una lluvia sucia. Rosa López Ferrer, más conocida por Rosita «la Idealista», prostituta de profesión, dos veces detenida y encarcelada (una en relación con la venta de artículos robados y otra por encubrimiento de un sujeto buscado y posteriormente detenido por actos de terrorismo), hizo un buche con el vino y lo expelió ruidosamente rociando a un parroquiano de la taberna que la contemplaba en silencio desde hacía rato.

—¡Cada día echáis más agua y más sustancias en este vino, cabrones! —chilló a pleno pulmón increpando al dueño de la taberna.

—¿No te jode, la señora marquesa? —respondió el tabernero, imperturbable, después de cerciorarse de que nadie, aparte del silencioso parroquiano, había sido testigo de la denuncia.

—Modere sus palabras, caballero —terció el silencioso parroquiano.

Rosita «la Idealista» lo miró como si no hubiese reparado antes en su presencia, aunque el silencioso parroquiano llevaba más de dos horas agazapado en un taburete bajo sin quitarle los ojos de encima.

—¡Nadie te da vela en este entierro, rata! —le espetó Rosita.

—Con su permiso, sólo quería restablecer la justicia —se disculpó el parroquiano.

—¡Pues vete a restablecer lo que quieras a la puta calle, mamarracho! —dijo el tabernero asomando medio cuerpo por encima del mostrador—. Insectos como tú desprestigian el negocio. Llevas aquí toda la tarde y no hiciste un céntimo de gasto; eres tan feo que das miedo a los lobos, y, además, apestas.

El parroquiano así denostado no reveló más tristeza de la que ya naturalmente desprendía su figura.

—Está bien, no se ponga usted así. Ya me voy.

Rosita «la Idealista» se compadeció.

—Está lloviendo, ¿no llevas paraguas?

—No tengo, pero no se preocupen por mí.

Rosita se dirigió al tabernero, que no apartaba los ojos iracundos del parroquiano.

—No tiene paraguas, tú.

—¿Y a mí qué más me da, mujer? El agua no le hará daño.

«La Idealista» insistió:

—Déjale que se quede hasta que amaine.

El tabernero, bruscamente desinteresado por aquel asunto, se encogió de hombros y volvió a los quehaceres habituales. El parroquiano se dejó caer de nuevo en el taburete y reanudó la contemplación muda de Rosita.

—¿Has cenado? —le preguntó ella.

—Todavía no.

—¿Todavía no desde cuándo?

—Desde ayer por la mañana.

La bondadosa prostituta robó un pedazo de pan del mostrador aprovechando el descuido del tabernero y se lo dio al parroquiano. Luego le tendió una fuente que contenía rodajas de salchichón.

—Coge unas cuantas ahora que no nos mira —le susurró.

El parroquiano hundió el puño en la fuente y en esa sospechosa actitud los sorprendió el dueño del establecimiento.

—¡Por mi madre que te parto el alma, ladrón! —aulló.

Y ya salía de detrás del mostrador blandiendo un cuchillo de cocina. El parroquiano se refugió detrás de Rosita «la Idealista», no sin antes haberse metido en la boca los trozos de salchichón.

—¡Quítate de ahí, Rosita, que lo rajo! —gritaba el tabernero, y habría cumplido sus amenazas de no haberle interrumpido la entrada de un nuevo y sorprendente parroquiano. Era éste un hombre de mediana estatura y avanzada edad, enjuto, de pelo cano y semblante grave. Vestía con elegancia y su aspecto, así como la calidad y el corte de las prendas que llevaba denotaban su posición adinerada. Venía solo y se detuvo en el vano de la puerta observando con curiosidad el local y sus ocupantes. Se advertía que no tenía costumbre de visitar lugares de semejante categoría, y el tabernero, Rosita y el parroquiano supusieron que el recién llegado buscaba cobijo de la lluvia, pues traía calados el gabán y el sombrero.

—¿En qué puedo servirle, señor? —dijo el tabernero, solícito, escondiendo el cuchillo bajo el delantal y avanzando encorvado hacia la puerta—. Sírvase pasar, hace una noche de perros.

El recién llegado miró con desconfianza al tabernero y a su delantal, del que sobresalía la punta brillante y afilada del tajadero, avanzó unos pasos, se despojó del abrigo y el sombrero, que colgó de un gancho grasiento y luego, sin más preámbulos, se dirigió decididamente hacia el asustado parroquiano, a quien acababa de salvar con su aparición providencial.

—¿Cómo te llamas? —le preguntó.

—Nemesio Cabra Gómez, para servir a Dios y a usted.

—Pues ven conmigo a una mesa donde nadie nos moleste. Tenemos que hablar de negocios.

El tabernero se acercó humildemente al recién llegado.

—El señor me perdonará, pero este hombre acaba de robarme un salchichón y yo, considerando que son ustedes...

El recién llegado midió al tabernero con semblante adusto y sacó del bolsillo unas monedas.

—Cóbrese de ahí.

—Gracias, señor.

—Traiga cena para este hombre. No, a mí no me traiga nada.

Nemesio Cabra Gómez, que había seguido el curso de los acontecimientos sin perder detalle, se frotó las manos y aproximó su rostro macilento al de Rosita «la Idealista».

—Un día de éstos seré rico, Rosita —le dijo en voz muy queda—, y juro ante la Virgen de la Merced que cuando llegue ese día te retiro y te pongo a vivir una vida decente.

La generosa prostituta no daba crédito a lo que veían sus ojos. ¿Se conocían aquellos dos seres tan heterogéneos?


Perico Serramadriles agitó delante de mis ojos un carnet del Partido Republicano Reformista. Era el quinto partido al que se afiliaba mi compañero de trabajo.

—Vete tú a saber —me dijo—, vete tú a saber lo que harán con nuestras cuotas.

Perico Serramadriles tenía ganas de conversación y yo muy pocas. A mi vuelta de Valladolid me había reintegrado al despacho de Cortabanyes con la tácita aquiescencia de éste, que tuvo la delicadeza de no hacer ningún comentario a lo que a todas luces constituía un fracaso estrepitoso y vergonzante. La readmisión estuvo presidida por una apatía que encubría el afecto y lo sustituía con ventaja.

—Mira, chico, el proceso es tan simple como todo

esto: te haces miembro de un partido, el que sea, y empiezan: «Paga por aquí, paga por allá, vota esto, vota aquello.» Y luego van y te anuncian: «Ya hemos jodido a los conservadores, ya hemos jodido a los radicales.» Y yo me pregunto, ¿tanto cuento, para qué?

Uno sigue igual un día y otro día, los precios suben, los sueldos no se mueven.

Perico Serramadriles, siguiendo el vaivén de los acontecimientos, se había vuelto revolucionario y quería saquear los conventos y los palacios, del mismo modo que dos años atrás exigía una intervención armada para poner fin con hierro y fuego a las huelgas y los alborotos.

A decir verdad, la situación del país en aquel año de 1919 era la peor por la que habíamos atravesado jamás. Las fábricas cerraban, el paro aumentaba y los inmigrantes procedentes de los campos abandonados fluían en negras oleadas a una ciudad que apenas podía dar de comer a sus hijos. Los que venían pululaban por las calles, hambrientos y fantasmagóricos, arrastrando sus pobres enseres en exiguos hatillos los menos, con las manos en los bolsillos los más, pidiendo trabajo, asilo, comida, tabaco y limosna. Los niños enflaquecidos corrían semidesnudos, asaltando a los paseantes; las prostitutas de todas las edades eran un enjambre patético. Y, naturalmente, los sindicatos y las sociedades de resistencia habían vuelto a desencadenar una trágica marea de huelgas y atentados; los mítines se sucedían en cines, teatros, plazas y calles; las masas asaltaban las tahonas. Los confusos rumores que, procedentes de Europa, daban cuenta de los sucesos de Rusia encendían los ánimos y azuzaban la imaginación de los desheredados. En las paredes aparecían signos nuevos y el nombre de Lenin se repetía con frecuencia obsesiva.

Pero los políticos, si estaban intranquilos, lo disimulaban. Inflando el globo de la demagogia intentaban atraerse a los desgraciados a su campo con promesas tanto más sangrantes cuanto más generosas. A falta de pan se derrochaban palabras y las pobres gentes, sin otra cosa que hacer, se alimentaban de vanas esperanzas. Y bajo aquel tablado de ambiciones, penoso y vocinglero, germinaba el odio y fermentaba la violencia.

Contra este paisaje desolado se recortaba la imagen de Perico Serramadriles aquella oscura tarde de febrero.

—¿Sabes lo que te digo, chico? Que los políticos sólo buscan medrar a nuestra costa —dijo moviendo afirmativa y gravemente la cabeza para corroborar tan original observación.

—¿Y por qué no te das de baja? —le pregunté.

—¿Del Partido Republicano?

—Claro.

—Oh —exclamó desconcertado—, ¿y en cuál me apunto? Todos son iguales.

En cuanto a mí, ¿qué puedo decir? Todo aquello me traía sin cuidado, indiferente a cuanto no fuera mi propio caso. Creo que habría recibido como una resurrección la revolución más caótica, viniera de donde viniese, con tal de que aportara una leve mutación a mi vida gris, a mis horizontes cerrados, a mi soledad agónica y a mi hastío de plomo. El aburrimiento corroía como un óxido mis horas de trabajo y de ocio, la vida se me escapaba de las manos como una sucia gotera.

No obstante, un acontecimiento fortuito iba a cambiar mi vida para bien o para mal.


Todo empezó una noche en que Perico Serramadriles y yo decidimos dar un paseo después de cenar. El invierno se retiraba para dejar paso a una incipiente primavera y el clima era inestable pero benigno. Era un día de mediados de febrero, un día sereno y tibio. Perico y yo habíamos cenado en una casa de comidas próxima al despacho de Cortabanyes, del que habíamos salido tarde por culpa de un cliente intempestivo. A las once nos encontrábamos en la calle y empezamos a caminar sin rumbo fijo ni plan preconcebido. De común acuerdo nos adentramos en el Barrio Chino, que a la sazón salía de su letargo invernal. Las aceras estaban atiborradas de gentes harapientas de torva catadura, que buscaban en aquel ambiente de bajez y corrupción el consuelo fugaz a sus desgracias cotidianas. Los borrachos cantaban y serpenteaban, las prostitutas se ofrecían impúdicamente desde los soportales, bajo las trémulas farolas de gas verdoso; rufianes apostados en las esquinas adoptaban actitudes amenazadoras exhibiendo navajas; humildes chinos de sedosos atavíos salmodiaban mercancías peregrinas, baratijas y ungüentos, salsas picantes, pieles de serpiente, figurillas minuciosamente talladas. De los bares surgía una mezcla corpórea de voces, música, humo y olor a frituras. A veces un grito rasgaba la noche.

Sin apenas hablar, Perico y yo nos internamos más y más en aquel laberinto de callejones, ruinas y desperdicios, él curioseándolo todo con avidez, yo ajeno al lamentable espectáculo que se desarrollaba a nuestro alrededor. Así llegamos, por azar o por un móvil misterioso, a un punto que me resultó extrañamente familiar. Reconocí aquellas casas, aquel adoquinado irregular, tal o cual establecimiento, un olor, una luz que despertaban en mí recuerdos adormecidos. Por contraste con las calles que acabábamos de abandonar, la demarcación estaba desierta y silenciosa. Nos encontrábamos cerca del puerto y una leve neblina cargada de sal y brea volvía el aire denso y la respiración fatigosa. Sonó una sirena y las ondas graves de su gemido quedaron vibrando a ras de suelo. Yo avanzaba cada vez más decidido y más ligero, arrastrando al sorprendido y atemorizado Perico prendido de mis talones. Una fuerza instintiva e irrefrenable me impulsaba y habría continuado solo aun sabiendo que un turbio destino (y tal vez la muerte) me aguardaban. Pero Perico estaba demasiado desconcertado para sustraerse al influjo de mi determinación y, por otra parte, temía retroceder y perderse. Cuando me detuve se colocó resollando a mi lado.

—¿Se puede saber adónde vamos? Este lugar es horrible.

—Ya hemos llegado. Mira.

Y le señalé la puerta de un tenebroso cabaret. Un letrero sucio y roto anunciaba: ELEGANTES VARIEDADES e incluía la lista de precios. Del interior llegaban las notas mortecinas de un piano desafinado.

—No querrás entrar ahí —me dijo con el miedo cincelado en el rostro.

—Claro, a eso hemos venido. Seguro que no conocías el local.

—¿Por quién me tomas? Desde luego que no. ¿Tú sí?

Sin responder, empujé la puerta del cabaret y entramos.


—¡Matilde! ¿Se puede saber dónde te has metido?

—¿Me llamaba la señora?

La señora se volvió sobresaltada.

—¡Qué susto me has dado, mujer! —y lanzó una risa jovial. Esperaba ver aparecer a la criada por una puerta que comunicaba el salón con el pasillo—. ¿Qué hacías ahí parada como un pasmarote?

—Esperaba órdenes de la señora.

La señora apartó de su rostro un largo tirabuzón rubio que cayó como una lluvia de oro sobre su espalda. Los espejos del salón devolvieron el centelleo de la cabellera que irradiaba destellos al recibir los rayos de un sol primaveral en su cenit. Atraída su atención, la señora contempló el espejo y examinó la imagen del salón que, así enmarcado, se le ofrecía como una obra distante y perfecta. Vio la cristalera corrida que daba sobre un amplio porche terminado en una escalera de barandal de piedra que descendía hasta una ondulante explanada de césped tierno —antes la explanada era un espeso bosque de árboles añosos, pero su marido, por razones que nunca llegó a exponer con claridad, había hecho talar los altivos chopos y los melancólicos sauces, los majestuosos cipreses y las coquetas magnolias, el tilo paternal y los risueños limoneros—, macizos de flores —narcisos, anémonas, primaveras, jacintos y tulipanes importados de Holanda, rosas y peonías, sin olvidar los discretos, sufridos y fieles geranios— y un estanque irregular de losa y cerámica, en el centro del cual cuatro angelotes de mármol rosáceo vertían agua a los cuatro puntos cardinales. Por un instante, la visión de la vidriera trajo a la señora recuerdos de su infancia feliz, de su lánguida adolescencia; vio a su padre paseando por el jardín, llevándola de la mano, mostrándole una mariposa, reprendiendo a un saltamontes que había sobresaltado a la niña con su vuelo espasmódico. «Bicho malo, ¡vete de aquí!, no asustes a mi nena.» Tiempos idos. Ahora la casa y el jardín eran otros, su padre había muerto...

—¡Matilde!, ¿dónde te has metido?

—¿Me llamaba la señora?

María Rosa Savolta examinó con severa mirada la contradictoria figura de la criada. ¿Qué hacía aquel ser de rudeza esteparia y garbo de dolmen, chato, cejijunto, dentón y bigotudo en un salón donde todos y cada uno de los objetos rivalizaban entre sí en finura y delicadeza? ¿Y quién le habría puesto aquella cofia almidonada, aquellos guantes blancos, aquel delantal ribeteado de puntillas encañonadas?, se preguntaba la señora. Y la pobre Matilde, como si siguiera el curso de los pensamientos de su ama, bajaba los ojos y entrelazaba los dedos huesudos, esperando una reprimenda, elaborando una precipitada disculpa. Pero la señora estaba de buen humor y rompió a reír con una carcajada ligera como un trino.

—¡Mi buena Matilde! —exclamó; y luego, recobrando la seriedad—: ¿Sabes si han confirmado la hora de la peluquera?

—Sí, señora. A las cinco, como usted dijo.

—Quiera Dios que nos dé tiempo de todo —en el espejo, en medio del salón gemelo, su mirada recayó sobre su propia figura—. ¿Crees que he engordado, Matilde?

—No, señora, qué va. La señora, si me lo permite, debería comer más.

María Rosa Savolta sonrió. El embarazo aún no traicionaba su delgadez. A pesar de que en España seguía imperando la moda de las mujeres rellenitas, el cine y las revistas ilustradas introducían el nuevo modelo femenino de suaves miembros y cintura estrecha, caderas escurridas y busto menguado.


Coincidiendo con nuestra entrada en el cabaret, el piano dejó de tocar y la mujer que aporreaba las teclas se levantó de su asiento y anunció con voz chillona la inminente actuación de un humorista cuyo nombre he olvidado. Los escasos ocupantes del local no le prestaban atención, más atentos a nuestra llegada. Perico Serramadriles y yo nos deslizamos de puntillas entre las mesas vacías y ocupamos sendos asientos próximos a la pista. Inmediatamente nos vimos asediados por dos hembras maduras que nos echaron los brazos al cuello y nos sonrieron con un forzado rictus.

—¿Buscáis compañía, guapos?

—No pierdan el tiempo, señoras. Estamos sin dinero —les respondí.

—¡Qué leche, todos decís lo mismo! —rezongó una.

—Pues es la pura verdad —corroboró Perico un tanto asustado.

—Cuando no se tiene dinero, no se sale de casa —dijo la otra en tono de reproche. Y dirigiéndose a su compañera—: Vámonos, tú, no malgastes los encantos.

La hembra que se había echado sobre Perico, desoyendo los consejos de la primera, se levantó las faldas.

—¡Mira qué perniles, chacho!

El pobre Perico casi se desmaya.

—Ya les hemos dicho que no van a sacar un céntimo de nosotros —insistí.

Nos hicieron un corte de mangas y se fueron balanceando burlonamente sus rubicundos traseros. Perico se quitó las gafas y se enjugó el sudor que perlaba su frente.

—¡Menudas ballenas! —dijo en voz baja—. Creí que nos tragaban.

—Sólo querían ganarse la vida honradamente.

—¿Tú crees que lo consiguen alguna vez?

—Aquí vienen muchos tipos que no hacen remilgos. Gente ruda.

—Yo creo que ni borracho sería capaz... con un monstruo semejante. ¿Te has fijado en lo que hizo? Levantarse las... ¡Dios mío!

Unos siseos nos hicieron callar. El humorista que la mujer del piano había presentado con tanto ditirambo se hallaba ya en la pista. Era un pobre diablo con más pinta de asilado que de histrión, que recitó triste y mecánicamente una larga serie de chistes y chascarrillos, políticos unos y procaces los más, la mayoría de los cuales resbalaron por el magín de un público poco habituado a desentrañar dobles sentidos y alusiones relativamente veladas. Con todo, las obscenidades arrancaron ásperas risotadas y la actuación del asilado logró un efímero éxito y fue premiada con breves pero cariñosos aplausos. Una vez se hubo retirado el humorista, se encendieron las luces y la mujer del piano tocó un vals. Dos parejas salieron a bailar a la pista. Ellas eran hetairas del local, y ellos, marineros y rufianes de brutal fisonomía.

—¿Se puede saber por qué diablos me has traído aquí? —preguntaba Perico Serramadriles. Y yo experimentaba una divertida sensación ante la reacción de mi amigo. Él estaba horrorizado y yo, por contraste, sereno, como años atrás me había ocurrido con Lepprince, cuando él, sin motivo aparente, me trajo a este mismo lugar. Sólo que ahora yo era el dueño de la situación y Perico representaba el papel que yo había representado entonces.

—Vete si quieres —le dije.

—¿Irme solo por estos andurriales? ¡Quita, chico, no saldría con vida!

—Entonces, quédate, pero te advierto que voy a ver el espectáculo completo.

El espectáculo se reanudaba. La mujer del piano hizo enmudecer su instrumento, las lámparas languidecieron y un reflector iluminó la pista. La mujer avanzó hasta situarse en el centro del cono de luz, reclamó silencio varias veces y, cuando se hubo calmado el trasiego de sillas y cuchicheos, gritó:

—¡Distinguido público! Tengo el honor de presentar ante ustedes una atracción española e internacional, una atracción aplaudida y celebrada en los mejores cabarets de París, Viena, Berlín y otras capitales, una atracción que ya en años anteriores había actuado en este mismo local cosechando grandes éxitos y ha vuelto ahora, después de una gira triunfal. Ante ustedes, distinguido público: ¡María Coral!

Corrió al piano y produjo unos acordes escalofriantes. La pista permaneció desierta unos segundos y luego, como si hubiese brotado de la tierra o del oscuro recodo de un sueño, apareció María Coral, la gitana, envuelta en la misma capa negra de falsa pedrería que llevaba dos años antes, aquella noche en que conocí a Lepprince...

—¿Conoce usted al señor Lepprince?

—El señor Lepprince... No, jamás oí su nombre —dijo Nemesio Cabra Gómez sin apartar los ojos del estofado que acababan de servirle.

—No sé si mientes o me dices la verdad —replicó su misterioso benefactor—, pero me trae sin cuidado —miró de reojo a Rosita «la Idealista» y al tabernero, que hacían lo imposible por escuchar la conversación, y bajó la voz—. Quiero que cumplas mis instrucciones al pie de la letra y nada más, ¿lo entiendes?

—Claro, señor, usted a mandar —respondía Nemesio Cabra Gómez con la boca llena.

El misterioso benefactor continuó hablando en susurros. Estaba nervioso a todas luces y mientras duró la entrevista consultó en varias ocasiones su reloj —una pesada pieza de oro que atrajo sobre sí las codiciosas miradas de todos los presentes— y volvía con frecuencia los ojos hacia la puerta. Cuando terminó de hablar, se levantó, dio unas monedas a Nemesio Cabra Gómez, saludó apresuradamente a la concurrencia y salió a la calle despreciando el fuerte chaparrón que se abatía sobre la ciudad en aquel preciso instante. Apenas hubo salido, Rosita «la Idealista» se lanzó sobre Nemesio convertida en un puro melindre.

—¡Nemesio, hijo de mi alma, qué calladito te lo tenías! —le decía con voz melosa. Y el tabernero asentía desde detrás del mostrador con bonachona sonrisa, dando por hecho que así de majos eran todos sus clientes.

Nemesio acabó de despachar la cena sin decir palabra y, en cuanto hubo arrebañado el último plato, hizo ademán de abandonar el local.

—¿Te vas ya, Nemesio? —le decía Rosita—. ¿No ves que caen chuzos de punta?

—Sí, menuda noche de perros —corroboró el tabernero.

—Una noche para quedarse bien calentito, entre sábanas... y en buena compañía —concluyó Rosita.

Nemesio rebuscó entre sus bolsillos, tomó una moneda y se la dio a Rosita.

—Volveré por ti —dijo.

Y se lanzó a la calle riendo con toda su bocaza desdentada.


Siempre seguida por su fiel Matilde, María Rosa Savolta entró en la cocina. Un cocinero expresamente venido para lucir su arte y cinco mujeres reclutadas para ese día señalado se afanaban en sus quehaceres. Un sinfín de olores se mezclaban, el aire rezumaba grasa y reinaba un calor de averno. El cocinero, asistido por una doncella joven, bermeja y aturrullada, lanzaba órdenes y reniegos indiscriminadamente, que sólo interrumpía para dar largos tragos a una botella de vino blanco que descansaba en uno de los bordes del fogón. Una matrona voluminosa como un hipopótamo amasaba una pasta blanca con un rodillo. Pasó una cocinera llevando en milagroso equilibrio una columna oscilante de platos. El entrechocar de los cubiertos semejaba un torneo medieval o un abordaje. Nadie advirtió la presencia de la señora y, por ello, no se interrumpió el maremágnum. Debido al agobiante calor, las mujeres se habían arremangado y desabrochado sus trajes de faena. Una criada zafia y maciza que desplumaba pollos tenía el canal de sus gruesos senos forrado de plumón, como un nido; otra mostraba unos pechos blancos de harina; más allá, una jovencita sostenía contra su busto firme de campesina adolescente una espumadera repleta de fresca lechuga. El griterío era ensordecedor. Las fámulas se peleaban y zaherían, punteando sus frases cortas con hirientes risotadas y exclamaciones soeces. Y sobre aquella orgía, como un macho cabrío en un aquelarre, el cocinero, sudoroso, beodo y exultante, saltaba, bailaba, mandaba y blasfemaba.

María Rosa Savolta se sintió desfallecer. Empezó a transpirar y dijo a Matilde:

—Salgamos de aquí y prepárame el baño.

A solas en la quietud de su alcoba, se serenó y contempló el jardín mecido por una suave brisa que hacía ondular el césped y cimbreaba los delicados tallos de las flores. Las estatuas que flanqueaban el pabellón parecían vivir al conjuro del sol y el viento perfumado que descendía por la ladera frondosa del Tibidabo. María Rosa Savolta apoyó la frente contra el cristal y, olvidando la fiesta y los atolondrados preparativos, se demoró en la contemplación, remansada por la caricia varonil y posesiva del sol. Nunca se había sentido así, ni siquiera en los años felices del internado. Suspiró. No le sobraba el tiempo. Dirigió sus pasos hacia el baño, donde borboteaba el agua. La estancia estaba llena de vapor y perfume de sales.

—Déjalo ya, Matilde, no hay tiempo que perder. Ve a ver si ha llegado ya la peluquera y prepárame algo para comer. Poquita cosa... y ligera: unas pastas, un poco de fruta y una limonada. O, mejor, un vaso de cacao. ¡Ay! No sé. Es igual, lo que tú prefieras, pero que no sea pesado. Esa cocina me ha revuelto el estómago. Tú misma, ya conoces mis gustos. Anda, ve, ¿qué haces ahí parada? ¿No ves que voy a entrar en el baño?

Esperó a que Matilde saliera, cerró la puerta con pestillo y se desnudó. El baño estaba muy caliente y el vaho le cortó la respiración. Con prudencia, lentamente, fue hundiéndose hasta que el agua le cubrió los hombros. La piel le ardía. Una corriente eléctrica le recorrió los muslos y el vientre.

«No hay duda —pensó—. Todo indica que voy a ser madre.»

La peluquera daba los últimos toques al peinado de María Rosa Savolta mientras la tarde declinaba tras los visillos. La peluquera era una mujer de cuarenta años, viuda, flaca, de facciones alargadas, ojos bovinos y dientes irregulares y prominentes como un rastrillo, que le daban un molesto ceceo al hablar. Había ejercido el oficio antes de casarse y después de enviudar, tras cinco años de matrimonio infeliz con un hombre vago, egoísta y despilfarrador a quien había soportado estoicamente mientras vivió y del que ahora se vengaba ensalzándolo en su recuerdo y hablando de él a todas horas con la inconsciente y cruel saña de un romanticismo facilón que lo hacía ridículo al oyente forzado. La buena mujer era charlatana a destajo y se prevalía de la inmovilidad a que condenaba a sus clientes.

—Estas modas —iba diciendo a María Rosa Savolta tras una larga disquisición en la que había serpenteado por todos los temas con la osadía con que el doctor Livingstone se adentraba en las selvas africanas— no son más que tonterías para hacer que las mujeres hagan el ridículo y los hombres se gasten el dinero. ¡Jesús, María y José, lo que llegan a inventar esos franceses! Menos mal que la mujer española siempre ha tenido un sólido criterio de la elegancia y un sentido común que le sobra, que si no..., no le digo, señora de Lepprince, lo fachendosas que nos harían ir. Porque, mire usted, como decía mi Fernando, que en gloria esté —se santiguaba con las tenacillas—, como decía él, que tenía un sentido común que para sí quisieran muchos políticos, no hay como lo clásico, lo discreto, un vestido bien cortado, sin fantasías ni zarandajas, limpieza corporal, ir bien peinada, y para las grandes ocasiones, una joya sencilla o una flor.

La fiel Matilde escuchaba embobada la perorata de la peluquera asintiendo con su testuz de pueblerina y murmurando por lo bajo: «Diga usted que sí, doña Emilia, diga usted que sí», mientras sostenía horquillas, peines, espejitos, tenacillas, rizadores, peinetas y bigudíes. María Rosa Savolta se divertía con la bulliciosa charla que desvelaba las obscenas mentiras inculcadas por el sinvergüenza de Fernando en la simple mollera de su mujer para que ésta, tan fea, no gastara ni un real en su tocado.

De pronto, María Rosa Savolta impuso silencio con un gesto y un leve «Pssst». Acababa de oír unos pasos conocidos en el pasillo. Era él, Paul-André, que estaba de vuelta. Tal como le había prometido, había abandonado antes de hora sus ocupaciones para supervisar los preparativos de la fiesta. Metió prisa a doña Emilia y cuando ésta, muy escandalizada de que alguien antepusiera un deseo cualquiera a la liturgia de un peinado bien hecho, dio por finalizada su obra, sin darle tiempo a ensalzarlo y a encomiar el arte de su autora, se colocó de nuevo el peinador y salió al pasillo, anduvo de puntillas hasta el gabinete de su marido y entreabrió sigilosamente la puerta. Lepprince estaba sentado a la mesa, de espaldas a la entrada y no la vio. Se había quitado la chaqueta y puesto un cómodo batín de seda. María Rosa Savolta le llamó:

—Querido, ¿estás ocupado?

Lepprince dio un respingo y ocultó algo entre los amplios pliegues del batín. Su voz sonó malhumorada.

—¿Por qué no has llamado antes de entrar? —dijo, y luego, advirtiendo que se trataba de su esposa, recompuso su figura, desarrugó el ceño y esbozó una sonrisa—. Perdona, amor mío, estaba completamente distraído.

—¿Te molesto?

—Claro que no, pero ¿qué haces aún sin vestir? ¿Has visto qué hora es?

—Faltan más de dos horas para que empiecen a venir los primeros invitados.

—Ya sabes que odio los contratiempos de última hora. Hoy todo tiene que salir a la perfección.

María Rosa Savolta fingió un mohín de susceptibilidad injustamente herida.

—Mira quién habla. Ni siquiera te has afeitado. Tendrías que verte: pareces un salvaje.

Lepprince se llevó la mano al mentón y, al hacerlo, se entreabrió el batín y asomó la culata bruñida de un revólver. María Rosa Savolta lo vio y el corazón le dio un vuelco, pero no dijo nada.

—Es cuestión de unos minutos, amor mío —dijo Lepprince, a quien le había pasado desapercibido el detalle—. Ahora, si no te importa, déjame solo un momento. Estoy esperando a mi secretario para ultimar unos detalles que quiero dejar listos antes de la fiesta. Hay cosas que no pueden aguardar, ya sabes. ¿Querías algo?

—No..., nada, querido. No te entretengas —respondió ella cerrando la puerta.

Al volver a sus aposentos se cruzó con Max, que se dirigía al gabinete de Lepprince. Ella le sonrió fríamente y él se inclinó en ángulo recto, dando un seco taconazo con sus botines charolados.


El piano empezó a desgranar unas notas que sonaban extrañamente lejanas, como oídas a través de un tabique o de un sueño, y el cabaret adquirió una atmósfera irreal por influjo y magia de la deslumbrante belleza de

María Coral. Vi que Perico Serramadriles se enderezaba en su silla y dejaba de prestar atención al pintoresco mundo en el que nos hallábamos inmersos. Un silencio insólito se impuso; ese silencio tenso que acompaña a la contemplación de lo prohibido. Parecía —al menos, me lo parecía a mí— que el más leve ruido nos habría quebrado, como si nos hubiésemos transformado en débiles figurillas de cristal. María Coral recorría la pista como una ilusión óptica, como una inspiración inconcreta. Su rostro torpemente maquillado reflejaba una paradójica pureza y sus dientes perfectos, que una sonrisa burlona desvelaba, parecían morder la carne a distancia. Al voltear y girar su capa negra dejaba entrever fragmentos fugaces de su cuerpo, de sus pechos redondos y oscuros como cántaros, sus hombros frágiles e infantiles, las piernas ligeras y la cintura y las caderas de adolescente. Una sensación de desasosiego recorrió a los espectadores, como si hasta los más acanallados sintieran el lacerante dolor de aquella belleza sobrehumana, inaccesible.

Terminado el espectáculo, la gitana saludó, recogió su capa, se la echó sobre los hombros, envió un beso a la concurrencia y desapareció. Sonaron unos débiles aplausos y luego reinó de nuevo el silencio. Las luces se encendieron e iluminaron a un grupo de gentes sorprendidas, cadáveres alineados para un juicio en el que el delito a juzgar era la tristeza y la soledad de las almas allí varadas. Perico Serramadriles se enjugó por enésima vez el sudor de la frente y el cuello con un pañuelo arrugado.

—¡Chico, qué..., qué..., qué cosa! —exclamó.

—Ya te dije que no perderíamos el tiempo viniendo aquí —respondí yo aparentando desparpajo, aunque me sentía hondamente turbado. En mi interior no hacía más que repetirme que aquella mujer había sido de Lepprince y que tal vez ahora sería de otro. Y me repetía con insistencia obsesiva que vivir sin poder franquear la puerta de semejantes goces era peor que morir.

El camino de vuelta a casa fue triste: ni Perico ni yo hablamos mucho. Yo, por hallarme inmerso en un torbellino de confusas emociones, y él, por respeto a mi estado de ánimo que intuía. Huelga decir que aquella noche apenas dormí y que los breves retales de sueño o duermevela en que cayó mi cuerpo derrengado se vieron acosados por convulsas pesadillas.

Al día siguiente me sentía náufrago en un mundo cuya vulgaridad no conseguía identificar y a cuya rutina no podía amoldarme a pesar de mis esfuerzos. Perico Serramadriles intentó en vano sonsacarme y la Doloretas se interesó por mi salud creyéndome acatarrado. Sólo recibieron gruñidos monosilábicos en pago a sus atenciones. Al caer la noche y mientras mordisqueaba sin gana un bocadillo correoso en un inhóspito figón, tomé la determinación de volver al cabaret y dar un giro renovador a mi vida o perderla de una vez en el intento.


Faltaba poco para el alba cuando Nemesio Cabra Gómez entró en la taberna. Un aire viciado por el humo áspero de tabaco barato, olor a humanidad y a vino derramado le hizo trastabillar. Estaba muy cansado. En apariencia la taberna se hallaba vacía, pero Nemesio Cabra Gómez, tras una pausa de aclimatación, avanzó decidido hacia unas cortinas grasientas de arpillera. El tabernero, que lo contemplaba todo con ojos soñolientos, le gritó:

—¿Dónde vas tú, rata?

—Sólo quiero hablar un momento con un señor, don Segundino. De veras que me voy en seguida —suplicó Nemesio.

—La persona que buscas no ha venido.

—¿Cómo lo sabe usted, con perdón, si aún no he dicho a quién busco?

—Porque me sale de las narices, ¿lo entiendes?

Mientras recibía los improperios con humildad, Nemesio Cabra Gómez había ido reculando hasta llegar a la cochambrosa cortina. Hizo una última reverencia, levantó un extremo del trapo y se coló de rondón en la trastienda, sin dar ocasión al tabernero de impedírselo. La trastienda estaba iluminada por un candil de aceite que colgaba del techo sobre una mesa. La mesa era redonda y de amplio perímetro y en torno a ella se sentaban cuatro hombres de pobladas barbas negras, gruesas chaquetas de franela parda y gorras con visera sobre los ojos, que fumaban pitillos amarillentos, brutalmente liados. Ninguno bebía. Uno de los asistentes a la tétrica reunión sostenía en sus manos un complejo instrumento en cuya parte superior destacaba una especie de despertador al que daba cuerda con meticulosa lentitud. Otro leía un libro, dos conversaban a media voz. Nemesio Cabra Gómez permaneció quieto junto a la entrada, mudo y encogido, hasta que uno de los asistentes reparó en su presencia.

—Mirad qué bicho más asqueroso se ha colado en este cuarto, compañeros —fue la salutación.

—Se me antoja un gusano —apuntó un contertulio fijando en el recién llegado unos ojos pequeños, separados por un chirlo que le bajaba de la ceja izquierda al labio superior.

—Habrá que utilizar un buen insecticida —señaló otro abriendo una navaja de cuatro muelles.

Y así fueron apostrofando a Nemesio, que se inclinaba servilmente a cada comentario y ensanchaba su sonrisa desdentada. Cuando los reunidos acabaron de hablar, reinó un silencio sepulcral en la estancia, sólo turbado por el flemático tictac del instrumento de relojería.

—¿Qué vienes a buscar? —preguntó por fin el que

había estado leyendo, un hombre joven, chupado de carnes, de aspecto enfermizo y color grisáceo.

—Un poco de conversación, Julián —respondió Nemesio.

—No hablamos con gusanos —replicó el llamado Julián.

—Esta vez es distinto, compañero: trabajo para la buena causa.

—¡El apóstol! —ironizó uno.

—No podéis decir que os haya traicionado jamás —protestó débilmente Nemesio.

—No estarías vivo si lo hubieras hecho.

—Y os he ayudado en muchas ocasiones, ¿no? ¿Quién te avisó a ti, Julián, de que iban a registrar tu casa? ¿Y a ti, quién te proporcionó aquella cédula y aquel disfraz? Y todo lo hice por amistad, ¿no?

—El día que descubramos por qué lo hiciste, será mejor que prepares tus funerales —dijo el hombre del chirlo—. Pero, ahora, basta de charla. Di a qué has venido y luego lárgate.

—Busco a un individuo..., para nada malo, palabra de honor.

—¿Quieres información?

—Advertirle de un grave peligro es lo que quiero. Él me lo agradecerá. Tiene familia.

—El nombre de ese individuo —atajó Julián.

Nemesio Cabra Gómez se acercó a la mesa. La luz del candil iluminó su cráneo rasurado y sus orejas adquirieron una transparencia cárdena. Los conspiradores concentraron en él sus ojos amenazantes. El instrumento de relojería emitió un silbido y dejó de marcar el compás. En la calle un reloj dio cinco campanadas.


El mayordomo anunció la presencia de Pere Parells y señora. María Rosa Savolta corrió a su encuentro con el rostro acalorado, besó efusivamente a la señora de Parells y con más timidez a Pere Parells. El viejo financiero conocía a María Rosa Savolta desde que ésta vino al mundo, pero ahora las cosas habían cambiado.

—¡Creía que no vendrían ustedes! —exclamó la joven anfitriona.

—Cosas de mi mujer —respondió Pere Parells tratando de ocultar su nerviosismo—, temía que fuéramos los primeros en llegar.

—Hija, por Dios, no nos trates de usted —dijo la señora de Parells.

María Rosa Savolta se ruborizó ligeramente.

—Ay, no sabría tutearles...

—Claro, mujer —terció Pere Parells—, si es natural: María Rosa es joven, y nosotros, unos carcamales, ¿no te das cuenta?

—Jesús, no diga eso —protestó María Rosa Savolta.

—¡Cómo, Pere! —convino la señora de Parells fingiendo enojo—. Habla por ti. Yo me siento una niña de corazón.

—Diga que sí, señora Parells, lo que cuenta es ser joven de espíritu.

La señora de Parells hizo tintinear sus pulseras y golpeó las mejillas de María Rosa Savolta con su abanico de nácar.

—Eso lo decís los que no sabéis de achaques.

—No crea, señora, me he encontrado bastante mal esta semana —dijo María Rosa Savolta enrojeciendo y mirando el borde de su vestido.

—¡Hija, no me digas! Eso lo hemos de hablar con más calma. ¿Estás segura? ¡Menuda noticia! ¿Lo sabe tu marido?

—¿De qué habláis? —preguntó Pere Parells.

—De nada, hombre, vete por ahí a contar chistes verdes —le respondió la señora de Parells—. ¡Y cuidado con lo que bebes; ya sabes lo que te ha dicho el doctor!

213

Mientras su mujer, la señora de Parells, se llevaba a María Rosa Savolta enlazada por la cintura, Pere Parells entró en el salón principal. Una orquesta interpretaba tangos y algunas parejas de jóvenes danzaban apretadas a los acordes de las melodías porteñas. Pere Parells odiaba los bandoneones. Un criado le ofreció una salvilla de plata con cigarrillos y cigarros. Tomó un cigarrillo y lo encendió con el candelabro que le tendía un pajecillo vestido de terciopelo púrpura. Pere Parells fumó y contempló el salón atestado, la profusión de criados, las galas, las joyas, la música y las luces, la calidad de los muebles, el espesor de las alfombras, la valía de los cuadros, el esplendor. Frunció el ceño y sus ojos se velaron de tristeza. Vio avanzar hacia él a Lepprince, sonriente, con la mano tendida, el frac impecable, la camisa de seda, la botonadura de brillantes. Instintivamente, tiró de las mangas de su camisa, enderezó la columna vertebral que se arqueaba al paso de los años, esbozó una sonrisa procurando ocultar la falta de un molar recientemente extraído y, al hacer todo aquel ceremonial, partió el cigarrillo con una súbita e incontrolable crispación.

Era temprano y el cabaret estaba desierto cuando llegué. Una funda cubría el piano y las sillas se apilaban patas arriba encima de las mesas para facilitar los escobazos que una mujerona repartía con saña contra el pavimento. La mujerona vestía una bata floreada surcada de zurcidos y llevaba un pañuelo de hierbas anudado a la cabeza como un turbante. Una colilla apagada le colgaba del labio inferior.

—Llegas pronto, guapo —me dijo al verme—, la función no empieza hasta las once.

—Ya lo sé —dije yo—. Quisiera ver a la persona que dirige todo esto.

La mujerona volvió a barrer levantando polvo y pelusa.

—Por ahí andará la jefa, supongo. ¿Para qué la quieres?

—He de hacerle unas preguntas.

—¿Policía?

—No, no. Un asunto particular.

La mujerona vino hacia mí y me apuntó con el mango de la escoba. Reconocí en ella a una de las animadoras que la noche anterior nos habían abordado.

—Oye, ¿tú no eres el cliente rumboso que anoche nos invitó a tomar viento?

—Estuve aquí anoche, sí —dije yo.

La mujerona rompió a reír y se le desprendió el pitillo.

—Dime para qué quieres ver a la jefa, sé buen chico.

—Es un asunto particular, lo siento.

—Está bien, banquero. La encontrarás allá detrás, preparando las bebidas. ¿Tienes un cigarrillo?

Le di lo que me pedía y la dejé barriendo de nuevo. El cabaret, vacío y en penumbra, presentaba un aspecto de suciedad y desolación indescriptible. El polvo levantado por la mujerona se me pegaba al paladar. Como suele sucederme en estas ocasiones, toda la energía que me había llevado hasta el borde mismo de aquella situación parecía abandonarme en un instante. Vacilé y sólo el hecho de haber llegado hasta el final y de saberme observado por la sarcástica mujerona me impulsaron a seguir adelante.

Tal y como me habían informado, encontré a la jefa, que no era otra que la vieja pianista, trajinando tras el telón entre garrafas y botellas. Lo que hacía era muy simple: rellenaba las botellas de marcas conocidas con el líquido que vertía de las garrafas a través de un embudo herrumbroso. La falsedad de las bebi-

das que se servían en el cabaret resultaba tan evidente al paladar y tan indiferente a la clientela, que aquella operación carecía de sentido y la juzgué una con-
movedora cuestión de principios.

Al llegar al lado de la pianista, ésta advirtió mi presencia, terminó de llenar la botella que tenía entre las
rodillas y dejó caer la garrafa. Resoplaba por el esfuerzo y su expresión no podía ser menos amistosa.

—¿Qué quieres?

—Perdone que la interrumpa en este momento tan
inoportuno —dije a modo de introducción.

—Ya lo has hecho, ¿y ahora qué?

—Verá, se trata de lo siguiente. Aquí trabaja una joven, bailarina o acróbata, que se llama María Coral.

—¿Y qué?

—Que yo desearía verla, si es posible.

—¿Para qué?

Pensé que, de haber sido rico, me habría podido
ahorrar aquellos desprecios y aquella humillación, me
habría bastado insinuar mis deseos y deslizar un par
de billetes en la mano de la pianista para que la máquina se pusiera en funcionamiento con la prontitud y
suavidad de un mecanismo bien engrasado. Pero mis
circunstancias eran muy otras y sabía que el descenso
a los infiernos no había hecho más que empezar. El
tiempo se encargaría de demostrarme hasta qué punto
mis presentimientos eran ciertos.

—¿Por qué no me ayudas a levantar esta garrafa?
—dijo la pianista.

—No faltaría más —respondí yo para granjearme
sus simpatías.

Y ante su mirada inexpresiva procedí a llenar una
botella vacía.

—Pesa, ¿eh?

—Ya lo creo, señora. Una tonelada —dije yo resoplando.

216

—Pues todos los días me toca hacer lo mismo, ya ves. Y a mis años.

—Necesita usted que alguien la ayude.

—Di que sí, guapo, pero ¿cómo le voy a pagar?

No contesté y seguí llenando la botella hasta que el líquido desbordó el embudo con roncos borbotones y se desparramó por el suelo.

—Lo siento.

—No te preocupes. Es la falta de costumbre. Llena ésa.

Hice lo que me indicaba y ella se sentó en una silla y me miró trabajar.

—No sé qué demonios veis en esa criatura —comentó como si hablase consigo misma—. Es terca, perezosa, corta de luces y tiene un corazón de piedra.

—¿Se refiere usted a María Coral?

—Sí.

—¿Por qué habla tan mal de ella?

—Porque la conozco y conozco a las de su clase. No esperes nada bueno de ella: es una víbora. Claro que a mí, lo que os ocurra, ni me va ni me viene.

—¿Me dirá dónde puedo encontrarla?

—Sí, hombre, sí, no sufras. Si se lo dije al otro, también te lo puedo decir a ti. Aquél era más generoso, no te lo voy a negar, pero tú me has caído bien. Eres amable y pareces buen chico. A mi edad, ¿sabes?, valoro tanto la cortesía como el dinero.

Aún tuve que rellenar tres botellas más antes de que me diera la codiciada dirección. En cuanto la tuve, le di las gracias, me despedí de las dos mujeres y partí en busca de María Coral.


Se había levantado un viento frío y húmedo que barría las callejas haciendo temblar las farolas y ahuyentando a los paseantes. Los habituales de la noche habían desertado de las aceras y se refugiaban en las tascas, al amor de las estufas y el vino. Las gentes se mantenían calladas y sólo el ulular del viento daba voz a las horas tardías. Nemesio Cabra Gómez abrió la puerta de la taberna y una bocanada de viento y polvareda hizo su entrada con él. Los clientes del tugurio fijaron su hosco ceño en el harapiento aparecido.

—¡Tenías que ser tú, rata! ¡Mira cómo has puesto el suelo recién fregado! —le escupió el tabernero.

—Sólo pido un poco de hospitalidad —dijo Nemesio—. Hace una noche toledana. Vengo aterido.

Una voz aguardentosa brotó del fondo del local:

—Venga usted acá, buen hombre, que le invito a un trago.

Nemesio Cabra Gómez se dirigió hacia el desconocido.

—Mucho le agradezco su amabilidad, señor. De sobra se ve que es usted un buen cristiano.

—¿Cristiano yo? —replicó el desconocido—. Ateo irreductible, diga usted mejor. Pero la noche no es noche de discusión, sino de vino. ¡Tabernero, sirva un trago para este amigo!

—Mire, señor —dijo el tabernero—, yo no me meto en sus asuntos, pero este pájaro es pura carroña. Si quiere un consejo, agárrelo por un brazo, yo lo agarro del otro y lo tiramos a la calle antes de que haga mal alguno.

El desconocido sonrió.

—Sírvale un trago y no haga una montaña de un grano de arena.

—Como usted diga, pero yo ya le advertí. Este hombre le traerá desgracia.

—¿Tan peligroso eres? —dijo el desconocido a Nemesio Cabra Gómez.

—No les haga caso, caballero. Me tienen inquina porque saben que tengo amistades ahí arriba y que puedo dar cuenta de su mala vida.

218

—¿Tienes amistades en el Gobierno?

—Más arriba, señor, mucho más arriba. Y esta gente vive en el pecado. Es la lucha de la luz contra las tinieblas: yo soy la luz.

—No deje que le endilgue sus disparates —dijo el tabernero poniendo un vaso de vino bajo la nariz de Nemesio Cabra Gómez.

—No parece muy dañino —dijo el desconocido—. Un poco alunado, nada más.

—Desconfíe, señor, desconfíe —repitió el tabernero.


La dirección que me había dado la pianista resultaba una incógnita para mí, ignorante de aquella zona como si se tratase de una ciudad extraña. Tuve que preguntar a unos y a otros hasta dar con el lugar que, por fortuna, no estaba lejos del cabaret. Tres ideas se barajaban en mi mente mientras iba en busca de la gitana: la primera, naturalmente, era si encontraría a María Coral en su domicilio; la segunda, qué le diría y cómo justificaría mi interés por verla, y la tercera, quién sería el individuo que poco antes se había interesado en conocer el paradero de la acróbata. La primera y la tercera preguntas no tenían respuesta: el tiempo y la suerte me lo dirían. En cuanto a la segunda, por más vueltas que le daba, no encontraba solución. Recuerdo que bebí un vaso de ron en un quiosco de bebidas hallado al paso para darme ánimo y que me produjo un ardor molesto y un mareo próximo a la náusea. Poco más recuerdo de aquel angustioso deambular.

Localicé por fin las señas y vi que se trataba de una mísera pensión o casa de habitaciones que, según sospeché primero y confirmé después, hacía las veces de casa de citas. La entrada era estrecha y oscura. En una garita estaba un lisiado.

—¿Dónde va?

Se lo dije y me indicó el piso, la puerta y el número de la habitación sin más indagaciones. Pensé que tal vez esperase una propina, pero por azoramiento, no se la di. Subí los desgastados peldaños alumbrándome ocasionalmente con una cerilla y a tientas. La lobreguez del entorno, lejos de deprimirme, me animó, pues evidenciaba que María Coral no disfrutaba de una posición que le autorizase a despreciarme. En el fondo del alma, en lugar de sentir compasión por aquella desgraciada, me alegraba de su triste suerte. Cuando recapacito sobre semejantes pensamientos, siento rubor de mi egoísmo.

Llegué ante una puerta que decía:

HABITACIONES LA JULIA

y más abajo, junto al picaporte: EMPUJE. Empujé y la puerta se abrió rechinando. Me vi en un vestíbulo débilmente iluminado por una lamparilla de aceite que ardía en la hornacina de un santo. El vestíbulo no tenía otro mobiliario que un paragüero de loza. A derecha e izquierda corría un pasillo en tinieblas y a ambos lados del pasillo se alineaban las habitaciones, en cuyas puertas se leían números garrapateados en tiza. Encendí una cerilla, la última, y recorrí el pasillo de la derecha, luego el de la izquierda. Me detuve por fin frente al número once y golpeé con los nudillos, suavemente al principio y con insistencia después. Nadie respondió; el silencio sólo se vio turbado por el gorgoteo de un grifo y el insólito trino de un jilguero. Se consumió la cerilla y aguardé unos segundos que me parecieron horas. Por mi cabeza cruzaron dos posibilidades: que la habitación estuviese vacía o que María Coral estuviese con alguien (el individuo que me había precedido en el cabaret, con seguridad) y que ambos, sorprendidos en su intimidad, guardasen escrupuloso

220

silencio. En cualquiera de los dos casos, la lógica elemental aconsejaba una discreta retirada, pero yo no actuaba con lógica. A lo largo de mi vida he podido experimentar esto: que me comporto tímidamente hasta un punto, sobrepasado el cual, pierdo el control de mis actos y cometo los más inoportunos desatinos. Ambos extremos, igualmente desaconsejables por alejados del justo medio, han sido la causa de todas mis desdichas. Con frecuencia, en estos momentos de reflexión, me digo que no se puede luchar contra el carácter y que nací para perder en todas las batallas. Ahora que la madurez me ha vuelto más sereno, ya es tarde para rectificar los errores de la juventud. La perspectiva de los años sólo me ha traído el dolor de reconocer los fracasos sin poder enmendarlos.

¿Qué habría sido de mi vida si en aquella ocasión hubiera retrocedido, sofocado mis disparatados impulsos y olvidado la insana idea que me arrastraba? Nunca lo sabré. Tal vez se habrían evitado muchas muertes, tal vez yo no estaría donde estoy. Sólo sé que al abrir la puerta de aquella habitación abrí también la puerta de una nueva vida para mí y para cuantos me rodeaban.

—Y así fue —dijo Nemesio Cabra Gómez— cómo supe cuál era mi única misión en este mundo. El ángel desapareció y cuál no sería la luz que emanaba su cuerpo que quedé sumido en la oscuridad más absoluta por largo tiempo, a pesar de tener encendido el quinqué. Al punto abandoné mi casa y mi pueblo natal, tomé un tren sin pagar billete, pues ha de saber usted que para mis desplazamientos utilizo el estado gaseoso, y me vine a Barcelona.

—¿Por qué a Barcelona? —preguntó el desconocido, que parecía seguir con un divertido interés el relato de su interlocutor.

—Porque es aquí donde más pecados se cometen diariamente. ¿Ha visto usted las calles? Son los pasillos del infierno. Las mujeres han perdido la decencia y ofrecen sin rubor, por cuatro cuartos, aquello que deberían guardar con más celo. Los hombres pecan, si no de obra, de pensamiento. Las leyes no se respetan, la autoridad es escarnecida por doquier, los hijos abandonan a sus padres, los templos están vacíos y se atenta contra la vida humana, que es la más alta obra de Dios.

El desconocido apuró su vaso de vino y lo rellenó de la botella que tocaba a su fin. Con la colilla de un cigarrillo encendía otro. Tenía los ojos enrojecidos, los labios negros y el rostro abotargado.

—¿Y no cree usted más bien que la miseria es la causa del vicio? —dijo con voz apenas perceptible.

—¿Cómo dice?

—Que si no cree que ha sido la maldita pobreza la que ha obligado a esas mujeres... —se interrumpió, agotado por el esfuerzo, y se dejó caer sobre la mesa, dando un tremendo golpetazo con la frente en la madera y derribando botella y vasos, que se hicieron añicos en el suelo.

Las conversaciones se apagaron y reinó un silencio sepulcral en la taberna. Todas las miradas se concentraban en la exótica pareja que formaban Nemesio Cabra Gómez y su ebrio amigo. Nemesio, advirtiendo la incómoda posición en que se hallaban, zarandeó con suavidad el hombro del desconocido.

—Señor, vayamos a dar un paseo. Le conviene tomar el aire.

El desconocido levantó el rostro y fijó sus ojos en Nemesio, haciendo un esfuerzo por comprender.

—Vámonos, señor. Ya llevamos mucho tiempo aquí y eso no es sano. El aire está viciado por tanto tabaco y tanto frito.

—¡Bah! —replicó el desconocido sacudiendo un manotazo que alcanzó a Nemesio en el estómago—. Déjeme tranquilo, predicador de vía estrecha, santurrón de zarzuela.

La conversación se había reanudado en la taberna, pero en tono más bajo, y los clientes seguían lanzando miradas furtivas a la mesa donde se desarrollaba tan pintoresco diálogo. Un coro de carcajadas celebró el manotazo propinado a Nemesio y del que éste se recobraba con grotescas aspiraciones y boqueadas. Al oír las risotadas, el beodo desconocido se incorporó de nuevo, ayudándose con las manos, miró con ojos llameantes a la concurrencia y dijo:

—¿Y vosotros de qué os reís, idiotas? ¡Llorar deberíais si usarais de vuestra cabeza! ¡Mirad, miraos los unos a los otros, tristes fantasmas harapientos! Os reís de mí y no veis que soy un espejo de vuestra propia imagen.

Los clientes volvieron a soltar la carcajada.

—¡Buena compañía te has buscado, Nemesio! —gritaron al fondo de la sala.

—¡Un loco y un borracho! ¡Qué comparsa! —dijo otra voz.

—¡Sí, burlaos! —prosiguió el beodo extendiendo el dedo y describiendo un ángulo de noventa grados con el brazo, lo cual le hizo perder una vez más el equilibrio, y habría dado con su cuerpo en el suelo de no haberle sujetado Nemesio—. ¡Burlaos de mí si eso os hace sentir más hombres! Pero un día vosotros también os veréis como yo me veo ahora. No siempre fui así. Tengo estudios, leo mucho, pero de nada me ha servido, a fin de cuentas. Yo también llevé una vida alegre, sí, confié en mi prójimo y gasté bromas a costa de los derrotados. Pero por fin cayó la venda de mis ojos.

—¡Quitadle los pantalones! —exclamó un parroquiano.

Y dos hombretones se levantaron para llevar a término la propuesta. Nemesio Cabra Gómez se interpuso.

—Dejadle hablar —dijo con voz suplicante no exenta de cierta dignidad—. Es un hombre honrado y de gran cultura. Podríais aprender mucho de él.

—¡Que se calle y no nos amargue la noche!

—¡Sí, que se vaya!

—¡No! No me iré —prosiguió el enardecido beodo—. Antes tengo que deciros un par de cosas. Este individuo —señaló a Nemesio— afirma que vuestra conducta licenciosa es la causa de la pobreza que os corroe y hace enfermar a vuestras mujeres y a vuestros hijos. Y yo os digo que eso no es verdad. Todos vosotros padecéis la miseria, el hambre, el analfabetismo y el dolor por culpa de Ellos —señaló, siempre con el dedo extendido hacia un hipotético grupo situado más allá de los muros del local—. De Ellos, que os oprimen, os explotan, os traicionan y, si es preciso, os matan. Yo sé de casos que os pondrían los pelos de punta. Sé nombres de personas ilustres que tienen las manos rojas de sangre de los trabajadores. ¡Ah! No las veréis, porque las cubren blancos guantes de cabritilla. ¡Guantes traídos de París y pagados con vuestro dinero! Creéis que os pagan por el trabajo que realizáis en sus fábricas, pero es mentira. Os pagan para que no os muráis de hambre y podáis seguir trabajando, de sol a sol, hasta reventar. Pero el dinero, la ganancia, ¡no!, eso no os lo dan. Eso se lo quedan Ellos. Y se compran mansiones, automóviles, joyas, pieles y mujeres. ¿Con su dinero? ¡Qué va! ¡Con el vuestro! Y vosotros, ¿qué hacéis? Mirad, miraos los unos a los otros y decidme, ¿qué hacéis?

—¿Qué haces tú? —preguntó alguien. Ya nadie se reía. Todos escuchaban con fingida indiferencia, con incómodo sarcasmo. El nerviosismo se había apoderado de la concurrencia.

—Olvidaos de mí. Soy una ruina. Quise luchar a mi modo y fracasé. ¿Sabéis por qué? Os lo voy a decir: por confiar en las bonitas palabras y en los falsos amigos. Por abrigar la esperanza de ablandar sus sucios corazones con razonamientos. ¡Vana ilusión! Quise abrir sus ojos a la verdad y fue locura, vaya si lo fue. Ellos los tienen abiertos desde que nacen: todo lo ven, todo lo saben. Yo era el ciego, el ignorante..., pero ya no lo soy. Por eso hablo así. Y ahora, amigos, oíd mi consejo. Oíd mi consejo porque no lo digo yo, sino la amarga experiencia. Es éste: no ahoguéis en vino vuestros padecimientos —su voz se hizo súbitamente firme, encendida—, ¡ahogadlos en sangre! Anegad los estériles surcos de vuestros campos abandonados con la sangre de Ellos. Bañad la mugre de vuestros hijos en la sangre de Ellos. Que no quede una cabeza sobre sus hombros. No les dejéis hablar, porque os convencerán. No les dejéis esbozar un gesto, porque os cubrirán de dinero, comprarán vuestra voluntad. No les miréis, porque querréis imitar sus maneras elegantes y os corromperán. No sintáis piedad, pues Ellos no la sienten. Saben cómo sufrís, cómo mueren vuestros hijos de inanición y falta de asistencia médica, pero se ríen, se ríen en sus lujosos salones, al amor de la lumbre, bebiendo el vino de vuestras cepas, comiendo el pollo de vuestras granjas, adobado con el aceite de vuestros campos. Y se abrigan con vuestras ropas y se refugian en vuestras casas y ven llover sobre vuestras barracas. Y os desprecian, porque no sabéis hablar como Ellos, ni vais al teatro, ni al Liceo, ni sabéis comer con cubertería de plata. ¡Matad, sí, matad! ¡Que no quede ni uno con vida! ¡Matad a sus mujeres y a sus hijos! Acabad..., acabad con Ellos... para siempre...

Calló el beodo y se dejó caer extenuado sobre la mesa, rompiendo el denso silencio que había seguido a sus palabras con un sollozo desgarrador. La concurrencia estaba petrificada y parecía buscar el anonimato, la invisibilidad, en el mutismo y la quietud.

Transcurridos unos segundos, el dueño del estable-cimiento se acercó a la mesa del beodo, que recibía los cuidados de Nemesio Cabra Gómez, carraspeó y dijo con voz afectadamente firme:

—Salga de aquí, señor. No quiero líos en mi casa.

El beodo seguía llorando entre convulsiones y no respondió. Nemesio Cabra Gómez tiró de él colocán-dose a su espalda y pasando los brazos por debajo de sus axilas.

—Vámonos, señor, está usted fatigado.

—¡Que se vaya, que se vaya! —dijeron los parro-quianos al unísono. Algunos lanzaban miradas temero-sas a la puerta. Otros hacían gestos amenazadores al beodo. Nemesio intentaba resolver la situación por la vía pacífica.

—Calma, calma, por el amor de Dios. Ya nos vamos, ¿verdad señor?

—Sí —murmuró al fin el beodo—, vámonos. Ay..., ayúdeme.

Entre el tabernero y Nemesio Cabra Gómez pusie-ron al beodo en pie. Éste iba recobrando lentamente las fuerzas y el equilibrio. La clientela aparentaba no prestar atención a lo que ocurría y el beodo y Nemesio cruzaron la taberna sin ser molestados. La noche era fría, seca y sin luna. El beodo experimentó un esca-lofrío.

—Caminemos un poco, señor. Si nos quedamos quie-tos nos helaremos —decía Nemesio.

—No me importa. Váyase y déjeme solo.

—Ni hablar. No puedo dejarle así. Dígame dónde vive y le llevaré a su casa.

El beodo negó con la cabeza. Nemesio le obligó a caminar, cosa que el beodo hizo con inseguridad, pero sin caerse.

—¿Vive usted cerca, señor? ¿Quiere que tomemos un coche?

—No quiero ir a casa. No quiero volver jamás a mi casa. Mi mujer...

—Ella comprenderá, señor. Todos nos hemos propasado alguna vez con la bebida.

—No, a casa no —insistió el beodo con tristeza.

—Caminemos entonces. No se detenga. ¿Quiere mi chaqueta?

—¿Por qué se preocupa por mí?

—Es el único amigo que tengo. Pero camine, señor.


Pere Parells, con una copa de jerez y un cigarrillo, fue a dar en un corro formado por dos jovenzuelos imberbes, un anciano poeta y una señora de aspecto varonil que resultó ser la agregada cultural de la embajada holandesa en España. El poeta y la señora comparaban culturas.

—He observado con amargura —decía la señora en fluido castellano que apenas dejaba traslucir un leve acento extranjero— que las clases altas españolas, a diferencia de lo que ocurre en el resto de Europa, no consideran la cultura como un blasón, sino casi como una lacra. Juzgan por el contrario de buen tono hacer gala de ignorancia y desinterés por el arte y confunden refinamiento con afeminamiento. En las reuniones sociales no se habla jamás de literatura, pintura o música, los museos y las bibliotecas están desiertos y el que siente afición por la poesía procura ocultarlo como algo infamante.

—Tiene usted mucha razón, señora Van Pets.

—Van Peltz —corrigió la señora.

—Tiene usted mucha razón. Recientemente, en octubre pasado, di un recital de mis poesías en Lérida y, ¿creerá usted que la sala del Ateneo estaba medio vacía?

—Es lo que digo, aquí se desprecia la cultura por mor de una hombría mal entendida, lo mismo que ocurre, y no se ofenda usted, con la higiene.

—Dos de nuestras más gloriosas figuras, Cervantes y Quevedo, conocieron días de dolor en la cárcel —apuntó uno de los jovenzuelos imberbes.

—La aristocracia española ha perdido la oportunidad de alcanzar renombre universal. En cambio la Iglesia ha sido, en este aspecto, mucho más inteligente: Lope de Vega, Calderón, Tirso de Molina, Góngora y Gracián se acogieron al beneficio del estado clerical —señaló la señora Van Peltz.

—Una lección histórica que debían tomar en consideración los nuevos ricos —apuntó Pere Parells con una sonrisa torcida.

—Bah —exclamó el poeta—, con ésos no hay que contar. Van a roncar al Liceo porque hay que lucir las joyas y adquieren cuadros valiosos para darse tono, pero no distinguen una ópera de Wagner de una revista del Paralelo.

—Bueno, no hay que exagerar —dijo Pere Parells recordando para sus adentros algunos títulos de revista que le habían complacido especialmente—. Cada cosa tiene su momento.

—Y así —prosiguió la señora Van Peltz, que no estaba dispuesta a tolerar digresiones frívolas—, los artistas se han vuelto contra la aristocracia y han creado ese naturalismo que padecemos y que no es más que afán de echarse en brazos del pueblo halagando sus instintos.

Pere Parells, poco adicto a semejantes conversaciones, se despegó del grupo y buscó refugio junto a unos industriales a los que conocía superficialmente. Los industriales habían acorralado a un obeso y risueño banquero y descargaban sus iras en él.

—¡No me diga usted que los bancos no se han puesto de culo! —exclamaba uno de los industriales señalando al banquero con la punta de su cigarro.

—Actuamos con cautela, señor mío, con exquisita

cautela —replicaba el banquero sin perder la sonrisa—. Tenga usted en cuenta que no manejamos dinero propio, sino ahorros ajenos, y que lo que en ustedes es valentía en nosotros sería fraudulenta temeridad.

—¡Puñetas! —bramaba el otro industrial, cuyo rostro se tornaba rojo y blanco con pasmosa prontitud—. Cuando las cosas van bien, ustedes se hinchan a ganar...

—¡Y a estrujar! —terció su compañero.

—... y cuando van torcidas, se vuelven de espaldas...

—¡De culo, de culo!

—... y se hacen los sordos. Arruinarán al país y aún pretenderán haberse comportado como buenos negociantes.

—Yo, señores, tengo mi sueldo, que no varía de mes en mes —respondió el banquero—. Si actuamos como lo hacemos no es por lucro personal. Administramos el dinero que nos han confiado.

—¡Puñetas! Especulan con la crisis.

—También sufrimos nuestras derrotas, no lo olviden ni me obliguen a recordar casos dramáticos.

—¡Ah, Parells —dijo uno de los industriales advirtiendo la presencia de su amigo—, venga y rompa su lanza en esta lid! ¿Qué opina usted de la banca?

—Noble institución —contemporizó Pere Parells—, aunque sus ataduras, respetables de todo punto de vista, le impiden actuar con la decisión y osadía que nosotros desearíamos.

—¿Pero no cree usted que se han puesto de culo?

—Hombre, de culo, lo que se dice de culo..., no sé. Tal vez dan esa impresión.

—Parells, usted quiere escurrir el bulto.

—Pues sí, la verdad —asintió el financiero sintiéndose mortalmente cansado y deseoso de verse al margen de toda contienda.

—No se nos raje, coño. ¿Es verdad que la empresa

Savolta se viene a pique? —azuzó el primer industrial para reanimar lo que, a todas luces, era para él una conversación amena.

—¿Quién lo dice? —atajó Parells con tal celeridad que no le dio tiempo a echar un velo de ironía a sus palabras.

—Ya sabe, se comenta por ahí.

—¿De veras? ¿Y qué se comenta, si me puedo enterar?

—No se haga el ingenuo.

—¿Es verdad que salen las acciones a cotización?

—¿A cotización? No, que yo sepa.

—Dicen que Lepprince se quiere deshacer del paquete que su mujer heredó de Savolta, ¿es verdad? Se habla incluso de cierta empresa de Bilbao, interesada en la compra...

—Señores, ustedes ven visiones.

—¿Y es verdad que un Banco de Madrid ha rechazado papel librado por ustedes?

—Pregúntenselo a ese banco. Yo no sé de qué me hablan.

—Bah, esos lechuguinos no nos dirán nada.

—Es verdad —dijo Pere Parells guiñando el ojo al banquero—, olvidaba que siempre les presentan el culo.

Repartió palmadas a los industriales, dirigió una sonrisa de complicidad al risueño banquero y volvió a deambular por la sala. Tenía ganas de irse a casa, enfundarse en su bata y sus pantuflas y reposar en su butaca. Al fondo de la sala, junto a la puerta de la biblioteca, distinguió a Lepprince, que daba órdenes a un camarero. Se dirigió hacia allí con paso resuelto y esperó a que el camarero se hubiera ido.

—Lepprince, tengo que hablar contigo urgentemente —dijo.

—Señor, dígame la dirección de su casa y yo le llevo —insistió Nemesio Cabra Gómez—. Ya verá como mañana se encuentra mejor.

El beodo se había quedado adormilado abrazado a una farola. Nemesio le sacudió con toda su alma y el beodo abrió los ojos y bizqueó.

—¿Qué hora es?

Nemesio buscó un reloj público sin encontrarlo.

—Muy tarde. Y hace un frío que pela.

—Aún es pronto. Venga, tengo que hacer un recado.

—¿A estas horas? Señor, está todo cerrado.

—Lo que yo busco, no. Es un buzón. Vamos a Correos.

—¿Está camino de su casa?

—Sí.

—Entonces, vamos.

Hizo que el beodo pasara el brazo por encima de sus hombros y cargó con él. Nemesio era un individuo débil de constitución y la pareja daba bandazos y traspiés de los que se recuperaba por puro milagro. Una campana dio tres toques.

—¡Las cinco! —exclamó el beodo—. Aún es pronto, ¿qué le decía?

—¿No podríamos dejar ese recado para mañana?

—Mañana puede ser demasiado tarde. Lo que tengo que hacer es sencillo, ¿sabe usted? Echar una carta a un buzón. Aquí llevo la carta. Es un simple trozo de papel escrito, pero ¡ah! ¡Ah, mi querido amigo! Muchas cabezas rodarán cuando llegue a su destino. Y, si no, al tiempo. ¿Qué hora es?

—No lo sé, señor. Tenga cuidado con ese bordillo.

Siguieron caminando hasta llegar a Correos, operación que les llevó más de media hora, a pesar de hallarse a doscientos metros escasos. En varias ocasiones Nemesio tuvo que detenerse a recobrar el aliento y descansar sentado en el escalón de un soportal. El beodo, en estas pausas, aprovechaba para cantar a plena voz y mear en el centro de la calle. Una vez ante el edificio, buscaron un buzón. El beodo tanteaba los muros y pretendía introducir la carta por cualquier intersticio de las piedras. Al fin Nemesio halló lo que buscaban.

—Déme la carta, señor. Yo la echaré.

—¡Ni hablar! No debe usted ver a quién va dirigida.

—No miraré.

—Hay que desconfiar. Esta carta es muy importante. ¿Dónde está el buzón?

—Aquí, pero levante la trampilla.

Ayudó al beodo a introducir la carta por la ranura e intentó leer el nombre del destinatario, pero el sobre había sufrido mucho y las arrugas y los lamparones dificultaban su lectura. Sólo pudo advertir que iba dirigida a alguien que vivía en la propia ciudad. Finalizada la proeza, el beodo pareció más tranquilo.

—He cumplido con mi deber —afirmó solemnemente.

—Pues vamos a su casa —propuso Nemesio.

—Sí, vámonos. ¿Qué hora es?

Un poco más ligeros anduvieron hacia las Ramblas. Empezó a lloviznar, pero cesó al cabo de unos instantes. La temperatura era más suave y el viento se había calmado. En los bancos de las Ramblas dormían borrachos y vagabundos. Pasaban carros tirados por percherones, cargados de verduras, camino del Borne. Un perro ladró entre las piernas de Nemesio, que tuvo que encaramarse a un banco para evitar las mordeduras del animal. Fue un recorrido, en suma, sin incidentes dignos de mención. Al llegar a la esquina de las Ramblas y la calle de la Unión, el beodo se despidió de Nemesio.

—No me siga, ya estoy despejado y prefiero seguir solo —dijo aquél—. Vivo aquí mismo, en aquel portal —informó señalando vagamente hacia el fondo de la calle—. Usted acuéstese y duerma en paz, que bastante tabarra le he dado esta noche. No sabe cuánto agradezco lo que ha hecho por mí.

—Señor, no tiene nada que agradecerme. No lo hemos pasado mal, después de todo.

El beodo había caído en un estado de honda melancolía.

—Sí, quizá tenga razón. Incluso ha sido divertido a ratos. Pero ahora todo debe cambiar. La vida es parca en sus treguas.

—¿Cómo dice?

—Voy a pedirle un favor. ¿Puedo confiar en usted?

—A ojos cerrados.

—Escuche pues: tengo un presentimiento, un mal presagio. Si algo me sucediera, fíjese bien, si algo me sucediera..., ¿lo entiende?

—Claro, señor, si algo le sucediera...

—Busque usted a un amigo cuyo nombre le daré, tan pronto tenga noticias de que algo me ha pasado. Búsquele y dígale que me han matado.

—¿Matado?

—Sí, que me han matado los que él ya sabe. Dígale que cuide de mi mujer y de mi hijo, que no los abandone, que tenga piedad. Su nombre, el nombre de mi amigo, fíjese bien, es Javier Miranda. ¿Lo recordará?

—Javier Miranda, sí, señor. Ya no se me olvida.

—Vaya en su busca y cuéntele todo lo que me ha oído decir esta noche, pero sólo, fíjese bien, en el caso de que algo malo me ocurriera. Y ahora, no se demore más, váyase.

—Puede usted confiar en mí, señor. Juro por todo lo Alto que no le defraudaré.

—Adiós, amigo —dijo el beodo estrechando la mano de Nemesio.

—Adiós, señor, y cuídese.

Se despidieron sin más y Nemesio le vio partir con

paso lento pero firme. Le pareció indiscreto seguir espiando al beodo, de modo que al cabo de un rato dio media vuelta y se marchó. Al llegar a la esquina de las Ramblas le deslumbraron los faros de un automóvil que viraba en aquel momento para entrar en la calle de la Unión. Un pensamiento inconcreto golpeó el cerebro de Nemesio Cabra Gómez, algo que le intranquilizó sin que pudiera precisar qué era. Siguió andando y dando vueltas a la idea hasta que se hizo la luz: aquel automóvil los había estado siguiendo. Estaba detenido a la puerta de la taberna, más tarde frente al edificio de Correos y, por último, lo había visto sortear los carros de verduras Ramblas arriba. Entonces no le había prestado atención, pero ahora, después de las últimas palabras pronunciadas por el beodo, aquellos hechos misteriosos, aquellas coincidencias cobraban un trágico sentido. Nemesio dio media vuelta y echó a correr deshaciendo lo andado, dobló por la calle de la Unión y siguió corriendo hasta que unos gritos le hicieron detenerse. A cien metros, débilmente iluminado por la luz incierta de una farola de gas, se arremolinaba un corro de personas envueltas en batines. Otros, que no habían encontrado con qué cubrirse, se asomaban a los balcones en camisa de dormir. Dos guardias se abrían paso entre los mirones. En unos instantes la calle antes desierta había cobrado vida. Nemesio se aproximó con cautela.

—Disculpe, señora, ¿qué ha pasado?

—Han atropellado a un joven. Dicen que está muerto.

—¿Quién era, se sabe ya?

—Un periodista que vivía aquí mismo, en el número veintidós, con mujer y un hijo pequeño, ¡figúrese usted, qué desgracia! Muerto a dos pasos de su casa.

—No le habría pasado —dijo una vecina desde una ventana baja— si en vez de andar trasnochando pasara las noches en casa, como Dios manda.

—No hable así de los muertos, señora —dijo Nemesio.

—Usted se calla, que tiene pinta de ser de la misma cuerda —replicó la mujer de la ventana.

Los guardias hacían que la gente se apartara y pedían un médico y una ambulancia. Nemesio Cabra Gómez se ocultó detrás de la señora que le había informado y aprovechó una distracción de los guardias para desaparecer subrepticiamente.

# II

Abrí la puerta de la habitación de María Coral y me acogió un olor acre y una oscuridad tan cerrada como aquella en la que me hallaba. Lo primero que se me ocurrió fue que la estancia estaba vacía, pero a poco, prestando atención, percibí una respiración agitada y unos débiles sonidos que me parecieron ayes de dolor. La llamé por su nombre: «¡María Coral! ¡María Coral!», y no obtuve respuesta. Los gemidos continuaban. Yo había gastado la última cerilla tratando de localizar el número de la habitación, de modo que adopté una determinación, volví a tientas hasta el vestíbulo y tomé la lamparilla de aceite que ardía en la hornacina del santo. Provisto de luz volví a la habitación y alumbré su interior; mis ojos se habían acostumbrado a las tinieblas y no me fue difícil reconocer al fondo de la pieza el contorno de una cama de hierro y una figura de mujer tendida en ella. Era María Coral y estaba sola, gracias a Dios. Pensé que dormía y que una pesadilla alteraba su sueño. Me acerqué y le cogí la mano: la sentí helada y en extremo húmeda. Aproximé la lamparilla al rostro de la gitana y un estremecimiento recorrió mi cuerpo: María Coral estaba pálida como una muerta y sólo un leve temblor de su barbilla y los ayes lastimeros que exhalaba por la boca entreabierta indicaban que aún vivía. La tomé por los hombros y traté de hacerla volver en sí. Fue inútil. Le di unos cachetes y tampoco obtuve resultado alguno, salvo que los lamentos se hicieron más angustiosos y la palidez mayor aún. María Coral se moría. Di voces, pero nada parecía indicar que otras personas se hallaran en la casa. Yo estaba confuso, atolondrado, no sabía qué actitud adoptar. Pensé cargar con el cuerpo de la gitana y llevarla a cualquier parte donde pudieran curarla, pero pronto rechacé la idea: no podía salir con el cuerpo de una mujer agonizante a la calle, en plena noche, y empezar a llamar de puerta en puerta. Tampoco conocía a ningún médico. Sólo un nombre venía con insistencia a mi memoria: Lepprince. Decidido, salí de la habitación, cerré la puerta, volví a colocar en su sitio la lamparilla y bajé las escaleras saltando y tropezando. El portero me observó desde su garita con relativa curiosidad: no debía de ser costumbre que los visitantes de la pensión abandonaran el lugar en aquella forma. Fui a su encuentro y le pregunté dónde había un teléfono. Me dijo que en un restaurante próximo y me preguntó a su vez si pasaba algo. Le dije que no desde la puerta y en dos saltos me colé en el restaurante que no era tal, sino una cochambrosa casa de comidas donde una docena de perdularios daban cuenta de dos comunitarias cazuelas de potaje. Cuando me señalaron el teléfono caí en la cuenta de que no sabía el número de Lepprince. Algo había que hacer y se me ocurrió llamar al despacho de Cortabanyes confiando en que el viejo abogado se demoraría en su cubil aunque sólo fuera para no llegar a su desierto hogar. Llamé, pues, y oí sonar el timbre con el alma en vilo. Cuando descolgaron suspiré de alivio.

—¿Diga? —era la voz inconfundible de Cortabanyes.

—Señor Cortabanyes, soy Miranda.

—Oh, Javier, ¿qué tal?

—Perdone que le moleste a estas horas.

—No te preocupes, hijo, estaba mosconeando antes de ir a cenar, ¿qué querías?

—Déme el teléfono de Lepprince, por favor.

—¿El teléfono de Lepprince? ¿Por qué? ¿Pasa algo?

—Es un asunto importante, señor Cortabanyes.

El abogado resollaba y se hacía el tonto, sin duda para ganar tiempo y reflexionar sobre la conveniencia de revelarme que sabía el teléfono y la dirección de Lepprince.

—¿No puedes esperar hasta mañana, hijo? Éstas no son horas de llamar a las personas. Además, yo no sé si tengo ese teléfono. Se mudó de casa..., ya sabes, cuando se casó.

—Puede ser cuestión de vida o muerte, señor Cortabanyes. Démelo y luego se lo explicaré todo.

—No sé, déjame pensar si tengo ese dichoso teléfono. Me falla la memoria con la edad. No me atosigues, Javier, hijo.

A la vista de sus titubeos y sabedor de que aquel toma y daca se podía prolongar toda la noche (Cortabanyes resolvía los asuntos sin que sus oponentes supieran de qué habían hablado), decidí ponerle al corriente de los hechos. Por otra parte, suponía que Cortabanyes ya estaba al corriente de casi todo y que yo no le revelaba ningún secreto.

—Mire, señor Cortabanyes, Lepprince tuvo un *affaire* sentimental con una joven que trabajaba en un cabaret. Esta joven tenía relación con unos matones a los que Lepprince contrató, hace un par de años, para un trabajo no muy legal. Ahora la joven ha vuelto, aunque no hay rastro de los matones. Yo la he localizado, por pura casualidad, y creo que se halla gravemente enferma. Si la chica muere, la policía tendrá que investigar y pueden salir a la luz asuntos comprometedores para Lepprince y para la empresa Savolta, ¿me entiende?

—Claro que te entiendo, hijo, claro que te entiendo. ¿Estás ahora con esa joven?

—No, he venido a telefonear a una casa de comidas próxima a la pensión donde la encontré.

238

—¿Y esa joven está sola?

—Sí. Es decir, lo estaba hace un minuto.

—¿Te ha visto entrar o salir alguien de la pensión?

—Sólo el portero, pero no parece persona curiosa.

—Escucha, Javier, no quiero que te metas en líos. Dame la dirección de esa pensión y yo veré de localizar a Lepprince. Tú no vuelvas por ahí, pero quédate cerca y ve si alguien entra o sale. No tardaremos en llegar, ¿está claro?

—Sí, señor.

—Pues haz lo que te digo y no pierdas la calma.

Tomó nota de la dirección, colgó y yo salí de la casa de comidas y, siguiendo sus instrucciones, me aposté frente a la pensión. Allí me quedé, fumando un cigarrillo tras otro y contando los segundos. Debió de transcurrir casi una hora hasta que oí una voz que me llamaba sin pronunciar mi nombre desde una esquina. No reconocí a la persona que me llamaba, pero acudí. Oculto tras la esquina estaba un automóvil negro, del tipo *limousine*. La persona que me había llamado me indicó que me acercase al vehículo. Éste tenía bajadas las cortinas, así que no pude ver quién había dentro. Cuando llegué junto a la *limousine*, la puerta se abrió y entré. La ocupaban Lepprince y Cortabanyes. El asiento del *chauffeur* estaba vacío, por lo que supuse que la persona que me había conducido allí sería el *chauffeur*, que aguardaba fuera. En el asiento delantero reconocí a Max. Lepprince me invitó a sentarme en una de las banquetas.

—¿Estás seguro de que se trata de María Coral? —fue lo primero que me preguntó, sin que mediara saludo.

—Absolutamente. La he visto actuar ayer mismo.

—¿Y los forzudos?

—Ni rastro. No actuaban con ella ni los he visto por ninguna parte.

—Está bien —concluyó en tono expeditivo—. Acompaña a Max y a mi *chauffeur*. Nosotros esperaremos aquí. Daos prisa.

—Convendría llevar una linterna —dije yo—. No hay luz en la pensión.

—Max —dijo Lepprince dirigiéndose a su guardaespaldas—, lleva una linterna y no tardéis.

Max bajó del automóvil y sacó una linterna del portaequipajes, luego hizo señas al *chauffeur* y los tres nos pusimos en marcha. Yo les precedía y ante la puerta de la pensión hice que se detuvieran.

—Fingiremos venir de una juerga. Si el portero hace preguntas, yo responderé por todos.

Asintieron con la cabeza y entramos. El portero apenas si nos echó un vistazo y nada dijo. Subimos a la pensión y entramos en el vestíbulo. Max había pasado la linterna al *chauffeur* y empuñaba una pistola que mantenía semioculta entre los pliegues de su gabán. En el vestíbulo no había nadie, aunque, me dije, de haberlo habido se habría muerto del susto al vernos aparecer. Al resplandor vacilante de la lamparilla votiva debíamos de presentar un aspecto bien poco tranquilizador. El *chauffeur* prendió la linterna y me la pasó. Siempre sin despegar los labios, conduje a los dos hombres de Lepprince a la habitación de María Coral. Nada había cambiado en el breve lapso de tiempo: la gitana seguía echada en la cama gimiendo y respirando trabajosamente. A la luz de la linterna la habitación parecía más reducida y su dejadez resultaba más hiriente: las paredes estaban desconchadas y las manchas de humedad eran tantas y tan grandes que no se podía distinguir el color ni el dibujo del papel; de las esquinas pendían telarañas y por todo mobiliario había una mesa de pino y un par de sillas. En un rincón se veía una maleta de cartón abierta, las ropas de María Coral (entre las que no aparecían ni la capa ni las plumas que utilizaba para su actuación en el cabaret) campaban por doquier arrebujadas. Un tragaluz sobre la cama daba a un patio interior angosto y tan oscuro como el resto de la casa.

Acerqué la linterna al rostro de María Coral y la visión de sus facciones afiladas, sus ojos entrecerrados y sus labios amoratados me impresionaron más que la vez anterior. Sin darme cuenta temblaba como un azogado. Max, que advirtió mi estado, me tocó el codo y me hizo un gesto de apremio. Me retiré y entre él y el *chauffeur* incorporaron a María Coral. La gitana vestía un harapiento camisón empapado en sudor. Así no podíamos sacarla a la calle. Me quité el abrigo y se lo echamos sobre los hombros. La infeliz no era consciente de cuanto sucedía en torno a ella. Antes de salir, Max señaló un pequeño bolso de terciopelo raído que reposaba sobre la mesa. Lo tomé y lo metí en uno de los bolsillos del abrigo. Max agarró a María Coral por los pies, el *chauffeur* por los hombros y salimos al pasillo, atravesamos el vestíbulo y yo me asomé al rellano. Viendo el terreno expedito, llamé a mis compañeros. Los cuatro descendimos por la tortuosa escalera sin cruzarnos con nadie. En el primer piso me acerqué a Max y le susurré:

—No podemos pasar así por delante del portero. Incorpórenla y finjamos estar borrachos.

Así lo hicieron y yo apagué la linterna. Bajé primero y me dirigí, risueño y vacilante, a la garita donde el buen hombre seguía dejando pasar las horas muertas. Le saludé procurando que mi cuerpo se interpusiera entre él y el zaguán, le di una palmada en el hombro y deposité sobre la mesa unas monedas a modo de propina. El portero ladeó la cabeza para contemplar el paso de la extraña comitiva que formaban los dos hombres llevando en el centro a una mujer exánime, fijó en mí sus ojos vacuos y volvió a sumirse en el letargo de su vigilia sin sentido. Yo me retiré hacia la puerta y de nuevo los cuatro juntos nos dirigimos al automóvil. Por el camino me dije que aquélla debía de ser una extraña pensión cuando el portero no manifestaba sorpresa alguna ante hechos tan insólitos.

Una vez en el automóvil, Max y el *chauffeur* metieron a María Coral en el asiento posterior y Lepprince y el abogado pasaron a ocupar las banquetas. Los dos hombres de Lepprince montaron y el motor se puso en funcionamiento con suavidad. Lepprince, antes de cerrar la puerta, me dijo desde el interior:

—Vete a casa y no comentes este suceso con nadie. Ya tendrás noticias mías.

Cerró y vi partir el automóvil con rumbo desconocido. Había olvidado recuperar mi abrigo y la noche era fría. Me subí el cuello de la chaqueta, hundí las manos en los bolsillos y eché a caminar con paso rápido.

Nemesio Cabra Gómez daba cortos paseos, consultaba el reloj monumental que colgaba sobre su cabeza y se detenía invariablemente a contemplar los escaparates de El Siglo. Los grandes almacenes habían atiborrado las vitrinas con lo más vistoso de sus existencias y, como si la calidad de los productos no fuera suficiente reclamo, las habían engalanado con cintas de colores, papel de estaño, ramas de muérdago y otros motivos navideños. Un caudal incesante de compradores entraba y salía del almacén. Los que entraban de vacío salían cargados de paquetes, pero los que ya entraban cargados de paquetes salían sepultados bajo una pirámide colorista y alegre. Nadie parecía lamentarse de aquella fardería que los convertía en estibadores voluntarios y ocasionales. Algunas señoras encopetadas se hacían acompañar de sus lacayos o criadas, pero los más preferían acarrear por sí mismos el peso de las futuras ilusiones. Nemesio Cabra Gómez los contemplaba con envidia y un deje de tristeza. En el frontispicio del bazar unas letras descomunales decían:

Nemesio Cabra Gómez volvió a mirar el reloj: las seis y cuarenta. Le habían citado a las seis y media, pero estaba más que habituado a esperar y no se impacientó. Por otra parte, el espectáculo era entretenido. Una joven madre que llevaba un niño de la mano se aproximó a Nemesio y le dio unos céntimos sonriendo. Nemesio contó los céntimos, se inclinó con gratitud y murmuró «Dios se lo pague». Luego reemprendió los paseos para combatir el frío del atardecer. Así transcurrieron diez minutos más. Frente al bazar se detenían coches de punto que dejaban y recogían gente. A las siete menos diez Nemesio oyó que le chistaban desde uno de los coches. Se aproximó y una mano le hizo señas de que subiera. Obedeció y el coche se puso en marcha. Las cortinillas iban corridas y no pudo apreciar qué dirección tomaban.

—¿Qué novedades traes? —preguntó el hombre que se sentaba frente a él.

A pesar de la penumbra reinante en el interior del coche, Nemesio había reconocido al distinguido caballero que días atrás sostuvo con él una conversación de negocios.

—Localicé al sujeto, señor —respondió Nemesio—. Fue difícil, porque no parecía hombre de muchas relaciones, pero con paciencia y mano izquierda...

—Déjate de preámbulos y vamos al grano.

Nemesio Cabra Gómez tragó saliva y meditó una vez más sobre la conveniencia de referir la verdad. Temía que al oír las novedades que traía, el distinguido caballero se desinteresase y le ordenase abandonar las pesquisas, con pérdida de sus expectativas económicas. Pero no podía mentir, pues el caballero habría descubierto la verdad tarde o temprano y Nemesio, por experiencia, temía más que otra cosa en el mundo las represalias de los poderosos.

—Verá, señor, lo que tengo que decirle no le gustará. No le gustará ni pizca.

—Habla de una vez, caramba —instó el caballero.

—Le mataron, señor.

El caballero dio un respingo y se quedó con la boca abierta. Tardó unos segundos en recobrar el habla.

—¿Cómo has dicho?

—Que le mataron, señor. Mataron al pobre Pajarito de Soto.

—¿Estás seguro?

—Yo lo vi, con estos ojos que se ha de comer la tierra.

—¿Viste cómo lo mataban?

—Sí..., es decir, no exactamente. Le acompañe a su casa, pero él no me dejó llegar hasta el portal. Al retirarme vi pasar un automóvil que, al principio, no me llamó la atención, pero luego, reflexionando, me pareció el mismo automóvil que nos había estado siguiendo durante toda la noche. Volví a la carrera, señor, y ya estaba muerto, tendido en mitad de la calle.

—¿Había alguien más en la calle?

—Cuando se produjo el hecho, no, señor. Ya sabe la poca caridad que corre hoy en día. Cuando llegué junto a él ya se había concentrado un buen grupo, pero eso fue luego del accidente.

—¿Y estaba muerto?

—Seco como un bacalao, señor. Ni respiraba siquiera.

El caballero guardó silencio por espacio de unos minutos que Nemesio empleó en deducir, por los ruidos procedentes de la calle, el lugar por donde transitaban. Oyó el tin-tan de un tranvía y ruido de motores. El coche avanzaba con lentitud. Dedujo que no habían abandonado el centro comercial; probablemente circulaban con dificultad Paseo de Gracia arriba.

—¿Hablasteis de algo antes de que le mataran? —preguntó por fin el caballero.

—Sí, señor, charlamos toda la noche. Al principio, Pajarito de Soto estaba muy excitado a causa del vino.

—¿Borracho?

—Un poco borracho, sí, señor. Armó una buena en la taberna donde lo encontré.

—¿Qué entiendes tú por una buena?

—Empezó a despotricar contra todo y dijo que había que matar a un montón de gente.

—¿Citó nombres?

—No, señor. Dijo que había que matar a muchos, pero no dio ninguna lista.

—¿Explicó los motivos?

—Dijo que le habían engañado y que así engañarían a todo el mundo si no los mataban antes. Me pareció un poco exagerado, la verdad. Yo no creo que haya que matar a nadie.

—¿Qué más dijo?

—Poca cosa más. La clientela de la taberna le hizo callar y nos fuimos. En la calle ya no habló de matar. Cantaba y orinaba.

—¿Y así hasta que lo dejaste cerca de su casa?

—No, señor. Antes de separarnos se había serenado y parecía muy triste. Me dijo que a lo mejor lo mataban, a él. Debió de ser un presentimiento, ¿verdad?

—Sin duda —corroboró el caballero.

—Me pidió un favor, aunque no sé si debo revelárselo.

—Claro que debes, idiota. Para eso te pago.

—Verá, me pidió que avisase a un amigo suyo si a él le pasaba algo malo.

El caballero pareció recuperar parte de la perdida vitalidad.

—¿Te dio el nombre de su amigo?

—Sí, señor, pero no sé si debo...

—Para ya de decir memeces, Nemesio. El nombre del amigo.

—Javier Miranda —susurró Nemesio.

—¿Miranda?

—Sí, señor. ¿Lo conoce usted?

—¿Qué te importa? —atajó el caballero, y luego se acarició la barbilla con su mano enguantada—. Conque Miranda, ¿eh? Sí, lo conozco, claro está. Es el perro de Lepprince.

—¿Cómo dice, señor?

—Nada que te incumba —golpeó con el bastón el techo del coche, que se detuvo de inmediato—. Esto es todo, Nemesio. Has cumplido bastante bien. Puedes bajar y olvida que nos hemos visto alguna vez.

Entregó unos billetes a Nemesio e hizo ademán de abrir la portezuela. Nemesio ya esperaba un final semejante, pero no pudo evitar que su rostro evidenciase toda la tristeza que le embargaba. El caballero interpretó mal la expresión de Nemesio.

—¿Qué te pasa? ¿Quieres más dinero?

—Oh, no, señor. Estaba pensando que...

—¿Que qué?

—¿No vamos a seguir, señor? ¿No vamos a llevar este asunto hasta el final? Han asesinado a un pobre hombre, señor. Es un gran crimen.

—Yo no soy quién para hacer justicia, Nemesio. La policía se hará cargo del caso y castigará como se merece al culpable. A mí sólo me interesaba un poco de información y eso, desgraciadamente, ya es imposible de obtener.

—¿Y ese tal Miranda? ¿No quiere que lo localice? Puedo hacerlo. Tengo buenos amigos en todas partes.

—Nemesio, no mientas. A ti te escupen hasta los perros. Además, yo soy quien da las órdenes. Baja, haz el favor.

Nemesio Cabra Gómez decidió jugar la última baza.

—No se lo he contado todo, señor. Aquella noche hubo algo más.

—¿Ah, sí? De modo que querías hacer la guerra por tu cuenta, ¿eh?

—No se ofenda, señor. Los pobres tenemos que luchar por la supervivencia.

—Mira, Nemesio, has sido muy astuto, pero ya no me interesa este sucio asunto. Si hubo algo más, me trae sin cuidado.

—Es de gran interés, señor. De grandísimo interés.

—He dicho que te bajes. Y no se te ocurra jugármela, ¿entiendes? Nunca me has visto ni sabes quién soy. No te fíes de mi aparente tolerancia. Ándate con cuidado si no quieres seguir los pasos de Pajarito de Soto.

Abrió la portezuela y empujó sin miramientos a Nemesio, que dio varios traspiés para no perder el equilibrio. Los almacenes El Siglo cerraban sus puertas en aquel momento. El coche había dado vueltas a la manzana. Nemesio intentó seguirlo, pero el gentío le envolvió impidiéndole avanzar con rapidez. Contó el dinero que le había dado el caballero, se lo guardó en el interior de los pantalones y se abrió paso a codazos.

El abogado señor Cortabanyes se había metido dos croquetas de pollo en la boca y sus mofletes emprendieron un enérgico vaivén. Buscó con la mirada una servilleta con la que limpiarse los dedos y una vez localizado el objeto de su búsqueda en el extremo de una larga mesa se dirigió hacia él con la mano extendida, procurando no manchar a nadie. Un caballero enjuto, de pelo blanco y nariz bulbosa, que llevaba en el pecho una banda de alguna encomienda desconocida para el abogado, se interpuso en su camino. Le tendió la mano y el abogado retiró la suya. El caballero de la encomienda quedó perplejo y el abogado, al ir a darle una explicación, expelió mínimas bolitas de croqueta que fueron a pegarse en la banda del caballero.

—Usted perdone —masculló Cortabanyes.

—¿Cómo dice?

Cortabanyes señaló sus carrillos abultados.

—¡Coma usted tranquilo, mi querido Cortabanyes! —exclamó el de la encomienda haciéndose cargo de la situación—. Coma usted tranquilo. La prisa es el mal de nuestro tiempo.

Cortabanyes alcanzó el lugar donde se hallaban apiladas las servilletas, tomó la primera del montón, la desplegó, se limpió los dedos y los labios y engulló los últimos restos de croqueta. El de la encomienda le palmeó la espalda.

—¡Buen provecho!

—Gracias, muchas gracias. No recuerdo su nombre, ya me perdonará.

Cortabanyes disfrutaba en las fiestas multitudinarias. En la cortesía superficial y el formalismo se sentía seguro de sí, a salvo de las preguntas directas, de las consultas profesionales, de las propuestas insidiosas. Le gustaba emprender una conversación ligera, interrumpirla, picotear en todas las tertulias, intercalar una broma, un comentario frívolo. Le gustaba observar, deducir, adivinar, descubrir caras nuevas, sopesar figuras en alza, poderes en decadencia, pactos tácitos, traiciones de salón, crímenes sociales.

—Casabona, Augusto Casabona, para servirle —dijo el de la encomienda señalándose con el pulgar.

Cortabanyes le dio la mano y ambos se quedaron cortados, sin saber qué decirse.

—¿Qué me dice usted —barbotó por fin el de la encomienda—, qué me dice usted, amigo Cortabanyes, del último rumor que corre por ahí?

—Nunca diga el último rumor, amigo Casabona, porque ya no lo debe de ser.

—Je, je, qué ingenio, amigo Cortabanyes —rió el de la encomienda, y luego se puso serio como un sentenciado—. Me refiero al rumor de que nuestro amigo Lepprince será el próximo alcalde de Barcelona.

Cortabanyes agitó su obesa estructura en silenciosas carcajadas.

—¡Hay tantos rumores, amigo Casabona!

—Sí, pero alguno será cierto.

—Eso mismo me digo cuando juego a la lotería: algún número ha de salir. Y nunca es el mío, ya ve usted.

—Vaya, amigo Cortabanyes, barrunto que escurre usted el bulto y eso es señal de que hay gato encerrado. A mí no me la pega, no, señor.

—Amigo Casabona, si algo supiera, se lo diría. Pero la pura verdad es que nada sé. Ha llegado a mis oídos ese rumor, no quiero mentirle, pero no le presté más atención de la que presto a todos los rumores, es decir, bien poca.

—Sin embargo, reconozca usted, amigo Cortabanyes, que la noticia, de confirmarse, sería una bomba.

En las fiestas Cortabanyes no temía la indiscreción ajena. No cobraba por contestar y podía dar la callada por respuesta. No obstante, decidió hacer sufrir al premioso Casabona.

—¿Una bomba, dice usted? Le advierto, en confianza, que me parece un símil poco afortunado.

Casabona enrojeció.

—No quise decir... Usted es buen entendedor, amigo Cortabanyes. Le consta la profunda simpatía que siento por nuestro común amigo Lepprince. Precisamente..., precisamente saqué el tema a colación porque deseaba recabar del señor Lepprince un pequeño favor, nada de importancia. Por si él tuviese a bien...

Cortabanyes paladeaba la turbación del de la encomienda.

—Y dígame, amigo Casabona, ¿a qué se dedica usted?

—Oh, tengo una filatelia en la calle Fernando, usted habrá pasado mil veces por delante. Si es aficionado a los sellos, la tiene que conocer. Modestia aparte, me precio de haber tenido en mis manos los más valiosos ejemplares, por no hablar de mi clientela, entre la que se cuenta lo mejor, no ya de Barcelona, sino de Europa entera.

—Disculpe mi desinterés, amigo Casabona, pero mis escasos medios no me permiten aficionarme a otros sellos que los sellos móviles.

—¿Sellos móviles? —exclamó el de la encomienda palideciendo y forzando una risotada para congraciarse con el abogado—. ¡Ja, ja! Qué ingenio, amigo Cortabanyes. Nunca se me habría ocurrido, palabra de honor, nunca se me habría ocurrido. Sellos móviles, ¿eh? Tengo que contárselo a mi mujer —se inclinó—. Con permiso —y se fue riendo por lo bajo.

Cortabanyes lo vio desaparecer entre los grupos que charlaban en un intervalo de la orquesta. Los músicos bebían champaña y alzaban las copas en señal de agradecimiento, ora en dirección a Lepprince, ora en dirección a María Rosa Savolta, que les devolvía el cumplido con una grácil inclinación y una sonrisa pletórica. Junto a ella, la señora de Pere Parells también sonreía y se inclinaba, partícipe parasitario del homenaje tributado a su anfitriona. Cortabanyes buscó las croquetas con la mirada. La cena se hacía esperar. En vez de descubrir las croquetas, su mirada topó con la de Lepprince, que desde la puerta de la biblioteca le hacía señas para que se reuniera con él. A causa de la distancia y de la vista cansada, el abogado no pudo apreciar si el rostro de Lepprince exteriorizaba satisfacción o contrariedad.

La *limousine* se detuvo en la calle Princesa, cerca del salón de San Juan, ante un edificio nuevo de tres plantas y altas ventanas de guillotina. La puerta de la calle, de cristal emplomado color caramelo, revelaba una luz en el vestíbulo. Sobre la puerta y perpendicular a la pared, un letrero decía:

HOTEL MÉRIDA
*Confort*

Lepprince y Max bajaron del automóvil y el francés tiró del pomo que asomaba por un orificio del dintel. En el interior repiqueteó una campanilla y a poco se oyó el siseo de unas zapatillas que se aproximaban. Una voz ronca repetía: «Ya va, ya va»; luego se descorrió un pestillo y la puerta de cristal se abrió hasta el límite que le permitía una cadenita. Lepprince y Max intercambiaron una mirada irónica. Medio rostro soñoliento les observaba a través de la rendija.

—¿Qué desean, señores? —preguntó el medio rostro.

—Soy *monsieur* Lepprince, ¿se acuerda de mí?

El ojo entrecerrado del medio rostro recuperó súbitamente su tamaño normal.

—¡Ah, *monsieur* Lepprince, perdóneme, no le había reconocido! Estaba dormido, ¿sabe usted?, y tengo un despertar muy torpe. Le abro en un santiamén.

La puerta se cerró, hubo un ruido de cerrojo que se descorre y la puerta quedó franca. El recepcionista del hotel llevaba una bata de lana gris sobre un traje arrugado.

—Pasen ustedes y perdonen que les reciba con esta

bata. No creí que viniese nadie a estas horas y había dejado apagar la estufa, pero en un momento la enciendo de nuevo. Hace una noche muy traicionera, ¿verdad?

—Tenemos una invitada, Carlos, usted ya la conoce.

Carlos juntó las manos y alzó los ojos al techo.

—¡Oh, ha vuelto la señorita! Qué alegría, *monsieur*.

—Supongo que tendrá alguna habitación libre.

—Siempre hay habitación en mi hotel para *monsieur* Lepprince. No será la misma de la otra vez. Si me hubieran avisado con un poco de antelación... Pero no importa. Tengo otra, interior, un poco más reducida, pero muy discreta y silenciosa. *Tres, tres mignone.*

Lepprince y Max volvieron a la *limousine*.

—Puedes esperar aquí —dijo Lepprince a Cortabanyes—, no tardaremos mucho.

—Ni hablar, hijo —replicó el abogado—. Yo no me quedo solo en esta calle tan oscura. Además, hace un frío de muerte.

Lepprince y el *chauffeur* sacaron a María Coral del automóvil y detrás bajó Cortabanyes. Los cuatro hombres y su carga entraron en el hotel y el recepcionista cerró la puerta y volvió a echar los cerrojos.

—La señorita está enferma —explicó Lepprince—. Vamos a llevarla a la habitación y luego irán en busca de un médico. Yo me quedaré con ella y, por supuesto, asumo toda la responsabilidad.

El recepcionista, que había fruncido el ceño al ver el cuerpo exánime de la gitana, recuperó su sonrisa.

—Por aquí, señores, síganme. Yo paso delante para indicarles el camino. Cuidado con el escalón.

Con un quinqué alumbraba la escalera primero y el pasillo después. Al llegar a la última puerta, sacó una llave del bolsillo del chaleco y abrió. La habitación, como el resto del hotel, estaba limpia, pero olía a humedad.

—Está un poco fría. Si me permiten, encenderé el brasero. Como no es muy grande, se caldeará en seguida —dijo el recepcionista.

Mientras Lepprince y el *chauffeur* tendían a María Coral en la cama, el recepcionista encendió un brasero de orujo. Acabada la operación, Lepprince le tendió un billete y le despidió con un gesto.

—Muchas gracias, *monsieur*. Si me necesita, estaré abajo. No vacile en llamarme.

Lepprince quitó a María Coral el abrigo que aún llevaba puesto y la tapó con las sábanas. Max revisaba la ventana de guillotina y oteaba el exterior. Cortabanyes se frotaba las manos junto al brasero.

—Vaya usted en busca del doctor Ramírez —dijo Lepprince al *chauffeur*—. Su dirección es calle Salmerón, seis, principal. Antes deje al señor Cortabanyes en su casa. Que le acompañe Max, él conoce al doctor. Max, dile que se trata de un caso urgente, que no haga preguntas. Si a pesar de todo las hace, ya sabes lo que has de contestar. Y procura que no cuente nada a su mujer. Si no estuviera en casa por haber tenido que asistir a un enfermo, averigua la dirección del enfermo y te lo traes de todos modos. Contigo hablaré mañana —concluyó dirigiéndose a Cortabanyes.

Los tres hombres saludaron y salieron. Lepprince, cuando se quedó solo, se sentó en el borde de la cama y contempló pensativo el rostro de María Coral.


Por la mañana el cielo seguía nublado y una lluvia fina flotaba en el aire. Los coches se deslizaban dejando un surco negro en el adoquinado y los cascos de los caballos chapoteaban. Desde la ventana veía circular arriba y abajo una doble corriente de paraguas. El día no era propicio a los pensamientos alegres y mi tranquilidad de la noche anterior —la tranquilidad de haber dejado a María Coral en buenas manos— se disipó. Mientras me afeitaba recapitulé los hechos bajo el prisma de la serenidad y no quedé satisfecho del análisis. En primer lugar, Lepprince se había mostrado extrañamente frío conmigo, sobre todo considerando que no nos habíamos visto en varios meses. No había querido abandonar el automóvil y había enviado en su lugar a un pistolero y a su *chauffeur*. El *chauffeur* constituía una novedad para mí: Lepprince siempre se había vanagloriado de conducir su automóvil mejor que nadie y experimentaba un enorme placer haciéndolo. ¿Quién era ese desagradable individuo de aspecto simiesco? ¿Un nuevo guardaespaldas? ¿Por qué Lepprince se ocultaba tras las cortinillas echadas de la *limousine*? ¿Por qué se hizo acompañar de Cortabanyes, a todas luces innecesario y previsiblemente molesto en una situación semejante? Y, por último, ¿por qué me habían dejado en tierra? En el automóvil había espacio suficiente, si no sobrado, para llevarme con ellos. ¿Qué habían hecho con María Coral?

Desayuné de prisa y me fui al despacho con ánimo de asaltar a Cortabanyes tan pronto lo viese aparecer y obligarle a contármelo todo. Pero no tuve ocasión: a pesar de llegar antes de lo acostumbrado, Cortabanyes se me había adelantado y estaba reunido con un cliente en su gabinete. Aquello suponía un misterio más a añadir a la lista: Cortabanyes nunca se dejaba ver antes de las diez o diez y media y mi reloj señalaba las nueve menos cuarto.

Estuve dando paseos por la biblioteca, fumando un cigarrillo tras otro. A las nueve y diez llegó la Doloretas, inició una conversación sobre las molestias que ocasiona la lluvia y, ante mis respuestas monosilábicas y extemporáneas, dejó de hablar, desenfundó su máquina y se puso a teclear. A las diez menos cuarto compareció Perico Serramadriles. Traía un ejemplar de un periódico satírico e intentó mostrarme unas caricaturas sediciosas. Lo rechacé y se metió en su cubil. A las diez oí la voz de Cortabanyes que me reclamaba en su gabinete. Acudí de un salto. La intempestiva visita era Lepprince.

—Pasa, Javier, hijo, y siéntate —me indicó Cortabanyes.

Lepprince se había levantado y me atajó con un gesto.

—No te sientes, no vale la pena: nos vamos ahora mismo tú y yo.

—¿Cómo está María Coral? —pregunté.

—Bien —dijo Lepprince.

—¿Seguro?

Lepprince sonrió con aire de condescendencia. Mi tono debía de resultar impertinente a quien no tenía costumbre de ver puesta en duda su palabra.

—Eso dijo el médico, Javier, y confío en sus conocimientos. De todos modos, pronto podrás verificarlo por ti mismo, porque la vas a ver esta misma mañana.

—¿Dónde está?

—En un hotel. No le falta nada y, por otra parte, no debes preocuparte tanto por su salud. No padecía una enfermedad grave.

Me palmeó el hombro, me miró fijamente a los ojos y sonrió. Mis temores de la mañana se habían desvanecido. Tomé el abrigo, que Lepprince había traído y dejado sobre una de las butacas del gabinete, y ambos salimos a la calle. La *limousine* se acercó majestuosa, se detuvo ante nosotros, que aguardábamos a cubierto de la lluvia, y el *chauffeur* descendió enarbolando un paraguas con el que cubrió a Lepprince. Montamos. En el automóvil iba Max. Bajamos delante del hotelito de la calle Princesa. Yo me sentía un tanto anonadado.

—Espero no ser inoportuno —susurré al oído de Lepprince cuando cruzábamos el diminuto vestíbulo.

—No seas tonto. Mira, apenas María Coral recobró el conocimiento quiso saber, como es lógico, dónde se hallaba y qué le había pasado. Se lo explicamos todo y, naturalmente, la participación que tú habías tenido en los acontecimientos de ayer noche. No me dejó en paz hasta que le prometí traerte tan pronto como me fuera posible.

—¿De verdad? ¿Es cierto que quiere verme? —pregunté con tan alborozo que Lepprince soltó la carcajada. Yo enrojecí hasta la raíz del cabello. Los sentimientos que me embargaban empezaban a darme miedo.

Habíamos llegado. Lepprince golpeó con los nudillos la puerta de la habitación. Una voz de mujer nos dio permiso para entrar y así lo hicimos. La mujer que había respondido a la llamada era una enfermera. María Coral reposaba en la cama con los ojos cerrados, pero no dormía, porque los abrió al oírnos entrar. Los colores habían vuelto a su cara y su mirada había recobrado parte de la viveza que yo recordaba de otros tiempos. Me acerqué al lecho y no supe qué decir. Me tendió una mano blanca que yo estreché y ella retuvo la mía.

—Me alegro de verla recuperada —dije con voz infatuada.

—Me salvaste la vida —dijo ella esbozando una sonrisa.

Lepprince y la enfermera habían salido al pasillo. Yo me sentí más cohibido aún y bajé los ojos para no sentir los de María Coral fijos en los míos.

—El señor Lepprince... —añadí— acudió en seguida en su ayuda. Eso la salvó, seguramente.

—Acércate, no puedo oírte bien.

Aproximé mi rostro al suyo. Ella seguía apretando mi mano.

—Hay algo que quisiera saber —murmuró.

—Usted dirá —dije adivinando y temiendo la pregunta que se avecinaba.

—¿Por qué viniste anoche a mi habitación?

No me había equivocado. Noté que volvía a enrojecer. Busqué alguna expresión en sus ojos o en su voz, pero nada leí sino curiosidad.

—No debe malinterpretarlo —empecé a decir—. La otra noche fui con un amigo al cabaret y la vi actuar. La reconocí, volví con ánimo de saludarla y me dieron su dirección. Cuando llamé a la puerta y nadie me contestó, pensé que había salido o que no deseaba recibir visitas, pero, de pronto —añadí alterando convenientemente los hechos—, me pareció escuchar un lamento. Abrí y la vi en la cama con un aspecto alarmante. Llamé a Lepprince y el resto ya lo sabe.

—Eso explica lo que ocurrió, pero no el porqué.

—¿El porqué?

—Por qué querías verme.

Me pareció que brillaba en sus pupilas una lucecita maliciosa y miré de nuevo al suelo.

—Cuando la vi en aquella pensión cochambrosa —dije para eludir la cuestión—, temí lo peor.

María Coral me soltó la mano, suspiró y cerró los párpados sobre una lágrima incipiente.

—¿Qué le ocurre?, ¿se siente mal? ¿Quiere que avise a la enfermera? —exclamé asustado y aliviado al mismo tiempo.

—No, no es nada. Estaba pensado en aquella pensión y en todo lo sucedido. Ahora parece tan lejano y, ya ves, sólo han pasado unas horas. Pensaba..., ¿qué más da?

—No, dígame lo que pensaba.

Giró la cabeza hacia la pared para que no la viera llorar, pero unos gemidos entrecortados la traicionaron.

—Pensaba que pronto tendré que volver ahí. Quisiera morirme..., ¡no te rías de mí, por favor!..., quisiera morirme aquí, en este hotel tan limpio, rodeada de personas tan buenas como tú.

No pude seguir oyendo: caí de rodillas junto al lecho y le tomé de nuevo la mano entre las mías.

—No diga eso, se lo prohíbo. No volverá jamás a esa pensión inmunda ni a ese cabaret ni a esa vida arrastrada que ha soportado hasta hoy. No sé cómo lo haré, pero alguna solución he de encontrar para que usted pueda llevar por fin la vida decente que merece. Si fuera preciso..., si fuera preciso, estaría dispuesto a todo por usted, María Coral.

Volvió la cara y me miró con tal dulzura que fueron mis ojos los que se arrasaron en lágrimas. Con la mano libre acarició mi pelo y mis mejillas y dijo:

—No hables así. No quiero que sufras por mi suerte. Bastante has hecho ya.

La puerta de la habitación se abrió y yo me incorporé de un salto. Lepprince y la enfermera entraron, y con ellos un hombre de edad, grueso, calvo y bien afeitado que olía a masaje facial. Lepprince me lo presentó como el doctor Ramírez.

—Ha venido a reconocer a María Coral.

El doctor Ramírez me dirigió una sonrisa franca.

—No se inquiete por la chica. Es fuerte y no tiene nada. Está un poco débil, pero eso se le pasará pronto. Ahora, si no le importa, tendrán que salir del cuarto. Le voy a dar un calmante para que duerma. Necesita reposo y comida sana: no hay mejor medicina en el mundo.

Lepprince y yo salimos del hotel. La lluvia se había detenido, pero el cielo seguía encapotado y el aire impregnado de humedad.

—Después de estas lluvias —dijo Lepprince— vendrá la primavera. ¿Te has fijado en los árboles? Están a punto de echar brotes.

Cortabanyes se reunió con Lepprince y ambos entraron en la biblioteca. El abogado estaba de excelente humor, pero no así el francés.

—Acabo de hablar con un votante —dijo Cortabanyes—. Un hombre influyente, dueño de una filatelia. Creo que se llama Casabona.

—No tengo idea de quién pueda ser.

—Tú le has invitado.

—No conozco al noventa por ciento de mis invitados y sospecho que tampoco ellos me conocen a mí —replicó Lepprince.

—Pues ése sí te conoce, y bien... Me ha preguntado cuándo serás alcalde para que le hagas unos favores.

—¿Alcalde? Sí que corren las noticias. ¿Qué le has dicho?

—Nada concluyente. Pero convendría que le compraras unos sellos: hay que mimar a los electores —rió Cortabanyes.

Lepprince cortó la conversación del abogado con un gesto de impaciencia.

—¿Has hablado últimamente con Pere Parells?

—No, ¿le ocurre algo?

—Ha venido a darme la lata con esa historia de las acciones —gruñó Lepprince.

Un camarero abrió la puerta de la biblioteca y se quedó inmóvil en el vano. Lepprince lo fulminó con la mirada.

—Perdón, señor. La señora desea saber si se puede servir la mesa.

—Dígale que sí y no moleste —lo reexpidió Lepprince. Al abogado—: ¿Quién le habrá dicho una cosa semejante?

—¿A Pere Parells? Yo no, por supuesto.

—Ni yo —dijo Lepprince tontamente—. Pero el caso es que algo ha oído y eso demuestra que hay filtraciones.

Cortabanyes se arregló la corbata y estiró los puños raídos de su camisa.

—¿Qué le vamos a hacer? —dijo con absoluta calma.

—¡No te consiento este tono, Cortabanyes! —rugió Lepprince.

Cortabanyes sonrió.

—¿Qué tono, hijo?

—Cortabanyes, por el amor de Dios, no te hagas el tonto. Los dos estamos metidos en esto hasta el cuello. Ahora no puedes abandonar.

—¿Quién habla de abandonar? Vamos, vamos, serénate. Aquí no ha pasado nada. Reflexiona, ¿qué ha pasado? Parells ha oído un rumor; Casabona, el filatélico, ha oído otro. ¿Y qué? Ni tú eres alcalde ni las acciones de la empresa Savolta han salido a cotización. Sólo ha ocurrido eso: que dos bulos han circulado. Y nada más.

—Pero Parells les ha prestado crédito. Está furioso.

—Ya se le pasará. ¿Qué otro remedio le queda?

—Puede hacernos mucho daño, si se lo propone.

—Si se lo propone, sí, pero no se lo propondrá. Está viejo y solo. Desde que murieron Savolta y Claudedeu no tiene fuerza. Es sólo apariencia, créeme. Y nos conviene tenerle a nuestro lado. Da prestigio, todos le consideran. Es..., ¿cómo te diría?, la tradición, el Liceo, la Virgen de Montserrat.

Lepprince cruzaba y descruzaba las piernas y se retorcía los dedos sin dejar de mirar fijamente al abogado. Resopló y dijo:

—Está bien, ya estoy calmado. ¿Qué vamos a hacer?

—¿Qué le has contestado cuando te ha venido con el cuento?

—Que era un imbécil y que se fuera a la mierda. ¡Sí, ya lo sé! No he sido diplomático, pero ya está hecho.

—Hijo, eres un cabezota —le reprendió bonachonamente Cortabanyes—, no mereces lo que tienes. Piensa que eres rico, una personalidad pública, no puedes agarrar una pataleta cada vez que algo o alguien te contraríe. Frialdad, hijo. Eres rico, no lo olvides: tienes que ser conservador ante todo. Moderación. No ataques, son ellos los que tienen que atacar. Tú sólo tienes que defenderte, y poco, no vayan a creer que los ataques te pueden dañar.

Lepprince abatió la cabeza y se quedó inmóvil. Cortabanyes le palmeó el hombro.

—¡Ah, los jóvenes, tan impulsivos! —declamó—. Anda, levanta ese ánimo, que llaman a cenar. Eso nos sentará bien. Procura que Pere Parells ocupe un lugar preeminente en la mesa y muéstrate cortés. Luego te lo llevas aparte, le das coñac y un puro y te reconcilias con él. Si es preciso, le pides perdón, pero no tiene que salir de esta casa con la cabeza llena de nubes negras. ¿Lo has entendido?

Lepprince dijo que sí con la cabeza.

—Pues levántate, lávate la cara y vamos al comedor. No puedes llegar tarde a la cena: es tu fiesta. Y prométeme que no volverás a perder el control.

—Te lo prometo —dijo Lepprince con un hilo de voz.


Nemesio Cabra Gómez tenía hambre. Llevaba una hora vagando por las calles silenciosas y el frío se le había metido hasta los huesos. Pasó por delante de una tasca y se paró a fisgar a través de los cristales empañados de la puerta. Casi no se veía el interior a causa de la grasa y el vaho, pero se adivinaba el bullicio propio de la festividad. Era la noche de San Silvestre, la víspera de Año Nuevo. Contó el dinero que le quedaba y calculó que aún podía pagarse una cena discreta. La puerta se abrió para dar paso a un hombre tripudo y endomingado que salió con paso vacilante llevando del brazo a una mujer joven, de carnes frescas y abundantes y perfume incisivo. Nemesio Cabra Gómez se hizo a un lado y se ocultó en la sombra. Esfuerzo innecesario, pues el hombre no le habría visto aunque se hubiese arrojado a sus pies, ocupado como andaba en tenerse sobre sus piernas y en manosear a la mujer, que procuraba escurrir el cuerpo a las torpes caricias del cliente sin dejar de sonreír y fingir alegría. Pero lo que Nemesio no pudo evitar fue que la visión de la mujer le inundase los ojos y que su nariz se viese asaltada por el perfume sensual y el olor a pescado frito que salía de la tasca.

Aquellas tentaciones pudieron más que su reserva. Empujó la puerta y entró. La tasca era una olla de grillos. Todo el mundo hablaba a la vez, los borrachos cantaban, cada cual a su aire y a pleno pulmón, con la pretensión de hacerse oír y la tenacidad propia del borracho. Nemesio contempló el espectáculo desde la entrada: nadie pareció advertir su presencia, las cosas se presentaban bien. Pero pronto los hechos vinieron a contradecir su optimismo. Las voces fueron atenuándose poco a poco, callaron los borrachos y en cuestión de segundos el silencio más absoluto se adueñó del local. Más aún: los parroquianos, que se apiñaban en torno a la barra, fueron apartándose a uno y otro lado del establecimiento hasta dejar una calle flanqueada de rostros expectantes, a un extremo de la cual estaba Nemesio y al otro un tipo barbudo y musculoso, vestido con una sucia zamarra y boina vasca.

Nemesio Cabra Gómez no necesitó más datos para deducir que su situación no era la deseada. Dio media vuelta, abrió la puerta y apretó a correr. El hombre de la zamarra y la boina salió tras él.

—¡Nemesio! —aulló con un vozarrón que parecía un cañonazo—. ¡Nemesio, no escapes!

Nemesio galopaba por las calles sorteando viandantes y saltando obstáculos, sin volver la cabeza, seguro de que le perseguía el de la zamarra y de que le perseguiría hasta ponerle la mano encima. Forzó la marcha, recibió un cubo de agua sucia arrojado desde una ventana, perdió un zapato. Las fuerzas le abandonaban, los pulmones le ardían. Oyó de nuevo el vozarrón.

—¡Nemesio! ¡Es inútil que corras, te atraparé!

Aún dio media docena de zancadas, se le nubló la vista, se agarró a un poyo y resbaló lentamente hasta sentarse en el suelo. El hombrachón de la zamarra llegó a su lado resoplando, lo agarró por los hombros y tiró de él hasta ponerlo en pie.

—¿Te querías escapar, eh?

Cada vez que le soltaba se le arrugaban las piernas y se caía. El coloso de la boina se sentó en el poyo y esperó a que Nemesio recobrase el aliento. Mientras esperaba se abrió la zamarra para sacar un pañuelo de hierbas con el que enjugarse el sudor, y al hacerlo dejó entrever la culata negra de un pistolón.

—Yo no hice nada, lo juro por la Santísima Trinidad —resollaba Nemesio abrazado al poyo—. No tengo nada de qué avergonzarme.

—¿Ah, no? ¿Y por qué corrías? —espetó el de la zamarra.

Nemesio aspiró una bocanada de aire y encogió los hombros.

—Hay mucha mala fe en estos tiempos.

—Ya nos lo contarás más tarde. Ahora levántate y ven conmigo. Ah, y cuidado con hacer tonterías. La próxima vez que intentes escapar te descerrajo un tiro. Ya lo sabes.

# III

Lepprince estaba en lo cierto: la primavera se anunciaba insuflando en el aire esa fragancia que tiene algo del vértigo placentero de la locura. Durante dos días (ahora, en el recuerdo, los más bellos de mi vida) acudí al hotel de la calle Princesa a visitar a María Coral. El primer día le llevé flores. Me río ahora al recordar cuántas dudas, cuántas vacilaciones tuve que vencer, cuánta osadía tuve que reunir para comprar aquel modesto ramillete y con qué rubor se lo entregué, temeroso de parecer almibarado y cursi, de que las flores no fueran de su agrado, de que suscitaran en ella un mal recuerdo contraproducente, de que hubiera recibido ya otro ramo mayor, más caro (de Lepprince, naturalmente), y mi obsequio sólo sirviera para evidenciar mi pobreza, mi subordinación. Y se me hace un nudo en la garganta reviviendo la escena de la entrega, rememorando la gravedad con que lo recibió, sin burla ni encono, con una sencilla gratitud que se revelaba no tanto en sus palabras como en sus ojos grandes, luminosos, y en sus manos, que cogieron el ramo y lo acercaron a su rostro y luego, posándolo en la cama, tomaron las mías y las estrecharon breve pero expresivamente. Hablamos poco; nada o demasiado tenía que decirle para sobrellevar una conversación; me fui, estuve paseando hasta muy tarde. Recuerdo que estaba triste, que maldije mi suerte, que era feliz.

Volví al día siguiente. Mis flores, en un tarro de cristal, presidían un bargueño. María Coral tenía buen aspecto y estaba muy animada. Me contó que le habían prohibido tener las flores en el cuarto desde el atardecer hasta la madrugada, porque las flores, en la oscuridad, se comen el oxígeno del aire. Yo ya lo sabía, pero se lo dejé contar con todo lujo de detalles. Le traía unos bombones. Protestó de que hiciera tanto gasto, abrió la caja, me ofreció, comí uno. Llegó el doctor Ramírez y se zampó tres en un instante. Con la boca llena de chocolate tomó el pulso a la enferma, sonrió.

—Estás mejor que yo, criatura.

Le dijo que se incorporase y se abriera el camisón para auscultarla. Salí al pasillo y aguardé al médico, que me confirmó el diagnóstico: María Coral estaba bien, podía dejar la cama cuando quisiera, llevar vida normal, volver al trabajo, si era su deseo. Aquellas palabras, lejos de alegrarme, se me clavaron como puñales. Abrevié la visita y volví a mi casa, pues quería pensar, pero mi cabeza era un torbellino. Hice mil proyectos descabellados sin abordar el núcleo de la cuestión. Dormí poco, mal y fragmentariamente. Por la mañana el pesimismo teñía mis ideas. Como suele suceder cuando se ha pasado una noche intranquila. En el trabajo me comporté como un patán: entendía las cosas al revés, perdía los papeles, tropezaba con los muebles. Cortabanyes era el único que no parecía darse cuenta de mi trastorno. Los demás me miraban con curiosidad, pero, escarmentados, callaban y enmendaban mis estropicios. Apenas acabó la jornada corrí al hotel. El viejo recepcionista me detuvo en el vestíbulo.

—Si viene a ver a la señorita enferma, no suba. Se marchó al mediodía.

—¿Que se ha ido? ¿Está usted seguro?

—Claro, señor —exclamó el recepcionista simulando que mis dudas le ofendían—, no le diría una cosa por otra.

—¿Y no ha dejado una nota para mí? Me llamo Miranda, Javier Miranda.

—La señorita no ha dejado recado para nadie.

—Pero, dígame, ¿se fue sola? ¿Vino alguien a buscarla? ¿Dejó dicho dónde iba?

El recepcionista hizo gesto de disculpa.

—Perdone, señor, pero no estoy autorizado a revelar nada que concierna a los clientes del hotel.

—Es que... este caso es distinto, puede ser importante, hágame el favor.

—Lo siento, señor, ya le he dicho que la señorita no dejó ningún recado —repitió con una cazurrería que me resultó sospechosa.

Reflexioné aprisa, sin saber muy bien sobre qué reflexionaba.

—¿Puedo hacer una llamada telefónica? —dije por fin.

—No faltaría más, señor —respondió el viejo con la condescendencia del que, no habiendo cedido en lo más, se complace en ceder en lo menos—, aquí tiene.

El recepcionista se alejó unos pasos y yo llamé a Cortabanyes para pedirle la dirección o el teléfono de Lepprince. Dudaba que me lo diera, pero estaba dispuesto a obligarle como fuera, si bien ignoraba qué tipo de presión podía yo ejercer sobre el abogado. Mis propósitos, en cualquier caso, resultaron vanos, porque nadie respondió. Colgué, saludé y salí a la calle. Lo primero que se me ocurrió fue ir directamente al cabaret. ¿Para qué? ¿Qué haría una vez localizase a María Coral? Lo pensé, pero no perdí el tiempo buscando respuestas a lo que no las tenía. Caminé unos pasos. Un automóvil se puso a mi lado y una voz conocida me llamó.

—Señor, eh, señor.

Me volví: era el *chauffeur* de Lepprince y me hacía señas desde la ventanilla del vehículo. Las cortinas de la *limousine* estaban echadas, por lo cual supuse que su dueño iba dentro. Me detuve.

—Suba, señor —me indicó el *chauffeur*.

Así lo hice y me encontré sentado en una lujosa caja de piel granate, iluminada por una lamparilla a cuya luz oscilante distinguí el rostro sonriente y la elegante figura de Lepprince. El automóvil se había puesto en marcha de nuevo.

—¿Qué ha sido de María Coral? —pregunté.

—Hola, Javier. Éste no es modo de empezar una conversación entre amigos, ¿no te parece? —me reconvino el francés con su sempiterna sonrisa benévola.

Nemesio Cabra Gómez empezó a caminar seguido del coloso de la boina, que no le quitaba los ojos de encima. Se internaron por callejas oscuras que Nemesio, habituado a los bajos fondos, reconocía sin dificultad. Aquello le inquietó, pues significaba que a su raptor no le importaba que más adelante Nemesio pudiera rehacer el camino y localizar el sitio al que le conducía, y ello sólo podía tener una justificación: que no pensaba darle semejante oportunidad.

Buscó con la mirada un reloj: las calles por las que transitaban no estaban concurridas, pero se oía ruido de fiestas en figones y patios. Si dieran las doce, la gente inundaría la calzada para felicitarse, beber y celebrar el Año Nuevo. Aquélla sería una hipotética posibilidad de fuga. ¿Dónde diablos había un reloj? Pasaron junto a una iglesia y Nemesio alzó los ojos: en la torre del campanario resaltaba la esfera blanca con números romanos. Las saetas señalaban las once. Este detalle habría de servirle más adelante en sus deducciones. El coloso de la boina le dio un empujón.

—Ya rezarás cuando sea el momento —le dijo.

Nemesio ramoneaba para ganar tiempo a riesgo de recibir más empellones, pero sus esfuerzos se revelaron inútiles. Llegados delante de un establecimiento a la sazón cerrado, el coloso le ordenó:

—Llama: dos golpes, una pausa y otros tres.

—Escucha, Julián, estás en un error. Todo esto se debe a un malentendido. Yo no soy lo que pensáis.

—Llama.

—Piensa que vas a echar un lastre sobre tu conciencia si no atiendes a razones. ¿Quieres ser un Caifás?

—Si no llamas, llamaré yo usando tu cabeza como picaporte.

—¿No me quieres escuchar?

—No.

Nemesio Cabra Gómez llamó como su raptor le había indicado y a poco se alzó una cortina de hule, un rostro ceñudo indagó la identidad de los recién llegados y la puerta se abrió haciendo tintinear unas esquilas que pendían del dintel. Nemesio se encontró en lo que parecía el estudio de un fotógrafo. En un extremo del local había una máquina de fuelle colocada sobre un trípode. De la máquina colgaba una manga negra y una pera suspendida de un cable. Al otro extremo del estudio se distinguía una silla majestuosa, una columna dorada, unas palomas disecadas y varios manojos de flores de papel. De las paredes colgaban retratos que la oscuridad no permitían ver con precisión, pero que sugerían parejas de novios y niños de primera comunión. Los tres hombres no hablaron. El que había respondido a la llamada dejó caer la cortina, encendió una cerilla y condujo a los recién llegados a una escalera estrecha oculta al público por un corto mostrador. Descendieron por la escalera, se apagó la cerilla, continuaron a tientas y desembocaron en una estancia que hacía las veces de laboratorio fotográfico a juzgar por las jofainas llenas de líquidos turbios y otros utensilios propios de la profesión. A una mesa sobre la que brillaba una lámpara de petróleo se sentaban dos

hombres, los mismos que diez días antes habían sostenido con Nemesio Cabra Gómez una misteriosa conversación en la trastienda de una taberna. Nemesio les
conocía y ellos le conocían a él. El coloso de la boina,
a quien todos llamaban Julián, empujó a Nemesio hasta la mesa y se sentó junto a sus compañeros. El que
les había franqueado la entrada ocupó también su
asiento. Los cuatro miraban al prisionero y nadie decía
una palabra. Nemesio perdió la sangre fría.

—No me miréis así. Sé lo que estáis pensando, pero
no hay que fiarse de las apariencias.

—La gallina que canta es la que ha puesto el huevo
—dijo uno de los hombres.

—Miradme bien, hace años que me conocéis —insistió Nemesio midiendo con los ojos el espacio que le
separaba de la escalera (excesivo para salvarlo sin recibir antes un tiro)—, soy un muerto de hambre, un
pobre de solemnidad. Mirad mis costillas —se levantó
los andrajos y dejó ver un pellejo fláccido y un costi-
llar prominente—, se pueden contar todos mis huesos, como dicen los Libros Sagrados del Señor. Y ahora, decidme, ¿viviría como vivo, pasaría el hambre
que paso si fuera un confidente de la Patronal? ¿De
qué me serviría granjearme vuestra enemistad, trai-
cionar a los míos y atraer venganzas? ¿Qué han hecho
ellos por mí? ¿Qué le debo a la policía?

—Cállate de una vez, cotorra —le dijo Julián—. No
has venido a declamar, sino a contestar unas preguntas.

—Y a responder de tus actos —añadió otro que, por
sus maneras, parecía el jefe.

Un sudor frío empapó el fláccido pellejo de Nemesio. Volvió a medir distancias, intentó reconstruir mentalmente los objetos diseminados por el estudio fotográfico y que, llegado el momento, podían entorpecer
su huida, trató de recordar si al entrar habían cerrado
con llave la puerta del establecimiento. Era demasiado

aventurado y se dijo para sus adentros que no compensaba el riesgo.

—Cuéntanos qué sucedió —le dijeron—, pero no mientas ni ocultes nada..., ya sabes por qué.

—Juro por el Altísimo que lo que os dije era la verdad. No tengo nada que añadir salvo lo que ya sabéis: que lo mataron.

El hombre cuyo rostro cruzaba un chirlo dio un manotazo en la mesa que hizo bailar vasijas y jofainas.

—¿Pero quién mató a Pajarito de Soto? —dijo.

Nemesio Cabra Gómez esbozó un gesto de disculpa.

—No lo sé.

—¿Por qué viniste a preguntar por él?

—Un caballero de aspecto distinguido vino a mi encuentro hace aproximadamente dos semanas. Yo no le conocía, pero él a mí sí. No dijo quién era. Me aseguró que no tenía nada que temer, que no era policía ni enlace de la Patronal, que le repugnaba la violencia y que sólo quería evitar un acto execrable y desenmascarar a unos malvados.

—¿Y tú le creíste?

—También vosotros me creísteis a mí.

—Eso es cierto —dijo el del chirlo, que parecía, con todo, el más ecuánime—. Continúa.

—El distinguido caballero me preguntó si conocía a Domingo Pajarito de Soto, que en paz descanse, y yo le respondí que no, pero que no era problema para mí averiguar su paradero. «En eso confío», dijo el distinguido caballero, y yo: «¿Para qué lo quiere?» «Tengo motivos fundados para creer que corre peligro.» «Pues, ¿qué ha hecho?» «Lo ignoro», dice él, «y eso es precisamente lo que tú tienes que averiguar». «¿Por qué yo precisamente?, ¿por qué no la policía?» «Yo soy el que hace las preguntas», dice él, «pero te diré que no tengo aún razones suficientes para acudir a la fuerza pública y, por otra parte...» «¿Qué?», le digo. «Nada.» Y guardó un sombrío silencio. Viendo que no proseguía, le pregunté: «¿Y qué tengo que hacer una vez localice a ese Pajarito de Soto?» «Nada», repitió él. «Síguele a todas partes y mantenme informado de sus actividades.» «¿Y cómo me pondré en contacto con usted?» «El día de Nochebuena, a las seis y media, me esperas en la puerta de El Siglo. ¿Habrás tenido tiempo de dar con mi hombre?» «Descuide usted, señor.» Convinimos un precio, no muy alto, a decir verdad, y nos separamos.

—¿Quién era ese distinguido caballero? —preguntó el del chirlo.

—No lo sabía entonces ni lo sé ahora. Que me quede ciego si miento —conjuró Nemesio.

—¿Y tú que te las das de saberlo todo no has podido hacer indagaciones? —dijo con sorna el Julián.

—Ya sabéis en qué círculos me muevo. Ese caballero pertenece a otra esfera donde yo, pobre de mí, no tengo ni tendré contactos así viva mil años. ¿Me puedo sentar? No he cenado.

—Sigue de pie. Ya te llegará la hora del descanso.

Un escalofrío recorrió el espinazo de Nemesio Cabra Gómez, pero una cierta tranquilidad se iba apoderando de él al margen de los sobresaltos: aquellos conspiradores parecían más dispuestos al diálogo que a la acción.

—¿Continúo?

—Sí.

—Nunca en mi vida había oído hablar del tal Pajarito de Soto, así que pensé que sería nuevo en estos andurriales. Después de interrogar aquí y allá di con vosotros y me disteis razón.

—Porque nos aseguraste que querías prevenirle de un mal.

—Y así era.

—Pero apenas le echaste el ojo, le mataron.

—Llegué tarde, por lo visto.

—Embustero —atajó el Julián.

—¡Callar! —ordenó el del chirlo. Y a Nemesio—: Y tú escucha. Pajarito de Soto era un imbécil que nos planteó más quebraderos de cabeza que otra cosa. Pero era un hombre de buena voluntad y trabajaba por la causa. No podemos dejar impune su muerte. Nos sería muy fácil acabar contigo, pero eso no serviría de nada, porque al que le mató le daría risa. Tenemos que apuntar más alto, ¿entiendes? Tenemos que apuntar a la cabeza, no a los pies. Hay que descubrir quién le hizo matar y tú lo vas a descubrir.

—¿Yo?

—Sí —dijo el del chirlo con una calma mortal—, tú. Escucha y no me interrumpas. Hasta hoy nos has vendido a los ricos por dinero, pero ahora las tornas han cambiado: esta vez los vas a vender a ellos y el precio es tu vida. Te damos una semana. Fíjate bien, una semana. No falles y, sobre todo, no intentes engañarnos. Eres más listo de lo que aparentas, te mueves bien entre putas y vagos, pero no nos confundas ni te confíes: nosotros no somos de esa ralea. Dentro de siete días nos volveremos a encontrar y nos dirás quién lo hizo y por qué, qué pasó con la empresa Savolta y qué se cuece en esa olla. Si haces lo que te decimos, no te ocurrirá nada, pero si no, si pretendes engañarnos, ya sabes lo que te aguarda.

Como sellando las palabras del hombre del chirlo todos los relojes de la ciudad dieron las doce. Aquellas campanadas habían de resonar durante muchos años en la cabeza de Nemesio Cabra Gómez. Las calles se poblaron de algazara; se oían trompetas, pitos, zambombas y carracas; a lo lejos, en los barrios residenciales, petardeaban unos fuegos de artificio.

—Vete ya —dijo el del chirlo.

Nemesio Cabra Gómez saludó a la concurrencia y abandonó el local.

—Así que pronto tendremos un pequeño Lepprince —gorjeó la señora de Parells.

Arracimadas en el saloncito de música, las señoras que preferían el comadreo al baile sorbían limonada o jerez dulce. Las mejillas de María Rosa Savolta pasaban del blanco de la nieve al rojo carmesí. Del corro de las damas brotaba una cascada de comentarios, consejos y parabienes.

—Con los padres tan guapos, ¡será una preciosidad!

—Has de comer mucho, hijita, estás en los huesos.

—Mira que si son mellizos...

—A mí me diréis lo que queráis, pero este niño será catalán por los cuatro costados.

María Rosa Savolta, aturdida por el griterío y los besuqueos, rogaba silencio sin dejar de reír.

—¡Bajen la voz, por lo que más quieran! Se va a enterar mi marido.

—¿Cómo?, ¿es que aún no le has dicho nada?

—Le guardo la sorpresa, pero, por Dios, no quisiera que alguien se me adelantara.

—Descuida, hija, que de aquí no saldrá —vocearon todas a coro.

Un hombre se había deslizado subrepticiamente en el serrallo y callaba sonriente. El abogado Cortabanyes tenía por costumbre frecuentar las reuniones femeninas, porque sabía que, a fuerza de tesón y paciencia, uno podía enterarse de muchas cosas. Aquella noche su teoría se había mostrado cierta. El abogado rumiaba croquetas y calibraba las consecuencias de lo que acababa de serle revelado. Una señora cubierta de plumas de avestruz le dio un sopapo con el abanico.

—¡Conque nos estaba usted espiando, pillín!

—Yo, señora, vine a presentarles a ustedes mis respetos.

—Pues tiene usted que darnos su palabra de caballero de que no dirá nada de lo que ha oído.

—Lo consideraré un secreto profesional —dijo Cortabanyes, y dirigiéndose a María Rosa Savolta—: Permítame ser el primero de mi sexo que le felicite, señora de Lepprince.

El abogado se inclinó para besar la mano de la futura madre y, llevado de su volumen extraordinario, se derrumbó en el sofá, aplastando con su abdomen a María Rosa Savolta, que chilló asustada y divertida. Las damas acudieron en socorro de su anfitriona y tirando unas de los brazos de Cortabanyes, otras de las piernas y otras de los faldones de su astroso frac, lograron despegarlo del sofá y enviarlo contra el piano, sobre el que cayó de manos y boca haciendo sonar todas las teclas. Se renovaron los tirones, se repitió el juego y así el abogado, dócil y redondo como una pelota, pasó de mano en mano por el corro, para regocijo de las señoronas.

La *limousine* recorría las calles sin que las cortinillas me permitieran ver el trayecto que seguíamos. Lepprince me ofreció un cigarrillo y fumamos sin cruzar una frase durante buena parte del recorrido. En un momento dado, los ronquidos del motor y la inclinación del automóvil me hicieron suponer que habíamos iniciado una cuesta pronunciada.

—¿Dónde estamos? —pregunté.

—Ya falta poco —contestó Lepprince—, pero no te inquietes, que no es un secuestro.

Al tomar una curva caí sobre Lepprince. La fuerza de la gravedad me restituyó a mi posición vertical para arrojarme acto seguido al extremo contrario del asiento. Levanté la cortinilla y no vi más que noche, matorrales y pinos.

—¿Estás satisfecho? —dijo Lepprince—, pues vuelve a bajar la cortina. Me gusta viajar de incógnito.

—Estamos en el campo —dije yo.

—Eso salta a la vista —dijo él.

Al cabo de un rato y no sin antes habernos sometido a un continuo vaivén de curvas y frenazos, el automóvil se detuvo y Lepprince me hizo señas de que habíamos llegado. El *chauffeur* abrió la puerta y oí una música de violines que interpretaban un vals. En mitad del campo, sí.

—¿Qué es esto? —pregunté.

—El Casino. Baja —dijo Lepprince.

Era estúpido que no se me hubiera ocurrido antes. La verdad es que yo no había estado nunca —ni soñé que podría estar alguna vez— en el Casino del Tibidabo, pero, por supuesto, conocía el lugar. A menudo me había extasiado contemplando a lo lejos, en la colina, sus cúpulas señoriales, sus luces; imaginando el ambiente, calculando la cuantía de las puestas en la ruleta, en las mesas de póquer y baccará.

—¿Tienes alguna objeción? —preguntó Lepprince.

—Oh, no, en absoluto —me apresuré a decir.

Entramos en el Casino. El personal parecía conocer bien a Lepprince y él, a su vez, les saludaba llamándoles por sus nombres de pila. Envueltos en una nube de criados fuimos conducidos al comedor, donde nos aguardaba una mesa reservada en un rincón discreto. Lepprince eligió el menú y los vinos sin consultarme, como tenía por costumbre, y mientras esperábamos que nos sirvieran se interesó por mí, por mi trabajo y por mis proyectos.

—Me dijeron que te habías vuelto a tu tierra, a Valladolid, ¿no es así? Temí que fuera cierto y que no volviéramos a vernos. Por fortuna, veo que recapacitaste. ¿Sabes una cosa? Creo que Barcelona es una ciudad encantada. Tiene algo, ¿cómo te diría?, algo magnético.

A veces resulta incómoda, desagradable, hostil e incluso peligrosa, pero ¿qué quieres?, no hay forma de abandonarla. ¿No lo has notado?

—Quizá tenga usted razón. Yo, por mi parte, volví porque me di cuenta de que allá no tenía nada que hacer. No es que aquí tenga mucho, lo admito, pero, al menos, conservo cierta libertad de acción.

—No lo dices con alegría, Javier. ¿Te van mal las cosas?

Pensé que se interesaba por mis asuntos por mera cortesía y que no era aquél el objeto de nuestra entrevista, pero su interés parecía tan genuino y yo estaba tan necesitado de un amigo a quien confiar mis problemas, que se lo conté todo, todo cuanto me había sucedido desde la última vez que nos vimos, antes de su boda, todo lo que había pensado, deseado, esperado y sufrido inútilmente. Mi relato duró el tiempo que invertimos en cenar y callé cuando trajeron la nota, que Lepprince firmó sin mirar. Pasamos luego a un salón contiguo donde nos sirvieron café y coñac.

—Todo lo que me acabas de contar, Javier, me entristece profundamente —dijo él anudando el hilo roto de la charla—: yo no tenía la menor idea de que tu situación fuera tan penosa. ¿Por qué no recurriste a mí? ¿Para qué sirven los amigos?

—Ya lo intenté; fui a verle a su casa, pero el portero me dijo que se habían mudado y no supo o no quiso darme su nueva dirección. Pensé localizarle por medio de Cortabanyes o escribirle a la fábrica, pero temí molestarle. Usted no daba señales de vida y sospeché que deseaba cortar nuestras relaciones...

—¿Cómo puedes decir una cosa semejante, Javier? Me ofendería si creyera que sientes lo que dices —hizo una pausa, paladeó el coñac, se reclinó en el butacón y cerró los ojos—. Sin embargo, no te falta razón. Reconozco haberme portado mal. A veces, sin querer, uno comete pequeñas injusticias —su voz se hizo un susurro—. Perdóname.

—Por favor...

—Sí, sé lo que me digo. Te arrinconé sin darme cuenta, fui desleal. Y la deslealtad es mala cosa, te lo digo yo. Déjame al menos que te dé una explicación. No, no me interrumpas, quiero dártela —se detuvo a encender un cigarro y luego prosiguió en voz más baja—. Ya sabes que al casarme con María Rosa Savolta pasé a ser el titular, no legalmente pero sí de hecho, de las acciones de la empresa que el difunto Savolta había legado a su hija. Estas acciones, unidas a las que yo ya tenía, me convirtieron en el virtual propietario de la empresa, máxime teniendo en cuenta que Claudedeu, al morir, dejó las suyas a su esposa, una mujer mayor y medio sorda, incapaz de intervenir en el mundo de los negocios. Esto, que por una parte tiene las ventajas que ya puedes suponer, implica por otra parte un cúmulo de responsabilidades y un volumen de trabajo verdaderamente agobiantes. Y no es esto sólo. Hay otra razón, menos sólida pero no menos real: al casarme con María Rosa mi posición social varió, entré a formar parte de una de las familias más renombradas de la ciudad y pasé de ser un extranjero advenedizo a ser un hombre público con todos los compromisos sociales que ello acarrea y que a veces, lo confieso, son un fardo mayor que las responsabilidades empresariales de que te hablaba.

Sonrió, dio una larga chupada al cigarro y dejó salir el humo lentamente.

—Han sido unos meses duros, Javier, difíciles de sobrellevar. Pero las aguas vuelven a su cauce. Me siento cansado y necesito un respiro, quiero volver a vivir mi vida, quiero ver de nuevo a los viejos amigos de antes, reanudar nuestras charlas, nuestras cenas, ¿te acuerdas?

Se me hizo un nudo en la garganta y no pude articular sonido alguno. Hice un gesto afirmativo con la cabeza.

—Y empezaré por ocuparme de ti, pierde cuidado. Pero antes... —me miró a los ojos fijamente; yo sabía que por fin íbamos a tocar el objeto de nuestra entrevista y contuve la respiración. El corazón me latía con fuerza, tenía las manos frías, húmedas de transpiración. Bebí un sorbo de coñac para tranquilizar los nervios—. Pero antes quiero pedirte un consejo. Ya sabes a lo que me refiero, ¿verdad?

—A María Coral, supongo —dije yo.

—En efecto —dijo él. Calló un rato y cuando habló de nuevo percibí en su voz un tono ligeramente grandilocuente y falso, ese tono que vibra en la voz de los actores cuando se levanta el telón y empiezan a recitar el libreto—. Empecemos por el principio —añadió—. ¿Te ha contado María Coral su historia? ¿No? Es natural. El orgullo se lo impide. ¡Pobre infeliz! A mí tampoco quiso decirme nada, pero la fui sonsacando hasta saberlo todo. Cuando yo la dejé... —hizo un gesto con la mano abierta, como apartando de sí un recuerdo—. Ahora me doy cuenta de que obré de un modo innoble, pero ¿qué le vamos a hacer? Era yo muy joven, aunque me creyera ya un hombre —suspiró y continuó sin transición—. María Coral se reunió de nuevo con sus *partenaires*, los dos forzudos, ya sabes. Siguieron actuando en diversas ciudades, en espectáculos de ínfima categoría, en fiestas mayores, ¡qué sé yo!, hasta que a los dos matones les metieron en la cárcel por alguna fechoría que cometieron: un pequeño hurto, una reyerta. María Coral tuvo que abandonar la población y siguió actuando sola. Cuando sus compañeros salieron de presidio decidieron abandonar el país. Recordarás que antaño solían intervenir en asuntos de tipo social, un tanto comprometidos. Es posible que al detenerlos se aireara su historial y ellos, por temor a verse involucrados en un escándalo, o quizá incitados por la propia policía, consideraran más prudente poner tierra por medio. No dijeron nada a María Coral que, de todas formas, tampoco habría podido acompañarles por ser menor de edad. Así que la pobre tuvo que seguir ganándose la vida sin ayuda ni protección. En su gira llegó a Barcelona, donde tú la encontraste, medio muerta de hambre y enferma. Y aquí acaba esta breve y triste historia.

—¿Acaba? —pregunté yo seguro de que Lepprince entendería el sentido de mi pregunta.

—De eso tenemos que hablar —dijo saltando de la melancolía al terreno práctico—. Tú sabes que yo, en cierto modo, tengo contraída una deuda con María Coral. No es una deuda formal, claro está, pero ya te dije antes que la deslealtad me resulta odiosa. Quiero ayudarla, pero no sé cómo.

—Bueno, con su posición y su fortuna no ha de serle difícil.

—Más de lo que tú supones. Naturalmente, no me costaría nada darle un poco de dinero y despacharla, pero, ¿qué conseguiríamos con eso? El dinero se gasta con rapidez en estos tiempos. Al cabo de unos meses o de un año a lo sumo las cosas volverían a estar como están ahora y no habríamos ganado nada. Por otra parte, María Coral es una niña; no es sólo dinero lo que necesita, sino protección. ¿Estás de acuerdo?

—Sí —fue lo único que pude decir.

—Entonces, ¿qué? ¿Mantenerla, montarle un piso, una tiendecita? No, imposible. No puedo. Todo se sabe a la larga, y ¿quién creería que mi generosidad es desinteresada? Soy un hombre casado, una personalidad pública. No puedo verme envuelto en murmuraciones. Piensa en mi mujer, a la que adoro. ¿Qué pensaría si supiera que mantengo a mis expensas a una menor con la que mi nombre ya anduvo mezclado de soltero? Ni hablar.

—¿Por qué no le busca trabajo? Así ella podría ganarse la vida honradamente —propuse yo con mi mejor buena fe.

—¿Un trabajo? ¿A María Coral? —Lepprince se rió por lo bajo—. Reflexiona, Javier, ¿qué clase de trabajo podría darle? ¿Qué sabe hacer María Coral, aparte de dar volteretas? Nada. Entonces, ¿dónde la meteremos? ¿De fregona?, ¿en una fábrica, en un taller? Ya sabes cuáles son las condiciones de trabajo en esos sitios. Casi sería mejor que continuara en los cabarets.

Era verdad, no podía imaginarme a María Coral sometida a un horario agotador, a la disciplina férrea, a los abusos de los capataces. La sola idea me sublevaba y así se lo dije a Lepprince, quien se limitó a sonreír, a fumar en silencio y a mirarme con cariño e ironía. Como yo no decía nada, y adivinando mi desconcierto, añadió al cabo de un rato:

—Parece que se nos cierran todas las puertas, ¿eh? —y yo adiviné por el tono de su voz que habíamos llegado adonde él quería ir.

—¿A qué tanto misterio? —dije—. Estoy seguro de que ya trae usted pensada la solución.

Volvió a reírse por lo bajo.

—No trato de ser misterioso, querido Javier. Sólo quería que siguieras el curso de mis pensamientos. Sí, he pensado una solución, y esa solución, para decirlo todo sin rodeos, eres tú.

Me atraganté con el coñac.

—¿Yo? ¿Y qué puedo hacer yo?

Lepprince se inclinó hacia delante sin dejar de mirarme a los ojos y posó su mano en mi antebrazo.

—Cásate con ella.


Nadie ignora que entre la gente honrada y los delincuentes sólo existe un nexo de unión, y que ese nexo de unión es la policía. Nemesio Cabra Gómez no era tonto y sabía que si los de arriba podían hacer llegar su brazo hasta los de abajo por medio de la policía, también los de abajo podían recorrer el mismo camino en sentido inverso, bien que con mucho esfuerzo y una buena dosis de tacto. Así pues, tras mucho vacilar, llegó a la conclusión de que sólo podía dar la información que le exigían a cambio de su vida si la propia policía se la proporcionaba. El plan que urdió conllevaba mucho riesgo, pero lo que había en juego no admitía titubeos, de modo que, a primera hora de la mañana siguiente, día uno de enero, Nemesio Cabra Gómez se personó en la Jefatura y pidió ver al comisario. Nemesio tenía conocidos en Jefatura. Cuando la necesidad o las amenazas le empujaban a ello, no vacilaba en hacer pequeños servicios a la autoridad, si bien, hasta entonces, no se había metido nunca en cuestiones políticas, desarrollando sus actividades prudentemente en el terreno de la pequeña delincuencia callejera que a nada le comprometía. Hasta ese momento las cosas le habían ido bien, y, si no se había granjeado el respeto de nadie, había logrado al menos que los policías y hampones le dejaran en paz.

—Buenos días y feliz Año Nuevo, agente —dijo al entrar.

El agente le miró con desconfianza.

—Soy Nemesio Cabra Gómez y no es la primera vez que vengo a esta casa.

—Eso se nota —dijo el agente con sorna.

—No me interprete mal. Quiero decir que he prestado en ocasiones buenos servicios a la fuerza pública —corrigió Nemesio con humildad.

—¿Y ahora qué quieres? ¿Prestar otro servicio?

Nemesio dijo que sí con la cabeza.

—Bueno, ¿de qué se trata?

—De algo importante, agente. Permítame, con todos

los respetos, que reserve mi información para otras jerarquías.

El agente ladeó la cabeza, entornó los párpados, enarcó las cejas y se mesó el mostacho.

—El Ministro del Interior está en Madrid —fue la respuesta.

—Quiero hablar con el comisario jefe de la Brigada Social —atajó Nemesio al ver que no cesaba el pitorreo.

—¿El comisario Vázquez?

—Sí.

El agente, cansado de palique, se encogió de hombros.

—Segundo piso. Supongo que no traes armas.

—Regístreme si quiere. Soy hombre de paz.

El agente le cacheó, hizo una seña con el pulgar hacia atrás y Nemesio se dirigió al segundo piso. Allí preguntó por el comisario Vázquez. El secretario le dijo que aún no había llegado, pero tomó nota de su nombre y le rogó que aguardara en el pasillo. Al cabo de mucho rato llegó el comisario. Traía cara de malas pulgas. Pasó un rato más y por último el secretario le hizo entrar en un despacho amplio pero destartalado, al que la luz de un día claro de invierno iluminaba con opacidad oficial. Los pormenores de la entrevista que sostuvieron el comisario Vázquez y Nemesio Cabra Gómez han quedado transcritos en otra parte de este relato.

—¿Casarme? —dije yo—, ¿casarme con María Coral?

—No levante la voz. No hace falta que se entere todo el mundo —susurró Lepprince sin perder la sonrisa.

Por fortuna, la orquesta seguía tocando y mis palabras se diluyeron en la música. Nadie parecía prestarnos atención.

Después de mi brusca reacción guardé silencio. La

propuesta me parecía totalmente absurda y, de no proceder de Lepprince, la habría desechado sin pensar. Pero Lepprince no hacía nunca las cosas a la ligera y si me había hablado en aquellos términos, era porque antes lo había meditado fríamente, hasta el último detalle. Con esta certidumbre, preferí no zanjar el asunto, conservar la calma y dejar que expusiera sus argumentos.

—¿Por qué habría de casarme yo con ella? —le pregunté.

—Porque la quieres —fue la respuesta.

Si la cúpula del Casino se hubiera derrumbado sobre mi cabeza no me habría dejado más conmocionado ni más estupefacto. Estaba preparado para oír cualquier razón, cualquier sugerencia, pero aquello..., aquello rebasaba los límites de lo previsible. Mi primera reacción fue, como ya he dicho, de absoluto estupor. Luego me invadió una repentina indignación y, por último, volví a sumirme en una suerte de parálisis; pero esta vez la consternación no venía motivada por lo insólito de las palabras de Lepprince, sino por lo que había en ellas de revelación. ¿Sería cierto? ¿Sería el amor el sentimiento avasallador que me había impulsado a buscar a María Coral, el impulso irresistible que me arrastró al cabaret, a la pensión, a su lóbrego dormitorio, contra toda lógica, con la insensatez de una fuerza de la naturaleza? Y la angustia de los últimos días, mis dudas, mi timidez ridícula, mi ciega obstinación a no aceptar un destino inexorable, ¿sería...? No, no quería pensarlo. Me pareció que un abismo se abría ante mis pies y que yo, aterrado, me balanceaba en el borde. Me faltaba valor para enfrentarme a semejante posibilidad. Lepprince sí tenía el valor necesario para abordar de frente las incongruencias de la vida. ¡Cómo envidiaba, cómo envidio aún su entereza en estos trances!

—¿Te has dormido, Javier?

Su voz tranquila y amistosa me hizo volver de mis cavilaciones.

—Perdone. Me ha dejado usted tan..., tan confuso.

Se rió abiertamente, como si mi turbación fuera una chiquillada.

—No me digas que no estoy en lo cierto —dijo.

—Yo... apenas la conozco, ¿qué le hace suponer...?

—Javier —me reconvino—, no somos colegiales. Hay cosas que saltan a la vista. Comprendo tus dudas, pero los hechos son los hechos. Están ahí, tan patentes como esta columna. Negarlos no es resolverlos, digo yo.

—No, no, todo esto es una locura. Dejémoslo correr.

—Está bien, como tú quieras —dijo Lepprince levantándose—. Perdona un instante, ahora recuerdo que debo hacer una llamada. No huyas, ¿eh?

—Descuide.

Me dejó solo, a propósito, para que destejiera la maraña que había en mi cabeza. No sé lo que llegué a pensar en aquellos minutos, pero cuando volvió estaba tan confuso como al principio, aunque mucho más sereno.

—Disculpa la tardanza, ¿de qué hablábamos? —me preguntó con afectuosa ironía.

—Mire, Lepprince, tengo un lío de mil diablos en la cabeza. No me atosigue.

—Ya te dije que olvidáramos este asunto.

—No, ahora ya es tarde. Tiene usted razón: de nada sirve negar los hechos.

—Ah, luego reconoces que quieres a María Coral.

—No es eso..., no. Quiero decir que ahí estriba mi confusión. No logro identificar mis sentimientos, ¿me comprende? No niego que algo siento por ella, un sentimiento intenso, es verdad. Pero apenas la conozco. ¿Es amor o es sólo una emoción pasajera? Por lo demás, una cosa es el amor y otra muy distinta el matrimonio. El amor es un soplo, algo etéreo... El matrimonio, en cambio, es una cosa seria. No se puede decidir alegremente.

—No lo decidas alegremente. Tómate todo el tiempo que quieras y actúa según tu mejor criterio. Al fin y al cabo, no te vas a casar conmigo —bromeó—, no tienes por qué darme tantas explicaciones.

—Recurro a usted como amigo y consejero —puntualicé yo sin ganas de broma—. En primer lugar, ¿quién es María Coral? No sabemos casi nada de ella, y lo poco que sabemos no avala precisamente su elección.

—Es cierto, tiene un pasado turbulento. Me consta, y a ti también, que su único deseo es olvidar ese pasado y llevar una vida decente. María Coral es buena y limpia de corazón. En cualquier caso, eso es algo que tienes que decidir tú solo. Dios me libre de darte un consejo que luego pudieras reprocharme.

—Bien, dejemos eso y pasemos a otro punto. ¿Qué puedo ofrecerle yo?

—Un apellido digno y una vida respetable, pero sobre todo, a ti mismo: una persona honesta, sensible, inteligente y culta.

—Le agradezco sus palabras, pero yo hablaba de dinero.

—Ah, el dinero..., el dichoso dinero...

Nos interrumpió la llegada de Cortabanyes, que recorría el salón arrastrando los pies como si fuera calzado con chancletas. Cortabanyes destacaba entre los presentes por el brillo de su traje arrugado y cubierto de lamparones y por su aspecto general de dejadez. Para completar el espectáculo, mascaba una colilla de puro apagada.

—Buenas noches, señor Lepprince. Buenas noches, Javier, hijo —nos farfulló al pasar. Lepprince se puso en pie y estrechó su mano y a mí me chocó ese gesto de deferencia que, más tarde, debía recordar—. ¿Cómo va esa fábrica de petardos?

—Para arriba, siempre para arriba, señor Cortabanyes —respondió Lepprince.

—Entonces será de cohetes y no de petardos.

Yo enrojecí al oír aquel chiste deplorable, pero tanto Lepprince como algunos oyentes indiscretos lo corearon con carcajadas. Supuse que reían por cariño al abogado.

—¿Y ese despacho, señor Cortabanyes? ¿Cómo va?

—De capa caída, señor Lepprince. Pero no les quiero importunar. Ustedes son jóvenes y querrán hablar de mujeres, como es natural.

—¿No quiere compartir nuestra tertulia? —invitó Lepprince.

—No, muchas gracias. Creo que me están esperando para echar unas manitas de brisca. Sin apostar, claro está.

—Sólo garbanzos, ¿eh, señor Cortabanyes?

—Garbancitos crudos, sí, señor. Mire, aquí llevo un puñado, ya ve usted.

Y diciendo esto sacó un puñado de garbanzos del bolsillo abultado de su chaqueta. Varias bolitas rodaron por el suelo y un criado se puso a perseguirlas a cuatro patas.

—¡Ale! Ustedes a contarse cosas y yo, que ya no tengo nada que contar, a manosear los naipes.

Se marchó restregando los pies por las alfombras y saludando a derecha e izquierda mientras el criado le seguía con los garbanzos recuperados.

—No sabía que Cortabanyes frecuentara el Casino —le dije a Lepprince.

En el amplio comedor de la mansión se había instalado una mesa en forma de herradura para dar cabida al centenar cumplido de comensales. A la luz de los candelabros refulgían los cubiertos de plata, la porcelana, el cristal tallado. Una larga hilera de flores ponía una nota de vida y color en el conjunto. Los invitados buscaban febrilmente sus nombres en las tarjetas. Había carreras, confusiones, gritos y gestos, susceptibilidades heridas.

María Rosa Savolta cortó el paso a su marido cuando éste se dirigía al comedor.

—Paul-André, quiero hablar contigo un segundo.

—Mujer, todos están a la mesa, ¿no puedes esperar?

María Rosa Savolta enrojeció como la grana.

—Tiene que ser ahora. Ven.

Y cogiendo de la mano a su marido atravesaron el salón, a la sazón vacío a excepción de los músicos, que metían sus instrumentos en las fundas, ordenaban las partituras, se restañaban el sudor y se disponían a unirse a la servidumbre en las cocinas para tomar un refrigerio.

—Pasa y cierra la puerta —dijo María Rosa Savolta entrando en la biblioteca. Su marido la obedeció sin ocultar un rictus de impaciencia.

—Bueno, ¿qué sucede?

—Siéntate.

—¡Rayos y truenos! ¿Quieres decirme qué caray te pasa? —gritó Lepprince.

María Rosa Savolta se puso a hacer pucheros.

—Nunca me habías tratado así —gimió.

—Por el amor de Dios, no llores. Perdóname, pero me has puesto nervioso. Ya estoy harto de misterios. Quiero que todo salga bien y estos contratiempos me alteran. Mira qué hora es: se hace tarde, nuestro invitado de honor puede llegar en cualquier momento y encontrarnos en la mesa.

—Tienes razón, Paul-André, piensas en todo. Soy una tonta.

—Vamos, no llores más. Toma un pañuelo. ¿Qué tenías que decirme?

María Rosa Savolta se enjugó una lágrima, tendió el pañuelo a su marido y retuvo su mano.

—Estoy esperando un hijo —anunció.

La cara de Lepprince reflejó una sorpresa sin límites.

—¿Cómo dices?

—Un hijo, Paul-André, un hijo.

—¿Estás segura?

—Fui al médico hace una semana con mamá y esta mañana nos lo ha confirmado. No hay duda.

Lepprince soltó la mano de su mujer, se sentó, unió las yemas de los dedos y dejó vagar la mirada por el entramado de la alfombra.

—No sé que decir..., es algo tan inesperado... Estas cosas, por sabidas, siempre sorprenden.

—¿Pero no te alegras?

Lepprince levantó la vista.

—Me alegro mucho, muchísimo. Siempre quise tener un hijo y ya lo tengo. Ahora —añadió con voz ronca— nada me detendrá.

Sacudió la cabeza y se puso de pie.

—Vamos, daremos la noticia.

Besó en la frente a su mujer y entrelazados por la cintura volvieron al comedor. Los comensales, extrañados por la tardanza de sus anfitriones, habían empezado a cuchichear hasta que las mujeres que compartían el secreto, interpretando la escapada de la joven pareja, difundieron la noticia que justificaba la desaparición. Se hizo silencio y todas las miradas se fijaron en la puerta. Una sonrisa de complacencia se generalizó. Cuando el matrimonio Lepprince hizo su entrada les recibió una ovación cerrada y calurosa.


Al comisario Vázquez no le interesaba saber quién mató a Pajarito de Soto. El atentado mortal perpetrado en la persona de Savolta acaparaba toda su atención y casi todas sus energías. No se trataba de un simple asesinato lo que llevaba entre manos, sino el orden social, la seguridad del país. El comisario Vázquez era un policía metódico, tenaz y poco dado a los alardes imaginativos. Si alguien había archivado el asunto de Pajarito de Soto, bien archivado estaría. Por el momento, eran otras sus preocupaciones. Por lo demás, Nemesio Cabra Gómez no parecía individuo digno de confianza. Se limitó a tratarlo con cierta consideración y a prestar oídos sordos a cuantas insensateces quiso proferir el inoportuno confidente.

Nemesio recibió una ducha fría. No esperaba semejante recepción y abandonó la Jefatura con el rabo entre las piernas. La interferencia del asesinato de Savolta en sus asuntos podía serle fatal. «Savolta, Savolta», iba repitiendo para sus adentros. «¿Dónde habré oído yo ese nombre?» El frío de la mañana le aclaró el cerebro. Recordó las últimas palabras pronunciadas por el hombre del chirlo: «Dentro de siete días vuelve y dinos quién lo hizo y por qué, qué pasa con la empresa Savolta y qué se cuece en esa olla.» ¿Qué relación existía entre Savolta y Pajarito de Soto? ¿Sería consecuencia la muerte de aquél del asesinato de éste? Perdido en estas reflexiones, llegó a sus barrios. Transitaban carros que descargaban enseres en los comercios recién abiertos. Las mujeres con sus capazos iban y venían del mercado. El figón estaba desierto. Nemesio golpeó el mostrador con la palma de la mano.

—¡Buenos días nos dé Dios! ¿No hay nadie aquí?

Tuvo que aguardar un rato a que apareciese un mozo cubierto con un mandil. El mozo acarreaba una barrica pesada.

—¿Qué se le ofrece?

—Quisiera ver al dueño.

—¿El amo? Duerme como un cerdo —replicó el mozo del mandil.

—Es un asunto importante. Despiértele.

—Despiértele usted, si no tiene apego a la vida —dijo el mozo con impertinencia y señaló una escalera estrecha y húmeda que conducía a la vivienda.

—¿Esta educación os dan ahora? —refunfuño Nemesio Cabra Gómez iniciando el ascenso. Un concierto de sonidos inconfundibles le condujo por el angosto pasillo a una puerta baja, mal ajustada en los goznes. Llamó quedamente con los nudillos. Los ruidos no cesaron. Empujó la puerta y entró.

La alcoba del tabernero era un desván oscuro, mal ventilado, sin otro mobiliario que una silla, un perchero y un camastro que por entonces ocupaban aquél y una prójima que resoplaba. Nemesio, una vez habituado a la penumbra, distinguió el rostro barbado y cejijunto del hombre y sus brazos hercúleos y peludos que abrazaban a la prójima, una mujer de facciones rechonchas, piel rojiza y pechos rebultados que asomaban por encima del cobertor y parecían observar a Nemesio como dos lechoncillos traviesos.

El intruso avanzó a tientas, rodeó el lecho para situarse al lado del tabernero y le sacudió por un hombro. En vista de que las sacudidas no surtían efecto, Nemesio le llamó por su nombre, le dio unos cachetes y acabó por arrojar un vaso que halló en el suelo (y que creyó lleno de agua, pero resultó estarlo de vino) a la cara del durmiente.

Como suele suceder con los que tienen el sueño profundo, el despertar del tabernero fue tan brusco que uno de sus molinetes alcanzó a Nemesio enviándolo contra la pared.

—¿Qué pasa? ¿Quién anda ahí? —gritó el tabernero.

—Soy yo, no se asuste —dijo Nemesio.

Los ojos desorbitados del tabernero identificaron al intruso.

—¡Tú!

290

La prójima se había despertado y se tapaba las carnes como mejor podía.

—Perdonen la molestia, pero el asunto que me trae es grave. De otro modo, no habría osado...

—¡¡Fuera de aquí!! —bramó el tabernero.

La prójima, por el susto, el sueño o la vergüenza, lloraba.

—¡Don Segundino, por la Virgen, dígale que se vaya! —suplicó.

El tabernero rebuscó debajo de la almohada y extrajo un revólver. Nemesio retrocedió hacia la puerta.

—Don Segundino, no se acalore, que es cuestión de vida o muerte.

El tabernero hizo un disparo al aire. Nemesio derribó la silla en la que se apilaban promiscuamente pantalones y enaguas, brincó, salió al pasillo y bajó en un vuelo las escaleras.

—Ya le dije... —musitó el mozo del mandil y la barrica. Pero Nemesio había ganado la calle y corría entre las mujeres, que hurtaban cuerpos y capazos al paso de aquella exhalación.


Apuré la tercera copa de coñac, encendí el enésimo cigarrillo (nunca me gustaron los cigarros puros), suspiré, miré a Lepprince. La fatiga se apoderaba de mí; me habría quedado dormido en aquel butacón del Casino de no haber hecho un esfuerzo de voluntad.

—Decías que tu problema es el dinero —dijo Lepprince.

—¿El dinero...? Sí, eso es. Apenas puedo mantenerme a mí mismo, ¿cómo voy a pensar en casarme?

—Amigo mío, el dinero nunca es problema. ¿Quieres más coñac?

—No, por favor. Ya he bebido más de la cuenta.

—¿Te sientes mal?

—No. Un poco cansado, solamente. Siga usted.

—Como comprenderás, he pensado también en el aspecto económico de la cuestión. Antes no te lo dije, pero tengo una propuesta que hacerte. Ahora bien, no quiero que me interpretes mal. Una cosa nada tiene que ver con la otra. La propuesta no está condicionada a tu boda con María Coral... y viceversa. No pienses ni por un momento que te coacciono.

Hice un gesto que podía significar cualquier cosa. Lepprince apagó su cigarro y un criado sustituyó el cenicero por otro impoluto. Lepprince se cercioró de que nadie nos oía.

—Lo que te voy a decir es estrictamente confidencial. No digas nada, sé que puedo confiar en ti —atajó mis protestas de discreción—. Esto que te voy a contar es sólo una posibilidad y quiero que así lo entiendas para evitar futuros desengaños. En síntesis, te diré que me han hecho serias propuestas por parte de grupos que no es momento de identificar incitándome a entrar en el terreno de la política. En un principio trataron de atraerme hacia sus respectivos partidos. Yo, por supuesto, me negué. Luego, a la vista de mi renuencia, cambiaron de táctica. Resumiendo, quieren que sea el futuro alcalde de Barcelona. Sí, no te asombres, alcalde. No hace falta que te explique la importancia que reviste semejante cargo. A ti te consta. Bien, ellos aún no saben nada, pero te puedo adelantar que pienso aceptar el ofrecimiento y, por ende, presentar mi candidatura. Creo, sin ser inmodesto, que puedo prestar un buen servicio a la ciudad e, indirectamente, al país. Soy extranjero y casi un recién llegado. Esto, que podría parecer un obstáculo, es, en realidad, una ventaja. La gente está harta de partidos y politiquerías. Yo soy imparcial, no estoy casado con nadie ni tengo las manos atadas, ¿comprendes? Ahí estriba mi fuerza.

Se interrumpió para sopesar el efecto que sus palabras me habían producido. Yo, la verdad, no debí reflejar impresión alguna, porque por entonces las cosas se movían a un nivel que sobrepasaba con mucho mi comprensión. Pensé que si Lepprince lo decía, debía de ser verdad, pero me abstuve de hacer comentarios.

—Todo esto te lo cuento como preámbulo de lo que viene ahora. La posibilidad, y fíjate que te hablo sólo de posibilidad, requiere por mi parte una preparación intensiva, y a ella estoy entregado en la medida que mis restantes ocupaciones me lo permiten. Sin embargo, no quiero mezclar las cosas, por una simple cuestión de orden. Así pues, he decidido crear una especie de oficina..., un secretariado, podríamos llamarlo, dedicado exclusivamente a mis actividades políticas. Para organizar y dirigir este secretariado necesito a una persona de confianza y, naturalmente, nadie mejor que tú.

—Un momento —dije yo sacudiendo mi somnolencia—. Si mal no lo entiendo, quiere que me meta en política.

—¿En política? No, al menos, no en el sentido que tú le das. Quiero que hagas para mí lo que haces para Cortabanyes: un trabajo eficaz en la sombra.

—Y tendría que dejar el despacho.

—Desde luego, ¿lo lamentas?

—No... Pensaba en Cortabanyes. No quisiera perjudicarle. A pesar de todo, le debo mucho.

—Me gusta oírte decir eso. Prueba que tienes conciencia y, sobre todo, que ya piensas en mi propuesta en términos afirmativos.

—No quise decir eso.

—Bien, bien, no te preocupes por Cortabanyes. Yo hablaré con él.

Se levantó bruscamente, relajó los músculos de la cara, estiró las piernas y, revelando un cansancio similar al mío, bostezó.

—Has acabado por contagiarme tu sueño. Vámonos. Ya es bastante por esta noche. Seguiremos hablando. Reflexiona y no te precipites. Ah, me olvidaba —dijo sacando del bolsillo una cartera y de la cartera una tarjeta de visita—, ésta es mi dirección. Te apuntaré también el teléfono de mi oficina, para que me puedas localizar a cualquier hora del día o de la noche.

La *limousine* nos condujo a la ciudad. Habíamos hablado mucho y no habíamos concretado nada.

# IV

Nos casamos una mañana primaveral a principios de abril.

¿Por qué? ¿Qué me impulsó a tomar una decisión tan alocada? Lo ignoro. Aun ahora, que tantos años he tenido para reflexionar, mis propios actos siguen pareciéndome una incógnita. ¿Amaba a María Coral? Supongo que no. Supongo que confundí (mi vida es una incesante y repetida confusión de sentimientos) la pasión que aquella joven sensual, misteriosa y desgraciada me infundía, con el amor. Es probable también que influyera, y no poco, la soledad, el hastío, la conciencia de haber perdido lastimosamente mi juventud. Los actos desesperados y las diversas formas y grados de suicidio son patrimonio de los jóvenes tristes. Inclinaba, por último, el fiel de la balanza la influencia de Lepprince, sus sólidas razones y sus persuasivas promesas.

Lepprince no era tonto, advertía la infelicidad en su entorno y quería remediarla en la medida que le permitían sus posibilidades, que eran muchas. Pero no conviene exagerar: no era un soñador que aspirase a cambiar el mundo, ni se sentía culpable de los males ajenos. He dicho que acusaba en su interior una cierta responsabilidad, no una cierta culpabilidad. Por eso se decidió a tendernos una mano a María Coral y a mí. Y ésta fue la solución que juzgó óptima: María Coral y yo contraeríamos matrimonio (siempre y cuando, claro está, mediara nuestro consentimiento), con lo cual los problemas de la gitana se resolverían del modo más absoluto, sin mezclar por ello el buen nombre de Lepprince. Yo, por mi parte, dejaría de trabajar con Cortabanyes y pasaría a trabajar para Lepprince, con un sueldo a la medida de mis futuras necesidades. Con este sistema, Lepprince nos ponía a flote sin que hacerlo supusiera una obra de caridad: yo ganaría mi sustento y el de María Coral. El favor provenía de Lepprince, pero no el dinero. Era mejor para todos y más digno. Las ventajas que de este arreglo sacaba María Coral son demasiado evidentes para detallarlas. En cuanto a mí, ¿qué puedo decir? Es seguro que, sin la intervención de Lepprince, yo nunca habría decidido dar un paso semejante, pero, recapacitando, ¿qué perdía?, ¿a qué podía aspirar un hombre como yo? A lo sumo, a un trabajo embrutecedor y mal pagado, a una mujer como Teresa (y hacer de ella una desgraciada, como hizo Pajarito de Soto, el pobre, con su mujer) o a una estúpida *soubrette* como las que Perico Serramadriles y yo perseguíamos por las calles y los bailes (y deshumanizarme hasta el extremo de soportar su compañía vegetal y parlanchina sin llegar al crimen). Mi sueldo era mísero, apenas si me permitía subsistir; una familia es costosa; la perspectiva de la soledad permanente me aterraba (y aún hoy, al redactar estas líneas, me aterra...).

—La verdad, chico, no sé qué decirte. Tal como lo planteas, en frío...

—No hace falta que me descubras grandes verdades, Perico, sólo quiero que me des tu opinión.

Perico Serramadriles bebió un trago de cerveza y se limpió la espuma que había quedado adherida a su bigote incipiente.

—Es difícil dar una opinión en un caso tan insólito. Yo siempre he sido del parecer de que el matrimonio es una cosa muy seria que no se puede decidir a las primeras de cambio. Y ahora tú mismo dices que no sabes con seguridad si estás enamorado de esa chica.

—¿Y qué es el amor, Perico? ¿Has conocido tú el verdadero amor? A medida que pasa el tiempo más me convenzo de que el amor es pura teoría. Una cosa que sólo existe en las novelas y en el cine.

—Que no lo hayamos encontrado no quiere decir que no exista.

—Tampoco digo eso. Lo que te digo es que el amor, en abstracto, es un producto de mentes ociosas. El amor no existe si no se materializa en algo corporal. Una mujer, quiero decir.

—Eso es evidente —admitió Perico.

—El amor no existe, sólo existe una mujer de la que uno, en determinadas circunstancias y por un período de tiempo limitado, se enamora.

—Vaya, si lo pones así...

—Y dime tú, ¿cuántas mujeres se cruzarán en nuestra vida de las que podamos enamorarnos? Ninguna. Todo lo más, planchadoras, costureras, hijas de pobres empleados como tú y como yo, futuras Doloretas en potencia.

—No veo por qué ha de ser así. Hay otras.

—Sí, ya lo sé. Hay princesas, reinas de la belleza, estrellas de la pantalla, mujeres refinadas, cultas, desenvueltas... Pero ésas, Perico, no son para ti ni para mí.

—En tal caso, haz como yo: no te cases —decía el muy retórico.

—¡Fanfarronadas, Perico! Hoy dices esto y te sientes un héroe. Pero pasarán los años estérilmente y un día te sentirás solo y cansado y te devorará la primera que se cruce en tu camino. Tendréis una docena de hijos, ella se volverá gorda y vieja en un decir amén y tú trabajarás hasta reventar para dar de comer a los niños, llevarlos al médico, vestirlos, costearles una deficiente instrucción y hacer de ellos honestos y pobres oficinistas como nosotros, para que perpetúen la especie de los miserables.

—Chico, no sé..., lo pintas todo muy negro. ¿Tú crees que todas son iguales?

Me callé porque había pasado ante mis ojos el recuerdo ya enterrado de Teresa. Pero su imagen no cambiaba mis argumentos. Evoqué a Teresa y, por primera vez, me pregunté a mí mismo qué había representado Teresa en mi vida. Nada. Un animalillo asustado y desvalido que despertó en mí una ternura ingenua como una anémica flor de invernadero. Teresa fue desgraciada con Pajarito de Soto y lo fue conmigo. Sólo recibió de la vida sufrimientos y desengaños; quiso inspirar amor y recogió traiciones. No fue culpa suya, ni de Pajarito de Soto, ni mía. ¿Qué hicieron con nosotros, Teresa? ¿Qué brujas presidieron nuestro destino?

Finalizados los entremeses, el entrante, el pescado y las aves, la fruta y la repostería, los comensales abandonaron la mesa. Los hombres resoplaban y palmeaban sus tripas con alegre resignación. Las señoras se despedían mentalmente de los manjares que habían rechazado con esfuerzo, disimulando su avidez bajo un rictus de asco. La orquesta ocupaba ya su posición en la tarima y entonó los primeros compases de una mazurca que nadie bailó. La conversación, largo rato suspendida, volvió a generalizarse.

Lepprince buscó a Pere Parells entre la concurrencia. Durante la cena lo había estado observando: el viejo financiero, taciturno y enfurruñado, apenas probaba bocado de los platos que le ofrecían y contestaba con secos monosílabos a las preguntas que le dirigían sus vecinos de mesa. Lepprince se puso nervioso e interrogó con la mirada a Cortabanyes. Desde el otro extremo de la mesa el abogado le respondió con un gesto de indiferencia, quitando importancia al asunto. Terminada la cena, éste y Lepprince se reunieron.

—Ve, ve ahora —dijo el abogado.

—¿No sería mejor esperar otro momento? En privado, tal vez —insinuó Lepprince.

—No, ahora. Está en tu casa y no se atreverá a dar un espectáculo delante de todo el mundo. Además, ha comido poco y ha bebido más de lo que tiene por costumbre. Le sacarás lo que sabe y eso nos conviene. Ve.

Lepprince localizó a Pere Parells cerca de la orquesta, solo y sumido en reflexiones. El viejo financiero estaba pálido, le temblaban ligeramente los labios descoloridos. Lepprince no supo si atribuir aquellos síntomas a la irritación o a los trastornos digestivos propios de la edad.

—Pere, ¿te importaría concederme unos minutos? —dijo el francés con humildad.

El viejo financiero no hizo el menor esfuerzo por ocultar su enfado y dio la callada por respuesta.

—Pere, lamento haber estado un poco brusco contigo. Estaba nervioso. Ya sabes cómo andan las cosas últimamente.

Pere Parells dijo sin volverse a mirar a su interlocutor:

—¿De veras lo sé? Dime, ¿cómo andan las cosas?

—No te cierres a la banda, Pere. Tú lo sabes mejor que yo.

—¿Ah, sí? —repitió el viejo financiero sin abandonar el sarcasmo.

—Desde que acabó la guerra hemos entrado en un bache, de acuerdo. No sé cómo vamos a resolver los problemas, pero estoy convencido de que los resolveremos. Siempre hay guerras. No creo que haya motivos de inquietud si todos permanecemos unidos y colaboramos en la reestructuración de la empresa.

—Querrás decir, si colaboramos contigo, claro.

—Pere —insistió Lepprince pacientemente—, tú sabes que ahora más que nunca necesito de tu ayuda, de tu experiencia... No es justo que me atribuyas a mí solo la responsabilidad de lo que pueda ocurrir. Al fin y al cabo, ¿qué culpa tengo yo de que hayan ganado la guerra los americanos? Tú eras aliadófilo...

—Mira, Lepprince —atajó Pere Parells sin cambiar de postura ni mirar a la cara de su joven socio—, yo hice surgir esta empresa de la nada. Savolta, Claudedeu y yo, con nuestro trabajo, sin darnos respiro, robando tiempo al sueño, ignorando el cansancio, hicimos de la empresa lo que ha sido hasta hace poco. La empresa es algo muy importante para mí. Es toda mi vida. La he visto crecer y dar sus primeros frutos. No sé si entiendes lo que significa una cosa así, porque tú lo encontraste todo hecho, pero no importa. Sé que las circunstancias son adversas, sé que nuestro esfuerzo está en trance de irse a pique. Savolta y Claudedeu han muerto, yo me siento viejo y cansado, pero no soy tan tonto —cambió el tono de su voz—, no soy tan tonto que no sepa que cosas como ésta pueden suceder. He visto muchos fracasos en mi vida para que me asuste pensar en el mío. Es más, aunque me asegurasen que vamos a la quiebra sin remisión, aun sintiéndome agotado como me siento, no vacilaría en volver a empezar, en dedicar de nuevo todas mis horas y todas mis energías a la empresa.

Hizo una pausa. Lepprince esperó a que prosiguiera.

—Pero, y acuérdate bien de lo que te digo —continuó el viejo financiero con calma—, destruiría yo mismo lo que tanto representa para mí antes que permitir que ocurrieran ciertas cosas.

Lepprince bajó la voz hasta convertirla en un susurro.

—¿Qué quieres decir?

—Tú lo sabes mejor que yo.

300

Lepprince miró a uno y otro lado. Algunos comensales habían reparado en ellos y los observaban con impúdica curiosidad. Desoyendo los consejos de Cortabanyes, que le había recomendado sostener en público la entrevista, propuso al viejo financiero que continuaran hablando a solas en la biblioteca. Con renuencia primero y con súbita decisión después, éste aceptó. Aquel error táctico había de precipitar la tragedia.

—Explícate —dijo Lepprince una vez a cubierto de las indiscreciones.

—¡Explícate tú! —chilló Pere Parells relegando las formas que hasta entonces había mantenido—. Explícame lo que ocurre y lo que ha estado ocurriendo estos últimos años. Explícame lo que hasta hoy me has estado ocultando y quizá entonces podamos empezar a discutir.

Lepprince enrojeció de ira. Los ojos le brillaban y apretaba las mandíbulas.

—Pere, si crees que estoy pasteleando con las cuentas podemos ir ahora mismo a la oficina y mirar juntos los libros.

Pere Parells miró por primera vez en la noche a Lepprince fijamente. Las miradas desafiantes de los dos socios se encontraron.

—No me refiero únicamente a la contabilidad, Lepprince.

Pere Parells sabía que hablaba más de la cuenta, pero no podía controlarse. La bebida, la ira soterrada mucho tiempo le hacían decir lo que pensaba y oía sus propias palabras como si las pronunciase un tercero. Pero lo que oía no le parecía mal.

—No me refiero sólo a la contabilidad —repitió—. Hace tiempo que vengo notando serias anomalías en el negocio y fuera del negocio. Hice averiguaciones por mi cuenta.

—¿Y qué?

301

—Prefiero callarme lo que descubrí. Lo sabrás a su debido momento.

Lepprince explotó.

—Escucha, Pere, yo he venido a esclarecer lo que creía un simple malentendido, pero ahora veo que las cosas toman un cariz que no estoy dispuesto a consentir. Tus alusiones son un insulto y exijo una inmediata explicación. Por lo que respecta a tus temores sobre el futuro de la empresa, puedes abandonar el barco cuando te venga en gana. Estoy dispuesto a comprar tus acciones sin discutir el precio. Pero no quiero verte más por la oficina, ¿te enteras? No quiero verte más. Estás viejo, chocheas, la cabeza no te rige. Eres un trasto inútil, y si hasta ahora he venido tolerando tus absurdas intromisiones ha sido por respeto a lo que fuiste y por la memoria de mi suegro. Pero ya estoy harto, entérate de una vez.

Pere Parells se volvió blanco, luego gris. Pareció ahogarse y se llevó la mano al corazón. Un brillo salvaje inundó los ojos de Lepprince. El viejo financiero se recuperaba lentamente.

—Acabaré contigo, Lepprince —musitó con voz estrangulada—. Te juro que acabaré contigo. Me sobran pruebas.


Rosita «la Idealista», la generosa prostituta, volvía del mercado refunfuñando y maldiciendo a solas, en voz alta, por la carestía de la vida. De la cesta que acarreaba sobresalían unas berzas y una barra de pan. Se detuvo a comprar leche de cabra y queso. Luego reanudó su camino sorteando los charcos. «Siempre están mojadas las calles de los pobres», iba pensando. Por los adoquines corría un agua negruzca, brillante y putrefacta que se vertía en las cloacas con lúgubre gorgoteo. Escupió y blasfemó. Sentado en una banqueta diminuta, con un platillo de metal ante sus pies, un ciego rasgueaba una triste salmodia en una guitarra.

—Olé los andares salerosos, Rosita —dijo el ciego con graznido de cuervo.

—¿Cómo me ha conocido? —preguntó Rosita aproximándose al ciego.

—Por la voz.

—¿Y qué sabe usted de mis andares? —dijo ella poniendo en jarras el brazo que no tenía ocupado por la cesta.

—Lo que cuenta la gente —respondió el ciego alargando una mano y tanteando el vacío—. ¿Me dejas?

—Hoy no, tío Basilio, que no estoy de humor.

—Sólo un poquito, Rosa, Dios te lo pagará.

Rosita dio un paso atrás y quedó fuera del alcance de los dedos del tío Basilio.

—Le dije que no y es que no.

—Andas preocupada por lo del Julián, ¿eh, Rosa? —dijo el ciego con una sonrisa bobalicona.

—¿Qué le importa? —gruñó ella.

—Dile que se vaya con ojo, el comisario Vázquez lo busca.

—¿Por lo de Savolta? Él no fue.

—Falta que lo crea Vázquez —sentenció el ciego.

—No lo encontrará. Está bien escondido.

El ciego volvió a rasguear la guitarra. Rosita «la Idealista» reanudó su camino, se detuvo, volvió sobre sus pasos y dio un trozo de queso al tío Basilio.

—Tenga, cójalo. Es queso fresco, lo acabo de comprar.

El ciego tomó el queso de las manos de Rosita, lo besó y lo guardó en un bolsillo de su abrigo.

—Gracias, Rosa.

El ciego y la prostituta guardaron silencio un instante. Luego el ciego dijo en tono indiferente:

—Tienes visita, Rosa.

—¿La policía? —preguntó la prostituta con sobresalto.

—No. Ese soplón..., ya sabes. Tu enamorado.

—¿Nemesio?

—Yo no sé nombres, Rosa. Yo no sé nombres.

—¿No me lo habría dicho si no le hubiera dado el queso, tío Basilio?

El ciego adoptó una expresión miserable.

—Al pronto no me acordé, Rosa. No seas malpensada.

Rosita «la Idealista» entró en el oscuro portal de su casa, escudriñó los rincones y, al no ver a nadie, subió con esfuerzo la empinada escalera. Llegó al tercer piso resoplando. En el rellano distinguió una sombra acurrucada.

—Nemesio, sal de ahí. No hace falta que te escondas.

—¿Vienes sola, Rosita? —siseó Nemesio Cabra Gómez.

—Claro, ¿no lo ves?

—Déjame que te ayude.

—¡Quita tus manos de la cesta, puerco!

La prostituta dejó la espuerta en el suelo, hurgó entre los pliegues de su refajo y sacó una llave con ayuda de la cual accedió a la casa. Recogió la cesta. Nemesio Cabra Gómez la siguió y cerró la puerta a sus espaldas. La vivienda constaba de dos piezas separadas por una cortina. La cortina ocultaba una cama metálica. En la parte visible desde la entrada había una mesa camilla, cuatro sillas, un arca y un fogón de petróleo. Rosita encendió la luz.

—¿Qué quieres, Nemesio?

—Necesito hablar con Julián, Rosita. Dime dónde puedo encontrarlo.

Rosita hizo un gesto acanallado.

—Hace meses que no veo al Julián. Ahora va con otra.

Nemesio agitó la cabeza tristemente sin levantar los ojos del suelo.

—No me mientas. Os vi entrar en esta misma casa el domingo pasado.

—Vaya, conque nos espías, ¿eh? ¿Y por cuenta de quién, si se puede saber? —dijo Rosita mientras vaciaba la cesta, mezclando en su voz la indiferencia y el desprecio.

—Por cuenta de nadie, Rosita, te lo juro. Ya sabes que tú, para mí...

—Está bien —cortó la prostituta—, ya te puedes ir.

—Dime dónde está Julián. Es importante.

—No lo sé.

—Dímelo, mujer, es por su bien. Han matado a un tal Savolta, Rosita. No sé quién es, pero es un pez gordo. Sospecho que Julián anda complicado en el asunto. No digo que haya sido él, pero sé que algo tiene que ver con Savolta. Vázquez se ha hecho cargo del caso. He de advertir a Julián, ¿no lo entiendes? Es por su bien. A mí, mujer, ni me va ni me viene.

—Algo te irá, cuando tanto insistes. Pero yo no sé nada. Vete y déjame en paz. Estoy cansada y aún tengo mucho que hacer.

Nemesio estudió el rostro de Rosita con una mezcla de piedad y respeto.

—Sí, tienes mala cara. Estás cansada de buena mañana y eso no está bien. Esta vida no te conviene, Rosita.

—¿Y qué quieres que haga, desgraciado? ¿Vender chismes a la policía?

Nemesio abandonó la casa con el presentimiento de que algo malo se avecinaba.


Lepprince se encargó de hablar con María Coral. Yo no me sentía con ánimos de hacerlo y agradecí su mediación. Tardó tres días en darme la respuesta, pero el tono de su voz era festivo cuando me comunicó que la gitana estaba feliz de casarse conmigo. Casi al mismo tiempo que empezamos los preparativos para la boda, comenzó mi trabajo con Lepprince. Ante todo, abandoné por fin el despacho de Cortabanyes. La Doloretas derramó unas lágrimas en mi despedida y Perico Serramadriles me golpeó la espalda con afectada camaradería. Todos me deseaban suerte. Cortabanyes estuvo un poco frío, quizá celoso de que le dejara por otro (un sentimiento que muchos jefes se permiten con sus empleados, sobre los que creen tener un cierto derecho de propiedad). Al principio, el trabajo que Lepprince me asignó me produjo vértigo. Luego, con el tiempo y como suele suceder con todos los trabajos, terminé por hundirme en una rutina muelle y grisácea en la que contaba más el número y formato de un documento que su contenido. Por otra parte, y hasta tanto no se materializasen los proyectos políticos de Lepprince, mi labor se limitaba a una mera selección y clasificación de artículos periodísticos, cartas, panfletos, informes y textos de diversa índole. Otras cosas, sin embargo, me absorbían con mayor intensidad. En efecto, apenas María Coral hubo dado su conformidad al matrimonio procedimos a convertirla en la digna esposa de un joven y prometedor secretario de alcalde. Recorrimos las mejores tiendas de Barcelona y la pertrechamos con los últimos modelos de ropa y calzado venidos de París, Viena y Nueva York. Emprendí por mi cuenta, y siguiendo consignas de Lepprince, una labor de refinamiento, ya que las maneras de la gitana dejaban mucho que desear. Su vocabulario era soez, y sus modales, destemplados. Le hice aprender a conducirse con elegancia, a comer con propiedad y a conversar con discreción. Le di una cultura superficial, pero suficiente. A todo este proceso respondió la gitana con un interés que me conmovió. Estaba deslumbrada, como no podía ser menos. Vivía un cuento de hadas. Hizo progresos notables, pues poseía una inteligencia despierta y una voluntad férrea, como corresponde a quien ha vivido en ambientes tan turbulentos y ha frecuentado los más bajos estratos de la ralea humana. La vida del hampa es buena escuela.

Los meses que precedieron a nuestro casamiento fueron para mí un torbellino de actividad. Además de la educación de María Coral, el arreglo de la vivienda me llevaba horas de grata labor. Decoré nuestra casa conforme al más moderno estilo; nada faltaba, ni lo necesario ni lo superfluo: hasta teléfono había. Todo lo compré o elegí personalmente. El frenesí de los preparativos me impedía pensar y era casi dichoso. Renové mi vestuario, transporté los libros y demás pertenencias de mi antiguo piso a mi futuro hogar, peleé con albañiles, pintores y ebanistas, con proveedores, decoradores y sastres. El tiempo pasó volando y la víspera de la boda me cogió por sorpresa. A decir verdad, mi trato con María Coral en aquellos días febriles había sido frecuente, pero por alguna razón inconsciente aunque previsible, habíamos mantenido nuestros contactos a un nivel formal, casi burocrático, de alumna y maestro. Aunque la inminencia de nuestro próximo enlace debía de flotar en el aire de nuestras relaciones, ambos fingíamos ignorarlo y nos comportábamos como si, finalizada mi tarea educativa, tuviéramos que separarnos para no volvernos a ver más. Yo me mostraba eficiente y cortés; ella, sumisa y respetuosa. Nunca un noviazgo revistió tanta pulcra corrección. Alejados de familias, tutelas y cortapisas morales o sociales (yo era un desarraigado; María Coral, una vulgar cabaretera) nos comportamos paradójicamente con mayor circunspección que si nos hubiese rodeado un cerco de madres pudibundas, dueñas pusilánimes y estrictas celadoras.

Nos casamos una mañana de abril. A la ceremonia no asistió nadie salvo Serramadriles y unos desconocidos empleados de Lepprince, que firmaron como testigos. Lepprince no acudió a la iglesia, pero nos esperaba en la puerta. Me dio la mano e hizo lo mismo con María Coral. Me llevó aparte y me preguntó si todo había salido bien. Le dije que sí. Él me confesó que temía que la gitana se arrepintiera en el último momento. Ciertamente, María Coral había vacilado antes de dar el sí, pero su voz sonó imperceptible y trémula y la bendición sacerdotal se cerró como una compuerta tras su asentimiento.

Y emprendimos nuestra luna de miel. Fue obra de Lepprince, que la organizó a mis espaldas. Yo no quise aceptar aquel disparate, cuando me dio los billetes del tren y la reserva del hotel, pero insistió con tal firmeza que no me pude negar. Tras un viaje fatigoso llegamos a nuestro destino. En el tren no nos dijimos ni palabra. La gente debía de notar que éramos recién casados, porque nos lanzaba irónicas miradas y, a la primera ocasión, abandonaba el departamento y nos dejaba a solas.

El lugar elegido por Lepprince era un balneario de la provincia de Gerona al que se llegaba en una destartalada diligencia tirada por cuatro pencos moribundos. Constaba de un hotel señorial y unas pocas casas circundantes. El hotel tenía un extenso jardín bien cuidado, al estilo francés, con estatuas y cipreses. Terminaba en un bosquecillo que atravesaba un sendero por el cual se llegaba a la fuente termal. La vista era espléndida y agreste, y el aire, purísimo.

Nos recibieron con una cordialidad desmedida. Era la hora del té y en el jardín había mesas de hierro forjado y mármol, protegidas con parasoles de colorines, donde grupos y familias merendaban. Se respiraba un sosiego que ensanchaba el alma.

Nuestros aposentos estaban en el primer piso del hotel y, a juzgar por lo que luego pude ver, eran los más suntuosos y los más caros. Constaba la *suite* de alcoba, baño y salón. Éste y la alcoba tenían ventanales que daban a una terraza donde florecían rosales en tiestos de cerámica azul. El mobiliario era regio y la cama, más ancha que larga, estaba cubierta por un dosel del que pendía la mosquitera. En cada una de las piezas había un ventilador eléctrico que renovaba el aire y agitaba tiras de papel que ahuyentaban a los insectos procedentes del parque.

María Coral se quedó deshaciendo el equipaje y yo salí a dar un paseo por el exterior. Al pasar junto a las mesas, los caballeros se incorporaban y me saludaban, las señoras inclinaban las cabezas y las jovencitas miraban tímidamente sus humeantes tazas de té, como si leyeran en los posos de la infusión un romántico futuro. Yo correspondía muy divertido a los ceremoniosos saludos con sombrerazos de mi panamá.


La mujer de Pere Parells y otras señoras señalaban a los invitados que caían en su campo visual y secreteaban acompañando sus garrulerías con risas maliciosas o con severos gestos de repulsa, según la índole de los comentarios. La entrada del viejo financiero les hizo callar.

—Vámonos —dijo Pere Parells a su mujer.

—¡Cómo! —exclamaron las señoras—, ¿se van ya?

—Sí —dijo la esposa de Pere Parells levantándose. Los años le habían enseñado a no preguntar y a no contradecir. Su matrimonio era un matrimonio feliz. En el vestíbulo preguntó a su marido si pasaba algo.

—Ya te lo contaré. Ahora vámonos. ¿Dónde tienes tu abrigo?

Una criadita trajo varios abrigos hasta que los señores identificaron los suyos. La criadita pidió disculpas por su torpeza, pero era nueva en la casa, alegó. Pere Parells aceptó el incongruente pretexto y pidió un coche. La criadita no sabía qué hacer. Pere Parells le sugirió que buscase al mayordomo. El mayordomo tampoco sabía qué hacer. Por aquella zona no pasaban coches. Tal vez en la plaza encontrarían un punto o parada.

—¿Y no podría ir alguien a buscar uno?

—Disculpe el señor, pero todo el servicio está ocupado en la fiesta. Yo mismo iría gustoso, señor, pero tengo terminantemente prohibido abandonar la casa. Lo siento, señor.

Pere Parells abrió la puerta y salió al jardín. La noche era estrellada y la brisa se había calmado.

—Daremos un paseo. Buenas noches.

Cruzaron el jardín. Un individuo montaba guardia junto a la verja. El viejo financiero y su esposa esperaron a que el individuo abriera la cancela, pero éste no se movió. Pere Parells intentó hacerlo por sí mismo y comprobó que no podía.

—Está cerrada con llave —dijo el individuo. No parecía un criado, a juzgar por sus modales, aunque vestía como tal.

—Ya lo veo. Abra.

—No puedo. Son órdenes.

—¿Órdenes de quién? ¿Se han vuelto todos locos? —gritó el viejo financiero.

El individuo sacó un carnet del bolsillo de su chaleco listado.

—Policía —dijo exhibiendo el carnet.

—¿Qué quiere decir con esto? ¿Estamos detenidos, acaso?

—No, señor, pero la casa está vigilada. Nadie puede entrar ni salir sin autorización —respondió el policía devolviendo su carnet a su chaleco.

310

—¿De quién?

—Del inspector jefe.

—¿Y dónde está el inspector jefe? —aulló Pere Parells.

—Dentro, en la fiesta. Pero no puedo ir a buscarle, porque va de incógnito. Tendrán que esperar. Órdenes —aclaró el individuo— son órdenes. ¿Tiene un pitillo?

—No. Y haga el favor de abrir ahora mismo esta puerta o se acordará de mí. ¡Soy Pere Parells! Esto es ridículo, ¿me entiende? ¡Ridículo! ¿A qué vienen tantas precauciones? ¿Tienen miedo de que nos llevemos las cucharillas de plata?

—Pere —dijo su mujer con calma—, volvamos a la casa.

—¡No quiero! ¡No me sale de... las narices! ¡Aquí nos quedaremos hasta que abran la puerta!

—Si piensan quedarse un rato, aprovecharé para ir al lavabo —dijo el policía disfrazado de criado—. Estoy que me orino.

El viejo financiero y su esposa regresaron al vestíbulo, hablaron con el mayordomo y éste con Lepprince. Por último, un invitado que deambulaba por los salones con aire solitario y circunspecto se reunió con ellos.

—Mi esposa está indispuesta y queremos irnos a casa. Supongo que no es ningún delito. Soy Pere Parells —dijo Pere Parells en tono cortante—. Haga el favor de decir que nos abran.

—No faltaría más —dijo el inspector jefe—. Permítame que les acompañe y disculpen las molestias. Estamos esperando la llegada de unas personas cuya presencia nos obliga a tomar estas incómodas precauciones. Créanme que tan molesto es para nosotros como para ustedes.

El policía de la puerta estaba orinando detrás de un arbusto cuando el matrimonio Parells llegó acompañado del inspector jefe.

—¡Cuadrado, abra la puerta! —ordenó el superior. Cuadrado se abrochó el pantalón y corrió a cumplir las instrucciones. Ya en la calle, Pere Parells experimentó un escalofrío de indignación.

—¡Qué bochorno! —dijo.

Había policías estacionados en las aceras y en el cruce se veían jinetes con capa, espada y tricornio. Al paso del matrimonio los policías los miraban con recelo. Cerca de la plaza oyeron un ruido sordo y el suelo empezó a trepidar. Se arrimaron a la tapia de una villa. Por la cuesta subían caballos y carrozas. Los policías apostados en las aceras se llevaron las manos al cinto, alertados al menor imprevisto. Los jinetes que montaban guardia en las esquinas desenvainaron los sables y presentaron armas. La comitiva se aproximaba, retumbaban los cascos de las monturas al golpear los adoquines. Sonaban cornetas. Algunos vecinos, sobresaltados por aquella inesperada charanga, se asomaban y eran violentamente rechazados por la policía al interior de las casas. Hasta en las copas de los árboles había hombres armados. La bruma daba un aspecto fantasmal al cortejo.

Pere Parells y su esposa, sobrecogidos y acurrucados contra la tapia, vieron pasar ante sus ojos un regimiento de coraceros y varias carrozas flanqueadas por húsares cuyas lanzas arrancaban hojas de las ramas más bajas de los árboles. Algunas carrozas llevaban las cortinillas bajas; otras no. En una de estas últimas Pere Parells atisbó un rostro conocido. La cabalgata dejó atrás al sorprendido matrimonio envuelto en una nube de polvo. Pere Parells se recobró de su estupefacción y dijo a media voz:

—¡Esto es el colmo!

—¿Quién era? —preguntó su esposa con un ligero temblor en la voz.

—El rey. Vámonos.

—Comisario Vázquez, tiene usted que haceme caso. Escuche lo que tengo que decirle y no se arrepentirá. Un crimen es siempre un crimen.

El comisario Vázquez tiró sobre la mesa los papeles que leía y fulminó con la mirada al harapiento confidente que se retorcía las manos y se balanceaba ora sobre un pie, ora sobre el otro, en un desesperado intento de atraer su atención.

—¿Quién coño ha dejado entrar a este tío en mi despacho? —bramó el comisario dirigiéndose al techo desportillado de la oficina.

—No había nadie y me tomé la libertad... —explicó el confidente adelantándose hacia la mesa cubierta de periódicos, carpetas y fotografías.

—¡Por los clavos de Cristo! ¡Por la eterna salvación de mí...! —empezó a decir el comisario, pero se detuvo al advertir que estaba empleando la misma terminología que su molesto interlocutor—. ¿Es que no piensas dejarme ni un minuto en paz? ¡Lárgate!

—Comisario, llevo cinco días tratando de hablar con usted.

Sólo faltaban dos días para que expirase el plazo que los conspiradores habían dado a Nemesio Cabra Gómez y éste no había logrado obtener ningún indicio sobre la muerte de Pajarito de Soto. El asesinato de Savolta se había cruzado en su camino y la policía se concentraba en esclarecer este suceso con absoluta exclusión de cualquier otro. También sus esfuerzos por localizar a los conspiradores y prevenirles de la búsqueda que había iniciado el comisario Vázquez en relación con el asunto Savolta habían tropezado con la más cerrada de las negativas por parte de todos los resortes que Nemesio pulsó en aquellos cinco días aciagos.

—¿Cinco días? —dijo el comisario—. ¡Cinco años

313

me han parecido a mí! Te voy a dar un consejo, paisano: lárgate y no vuelvas. La próxima vez que te vea rondando el edificio te hago encerrar. Ya estás advertido. ¡Fuera de mi vista!

Nemesio salió del despacho y bajó a la planta sumido en negros presagios. Pero pronto sus pensamientos iban a disiparse ante un hecho inesperado. Al llegar al final de las escaleras ya notó Nemesio un remolino desacostumbrado: se oían gritos y corrían agentes en todas direcciones. «Algo sucede», se dijo, «será mejor que me vaya lo antes posible». Y eso trataba de hacer cuando un policía uniformado lo agarró por un brazo y lo rechazó hacia un extremo de la sala.

—Quítate del paso —ordenó el policía.

—¿Qué ocurre? —preguntó Nemesio.

—Traen a unos detenidos peligrosos —le confió el otro.

Nemesio aguardó conteniendo la respiración. Desde su rincón veía la puerta de entrada y, estacionado frente a ella, un coche de carrocería metálica sin aberturas. Del coche al interior del edificio, una doble hilera de agentes armados formaba pasillo. Sacaron del coche celular a los detenidos. Nemesio quería huir, pero el policía lo tenía firmemente asido por el brazo. Reinaba un silencio sólo interrumpido por el tintinear de los grilletes. Los cuatro detenidos hicieron su entrada. El más joven lloraba; Julián había perdido la boina, tenía un ojo amoratado y manchas de sangre en la zamarra, apretaba una mano esposada contra el costado y las piernas se le doblaban al andar; el hombre del chirlo parecía sereno, aunque profundas ojeras circundaban sus párpados. Nemesio creyó morir.

—¿Qué han hecho? —susurró al oído del policía que le vigilaba.

—Parece ser que mataron al Savolta —fue la respuesta.

—Pero Savolta murió a la medianoche de Fin de Año.

—¡Cierra la boca!

No se atrevió a decir que él estaba con los detenidos a esa hora en el estudio fotográfico donde Julián le había llevado por la fuerza. Temió verse implicado en el asunto y obedeció callándose. Pero fue inútil, porque el hombre del chirlo le había visto. Tocó con el codo al Julián, que levantó los ojos del suelo y miró a Nemesio.

—¡Nos vendiste por fin, hijo de la gran puta! —chilló Julián con una voz que parecía brotarle de las entrañas.

El policía que le custodiaba le dio un golpe con la culata del mosquetón y Julián cayó al suelo.

—¡Llévenselos! —ordenó un individuo de paisano.

La triste comitiva pasó junto a Nemesio. Dos policías arrastraban por las axilas a Julián, que iba dejando un rastro de sangre a su paso. El hombre del chirlo se detuvo a la altura del confidente y le dirigió una sonrisa helada y despectiva.

—Debimos haberte matado, Nemesio. Pero nunca pensé que hicieras esto.

Los guardias le obligaron a seguir. Nemesio tardó unos instantes en recobrarse. Se soltó violentamente del policía que le sujetaba y corrió escaleras arriba.

—¡Comisario, esos hombres no fueron! Se lo puedo asegurar. Ellos no mataron a Savolta.

El comisario lo miró como si viera una cucaracha paseándose por su cama.

—Pero... ¿aún no te has ido? —dijo enrojeciendo.

—Comisario, esta vez tendrá que oírme quiera o no quiera. Estos hombres no fueron, estos hombres...

—¡Llévenselo de aquí! —gritó el comisario apartando a Nemesio y prosiguiendo su camino.

—¡Comisario! —imploraba Nemesio mientras dos fornidos policías lo llevaban en volandas hacia la puerta—. ¡Comisario! Yo estaba con ellos, yo estaba con ellos cuando mataron a Savolta. ¡¡Comisario!!

Cortabanyes se reunió con Lepprince en la biblioteca. Éste paseaba nervioso, con el rostro grave y el gesto brusco. Aquél, a cuestas con su pesada digestión, escuchaba las explicaciones apoltronado en un butacón, atento a las palabras del otro, con el labio colgante y los ojos entreabiertos. Cuando Lepprince hubo concluido, el abogado se restregó los ojos con los puños y tardó en hablar.

—¿Sabe más de lo que dice o dice más de lo que sabe? —preguntó.

Lepprince se detuvo en mitad de la biblioteca y miró de hito en hito a Cortabanyes.

—No lo sé. Pero no es momento de retruécanos, Cortabanyes. Sepa lo que sepa, es peligroso.

—Si no tiene nada concreto entre manos, no. Está viejo y solo, ya te lo he dicho. Dudo mucho que a estas alturas emprenda una aventura que no le reportaría ningún bien. Si sólo sospecha, se callará. Hoy estaba excitado, pero mañana verá las cosas de modo diferente. Le conviene no armar jaleo. Le convenceremos de que pida el retiro y se conforme con la grata tarea de cortar cupones.

—¿Y si no son meras sospechas lo que le ronda por la cabeza?

Cortabanyes se mesó los escasos cabellos de su occipucio irregular.

—¿Qué puede saber?

Lepprince reanudó los paseos. La calma del abogado le restauraba la confianza, pero le sacaba de quicio.

—¡Y a mí qué carajo me preguntas! ¿Crees que nos lo va a decir? —se quedó inmóvil, con la boca abierta, la vista fija y una mano levantada—. ¡Espera! ¿Recuerdas...? ¿Recuerdas la famosa carta de Pajarito de Soto?

—Sí, ¿crees que la pueda tener Pere Parells?

—Es una posibilidad. Alguien tuvo que recibirla.

—No, no es probable. Hace ya mucho tiempo de aquello. ¿Por qué se habría callado Parells durante tres años y ahora...? Porque ahora los negocios van mal —se contestó a sí mismo como tenía por costumbre—. Es una hipótesis. Aunque lo dudo. Ante todo, y eso ya lo hemos discutido mil veces, no es seguro que haya existido tal carta. Sólo tenemos el testimonio de aquel loco que se lo confió a Vázquez.

—Vázquez le creyó.

—Sí, pero Vázquez está muy lejos.

Lepprince no añadió nada y los dos hombres guardaron silencio hasta que Cortabanyes dijo:

—¿Qué piensas hacer?

—Aún no lo he decidido.

—Yo te aconsejaría...

—Ya sé; calma.

—Y, sobre todo, nada de...

Llegaba un gran revuelo del salón contiguo. La orquesta enmudeció, se oían trompetas y piafar de caballos en el jardín.

—Ya están aquí —dijo Lepprince—. Vamos con los demás, luego seguiremos hablando.

—Oye —dijo el abogado antes de que Lepprince alcanzara la puerta de la biblioteca.

—¿Qué quieres? —contestó Lepprince con impaciencia.

—¿Es imprescindible que sigas teniendo a Max pegado a tus talones?

Lepprince sonrió, abrió la puerta y se reunió con sus invitados. La voz del mayordomo reclamando atención impuso un silencio expectante en el que resonó el anuncio pomposo:

—¡Su Majestad el Rey!

Cenamos en el comedor del hotel y, acabada la cena, dimos una vuelta por los salones. En uno se bailaba a los acordes de una orquesta que interpretaba valses, pero como la clientela del balneario había ido a curar enfermedades más que a divertirse, los danzantes eran pocos y patosos. En otro salón, en el que ardía un chimenea, cotorreaban señoras de complicados peinados y desproporcionados buches. Un tercer salón estaba destinado al juego. Al reintegrarnos a nuestros aposentos, lo artificioso de la situación se hizo patente, nuestros movimientos se volvieron torpes y remoloneamos por el saloncito sin ton ni son. Por fin María Coral rompió el silencio con unas simples y lógicas palabras que, pronunciadas en aquellas circunstancias, sonaban a declaración de principios:

—Tengo sueño. Me voy a dormir.

Era una iniciativa y me dispuse a secundarla sin replicar. Tomé del armario mi pijama y mi bata y me metí en el cuarto de baño. Allí me cambié con calma, dando tiempo a que María Coral hiciera lo mismo. Acabados mis arreglos encendí un cigarrillo y lo fumé creyendo que me ayudaría a meditar, pero no fue así: se consumió dejando mi cabeza tan vacía como lo había estado en las últimas semanas. En el cuarto de baño hacía frío; notaba las extremidades anquilosadas y un cierto estremecimiento medular. Era una imprudencia seguir allí, sentado en el borde de la bañera, huyendo de nada en ninguna dirección. Decidí afrontar los hechos e improvisar una conducta digna sobre la marcha, abrí la puerta y salí. El dormitorio estaba oscuro. La luz que salía del cuarto de baño me permitió distinguir la silueta del lecho. Apagué la luz y avancé a tientas. Tuve que rodear la cama palpando los bordes porque María Coral ocupaba el lado próximo a

318

la puerta del baño y no era cosa de pasar por encima. Su respiración me pareció regular y profunda y deduje que dormía. Me dije que así era preferible, me quité la bata y las pantuflas y me deslicé entre las sábanas, cerré los ojos y traté de dormir. Me costó bastante; antes de caer vencido por el sueño, tuve tiempo de pensar un buen montón de banalidades: que no había dado cuerda al reloj, que no sabía si Lepprince había pagado el hotel de antemano, que no tenía noción de cómo administrar las propinas al servicio, que no había enviado mis mudas a lavar. No sé cuánto debió de durar aquel sueño, pero sin duda fue breve y ligero porque desperté bruscamente, con la cabeza clara y los nervios tensos. Junto a mí sentía la presencia de un cuerpo cálido, mis dedos asían los frunces de un camisón sedoso. Un tipo u otro de acción se imponía, pero Dios y el diablo parecían haber desertado del campo de batalla. Existen momentos en la vida en los que uno sabe que todo depende de la intuición y habilidad repentinas, y ese momento era el presente y yo tenía en la cabeza un borrón en el lugar de las ideas. Oí las campanas de un reloj lejano: las dos. Experimenté el mismo desamparo que un excursionista perdido en la intrincada espesura y que, al límite de sus fuerzas, ve caer la noche y reconoce haber pasado antes por aquel mismo lugar. Al final conseguí conciliar el sueño.

Contra todo pronóstico, al despertar me sentía de buen humor. Era una mañana radiante; los rayos de luz entraban por las rendijas de las cortinas formando círculos en el suelo, como en un escenario liliputiense. Brinqué de la cama, pasé al cuarto de baño, me afeité, aseé y vestí, eligiendo con esmero las prendas más adecuadas para ese día solemne de primavera. Cuando hube terminado regresé al dormitorio. María Coral seguía dormida. Tenía una forma inusual de dormir, tendida boca arriba y tapada hasta la barbilla, con las manos sobresaliendo por encima del cobertor. Recordé la postura de los perros que se tumban panza al aire y levantan las patas para ser acariciados por sus dueños en la tripa. ¿Sería ésa la ocasión? Vacilé, y en estos casos, ya se sabe, una vacilación equivale a una renuncia. O a una derrota. Descorrí las cortinas y el sol invadió la estancia sin perdonar rincón. María Coral entreabrió los ojos y emitió unos ruidos quejosos, mitad gruñido, mitad resuello.

—Levántate; mira qué día tan bueno —exclamé.

—¿Quién te ha mandado despertarme? —fue la respuesta.

—He creído que te gustaría disfrutar del sol.

—Pues has creído mal. Di que suban el desayuno y cierra las cortinas.

—Cerraré las cortinas, pero no voy a ordenar el desayuno. Yo bajo ahora mismo a desayunar al jardín. Si quieres, te reúnes conmigo, y si no, te apañas.

Volví a correr las cortinas, tomé mi bastón y mi sombrero y bajé al comedor. Las cristaleras estaban abiertas de par en par y algunas personas ocupaban las mesas de la terraza. Sólo unos viejecitos preferían tomar el sol en el interior, cobijados del aire que resultaba fresco y hasta doloroso por su increíble pureza. Una brisa intermitente mecía los arbolillos del parque.

—¿Desea desayunar el señor? —me preguntó un camarero.

—Sí, por favor.

—¿Chocolate, café o té?

—Café con leche, si el café es bueno.

—Excelente, señor. ¿El señor desea *croissants*, tostadas o bollería fina?

—Un poco de todo.

—¿Desayunará solo el señor, o sirvo también el desayuno de la señora?

—Sólo el mío... No, aguarde, traiga lo mismo para la señora.

Mientras elegía mi desayuno había visto aparecer a María Coral, todavía soñolienta y malhumorada. Pero su aspecto no logró engañarme: había bajado a desayunar conmigo. Me levanté, acerqué su silla para que se sentara, le informé de lo que nos iban a traer y me sumergí en la lectura del periódico. El mal trago de la noche había sido superado; no obstante, flotaba en el ambiente una carga eléctrica que presagiaba nuevas angustias. Decidí precipitar los acontecimientos. Después de comer propuse a María Coral subir a nuestros aposentos «a echar una siestecita». Ella me miró muy fijamente.

—Sé lo que quieres —respondió—. Ven a dar un paseo y hablaremos.

Deambulamos en silencio por el jardín y, al llegar al límite, nos sentamos en un banco de piedra. La piedra estaba fría, las hojas de los árboles murmuraban, piaba un pájaro; nunca olvidaré aquella escena. María Coral me dijo que había meditado al respecto y que la situación exigía una puesta de puntos sobre las íes. Declaró haberse casado conmigo por interés, sin que mediase sentimiento alguno en su decisión. Tenía la conciencia tranquila porque suponía que yo no era víctima de un engaño y que también la había desposado como medio de obtener algún provecho; asimismo, lo que de reprobable pudiera tener aquella boda quedaba compensado por el hecho de que, al contraerla, había evitado que sus angustiosas circunstancias la condujeran a trances mil veces peores.

—Hemos empezado al revés —añadió—. Las personas se conocen primero y se casan después. Nosotros nos hemos casado sin apenas conocernos.

Partiendo de esta base, y por encima del formalismo de nuestro vínculo, debíamos proceder como personas sensatas. Una intimidad improvisada sólo podía conducirnos a tensiones y recelos; sería caldo de cultivo de odios y rencores. Por otra parte, ella se consideraba una mujer decente (lo dijo con humildad, bajando los ojos, y un leve rubor pasó por sus mejillas tersas). Entregarse a mí le hubiera parecido una suerte de prostitución.

—Sé que mi vida no me autoriza a exigir respeto. Es cierto que trabajé como acróbata en los más nauseabundos locales, pero, al margen de mi trabajo, siempre fui digna.

En sus ojos brillaba la necesidad de ser creída. Una lágrima se asomó a sus párpados como un inesperado visitante, como la primera brisa de la primavera, como las primeras nieves, como la primera flor que brotó en la tierra.

—Si me uní a Lepprince fue por amor. Yo era una niña y su personalidad y su riqueza me deslumbraron. No supe estar a su altura. Me desvivía por complacerle, pero veía la irritación en sus gestos y sus palabras y sus miradas. Cuando me puso en la calle, lo acepté como justo. Fue el primer hombre de mi vida... y el último, hasta hoy. Siempre te respetaré si me respetas. Si quieres mi cuerpo, no te lo negaré, pero ten por seguro que me habrás envilecido si me tomas; y es muy posible que te abandone. De ser así, tú serás responsable de lo que ocurra luego. Decide tú: eres el hombre y es lógico que mandes. Date cuenta, sin embargo, que lo que ahora decidas lo tendrás que cumplir.

—Acepto tus condiciones —exclamé.

Se inclinó y besó mi mano. Así transcurrieron aquellos días en el balneario. Entonces los califiqué de placenteros; ahora los juzgo felices. Mejor así. Hay sucesos felices cuando acontecen y amargos en el recuerdo, y otros, insípidos en sí, que al transcurrir el tiempo se tiñen de un nostálgico barniz de felicidad. Los primeros duran un soplo; los segundos llenan la vida entera y solazan en la desgracia. Yo, personalmente, prefiero éstos. El pacto establecido entre María Coral y yo se cumplió con meticulosidad. Nuestras relaciones eran de una concreción geométrica, aunque por mi parte al menos no hubo violencia ni esfuerzo en la observancia de las cláusulas. María Coral resultó una compañera callada, discreta, con la que apenas crucé media docena de comentarios casuales al día. Solíamos pasear por separado y, si en el laberinto del jardín coincidíamos, nos deteníamos brevemente, intercambiábamos una frase y reanudábamos nuestro paseo independiente. Las frases a que aludo eran, no obstante, cordiales. Comíamos y cenábamos juntos por mera conveniencia social y porque a María Coral le resultaba cómodo que yo eligiera el menú: la carta, con sus nombres en francés, le producía desconcierto.

—Me pregunto si antes de ahora has comido algo más que bocadillos de chorizo —le dije un día.

—Tal vez, pero al menos no intento aparentar que sólo he comido caviar y langosta —recibí por réplica.

Yo me reía de sus bruscas salidas, pues era en esos instantes cuando María Coral mostraba lo mejor de sí misma, su verdadera personalidad de niña pobre y asustada. Tenía entonces diecinueve años. Ella no se daba cuenta, pero nadie hasta entonces la había comprendido como yo la comprendía. Y, por mi parte, aunque no quería confesármelo, abrigaba la esperanza de que la opaca ternura que por ella sentía tuviera, un día no lejano, su recompensa. El ambiente del balneario, tan sosegado, era propicio a este tipo de ensoñaciones. La calma imperaba con omnipresencia indiscutida; María Coral y yo éramos los únicos miembros jóvenes de aquella achacosa comunidad. Muchos clientes, según supe por un camarero, no abandonaban nunca sus habitaciones; algunos, ni el lecho, esperando

323

consumirse para siempre. Y salvo nosotros dos, ninguno llegaba en sus paseos al final del jardín, si no era en silla de ruedas o del brazo de un miembro del servicio, solícito. Entre aquellos seres desguazados, trabé amistad con un viejo matemático que se declaró inventor de varios ingenios revolucionarios incomprensiblemente ignorados por el gobierno. Divagaba sobre el movimiento continuo y su aplicabilidad a la extracción del agua de las capas freáticas por el propio impulso de ésta. La incoherencia de sus argumentos y un cierto balbuceo de su voz daban a esos términos una dimensión lejana y poética, de cuento infantil. También descubrí a un polvoriento político radical, empeñado en hacerme admirar sus escandalosas aventuras de faldas que sin duda eran producto de su imaginación en el largo retiro del balneario, fruto de la soledad, como germina la enredadera en las agrietadas paredes de un claustro abandonado. Una tarde, poco antes de la puesta del sol, nos hallábamos en la terraza el viejo político y yo, medio adormecidos. El jardín estaba desierto en apariencia. De pronto, de un macizo de cipreses recortados en arco surgió María Coral, que paseaba sola, con aire decidido. El político se caló los quevedos, se mesó la perilla y me dio con el codo.

—Joven, ¿ha visto usted ese pimpollo?

—Esa dama, caballero, es mi esposa —le respondí.

# V

Despuntaba el alba y el cielo limpio, sin nubes, esparcía una luz tenue y concreta sobre las calles desiertas. El automóvil se detuvo en el chaflán y dos hombres enfundados en sus gabanes contra el relente matutino descendieron y consultaron al unísono sus respectivos relojes. Sin pronunciar una palabra los dos hombres se dirigieron hacia un policía uniformado que montaba guardia frente al portal de una casa. El policía se cuadró en presencia de los recién llegados. Uno de los hombres sacó una petaca y ofreció tabaco y papel a los demás. El policía aceptó y durante un rato liaron sendos pitillos.

—¿Ustedes lo vieron? —preguntó el que había ofrecido tabaco al policía.

—No, inspector. Oímos la explosión y vinimos corriendo.

—¿Algún testigo?

—Por ahora no, inspector.

Tras las ventanas de las casas vecinas, rostros curiosos escrutaban ocultos por visillos y persianas. El sereno hizo su aparición con andares vacilantes. Era obeso y entrado en años y arrastraba el chuzo como si fuera una pieza suelta de su tosca estructura. Tenía los bigotes lacios, tristes, teñidos de nicotina, los ojos abotargados y huidizos y la nariz bermeja.

—A buena hora llega usted —le dijo el hombre que había ofrecido tabaco.

El sereno callaba y ocultaba el rostro bajo la visera de su gorra.

—Déme su nombre y su número. Le va a caer un buen paquete.

—Me quedé un poco dormido, señor. A mi edad..., ya se sabe —se disculpaba el sereno.

—¿Dormido? ¡Borracho, querrá decir! ¡Si apesta usted, hombre, si apesta usted!

Mientras el inspector apuntaba los datos del réprobo funcionario hizo su aparición una estrepitosa ambulancia de la que descendieron dos enfermeros adormilados. Abrieron la puerta trasera del vehículo y sacaron unas angarillas que procedieron a montar en la acera con gestos cansinos. Cuando tuvieron montado el utensilio lo tomaron de los extremos y se dirigieron al grupo arrastrando los pies.

—¿Es aquí?

—Sí. ¿Quién les avisó? —quiso saber el inspector.

—Servidor —dijo el policía.

—¿Hay alguien herido? —preguntó uno de los enfermeros rascándose el mentón sin afeitar.

—No.

—¿Entonces por qué nos han hecho venir?

—Hay un muerto. Síganos —dijo el inspector entrando en el zaguán.

El regreso a Barcelona nos enfrentó a una realidad casi olvidada. Nada más bajar del tren, sensibilizado por la ausencia, percibí una cierta tensión en el ambiente, fruto de la crisis. La estación estaba abarrotada de pedigüeños y desocupados que ofrecían solícitos sus servicios a los viajeros. Niños harapientos corrían por los andenes tendiendo sus manos, vendedores ambulantes voceaban mercancías, la guardia civil controlaba el tráfico de los vagones y hacía formar en míseras escuadras a los inmigrantes. Damas de caridad seguidas de criados que acarreaban espuertas repartían bollos entre los necesitados. En las paredes y tapias se leían inscripciones de todo signo, la mayoría de las cuales incitaban a la violencia y a la subversión. En el camino a casa presenciamos una reducida manifestación de obreros que reclamaban mayores emolumentos. Apedrearon un automóvil del que salió una dama con el rostro ensangrentado, chillando histéricamente, a refugiarse en un portal.

Mi estancia en el balneario había sido un interludio; ahora, de nuevo en Barcelona, la tragedia se reanudaba con la misma violencia y el mismo odio, sin alegría y sin objetivo. Tras años y años de lucha constante y cruel, todos los combatientes (obreros y patronos, políticos, terroristas y conspiradores) habían perdido el sentido de la proporción, olvidado los motivos y renunciado a los logros. Más unidos por el antagonismo y la angustia que separados por las diferencias ideológicas, los españoles descendíamos en confusa turbamulta una escala de Jacob invertida, cuyos peldaños eran venganzas de venganzas y su trama un ovillo confuso de alianzas, denuncias, represalias y traiciones que conducían al infierno de la intransigencia fundada en el miedo y el crimen engendrado por la desesperación.

Apenas pusimos el pie en nuestra nueva morada, María Coral se afanó en hacer los arreglos pertinentes para dotar a nuestra convivencia de la libertad y seguridad que sus deseos me imponían. No sin rabia por mi parte —pues sus arreglos desbarataban una esmerada distribución del mobiliario— procedió al traslado de mi cama (¿por qué no de la suya?) de la alcoba común a un trastero umbrío. Me cedió generosamente la mitad de un armario de dos cuerpos y me permitió apropiarme de una butaquita, un par de sillas y una lámpara de pie. Me irritó su desprecio por la unidad armónica de la casa, pero reflexionando llegué a la conclusión de que así era mejor. Nuestras relaciones siguieron siendo tranquilas como una balsa de aceite. Ahora nos veíamos menos; casi nunca, a decir verdad, pero su presencia en la casa resultaba palpable a pesar de sus esfuerzos: un sonido, un perfume, una luz en el filo de la puerta, una canción tras un tabique, un suspiro, una tos.

Reanudé mi trabajo en la pequeña oficina que Lepprince había habilitado en un piso del Ensanche, no muy lejos del despacho de Cortabanyes. El trabajo era monótono, metódico y en muchos casos aburrido. Por toda compañía, una solterona que mecanografiaba en receloso silencio las fichas que yo le pasaba manuscritas y un mozo impúber que recorría la ciudad trayendo al anochecer los periódicos, revistas, panfletos y octavillas que obtenía Dios sabe dónde.

Así transcurrían las horas de oficina. Las demás, igual que antes, con ligeras variaciones. Una tarde llegué a casa y oí a María Coral que me llamaba desde su habitación. Pedí permiso para entrar y su voz quejumbrosa dijo: «Pasa.»

Estaba en la cama, sudorosa y trémula. Se había puesto enferma y su aspecto me recordó al que presentaba la noche que la encontré medio muerta.

—¿Qué tienes?

—No sé, me encuentro muy mal. Como hace calor he debido de dormir destapada y coger frío.

—Llamaré a un médico.

—No, no lo llames. Ve a comprar unas hierbas y dame una infusión.

—¿Qué clase de hierbas?

—Cualquier clase. Todas son buenas. Pero no llames al médico. No quiero saber nada con los médicos.

—No seas inculta. Las hierbas y los potingues no sirven para nada.

María Coral cerró los ojos y apretó los puños.

—Si me quieres hacer el favor que te pido, me lo haces —dijo entre dientes—, pero si vienes a insultarme y a darme lecciones, ya te puedes ir a tomar viento.

—Está bien, no te acalores: te traeré tus hierbas.

Fui a una herboristería, pregunté a la dueña por una infusión eficaz contra el catarro y me dio un cucurucho de hojitas trituradas y resecas que olían bien, pero que no inspiraban ninguna confianza. De vuelta, las puse a hervir en un cazo y le di la mixtura a María Coral, quien, al acabarla, cayó en un sopor jadeante y empezó a transpirar con tal intensidad que temí que se licuara. La tapé con un par de mantas y me quedé junto a su cama, leyendo, hasta que recuperó la respiración normal y se sumió en un sueño tranquilo. Hacia la medianoche se despertó con un respingo que hizo saltar el libro de mis manos y casi da conmigo en el suelo. Empezó a gemir y a manotear, y aunque tenía los ojos muy abiertos no veía nada, como pude comprobar agitando la mano ante sus pupilas dilatadas. Me senté en el borde del lecho y la sujeté por los hombros. María Coral hundió su cabeza en el mío y empezó a llorar. Lloró sin tregua un rato larguísimo, luego se serenó y siguió durmiendo. Velé su sueño hasta la madrugada y entonces me quedé dormido yo también. Al despertarme vi que María Coral no estaba en la cama. La busqué por toda la casa y di con ella en la cocina. Comía una rebanada de pan y un trozo de queso sentada en una banqueta.

—¿Qué haces aquí? —le pregunté muy sorprendido.

—Me desperté con hambre y vine a picar algo. Tú dormías como un bendito en la butaca. ¿Pasaste ahí toda la noche?

Le dije que sí.

—Has sido muy amable, gracias. Ya estoy bien.

—Quizá, pero es mejor que vuelvas a la cama y no

te desabrigues. ¿De veras no quieres que llame a un médico?

—No. Ve a tu trabajo y yo me cuidaré sola.

Me fui a trabajar. Cuando regresé, María Coral no estaba en casa. Llegó tarde, me saludó fríamente y se encerró en su cuarto sin darme ninguna explicación. No quise preguntarle nada. Al fin y al cabo, tampoco habría podido responder a lo que a mí me intrigaba, es decir, el motivo de su llanto. ¿Una pesadilla?, ¿un desahogo natural provocado por el brebaje? Preferí olvidar aquel incidente; sin embargo, durante mucho tiempo, siempre que recordaba la imagen de María Coral la veía en aquella situación, llorando sobre mi hombro.

Nemesio Cabra Gómez abandonó el sendero y se adentró entre arbustos y zarzas. El paraje no era particularmente agreste, pero la noche le confería un aditamento de riesgo y grandeza que la luz diurna minimizaba. Nemesio caía y se levantaba dejando jirones de sus ya malparadas ropas en las ramas y los matojos. El terreno ascendía en una cuesta pronunciada y el improvisado escalador empezó a jadear y a toser, pero no se detuvo. La noche, muy fría y húmeda, no dejaba intersticios a la luna. Con ayuda de las manos y las rodillas, Nemesio trepó por la ladera de la montaña y llegó a una explanada ante la que se detuvo. Se acurrucó entre la vegetación y esperó hecho un ovillo, tiritando de frío y de miedo, hasta que sus ojos enrojecidos percibieron en el horizonte una indecisa claridad. Entonces se levantó, cruzó la explanada y se pegó al muro de piedra rojiza sin ser visto por los centinelas. El castillo dormía. La claridad iba en aumento. Rozando el muro exterior, llegó a una poterna cerrada y flanqueada por almenas en las que las siluetas de dos hombres arrebuja-

dos en sus capotes empezaba a perfilarse contra el gris
de la mañana. Atravesó a gatas el espacio abierto y se
incorporó una vez ganado el cobijo de la muralla. Pocos metros más allá se iniciaban los fosos terroríficos
de Montjuïc. Por el sendero que llevaba a la poterna del
castillo avanzaba un capellán montado a mujeriegas en
un pollino. Se identificó y los centinelas le abrieron el
portón. Nemesio, desde su escondrijo, vio llegar dos
coches de caballos: uno transportaba paisanos; el otro,
militares. Ya se había levantado la mañana y la ciudad
se hizo visible a los ojos del oculto. Frente a sí veía los
muelles del puerto, a su derecha se extendía el indus-
trioso Hospitalet, cegado por el humo de las chimeneas; a su izquierda, las Ramblas, el Barrio Chino, el
casco antiguo, y más arriba, casi a sus espaldas, el Ensanche burgués y señorial. Dentro, el castillo se anima-
ba: sonaban voces de mando, toques de clarín y redoble de tambores, corridas, taconazos, el cling-clang de
los pestillos, candados, cadenas y rejas. Una portezuela lateral se abrió y el cortejo hizo su aparición. Delante desfilaba la tropa; le seguía la recua de los condenados y cerraban la marcha el capellán y las autoridades.
El hombre del chirlo avanzaba con aire grave, los ojos
en tierra, concentrado en sus pensamientos. Julián le
seguía, muy pálido, los ojos hundidos y el andar vacilante, como si sus guardianes, sabedores de su próximo
e inexorable fin, no hubieran cuidado de sanar su herida. El jovencito que Nemesio había visto llorar en la Jefatura ya no lloraba; se habría dicho que no era de este
mundo: caminaba como un autómata y sus ojos desorbitados parecían embeber el aire azul de la mañana.
Nemesio no pudo contenerse, se puso en pie abando-
nando su refugio y gritó. Nadie le prestó atención y el
grito fue acallado por el grave redoble de tambores.
Vendaron los ojos a los condenados, el sacerdote pasó
junto a ellos musitando una plegaria, el pelotón ya for-

mado. Un oficial dio las órdenes pertinentes, hubo una descarga cerrada y Nemesio se desmayó.

Al recobrar el sentido, el sol estaba muy alto. Por entre las zarzas, sin sentir los pinchos, llegó al sendero. Se sentó en un poyo. Allí lo encontró, ya de noche, un carretero que subía víveres para la guarnición del castillo. Viéndolo medio desnudo y ensangrentado, con la vista perdida en el infinito y la boca colgante, lo tomó por un enfermo. Dio aviso a la guarnición y un piquete salió en su búsqueda. El médico dictaminó demencia y Nemesio Cabra Gómez fue conducido, sin haber pronunciado una palabra inteligible, al Sanatorio de San Baudilio de Llobregat. Más de un año había de pasar allí solo, corroído por el remordimiento y las imágenes que acababa de presenciar. Más de un año había de transcurrir hasta que el comisario Vázquez, revisando el archivo del asunto Savolta y estableciendo las intrincadas relaciones que le conducirían al destierro, recordó a aquel extraño personaje y le fue a visitar.

María Rosa Savolta dio un gritito y dejó caer la taza de café sobre la alfombra. Sin inmutarse, Lepprince pulsó un botón repetidas veces. A poco acudió el mayordomo enfundado en un batín y luchando por desprenderse la bigotera que se le había enredado en las orejas.

—¿Llamaba el señor?

—Recoja esto —dijo Lepprince simulando no ver la bigotera.

El mayordomo retiró la taza, la cucharilla y el plato y cubrió con una servilleta la mancha humeante y pardusca. Salió y regresó con un nuevo servicio de café, hizo una reverencia y volvió a salir.

—Perdóname, ¡qué torpe soy! No sé lo que me ocurre; a veces se me va la cabeza. Estoy desolada.

—No tienes por qué disculparte, mujer —atajó vivamente Lepprince—. Estas cosas le ocurren a cualquiera.

Al decir esto me lanzó una mirada furtiva y yo, recordando sus palabras, desvié la conversación. Estábamos en la espléndida torre que Lepprince había com-
prado en la ladera del Tibidabo. La invitación nos llegó una tarde por correo y nos causó, a María Coral y a
mí, una lógica sorpresa. Pero no había confusión posible: los señores de Lepprince tenían el honor de invitar
a los señores de Miranda el próximo miércoles a cenar
en su casa, etcétera. María Coral manifestó que no iría.

—No estoy dispuesta a representar esta comedia.
Buenas noches, señora, espléndida cena, señora —re-
medó paseando por la salita y moviendo exagerada y
groseramente las caderas—. ¡Mierda seca!

—No te pongas así. La cosa no es para tanto. Lepprince nos quiere ver y nos invita, nada más. Hace un
siglo que no sabe de nosotros. Bien pensado, hemos
quedado mal con él; al fin y al cabo, le debemos mucho,
¿no crees?

—No empieces a revolcarte como una marrana. Tú
te ganas tu jornal honradamente.

—Tonterías —repuse sin alzar la voz, tratando de
ser convincente—. Por mis propios méritos jamás habría logrado una posición semejante a la que gozamos.
Además, en esta ocasión no se trata de hacer plantea-
mientos radicales, sino de aceptar una invitación, pasar una tranquila velada y adiós muy buenas.

—Pues yo no voy —concluyó María Coral.

Por supuesto, fuimos a la hora convenida. Yo me
sentía un tanto violento y temía una imprevisible salida de María Coral. Sin embargo, mis temores se revelaron infundados, pues nada sucedió. Lepprince nos
recibió con campechanía y María Rosa Savolta se
mostró cordial y sencilla. Besó a María Coral en ambas mejillas y me comentó, delante de todos, que ha-

bía sabido elegir una esposa «encantadora, muy bella y muy distinguida». Miré horrorizado a María Coral creyendo que aprovecharía el cumplido para proferir algún denuesto tabernario, pero no fue así. La gitanilla enrojeció, bajó los ojos humildemente y se mantuvo ausente y tímida toda la noche. Lepprince me llevó aparte y me ofreció una copa de jerez seco.

—Cuéntame cosas..., estoy ansioso por conocer de vuestra vida.

Estábamos en un cuarto de proporciones reducidas en el cual Lepprince había instalado su gabinete. Colgado de una de las paredes había un cuadro que reconocí de inmediato: era la reproducción genuina que antaño había ornado la chimenea del piso de la Rambla de Cataluña. El mismo puente sobre el mismo río, y la misma paz.

—Ahora que trabajas para mí —continuó Lepprince— te veo menos que antes, cuando trabajabas para Cortabanyes.

—Ya ve usted —dije yo—, todo sigue su curso, como este río —señalé hacia el cuadro—. Mansamente la vida se desliza por sus cauces.

—No pareces animado.

—Sí, lo estoy. No me puedo quejar de nada. Y todo gracias a usted.

—No digas bobadas.

—No son bobadas. Nunca podré olvidar lo que le debemos María Coral y yo.

—No quiero ni oír hablar de eso. Además, si algo me debéis, ahora tendréis la oportunidad de pagarme con creces.

—¿Hay algo que podamos hacer por usted? Cuente con ello.

Se trataba, en resumidas cuentas, de su mujer. María Rosa Savolta, si bien dichosa en su matrimonio, no podía olvidar los pasados sinsabores: la muerte dramática de su padre y los peligros que había corrido Lepprince habían dejado huella en su alma aún tierna. Sufría, de vez en cuando, decaimientos que la sumían en un marasmo de atonía; las pesadillas le turbaban el descanso y los miedos infundados la sobresaltaban de continuo. La cosa, por el momento, no revestía mayor trascendencia, pero Lepprince, siempre atento al bienestar de su esposa, temía que de seguir en aquel estado de agitación, los síntomas se agravasen y condujesen a María Rosa Savolta a un estado rayano en la insania.

—¡Cielo santo! —exclamé yo al oír esta palabra.

—No hay que alarmarse prematuramente. Puede ser una cosa pasajera provocada por una acumulación de circunstancias aciagas.

—Eso espero. ¿Qué ha dicho el médico?

—No he querido que la viera, por ahora. Supondría para ella un duro suplicio someter su cordura a los fríos análisis de un profesional. En cualquier caso, desconfío de las modernas terapéuticas: acosar al enfermo para que adquiera conciencia de su mal, ¡qué crueldad! ¿No es mil veces más humanitario dejarle en la ignorancia de su dolencia en espera de que la ternura y la tranquilidad hagan su efecto bienhechor?

Convine en que así era.

—Pero —añadí— ¿qué papel desempeñamos nosotros en esto?

—Un papel de vital importancia. Sois jóvenes, recién casados, una pareja que sólo infunde alegría y ansia de vivir. Además, pertenecéis por origen a un círculo ajeno a la empresa, a los Savolta y a todo ese núcleo de la buena sociedad barcelonesa que ha sido escenario de sus padecimientos. Sois un aire nuevo, purificador. Por eso confío en vosotros como su mejor medicina. ¿Puedo contar contigo?

—Cuente usted con ambos para lo que sea.

—Gracias, no esperaba otra cosa. Ah, un último ruego: ella no debe notar nada, ni sospechar siquiera que tú estás al corriente de lo que te acabo de contar. No reveles nada a María Coral; ya sabes cómo son las mujeres: incapaces de guardar un secreto. Vuestro trato debe ser en todo momento afectuoso, pero nunca compasivo.

El mayordomo nos llamó a la mesa. María Rosa y María Coral llegaron al comedor cuando nosotros ya llevábamos un rato aguardando. María Rosa Savolta se disculpó:

—He mostrado la casa a nuestra invitada. Cosas de mujeres.

—Es una casa muy bonita —dijo María Coral— y está decorada con gusto exquisito.

«Vaya», pensé, «¿de dónde habrá sacado esta chica esos modales?». Y me reía en secreto imaginando la cara de María Rosa Savolta de haber presenciado los gestos que provocó su invitación. Pero eso son detalles marginales.

Lepprince había recuperado su aspecto habitual, desenfadado, y bromeaba y llevaba con ligereza el peso de la conversación. Terminada la cena, despidió a los criados y él mismo, en un saloncito contiguo, sirvió el café con una torpeza divertida y un tanto exagerada para provocar la hilaridad de los presentes. Su mujer insistía en ayudarle, pero él la rechazaba con fingida dignidad profesional, me guiñaba el ojo, se reía por lo bajo y daba rienda suelta al buen humor que sus responsabilidades cotidianas le obligaban a encubrir. Una vez cumplidas las funciones de anfitrión, encendió un cigarro, profirió una exclamación de bienestar y reanudó la conversación interesándose por algunos pormenores de mi trabajo. Yo se los expliqué y él dijo:

—No creas que haces una labor baldía, Javier. En

noviembre, como tú sabes, habrá elecciones municipales y es muy probable que me presente.

—¡Vaya, eso sería estupendo! —exclamé.

—Incluso es posible que tengamos que hacer un viaje a París tú y yo para recoger algunos documentos relativos a mi filiación.

Creí desmayarme. ¡A París! Las mujeres protestaron ante semejante discriminación y Lepprince, cogido entre dos fuegos, acabó riendo y pidiendo clemencia. No le dejaron en paz hasta que prometió estudiar la posibilidad de que los cuatro hiciéramos el viaje. Las dos mujeres aplaudieron entusiasmadas.

Se había hecho tarde. María Rosa Savolta dio muestras de cansancio, dejó caer su taza de café, se azoró, rogó que la excusáramos y, tras despedirse cariñosamente de mí y besar una vez más a María Coral, se retiró a sus habitaciones acompañada de su solícito marido. Al quedarnos solos, comenté a María Coral:

—Son una pareja encantadora, ¿no te parece?

—Bah —replicó ella.

—¿Qué te ocurre? Pensé que te agradaba la conversación.

—Ese hombre me crispa los nervios. ¿Quién se cree que es? Todo lo sabe, todo lo contesta. No es más que un pueblerino, créeme. Un pueblerino adinerado con ganas de impresionar. Y su mujer, vamos, no me negarás que es insoportable. No me digas. Más cursi que un...

—¡María Coral! No digas esas cosas...

La vuelta de Lepprince interrumpió nuestra disputa. Venía sonriendo y se disculpó en nombre de su mujer por aquella brusca marcha.

—María Rosa está delicada y le conviene descansar. Os ruega que la perdonéis y me ha encargado que os despida en su nombre.

Intercambiamos fórmulas. Lepprince nos acompañó al vestíbulo. En el jardín nos esperaba la *limousine* negra y al volante el *chauffeur* adormecido. En el camino de regreso a casa, comenté con María Coral:

—Es extraño, no he visto a Max en toda la noche. ¿Le habrán despedido?

Quizá fue sólo una falsa impresión, pero me pareció que el *chauffeur* prestaba una atención irónica a mis palabras.

En el rellano encontraron a otro policía que se cuadró como había hecho el que montaba guardia en la calle. De las dos puertas que daban al rellano, una aparecía cerrada y la otra abierta de par en par. El inspector se asomó a la puerta abierta y olfateó un tufillo acre que identificó en seguida. Volvió al rellano y consultó de nuevo el reloj.

—¿A qué hora fue? —preguntó al policía.

—No lo sé con exactitud, señor inspector. Al pronto no se nos ocurrió mirarlo. Estábamos de patrulla cuando nos pareció oír una explosión. Corrimos hacia aquí y vimos salir humo de la ventana y gritos, unos gritos tremendos. Llamamos al sereno para que nos abriera el portal, pero el sereno no comparecía, de modo que abrimos descerrajando la cerradura con las culatas. Subimos y encontramos esto. Había muerto. Le llamamos a usted y avisamos a una ambulancia. No tengo idea de cuánto tiempo debió transcurrir, pero no serían más de veinte o treinta minutos en total.

—¿De dónde procedían los gritos?

—De la casa, señor inspector, de la misma casa. Vivía un matrimonio de cierta edad con una criada. La criada no está. La mujer resultó ilesa y chillaba.

—¿Sigue ahí la mujer?

—No, señor. Pasó a casa de unos vecinos —señaló la puerta cerrada—. Nos pareció que podíamos dejarla ir, porque parecía muy alterada. ¿Quiere que la traiga?

—No, por ahora no. ¿Ha regresado la criada?

—No, señor inspector. No volverá hasta dentro de unos días. Al parecer se fue a su pueblo el sábado, para no sé qué celebración. La matanza del cerdo, supongo.

—Está bien. Siga de guardia. Vamos a entrar.

Aparte del tufillo dejado por la pólvora, la casa no presentaba señal alguna de violencia. Los jarrones y demás adornos que había en el recibidor y en el pasillo estaban intactos.

—Sin duda fue una bomba de poca potencia —comentó el hombre que acompañaba al inspector—, de otro modo la onda expansiva habría quebrado las porcelanas.

El inspector hizo un gesto afirmativo con la cabeza. Llegaron ante una gruesa puerta oscura al fondo del pasillo.

—¿Es aquí?

—Sí, eso creo.

—La puerta es de roble. Ha resistido —dijo el acompañante del comisario tanteando las bisagras apreciativamente—. Buena construcción. Ya no se hacen cosas así.

El inspector abrió la puerta y los dos hombres entraron. Los camilleros se quedaron en el pasillo. La habitación, que debió de ser un despacho, presentaba un aspecto lamentable. Los muebles habían sido derribados, los cuadros estaban caídos, la alfombra, quemada en el centro, renegreaba por los bordes; el papel de las paredes, arrancado por la fuerza de la explosión y la metralla, colgaba en jirones dejando al descubierto lenguas de yeso. Bajo la mesa de caoba, casi cubierto de papeles, había el cuerpo exánime de un hombre. El inspector se inclinó sobre él.

—No tiene sangre en la cara ni en las ropas.

El hombre que le acompañaba, y que debía de ser un experto en explosivos, medía distancias con una cinta.

—Seguramente vio la bomba y echó el cuerpo hacia atrás. La bomba estalló en el suelo, aquí donde la alfombra casi ha desaparecido. La onda expansiva derribó la mesa y el cuerpo quedó debajo, protegido por el tablero.

—En estas condiciones, bien podría haberse salvado, ¿no?

—En mi opinión, sí. Me inclino a creer que no murió a causa de la bomba. Un ataque al corazón me parece más verosímil. La bomba no era muy grande. Vea el techo: ni el artesonado ni la lámpara han resultado dañados.

Se oyó una voz en el pasillo que preguntaba:

—¿Se puede?

Dos hombres hicieron su entrada sin esperar respuesta. Uno era de mediana edad; el otro anciano. El anciano, de enmarañada barba cana y gruesas gafas de concha, llevaba un maletín de médico. El de mediana edad vestía de negro. Éste era el juez y aquél el forense.

—Buenos días, señores, ¿qué ha pasado? —dijo el juez, que debía de ser nuevo en Barcelona.

El médico forense se arrodilló junto al cadáver y lo anduvo toqueteando. Luego pidió por el lavabo.

—No hubo manera de dar con el oficial del juzgado —comentaba el juez—. Se fue hace dos horas a tomar un café y aún no había vuelto cuando salí para aquí. ¡Este país no tiene arreglo!

—Doctor, ¿de qué murió? —preguntó el inspector al médico cuando éste regresó secándose las manos con su pañuelo.

—¿Yo qué sé? De un bombazo, supongo.

—Pero no hay señales de violencia en el cuerpo.

—¿Ah, no?

—¿No ha venido el fotógrafo? En Inglaterra siempre se hacen fotografías del lugar de autos —decía el juez.

340

—No, señor, no tenemos fotógrafo. Esto no es una boda.

—Oiga usted, aquí soy yo el que dice lo que se ha de hacer. Soy el juez.

Uno de los camilleros asomó la cabeza.

—¿Nos podemos llevar el fiambre o hemos de esperar a que se descomponga?

—¡Caballero, más respeto! —reprendió el juez.

—Por mí, está listo —dijo el forense.

—Al menos, hagan un dibujo, un croquis —dijo el juez.

—Yo no sé hacer la o con un canuto —dijo el inspector—. ¿Y usted? —preguntó al experto en explosivos.

—No, no —respondió éste distraído. Había sacado unos tubos del bolsillo y los rellenaba con polvo y esquirlas con ayuda de una diminuta espátula.

—No se puede tocar nada mientras no venga el oficial —protestó el juez viendo que los camilleros estiraban el cadáver por los brazos.

—No nos vamos a pasar aquí toda la mañana —replicaron los camilleros.

—Si yo lo digo, sí —concluyó el juez—. He de levantar acta.


La orquesta atacó la *Marcha real* y Su Majestad don Alfonso XIII hizo su entrada en el salón acompañado de su esposa, la reina doña Victoria Eugenia, y de su séquito y escolta. El rey vestía uniforme de caballería y las luces refulgían en los entorchados. Los invitados, puestos en pie, le tributaron un cálido y prolongado aplauso. Lepprince se destacó de la concurrencia y corrió a rendir pleitesía. El rey, con campechana sonrisa, le estrechó la mano y le palmeó la espalda.

—Majestad...

—Qué casa más bonita tienes, chico —dijo don Alfonso XIII. Lepprince besaba la mano de doña Victoria Eugenia. María Rosa Savolta, paralizada por una súbita timidez, no conseguía despegarse del núcleo de los asistentes hasta que su marido le hizo gestos imperiosos. Avanzó la timorata joven e hizo reverencias a las augustas personas. Acto seguido, el séquito rompió filas y los reyes y sus acompañantes se mezclaron con los comensales.

—Me ha hecho usted un gran honor viniendo a mi casa —dijo Lepprince dirigiéndose al rey con un familiar «usted», que le pareció menos engolado que el «vos» en una conversación privada.

—¡Querido amigo! —respondió el monarca colgándose de su antebrazo—, no creas que ignoro que con mi presencia te hago ganar votos para las elecciones municipales de noviembre. Pero a mí también me interesa tu mediación para atraerme a los catalanes. No sé cómo andará mi popularidad por estos andurriales —y los dos se rieron de buena gana.

—¿Hace mucho que están ustedes casados? —preguntaba doña Victoria Eugenia a María Rosa Savolta—. ¿No tienen ningún pequeño?

—Estoy esperando, Majestad —respondió María Rosa Savolta pudibunda—, y quería rogaros que apadrinarais a nuestro hijo.

—¡Pues no faltaría más! —exclamó la reina—. Luego hablaré con Alfonso, pero cuenta con ello. Yo tengo dos niños.

—Lo sé, Majestad. Lo he visto en las revistas ilustradas.

—Ah, claro.

Menudearon por aquellas fechas nuestras visitas a la mansión de los Lepprince. La primavera estaba ya muy avanzada, si bien los rigores del verano aún no se hacían sentir. Yo me sentía feliz en compañía de Lepprince y de aquellas dos mujeres tan distintas entre sí y tan hermosas. Creo que no me habría cambiado por nadie si tal cosa hubiera estado en mi mano. Entre los gratos recuerdos de aquel período, amalgamados ahora en un solo instante dichoso, hay uno que me ha quedado grabado con singular nitidez. Lepprince, siempre inquieto, siempre a la busca de nuevas emociones y nuevos paisajes, nos había propuesto salir al campo un domingo. Íbamos a ir, como entonces se decía, de *picnic*.

—Estamos demasiado tiempo encerrados entre cuatro paredes —argumentó para vencer las objeciones de su esposa—, necesitamos aire puro, contacto con la naturaleza y un poco de ejercicio físico.

Así quedó convenido. Ellos llevarían la comida y nos pasarían a buscar por nuestro domicilio a las diez de la mañana.

A la hora convenida estaba la *limousine* en la puerta de nuestra casa y en ella Lepprince y su mujer. Montamos y el automóvil arrancó. A poco de abandonar la ciudad empezamos a subir y subir pendientes pronunciadas que hacían rugir a la *limousine*, pero no alteraban su paso. Yo iba sentado en una banqueta abatible de espaldas a la marcha, y vi, por el cristal trasero del vehículo, que otro coche nos seguía. No le di ninguna importancia en un principio, ni lo comenté con los demás. Al cabo de una hora, sin embargo, y a pesar de las vueltas y revueltas y de lo intrincado del trayecto, el seguidor no cejaba en su empeño. Algo alarmado se lo hice notar a Lepprince.

—Sí, ya sé que nos sigue un coche. No hay motivo de alarma, si bien me permitiréis que no revele de qué se trata, pues es una sorpresa que os tengo reservada.

No dije más y observé la campiña. Íbamos por un bosque de pinos y encinas, muy tupido, entre cuyo follaje se colaban los rayos del sol. Cuando el bosque clareaba se podía divisar tras la montaña un extenso valle muy frondoso cercado por otras montañas y otros bosques. Iniciamos el descenso y llegamos al valle. Ya en él dimos algunas vueltas hasta encontrar un calvero cubierto de hierbas, matas y tréboles. Su aspecto nos satisfizo: era llano y amplio y en uno de sus lindes brotaba un manantial de agua helada, pura y sabrosa. Corrimos a llenar nuestros vasitos metálicos y a probar aquel agua que parecía medicinal. En esa operación nos cogió la llegada del coche seguidor y comprendí a qué sorpresa se refería Lepprince, porque el misterioso automóvil no era otro que la antigua *conduite-cabriolet* roja de Lepprince.

—Ah, vaya, era ése —grité alborozado, saludando al automóvil como si de un viejo amigo se tratara—. ¿Y quién va en él?

—¿No lo adivinas? —dijo Lepprince.

Max.


Los dos automóviles reposaban en un extremo del calvero. A unos metros de distancia el *chauffeur* procedía a desplegar un mantel y colocar sobre el blanco lino los platos, cubiertos, vasos, botellas y tarteras. Max, sentado debajo de un pino, con el bombín cubriéndole la cara, descabezaba un sueño. Los demás paseábamos por el prado, buscando un trébol de cuatro hojas, siguiendo el vuelo de los pájaros y observando alguna que otra curiosidad: una oruga, un escarabajo. Chirriaba un grillo en el ramaje y borboteaba la fuente; la espesura, mecida por el viento suave, producía un murmullo de sinfonía sacra y lejana. María Rosa Savolta manifestó estar agotada y se sentó en la hierba, no sin que antes su marido hubiera extendido un pañuelo que la protegiera de la suciedad, de la humedad y de los bichos.

—¡Qué placidez! —exclamó Lepprince, de pie junto

a su esposa, abriendo los brazos como si quisiese abarcar en ellos el paisaje. María Rosa Savolta, protegida del sol por su sombrilla, levantó el rostro para contemplar a su marido. La luz diáfana tamizada por el filtro de la hierba daba a su figura un aire de místico éxtasis.

—Es verdad —asentí—. Los que vivimos en la ciudad hemos perdido el sentido de plenitud que da la naturaleza.

Pero Lepprince era mudable y no podía remansar su atención por mucho tiempo. Pronto sacudió la cabeza, hizo chasquear la lengua y gritó:

—Eh, Javier, basta ya de arrobamientos. ¿No te dije que tenía una sorpresa para ti?

Diciendo esto hizo una seña convenida y el *chauffeur*, que había terminado los preparativos para la comida, montó en el automóvil rojo, lo puso en marcha y lo hizo avanzar lentamente hasta nosotros.

—Sube —dijo Lepprince cuando el *chauffeur* hubo detenido la máquina y se hubo bajado.

—¿Adónde vamos? —le pregunté.

—A ninguna parte. El juego estriba en que conduces tú.

Vi una expresión socarrona en sus ojos, mezclada de cariño e insolente reto. Una expresión característica en él.

—Está usted bromeando —dije.

—No seas pusilánime; hay que probarlo todo en esta vida. Especialmente las emociones fuertes.

Jamás pude negarme a nada de cuanto me pedía Lepprince. Subí al asiento del conductor y esperé sus instrucciones. María Rosa Savolta, que seguía nuestros movimientos con bonachona complacencia, pareció advertir entonces la índole de nuestras intenciones.

—¡Eh! ¿Qué vais a hacer?

—No te asustes, ricura —gritó su marido—, quiero enseñar a Javier a manejar este artefacto.

—¡Pero si nunca lo ha hecho!

Yo saqué de donde pude una sonrisa de resignación y me alcé de hombros, dando a entender que no obraba por mi voluntad.

—¡Nos reiremos un rato, ya verás! —dijo Lepprince.

—¡Os mataréis! ¡Eso es lo único que haréis! —y se volvió a María Coral en busca de ayuda—. Diles algo, a ver si te hacen más caso. Son unos cabezones.

—Déjelos, ya son mayores para ser juiciosos —respondió María Coral, que parecía excitada ante la perspectiva de aquel improvisado espectáculo circense.

Entretanto, Lepprince me daba instrucciones y el *chauffeur* también, ambos contradiciéndose y dando por sentado que yo conocía una extraña jerga. Viendo que no lograba disuadir a su marido, María Rosa Savolta decidió adoptar una nueva actitud.

—Al menos, amiga mía —le dijo a María Coral—, recemos para que Dios proteja a esos locos.

—Usted rece si quiere, señora; yo me voy con mi marido —fue la respuesta.

Y en dos saltos se plantó junto al coche, se encaramó al asiento posterior y allí se quedó, hecha un ovillo, por ser lugar propio para valijas y no para personas. Lepprince, muy alegre, daba vueltas a la manivela de arranque y yo aferraba el volante con ambas manos. Nos habíamos quitado las chaquetas y a la primera sacudida de la máquina rodó por el suelo mi canotier. Lepprince gritó «¡Hurra!», lanzó al aire su gorra inglesa y se subió al estribo cuando ya el automóvil empezaba a caminar. El *chauffeur* me gritó algo desde el suelo, pero no pude oír lo que decía. Lepprince cayó de cabeza dentro del coche y empezó a agitar las piernas pidiendo socorro, muerto de risa. Yo pugnaba por mantener firme la dirección, pero el coche daba vueltas y vueltas en redondo. Tan pronto veía a María Rosa Savolta hincada en su pañuelito, con las manos entrelazadas y los ojos gachos, como al *chauffeur* gesticulando y profiriendo consignas mecánicas. Lepprince había recobrado por entonces su posición normal y agarró el volante, con lo cual, tirando yo de un lado y él de otro, el auto empezó a correr en zigzag, persiguiendo al *chauffeur* como si tuviera inteligencia propia, y en una de sus piruetas chafó mi canotier. Luego, sin que mediara intervención alguna, dio un ronquido asmático y se paró. Lepprince saltó al suelo y lo puso de nuevo en marcha. Yo le decía:

—Oh, no. ¡Oh, no! Ya está bien por hoy.

Pero él respondía:

—Nada, nada, un poco más.

Eso decía cuando el coche le dio un empellón y empezó a moverse, lentamente al principio y más rápido después, llevando a María Coral y a mí como únicos ocupantes.

—¡Haz algo, Javier, para este trasto! —me gritaba María Coral acurrucada en el asiento posterior.

—¡Eso quisiera yo! —le contestaba, y procuraba no enfilar en dirección a los árboles en espera de que la maquinaria se detuviera por sí misma. Lepprince y el *chauffeur* corrían detrás del coche unas veces y otras delante, tropezando el uno con el otro y gritando a un tiempo. Sólo Max, bajo un pino, sobre la hierba fresca, parecía dormitar ajeno a la tragedia que se desarrollaba en el calvero.

Por fin, con gran sorpresa por mi parte, logré hacer que el vehículo siguiera el itinerario que yo, aproximadamente, le fijaba. Cuando se detuvo salté gozoso al suelo y ayudé a bajar a María Coral. Lepprince llegó jadeando.

—¡Lo he logrado! —le dije. Procuraba disimular el temblor nervioso que me agitaba. Él se rió.

—Has empezado bien. Yo no lo hice mejor la primera vez. Ahora es cuestión de practicar y perder el miedo.

347

He relatado con cierto detalle este incidente en apariencia trivial porque tuvo en el futuro una importancia que a su debido tiempo se verá.

Durante la comida y en el viaje de regreso mi hazaña constituyó el único tema de conversación. Lepprince estaba de un humor excelente, a María Rosa Savolta se le había pasado el susto y María Coral, según percibí observándola de reojo, me admiraba. A lo largo de aquellos meses primaverales, en nuestras frecuentes salidas al campo, seguí adiestrándome en el manejo del automóvil hasta que llegué a dominar, si se me permite la inmodestia, los rudimentos de la conducción.

—¿Un artefacto de relojería? —preguntó el juez.

El experto emitió un silbido y se frotó las manos.

—No, eso no. Aún es precipitado sacar conclusiones, pero me inclino a creer que fue una bomba Orsini, ya sabe: esas esferas con detonadores que entran en acción al chocar con un cuerpo sólido. Son de muy fácil manejo, sin mecha ni mecanismo; cualquier aficionado las puede utilizar. Son las más populares. Nunca fallan —concluyó en tono propagandístico.

El inspector se asomó al balcón. No había un alma en las aceras salvo el policía que montaba guardia frente al portal. A lo lejos sonaba el tin-tan de un trapero.

—La lanzarían desde la calle. La víctima tenía el balcón abierto.

—¿Por qué había de tenerlo? Hace frío de madrugada —observó el juez.

El inspector se encogió de hombros y dejó sitio al juez, que midió la distancia que separaba el balcón de la calzada.

—Hay bastante distancia, ¿no cree?

—Sí, eso es cierto —admitió el inspector—. A menos que utilizasen una escalera, cosa poco probable.

—O que la echasen subidos a la capota de un coche —apuntó el experto—. Un coche o mejor un automóvil.

—¿Por qué mejor un automóvil? —preguntó el juez.

—Porque un coche no es seguro. Los caballos podrían moverse y hacer perder el equilibrio al que estuviera encaramado, con grave riesgo de caerse al suelo con la bomba en las manos.

—Es verdad, bien dicho —reconoció el juez con entusiasmo—. Habrá que reconstruir los hechos. En cuanto a los motivos, ¿qué opina usted, inspector?

El inspector miró al juez de soslayo.

—¡Cualquiera sabe! Sus enemigos, sus herederos, los anarquistas. Hay miles de posibilidades, maldita sea.

El oficial del juzgado, que había llegado en el ínterin, levantaba un croquis. El experto juzgaba su obra con una sonrisa de superioridad. Los camilleros se habían llevado el cuerpo de la víctima. El médico forense se despidió prometiendo tener listo su dictamen a la mayor brevedad. Acabado el croquis, se retiraron el juez y el oficial. El inspector y el experto se quedaron solos.

—¿Qué tal un cafetito? —propuso el inspector.

—De primera.

Ya en la calle se toparon con dos individuos que bregaban con el policía de guardia.

—¿Qué ocurre? —preguntó el inspector.

—Estos caballeros insisten en subir a la casa, señor inspector. Dicen que son amigos del muerto.

El inspector estudió a los recién llegados. Uno era joven, elegante y seguro de sí mismo. El otro, un hombre maduro, gordo y desaliñado, no cesaba de temblequear y hacer aspavientos.

—Soy el abogado Cortabanyes —dijo el último— y este caballero es don Paul-André Lepprince. Somos amigos del señor Parells.

—¿Cómo se han enterado del suceso?

—Su viuda nos acaba de telefonear y hemos venido a toda prisa. Le ruego que disculpe nuestros modales y nuestra intromisión, pero ya puede figurarse lo que nos ha afectado la inesperada noticia. ¡Pobre Pere! Hace apenas unas horas estuvimos hablando con él.

—¿Unas horas?

—El señor Parells asistió a una recepción, en mi casa —dijo el señor Lepprince.

—¿Y no les dijo nada ni advirtieron algo sospechoso en su conducta?

—No sé, no sabríamos decirle —gimió Cortabanyes—. Estamos muy consternados.

—¿Podemos subir a ver a la viuda? —preguntó el señor Lepprince, que no parecía en absoluto consternado.

El inspector meditó.

—Está bien, suban a ver a la viuda, pero no entren en la casa. La viuda está en el piso de enfrente. Allí hay un guardia que se lo indicará. Yo me ausento unos minutos. A mi regreso hablaremos. Espérenme.

El policía que montaba guardia en el rellano torció el gesto al ver aparecer a Lepprince y a Cortabanyes. Tenía instrucciones de no dejar pasar a nadie sin autorización expresa de sus superiores y así se lo hizo saber a los recién llegados. Éstos le dijeron que habían sido citados por el inspector para ser interrogados. Eran las últimas personas que habían visto con vida al difunto. Ante las dudas del policía, le apartaron cortés pero firmemente y se colaron de rondón en el piso de la víctima. Una vez en el despacho del viejo financiero, Cortabanyes empezó a temblar.

—No puedo, no puedo —sollozó—. Es superior a mis fuerzas.

—Vamos, Cortabanyes, ya me hago cargo, pero no podemos desaprovechar esta oportunidad. Ayúdame a enderezar la mesa. Mira, no hay manchas de sangre ni nada por el estilo. Empuja, hombre, que yo solo no puedo.

Empujaron el tablero de la mesa y ésta recuperó su posición original. Los cajones no estaban cerrados con llave y Lepprince empezó a revolverlos mientras el abogado le contemplaba paralizado, lívido, con la boca entreabierta.

¡Pobre Parells! ¡Quién había de decirme que cuando nos despedimos aquella noche nos estábamos despidiendo para siempre jamás! Por razones que aún tardaría mucho en comprender, nunca me tuvo simpatía, pero ello no impidió que yo le tuviera en alta estima, no sólo por su inteligencia, sino por su personalidad distinguida, su trato cortés, su cultura... Ya no quedan hombres como él.

Coincidimos por última vez en la fiesta que dio Lepprince, aquella fiesta memorable a la que asistió el rey. María Coral y yo habíamos sido invitados. Cuando acudimos, cohibidos, timoratos y expectantes, no sabíamos que aquel acontecimiento social marcaría el fin de una etapa en nuestras vidas. Después de la fiesta, nada volvió a ser como antes. Pero allí, en los lujosos salones de la mansión, entre perfumes, sedas y joyas, rostros conocidos, industriales y financieros, la sórdida realidad parecía muy lejana y sus peligros conjurados.

—¿A Deauville? Es usted muy amable, señor, pero tendrá que consultar con mi marido.

—Por el amor de Dios, María Coral —la reprendí en uno de los escasos momentos en que nos vimos libres de moscones—, ¿quieres dejar de comportarte como una *cocotte*?

—¿Una *cocotte*? —dijo ella, que suplía su ignorancia con una perspicacia muy considerable—. ¿Quieres decir una putilla fina?

Yo asentí sin desarrugar el entrecejo.

—¡Pero, Javier, si es lo que soy! —respondió alegremente, devolviendo con una sonrisa el guiño de un general caduco y pisaverde.

La exótica belleza de mi mujer no había dejado de causar efecto apenas pusimos el pie en la casa. Los más provectos y sesudos caballeros remedaban en su presencia, con ridícula extravagancia, los modales desenvueltos del calavera de opereta. Yo sentía una mezcla de vanidad y celos que me sacaba de mis casillas.

—¿Qué, cómo va esa vida, hijo? Muy solicitado te veo —dijo Cortabanyes, que venía en mi busca con un cliente pegado a los talones.

—Ya ve usted —dije yo señalando a María Coral, que por entonces departía con un canónigo—, perdiendo el tiempo y la dignidad.

—¡Ah, quien puede perder es que algo tiene! —recitó el abogado—. ¿Y ese trabajo, qué tal anda?

—Lento, pero inexorable —respondí en son de broma.

—Pues habrá que acelerarlo, hijo. Esta noche se prevén acontecimientos trascendentales.

—¿Y eso?

—Pronto lo verás —dijo bajando la voz y llevándose un dedo a los labios.

—¿Y qué opina usted —terció el cliente que no estaba dispuesto a interrumpir su conversación— de la guerra de Marruecos?

Cortabanyes me hizo una seña y yo intervine para descargarle del fardo que le había tocado en suerte.

—Feo asunto, en efecto.

—No me diga usted —dijo el cliente aferrándose a su nuevo interlocutor como un náufrago a una tabla—. ¡Es intolerable! Cuatro negrotes de mierda zurrándole la badana a un país que años ha conquistó América.

—Los tiempos han cambiado, señor mío.

—No son los tiempos —protestó el pelmazo con

352

una vehemencia que contrastaba con la indiferencia general—, sino los hombres. Ya no hay políticos como los de antes. ¿Qué fue de Sagasta y de Cánovas del Castillo?

La llegada del rey interrumpió nuestra charla. Los invitados corrieron a hincarse a los pies de los ilustres visitantes y Cortabanyes aprovechó la oportunidad para unirse a nosotros.

—¿Los ves? Como gallinas cuando el granjero les arroja el alpiste —agitó la cabeza con aire desolado—. Así no iremos a ninguna parte. ¿Te acuerdas de cuando querían linchar a Cambó?

Dije que sí, que lo recordaba. Ahora Cambó era ministro de Hacienda en el gobierno Maura.

El rey saludaba con amabilidad y escuchaba loas y peticiones con aburrida indiferencia, deambulando por el salón con paso grave, los hombros ligeramente abatidos, avejentado en plena juventud, una leve sombra de melancolía en su dulce sonrisa.

—Hay papeles por el suelo. Míralos, no pierdas el tiempo. Ya tendrás ocasión de lloriquear en el funeral.

Cortabanyes se arrodilló y empezó a revisar los papeles esparcidos aquí y allá.

—¡Pobre Pere! Hacía más de treinta años que nos conocíamos. Era un buen hombre, un hombre íntegro, incapaz de una deslealtad. Aún recuerdo el día que murió su hijo. Mateo, se llamaba... ¡Qué familia más desgraciada! Pere quería que su hijo fuera un perfecto caballero y lo mandó a estudiar a Oxford. Ahorraban al céntimo para costear los estudios de Mateo. En Oxford contrajo una pulmonía que acabó con él. Volvió para morir aquí, en esta misma casa.

—¿A qué vienen ahora estas historias lacrimógenas? —gruñó Lepprince.

353

—Mira —dijo Cortabanyes mostrando a título explicativo los papeles esparcidos por el suelo—. Esto leía el pobre Pere cuando le mataron.

Lepprince tomó lo que le tendía el abogado: un pliego amarillento por los años y el uso, y empezó a leer.

«Queridos padres: Recibo con alegría la noticia de que se encuentran ustedes bien de salud. Yo no me puedo quejar, aunque los rigores del invierno, que no parecen terminar nunca, impiden que acabe de curar este catarro que me tiene muy molesto. Sí, aquí, como en las novelas, llueve siempre...»

La carta estaba fechada el 15 de marzo de 1889. Lepprince la dejó en el suelo y leyó el principio de la siguiente.

«Querido padre: No deje que ésta llegue a manos de mi madre, pero mi salud empeora y desde hace una semana tengo frecuentes accesos de fiebre. Los médicos dicen que no hay motivos de alarma y todo lo atribuyen a este clima, tan duro. Afortunadamente, falta ya poco para los exámenes y pronto estaré de vuelta para pasar con ustedes las vacaciones. No pueden figurarse cuánto les echo de menos. Solo y enfermo en este país admirable, pero extraño, no hago más que pensar en Barcelona...»

—¡Al diablo! —exclamó Lepprince—. Ayúdame a colocar la mesa como estaba.

Volcaron la mesa procurando no hacer ruido. Cortabanyes lloraba ruidosamente.

—Vámonos —dijo Lepprince—. Aquí no está. Sospecho que no ha existido nunca esa maldita carta.

# VI

Pasó la primavera y el verano deslumbrante, plomizo y húmedo atenazó la ciudad y el alma de sus habitantes. El clima repercutió en la frágil constitución de María Rosa Savolta, cuyo avanzado estado de gestación la hizo más sensible a los rigores del estío. El quebranto de salud agravó su hipertensión. Dejamos de frecuentar la mansión y únicamente nos veíamos en las excursiones dominicales. Pronto cesaron éstas y perdimos contacto con los Lepprince. María Rosa Savolta no salía de casa y, en ella, raramente de su alcoba. De vez en cuando sobresaltaba a la servidumbre con su espectral aparición, silenciosa, doliente, con el rostro inmutable y los ojos fijos, estupefactos. Recorría la casa arrastrando los pies, enfundada en un largo peinador, desgreñada y pálida, con el fatalismo sobrecogedor con que un pez recorre los bordes de su pecera. Nosotros, María Coral y yo, alejados de los Lepprince, quedamos desvinculados de la sociedad, encerrados en nuestro estrecho mundo de relaciones corteses y de lazos intangibles y ambiguos. Así nació en mí un hirviente rencor contra las circunstancias en que me hallaba, rencor que por entonces no lograba justificar y que ahora, con la perspectiva y serenidad que dan los años transcurridos, veo claro: la resultante de muchos sentimientos acallados y de muchas ilusiones olvidadas demasiado pronto. Día a día aumentaba mi exasperación. Empecé a ser grosero con María Coral y a usar con ella de una ironía tan burda como hiriente. Al principio María Coral fingía ignorarme; luego saltó. Tenía el genio vivo y las réplicas le brotaban sin esfuerzo. Discutíamos por naderías y nos insultábamos hasta quedar exhaustos. Una noche de junio, verbena de San Juan, los acontecimientos se precipitáron.

Sucedió que nos peleamos y le arrojé a la cara cuantos reproches me vinieron a las mientes. Estaba muy excitado y la batalla dialéctica se inclinaba a mi favor: María Coral resollaba, tenía los ojos húmedos y los hombros alicaídos. Parecía un boxeador en decadencia. Por último, con la voz rota, me suplicó que me callara, que no le hiciese más daño. Yo debía de tener nublado el cerebro, porque arremetí con nuevos bríos. María Coral se levantó de su silla y abandonó el saloncito. La seguí por los pasillos, entró en su habitación, cerró la puerta y corrió el cerrojo. El diablo me dominaba: tomé carrerilla y cargué mi hombro contra la puerta. Cedió la hoja, saltaron astillas y se desprendieron los goznes. María Coral estaba en pie, frente a la cama, dando evidentes muestras de temor. La tomé en mis brazos, la abracé y la besé. ¿Con ánimo de humillarla? ¡Quién sabe! Ella no se resistió, no hizo el menor movimiento, como ausente o como muerta. Me arrodillé a sus pies y enlacé su cintura. Entonces me rechazó de un rodillazo que dio conmigo en tierra. De un brinco me incorporé de nuevo. María Coral se había tendido en la cama, con los brazos y las piernas separados, los párpados sellados, la respiración agitada. Si yo hubiera tenido un ápice de lucidez habría recogido velas y habría salido quietamente de la alcoba, porque todas las bazas estaban en mi mano, pero yo no discurría con cordura. Me aproximé a la cama, me incliné y puse la mano sobre su ansiado cuerpo yacente. María Coral no se movió.

—Ya te dije que si lo intentabas no me opondría

—masculló entre dientes—, pero ya sabes lo que vendrá después.

Retiré la mano y la miré fijamente.

—¿Cómo puedes decir esto? ¿Acaso nada ha cambiado desde aquella tarde? ¿Todos estos meses de convivencia no han debilitado un milímetro tu decisión?

—Yo no he cambiado. Tú sí, al parecer. Decide pues.

—¿Cómo es posible tanto egoísmo? ¿Crees que no me debes nada?

—¿Intentas pasarme la factura?

—No. Sólo quiero que veas hasta qué punto me tratas injustamente. Yo me casé contigo, acepté tus condiciones y las he respetado; cuando estuviste enferma, te cuidé como lo habría hecho un buen marido; vives de mi sueldo. ¿No es suficiente?

María Coral se incorporó, juntó las piernas y se apoyó en los brazos.

—¿Eso crees? ¿Cómo se puede ser tan idiota? ¿Todavía sigues creyendo que te pagan por tu trabajo y que te ayudan por amistad? ¿Aún no te has dado cuenta de la verdad?

—¿De qué verdad? ¿Qué insinúas?

María Coral ocultó la cara entre sus rodillas plegadas y rompió a llorar como no la había visto llorar desde su enfermedad.

—¡Qué tonto y qué ciego y qué desvalido eres, madre mía!

Entonces dijo lo siguiente:

—Todo empezó en el hotel de la calle de la Princesa, donde yo convalecía de aquella enfermedad que no me costó la vida gracias a tu intervención. El médico me había dado de alta y era cuestión de horas que yo abandonase el hotel y me reincorporase a mi trabajo en el cabaret. Lepprince se presentó en la habitación solo, en contra de su costumbre, y después de un largo preámbulo me contó una estúpida historia de soledad, incomprensión y fracaso referida a su mujer. La odia. Se casó con ella por dinero, por el dominio de la empresa, ¿qué creías? Luego vinieron las proposiciones: volver a lo de antes, instalarme en un pisito, pasarme una renta. Yo no accedí de buenas a primeras. Estos últimos años han sido duros y he aprendido a negociar. La oferta era generosa, pero insegura: Lepprince es voluble y, tal como andan de revueltos los tiempos, ¿quién me aseguraba que no lo liquidarían a la vuelta de un mes o de un año? Por lo tanto, puse mis cláusulas al contrato: no quería dinero, ni pisito, ni siquiera un establecimiento comercial o un paquete de acciones. Quería un marido bien situado, decente y trabajador. Lepprince se rió mucho y dijo: «Si sólo es eso, cuenta con él.» Cuando pronunció estas palabras ya debía estar pensando en ti. No le ha salido mal el negocio: tú trabajas para él y me mantienes a mí, de modo que me tiene prácticamente gratis. Cuando te presentaste como mi futuro marido sentí verdadera curiosidad. ¿Qué clase de hombre sería el que aceptaba un trato tan vergonzoso? Por mi cabeza pasaron tres posibilidades: un cínico, un tonto de remate y un desesperado, acosado por las deudas. Lo que jamás supuse es que fueras un idealista que creía en el amor. Cuando me di cuenta de la verdad, tuve lástima de ti e incluso, hasta hoy, un cierto respeto. En estas condiciones, como muy bien comprenderás, nunca podría ser tuya. En estos meses he procurado no amargarte la existencia y ocultarte la verdad. Ahora ya no tiene remedio, puesto que ya sabes cómo soy. La lista de los hombres que han pasado por mi vida es incontable. Tuve que salir de mi pueblo natal para que no me lapidaran. Me uní a los forzudos del circo. Por la comida que me daban tenía que trabajar y darles satisfacción a ambos. Solían turnarse, una noche cada uno, pero a menudo venían borrachos y no respetaban la prelación.

Con frecuencia me pegaban. Luego vino Lepprince y luego muchos más. Con uno solo, entre todos, mis relaciones no han sido innobles: contigo. Por eso establecí las condiciones que conoces y por eso lloré en el jardín del balneario. Mi vida es un infierno. Cuando sales de casa camino del trabajo te llevas contigo mi paz. A los pocos minutos llega Lepprince acompañado de Max. Unas veces sólo se queda una hora; otras, más: habla por los codos de sí mismo, de sus negocios, de sus aspiraciones políticas y, últimamente, de su hijo, con el que está muy ilusionado. En estas ocasiones, suele comer aquí, dormir la siesta y leer y escribir cartas por la tarde. Hasta se trae un secretario. Si se hace tarde y teme que vuelvas, llama a sus hombres y hace que te den trabajo extra. Ya ves qué sencillo es todo cuando se tiene dinero y poder. Creo que si, a pesar de todas esas precauciones, te hubieras presentado de improviso, Max te habría liquidado de un pistoletazo. Esa gente no tiene corazón.

—¿Y tú? —pregunté—, ¿tú sí tienes corazón?

—No lo sé. Me siento confusa.

Me levanté sin decir palabra y salí de la estancia. Tomé la puerta y me largué a la calle. Frente a la casa, en mitad de la calzada, ardía una pira verbenera. Se oían explosiones y relampagueaban en el cielo los cohetes; sonaban charangas, circulaban en todas direcciones gentes vestidas de gala, cubiertos algunos con antifaces y máscaras. Sumido aún en una sustancial estupefacción, recorrí la ciudad entre el bullicio general y di con mis pasos en las Ramblas, que parecían una sala de baile, un circo y un manicomio. Había grupos bullangueros de ciudadanos, provistos de toda clase de ruidosos instrumentos, enjambres de soldados bailaban en corros, una infinita riada de cabezas cubiertas de sombreritos de papel. Hasta los policías de turno cantaban y arrojaban petardos al paso de las mozas de la vida. Iba yo contemplando aquel alegre espectáculo de la ciudad en fiestas, anonadado y fuera de mí, cuando una mano se posó en mi hombro con tal fuerza que me hizo doblar las rodillas.

—¡Javier, tú por aquí! —oí que me gritaban, pues el jolgorio era ensordecedor.

Al principio no reconocí al individuo que me había propinado el manotazo, ya que se ocultaba tras una grotesca narizota de cartón. Luego lo identifiqué.

—¡Perico Serramadriles!

—Qué, ¿de fiesta? —tenía los ojos enrojecidos y vidriosos y su aliento apestaba a vino.

—Ca, hijo, si yo te contara...

—¿Qué te sucede? Llevas cara de funeral. Cuéntame.

—No quisiera interrumpir tu celebración. ¿Vas acompañado?

—Sí; una panda fetén y unas modistillas de las que algo espero, a decir verdad.

Señaló hacia un grupo que brincaba y chillaba. Las chicas, muy jóvenes, de aspecto sano, coloradotas y rollizas, remedaban un cómico can-can, levantándose las faldas hasta las rodillas y frunciendo los labios en una mueca vulgar y provocativa.

—Ve con tus amigos, Perico, no te quiero aguar la fiesta.

—Bah, déjalos, ya los encontraré más tarde. Espera que quede con ellos y me reúno contigo en un minuto.

Conferenció con el más sereno de los danzantes, arrojó un beso general a las chicas y volvió junto a mí.

—Ahora cuéntamelo todo, Javier. Siempre fuimos amigos, aunque últimamente me tienes un tanto arrinconado.

—Es verdad, pero no hablemos en la calle. Vayamos a un lugar más tranquilo, ¿quieres? Te invito a un trago.

Buscamos un local donde el estrépito fuera menor y encontramos una triste taberna medio vacía, donde sólo dos borrachos, vestidos con raídos uniformes de veteranos de la guerra de Cuba, tarareaban por lo bajo, estrechamente abrazados para no caer, haciendo vaivenes por entre las mesas. Nos sentamos en un rincón y pedimos una botella de vino y dos vasos. El primer sorbo me produjo náuseas, porque no había comido nada desde el mediodía, pero poco a poco el vino fue asentándose en el estómago y empecé a sentirme mejor, más seguro de mí mismo y más capaz de enfrentarme a la vida.

—Ay, Perico, hoy —empecé— me han dado un disgusto de muerte.

—¿Y eso?

—He sabido que mi mujer está liada con otro.

—¿Tu mujer? ¿Quieres decir María Coral?

—Naturalmente.

—Vaya, hombre, ¿y ésa es la causa de tu tristeza?

—¿Te parece poco?

Me miró como si estuviera viendo un aparecido.

—No, chico, es..., es que yo creí que lo sabías.

—¿Que sabía el qué?

—Eso..., lo de tu mujer y Lepprince.

—¡Atiza! ¿Lo sabías tú?

—Bueno, Javier, lo sabe todo Barcelona.

—¿Todo Barcelona? ¿Y cómo no me lo dijiste?

—Creíamos que tú lo sabías cuando te casaste. ¿Quieres decir que no te has enterado hasta hoy? ¿Lo dices en serio?

—Te lo juro por mi madre, Perico.

—¡Ésta sí que es buena! Mozo, más vino.

El mozo trajo más vino. Bebíamos a gollete.

—¿Y tampoco te has enterado de lo del Casino? Si hasta lo trajo la prensa. Sin citar nombres, claro, pero con alusiones muy directas. La prensa de izquierdas, por supuesto.

—¿Lo del Casino?

—Ya veo que estás en Babia. Lepprince abofeteó públicamente a su..., a tu mujer en el Casino del Tibidabo. Ella trató de clavarle un puñal que llevaba escondido en el bolso. La policía estuvo en un tris de detenerla si no lo llega a impedir Cortabanyes.

—¿Esto sucedió? ¡Dios mío! ¿Y por qué le pegó Lepprince? ¿Qué había hecho ella?

—No lo sé. Cuestión de celos, probablemente.

—¿O sea que hay otro?

—Digo yo... No van a ser celos de ti, con perdón.

—Deja, ya lo puedes decir, ¿qué más me da ya lo que digas tú, si debo de ser el hazmerreír de todos los corrillos?

—No tanto, Javier. La mayoría te tiene por un sinvergüenza y nadie sospecha que ignorabas la verdad.

—Menos mal.

Hacía rato que los borrachos cantores roncaban en el suelo. Fuera, en la calle, continuaba la algarabía. Perico me puso la mano en el antebrazo.

—Había pensado mal de ti, Javier. Perdóname.

—No tienes por qué disculparte. Al fin y al cabo, es un favor que me hacías: yo preferiría ser un sinvergüenza sin dignidad que un estúpido consentido.

—No te pongas triste. Todo tiene solución.

—Tal vez, pero no veo cuál puede ser la solución a mi problema.

—Ya la pensarás mañana. ¿Sabes qué vamos a hacer esta noche? Corrernos un juergazo. ¿Te animas?

—Sí; me parece una medida muy sabia.

—Pues no hablemos más. Paga y vamos a divertirnos. Nos reuniremos con mis amigotes. Ya verás tú qué panda más fenomenal... y qué golfas nos hemos agenciado.

Pagué y salimos. A codazos nos abrimos paso entre el gentío. Siguiendo a Perico Serramadriles, que se volvía de vez en cuando y me hacía gestos de autómata

para que avanzara más aprisa, llegué frente a una ló-
brega casa del Arco de Santa Eulalia. La puerta de la
calle estaba abierta y Perico se metió y yo me metí detrás de él. Prendimos una cerilla e iniciamos el ascenso por una escalera de peldaños altos, estrechos y gas-
tados. No sé yo cuántas vueltas dimos ni cuánto tiempo invertimos ni cuántas cerillas gastamos hasta llegar
a una azotea iluminada pobremente por farolitos japo-
neses y adornada con guirnaldas de papel en la que se
hallaban congregados los amigos de Serramadriles.
Eran unos siete hombres y cuatro mujeres; doce en total contándonos a nosotros dos. Los hombres atravesaban la fase somnolienta de la borrachera y las mujeres,
en cambio, habían alcanzado el punto más alto de la
euforia, de modo que se abalanzaron sobre nosotros
apenas nos vieron desembocar en la azotea y empezaron a tirarnos de los brazos y de las chaquetas para que
bailásemos con ellas.

—Niñas, niñas —decía Perico entre carcajadas—,
¿cómo queréis bailar si no hay música?

—Nosotras cantaremos —decían las chicas, y se ponían a cantar a grito pelado, cada una a su aire, saltando y corriendo y haciendo rodar a Perico Serramadriles como un eje de rueda. Una de las chicas me rodeó la cintura con sus brazos y se pegó a mí, juntando
su boca con mi barbilla y mirándome a los ojos con fijeza de demente.

—¿Tú quién eres? —me preguntó.

—Soy el mayor cornudo de Barcelona.

—Huy, qué chistoso. ¿Cómo te llamas?

—Javier, ¿y tú?

—Graciela.

Graciela era muy maternal: me dio de beber como
si diera el biberón a un infante y después de cada trago me arrullaba contra sus pechos recauchutados. Uno
de los borrachos adormecidos se arrastró hasta donde

estábamos y metió la mano por debajo de la falda de Graciela, que movió las caderas como si espantara moscas con la cola. Ni un momento dejaba de reírse y me contagió su buen humor. Me agaché hasta el borracho y le quité la máscara con que se cubría: apareció un cuarentón enfermizo y mísero que forzó una sonrisa desdentada.

—Qué piernotas más duras, ¿eh? —le dije por decir algo.

—Ya lo creo —contestó señalando hacia el lugar donde reposaba su mano que imaginé engarfiada a una pantorrilla áspera y tensa—. Y qué panorama se divisa. Venga, venga.

Me tendí junto al borracho y miramos ambos por debajo de la falda de Graciela. No se veía nada, salvo una negra campana habitada por sombras opulentas.

—Me llamo Andrés Puig —dijo el borracho.

—Y yo Javier —le respondí—. Soy el mayor cornudo de Barcelona.

—Oh, qué interesante.

—¿Vais a pasaros ahí la noche? —preguntó Graciela, cansada de nuestras prospecciones.

—Mi mujer, ¿sabe usted?, es un caso raro: conmigo, nada... ¿Entiende? Nada.

—Nada —repitió el borracho.

—En cambio, con los demás..., ¿sabe lo que hace con los demás?

—Nada.

—Todo.

—¡Qué suerte! Preséntemela.

—No faltaría más. Ahora mismo.

—No podría. Estoy tan borracho que no podría.

—¡Quite, hombre, quite! Mi mujer es de las que resucitan a los muertos.

—¿De veras? Cuente, cuente.

—Le diré cómo la conocí: ella trabajaba en un cabaret. El peor cabaret del mundo entero. Salía desnuda, cubierta con grandes plumas de colores. Dos forzudos la tiraban al aire y la recogían y a cada volatín se le desprendía una pluma. Al final del número se la veía absolutamente.

—¿Se la veía *absolutamente*?

—¿No se lo acabo de decir? *Absolutamente*.

—Madre mía. Menuda pájara debe de ser.

—Para qué le voy a contar.

De aquella noche recuerdo haberme peleado con Andrés Puig, el borracho, por la exclusividad de los favores de Graciela y haber vencido. Recuerdo las dudas de la chica ante mis ruegos y mis atrevimientos («Por Dios, aquí no») seguidas de una turbada decisión sin que mediara insistencia («Vamos a mi casa; mis padres duermen»), a la que, inconsecuentemente, no hice ningún caso. Recuerdo que me bebí los fondos de todas las botellas y que derroché verborrea, con lo cual me quedé tranquilo.

Clareaba cuando llegué a casa. Al salir no tenía intención de regresar nunca jamás, pero mis pasos me condujeron inconscientemente al hogar. Iba muy contento, silbando un cuplé, cuando, al abrir la puerta, una siniestra vaharada me hizo retroceder hasta el otro extremo del descansillo. Más tarde comprendí que sólo el hecho de llevar todavía puesta la narizota de cartón me había salvado de una muerte cierta por intoxicación letal. Empecé a bajar las escaleras como un desesperado, pero de súbito se hizo la luz en mi cerebro, torné a subir, aspiré hondo y penetré en la casa. Creí desvanecerme. Apenas se distinguían los muebles, tan densa era la niebla. Me faltaba la respiración. Alcancé una ventana y rompí el cristal de un puñetazo. Era insuficiente: corrí al otro extremo del pasillo y rompí otro cristal para establecer corriente de aire. Luego cerré la espita del gas y me precipité en el cuarto de María Coral. Ésta yacía en la cama, con su larga cabellera esparcida sobre la almohada. Tenía puesto el mismo camisón que llevaba la primera noche que dormimos juntos, allá en el balneario, tan lejana ya y tan dolorosa en la memoria.

Sin embargo, no era momento de meditación. Envolví a María Coral en una colcha, cargué su cuerpo en mis brazos debilitados por la orgía y con esfuerzo sobrehumano bajé las escaleras y salí a la calle. El aire fresco de la madrugada me despabiló. Busqué un coche de punto sin resultado. Las calles estaban desiertas. En la encrucijada humeaban las brasas de la fogata extinta. De la esquina, rompiendo la bruma matutina que serpenteaba desde el puerto hacia la montaña, surgió un landó tirado por dos caballos blancos. Intercepté su paso y se detuvo. Hablé con el cochero y le pedí que nos condujera sin demora al hospital. Era una cuestión de vida o muerte, argüí abrigando la esperanza de que María Coral no hubiera expirado todavía. El cochero me dijo que subiera. En el interior del landó había un hombre despatarrado, con capa y chistera.

—Suba tranquilo, ése ni se entera —dijo el hombre del pescante señalando a su amo con el látigo.

Subí y deposité a María Coral en el asiento delantero, ocupando yo el del señor dormido, al que aparté sin contemplaciones: el caso requería decisión. Apenas me hube sentado, el cochero arreó a los caballos y el landó partió a la carrera. El señor abrió los ojos y los fijó en mi narizota de cartón.

—Qué, de parranda, ¿eh?

Yo señalé el cuerpo de María Coral envuelto en la colcha. El señor de la capa y la chistera observó el cuerpo con detenimiento, contrajo el rostro abotargado en una mueca de inteligencia y me dio un codazo.

—¡Vaya coca, nano! —exclamó antes de dormirse de nuevo.

# VII

Apenas hacía dos horas que me había separado de Perico Serramadriles cuando nos volvimos a encontrar de forma tan fortuita como la primera vez, aunque más chocante: yo aguardaba en un pasillo del hospital el diagnóstico del médico, que preveía fatal, y él se había descalabrado al rodar por una escalera en estado etílico. Llevaba la cabeza vendada y el rostro irreconocible por las magulladuras. Su compañía fue para mí un sedante. Nos sentamos en una banqueta, fumamos los últimos pitillos que le quedaban y vimos salir el sol tras las cristaleras y transcurrir las horas y deambular pasillo arriba, pasillo abajo, todas las formas del dolor humano.

—En cierta medida, Javier, te tengo envidia. Tú has logrado esa intensidad emocional que hace que la vida no sea una cosa monótona y nauseabunda.

—Esa intensidad emocional, como tú la llamas, no me ha proporcionado sino disgustos. No creo ser un personaje envidiable, francamente.

—Pues, aun con todo lo que sé de ti, pienso que me cambiaría gustoso. Aunque todo esto es una solemne tontería, porque las cosas son como son y a nadie le gusta su vida...

—Sí, y es la única que necesariamente ha de vivir.

Pasó un médico joven, con una bata blanca llena de lamparones sangrientos.

—¿Qué hacen ustedes aquí? —nos preguntó.

—Me he roto la cabeza —dijo Perico Serramadriles.

—Ya le han curado, ¿no?

—Sí, vea usted.

—Entonces váyase a casa. Esto no es un casino.

—Está bien, ya me voy —respondió el fracturado.

—¿Y usted, qué se ha roto?

—Nada. Mi mujer ha sufrido un accidente y espero el resultado de la intervención.

—Bueno, quédese, pero no entorpezca el paso de las camillas. ¡Bonita noche! A todo le llaman celebrar la verbena.

Y se alejó maldiciendo y haciendo aspavientos.

—He de irme —dijo Perico Serramadriles—. Llamaré luego a tu casa para saber cómo ha ido todo. Ten valor.

—No sabes cuánto agradezco tu compañía.

—Déjate de cumplidos y ven a vernos un día por el despacho.

—Te doy mi palabra. ¿Cómo sigue Cortabanyes?

—Igual que siempre.

—¿Y la Doloretas?

—Ah, ¿no lo sabes? Está muy enferma.

—¿Qué tiene?

—No lo sé. La visita un médico centenario, que si acierta en la medicación será por puro milagro.

—Me pregunto de qué vivirá ahora, sin sus chapuzas.

—Cortabanyes le pasa unos céntimos de vez en cuando. ¿Por qué no le haces una visita? Le darás un alegrón. Ya sabes que te quería como a un hijo.

—Descuida, que así lo haré.

—Adiós, Javier, y mucha suerte. Ya sabes dónde me tienes, a tu disposición.

—Gracias, Perico. Nunca olvidaré lo que has hecho por mí.

Se fue Perico Serramadriles y el tiempo transcurrió

con mayor lentitud. Por fin apareció un médico que me hizo pasar a un despacho destartalado.

—¿Cómo está, doctor?

—Se ha salvado de milagro, pero se halla en un estado sumamente crítico. Necesita cuidados y un gran cariño. Ya sabe usted que hay enfermedades cuya curación depende más de la voluntad del paciente que de los recursos de la ciencia. Éste es un caso claro.

—Sí, me hago cargo.

—Dígame la verdad, ¿está usted seguro de que se trata de un accidente fortuito?

—Completamente seguro.

—¿Su vida sentimental es... del todo normal? ¿No hay diferencias entre ustedes dos?

—Oh, no, doctor. No hace ni un año que estamos casados.

—Sin embargo, me pareció deducir que usted estaba celebrando la verbena fuera de casa mientras ella permanecía sola, ¿no es así?

—Le dolía la cabeza y yo tenía que asistir a una fiesta de compromiso. Nos separamos con pena, pero sin malos entendidos. Le repito que fue un accidente. Incomprensible, lo reconozco, pero así son todos los accidentes.

Llamaron al doctor, porque no cesaba el flujo de víctimas de la juerga, y así quedó zanjado el asunto. A eso de mediodía apareció Max.

—Señor Lepprince dice: cómo está la señora.

—Dile al señor Lepprince que mi mujer está bien.

Agradecí a Lepprince la delicadeza de no haberse personado en el hospital, pero pensé que habría sido más apropiado enviar a otro emisario.

—Señor Lepprince dice: él costea los gastos.

—Dile al señor Lepprince que no deseo tocar este punto por el momento. ¿Algo más?

—No.

—Entonces vete, por favor, y dile al señor Lepprince que, si hay novedades, yo se las haré saber.

—Entiendo.

En los días sucesivos no supe de Lepprince ni de sus hombres, salvo una breve visita del señor Follater, que trajo una cajita de bombones, nos contó la enfermedad que años atrás había padecido su mujer y manifestó que la empresa entera rezaba por la pronta curación de mi señora esposa. Pero todo esto pasó después. Aquella mañana, ya el sol bien alto, volvió a convocarme el médico y me preguntó si deseaba ver a María Coral. Dije que sí. Añadió el doctor que no le hablase ni la tocase y me hizo pasar a una sala por cuyas ventanas entraban rayos de luz. La sala era muy alta de techo, larga y estrecha como un vagón de tren y contenía una doble hilera de camas. En cada cama reposaba un enfermo. Reinaba un silencio aparente, que los gemidos, ayes y resuellos acentuaban. Avanzamos entre la doble hilera y el doctor me señaló una cama entre todas. Me aproximé y vi a María Coral: su tez se había vuelto amarillenta, casi verdosa; las manos que asomaban por encima del cobertor parecían las patas de un pájaro muerto; su respiración era lenta y desacompasada. Sentí un nudo en la garganta e hice señas al médico indicando que deseaba salir. Una vez en el pasillo, me dijo:

—Es conveniente que vaya usted a casa y trate de dormir. La convalecencia será larga y acaparará sus energías.

—Quisiera quedarme aquí. No estorbaré.

—Comprendo su ansiedad, pero debe seguir mis prescripciones. Hágalo por ella.

—Está bien. Le dejaré anotado mi teléfono. Llámeme sin vacilar.

—Descuide usted.

—Y gracias por todo, doctor.

—No hice más que cumplir con mi deber.

En mi vida, tan llena de traiciones y falsedades, aquella personalidad magnánima fue como un faro en un mar tenebroso.

La casa vacía me constriñó el corazón. Recorrí los aposentos, acaricié los muebles y grabé uno por uno los objetos minúsculos que personalizaban nuestra morada en mi mente, asociando un recuerdo a cada uno. Me preguntaba qué sucedería ahora, qué giro insólito iban a tomar nuestras vidas. E indagaba con angustia las causas que podían haber impulsado a María Coral al suicidio. Pronto habría de despejarse la incógnita. Aquella misma tarde, después de haber descabezado un sueño fugaz e inquieto, me lavé y afeité y acudí de nuevo al hospital. El ambiente no era el mismo: los pasillos estaban desiertos, los médicos charlaban pausadamente, alguna que otra monjita se deslizaba en la penumbra de las galerías portando una bandeja con frascos e instrumental. El hospital había perdido su aire de mercado y vuelto a la atmósfera académica y grave de la normalidad. Encontré al doctor en su despacho. Me informó del estado de María Coral, satisfactorio, y me permitió visitarla rogándome que fuera prudente y que tratase, a toda costa, de inyectarle optimismo. Entré solo en la nave de los pacientes y con paso temeroso me aproximé a la cama de mi mujer. María Coral tenía los ojos cerrados, pero no dormía. La llamé por su nombre, me miró y esbozó una sonrisa.

—¿Cómo te encuentras? —pregunté muy bajo.

—Cansada y con malestar en el estómago —respondió.

—El médico dice que pronto estarás como antes.

—Ya lo sé. Y tú, ¿cómo estás?

—Bien. Un poco asustado todavía.

—Te debiste llevar una gran impresión, ¿verdad?

Fijé la mirada en el suelo para que no viera las lágrimas que brotaban incontenibles. Recordé que tenía que dar ánimos a la enferma y pensé una broma.

—Este mes nos costará una fortuna la factura del gas.

—No menciones el gas, por el amor de Dios. ¿Cómo puedes ser tan bruto?

—Perdona, sólo quise hacer un chiste.

—¿Y a santo de qué tenemos que hacer chistes ahora?

—El médico dijo...

—Déjales que digan. No saben nada de nada. Nosotros tenemos cosas más importantes de qué hablar.

—¿Ah, sí?

María Coral volvió a caer en un estado de postración que me alarmó. Pero sólo duró unos segundos. Volvió a mirarme con la fijeza propia de los moribundos.

—Javier, ¿tú me quieres?

Con gran asombro por mi parte, pues creía conservar intactas mis dudas de antaño —aquellas dudas que tanto habían escandalizado a Perico Serramadriles cuando le comuniqué mi próxima boda—, las palabras salieron solas.

—Sí —dije—, siempre te he querido. Te quise la primera vez que te vi, ahora te quiero más que nunca y te querré siempre, sea cual sea tu conducta, hasta el día de mi muerte.

María Coral suspiró, cerró los ojos y murmuró:

—Yo también te quiero, Javier.

La puerta de la sala se había abierto y el médico se aproximaba con la clara intención de advertirme que debía salir. Me apresuré a despedirme de María Coral.

—Adiós. Mañana volveré a primera hora. ¿Quieres que te traiga algo?

—No, tengo de todo. ¿Te vas ya?

—Es preciso. Ahí viene el doctor.

Había llegado junto a nosotros e interrumpió la despedida, de lo cual me alegré, porque sentía un hormiguero dentro del cuerpo.

—A nuestra enfermita le conviene descansar, señor Miranda. Mañana será otro día. Tenga la bondad.

—No se preocupe por mí, doctor —dijo María Coral cuando salíamos, alzando la voz—. Ahora ya sé que me curaré del todo.

Una vez en la calle respiré hondo. Había confesado la verdad y eso me producía un gran alivio y un incómodo desasosiego.

En los días que siguieron a la infausta verbena, la salud de María Coral experimentó una notable mejoría. Su estado de ánimo era excelente y pronto le permitieron levantarse y dar paseos por los jardines que rodeaban el hospital. La temperatura era cálida y el cielo brillante y azul, sin mancha de nube. Durante aquellos apacibles paseos hablábamos de cosas triviales. Procurando no rozar temas íntimos ni aludir al pasado ni a nuestra situación. Desde la visita de Max no habíamos vuelto a saber de Lepprince. Perico Serramadriles llamaba de vez en cuando a casa y se interesaba por nosotros. Un día, cuando nos disponíamos a iniciar el paseo, apareció el médico y nos comunicó que el estado de María Coral era satisfactorio y que al día siguiente iban a darla de alta.

—Anímese, señora —dijo el doctor con su mejor intención—. Mañana regresará usted a casa y podrá reanudar su vida *como antes*.

Una vez nos hubo dejado solos, María Coral empezó a sentirse mal y su rostro se ensombreció.

—¿Qué haremos ahora, Javier? —me decía.

—No lo sé. Algo se nos ocurrirá. Ten confianza en mí —le contestaba para tranquilizarla, si bien yo compartía sus temores. Desde la verbena no había vuelto a pisar la oficina, se acercaba el día de pago y no teníamos dinero. ¿Qué hacer? Caminamos en silencio por las avenidas flanqueadas de setos y macizos de flores. Los enfermos, en sus sillas de ruedas, nos saludaban blandamente. De pronto María Coral se detuvo frente a mí.

—¡Tengo una idea!

—Vamos a ver.

—Emigremos a los Estados Unidos.

—¿Emigrar?

—Sí, eso es: hacemos el equipaje y nos vamos a vivir a los Estados Unidos.

—¿Y por qué a los Estados Unidos?

—Me han hablado maravillas de los Estados Unidos. Siempre soñé con ir allá. Es un país lleno de posibilidades para la gente joven. Se gana mucho dinero, hay libertad, puedes hacer lo que te dé la gana y nadie te pregunta quién eres, qué piensas ni de dónde vienes.

—Pero, niña, allí hablan inglés y nosotros no sabemos una palabra...

—¡Tonterías! Está lleno de inmigrantes de todos los países. No vamos a dar conferencias y, además, un idioma se aprende, ¿o no?

—Sí, claro, pero ¿en qué voy a trabajar si no sé hablar?

—En cualquier cosa. Puedes cuidar ganado.

—¡Qué locura! ¡Ganado!

—Bien, hay otras posibilidades, aparte del ganado. Verás lo que se me ha ocurrido: tú podrías aprender inglés, al principio, hasta que fueras capaz de desenvolverte; yo, entretanto, trabajaría para los dos. Puedo volver a mi antiguo número de circo.

—¡Eso sí que no!

—Bah, no seas ridículo. Mira qué idea más estupenda: podríamos ir a Hollywood: allí sí me darían trabajo como acróbata en las películas de luchas y caballistas. Tú podrías también trabajar en el cine. Para eso no hay que hablar ningún idioma.

No pude reprimir la risa al imaginarme convertido en un peliculero, ataviado con un sombrero de alas anchas, cabalgando por el desierto a tiro limpio.

—Soy demasiado feo —argumenté.

—También lo es Tom Mix —cortó María Coral muy seria.

La vi tan entusiasmada con la idea que no quise defraudarla. Esa noche, solo en casa, pensé, calculé, hice cuentas y me sorprendió el alba sin haber hallado solución alguna. Por la tarde fui en busca de María Coral y la traje a casa en un coche de alquiler. Había llenado la estancia de flores, pero el peso de los recuerdos latentes causó un efecto depresivo en ella. Se metió en la cama y, con ayuda de un sedante recetado por el médico, cayó en un sueño reparador del que no se despertó hasta muy avanzado el día.

Por la tarde vino Perico Serramadriles de visita. Traía un ramillete de claveles y trató por todos los medios de mostrarse natural y desenvuelto, pero la conversación se deslizaba sobre ruedas cuadradas. Yo sabía lo que pasaba en aquellos momentos por la mente de mi amigo y no hice nada por suavizar la situación, sabiendo inútil cualquier esfuerzo en tal sentido. Recordé la impresión que me produjo María Coral la primera vez que la vi, en el cabaret: el hálito inmoral y misterioso que la envolvía hacían de la infeliz un ser al que sólo se mira con un cuerpo destinado al placer de ricos y osados. Perico Serramadriles, demasiado simple, falto del cinismo que da la experiencia, no se atrevió a romper la barrera de las apariencias y su natural pusilánime se amilanó al enfrentarse con una leyenda materializada. La entrevista fue fugaz y tensa. Cuando nos despedimos supe que jamás volveríamos a vernos. Al regresar junto a María Coral, por influjo del ausente, la miré como a un fruto prohibido para un pobre pasante de abogado, como a un manjar reservado a las mesas de los Lepprince. Estaba violento y María Coral, irritada.

—¿Qué le ocurre a tu amigo? ¿Por qué me miraba como a un bicho raro? —dijo ella.

—Es tímido —respondí por no herirla.

—Bien sabes que se trata de otra cosa —contestó María Coral—. Le doy miedo.

Quise replicar: «A mí también», pero no lo hice. Me sentía en aquellos instantes como el domador que penetra en la jaula de los leones, sabedor de que nadie querrá entrar con él y consciente de que un buen día, de improviso, los leones pueden degollarlo de un mordisco. La suerte estaba echada, como diría Cortabanyes, pero ¿cuánto tiempo podía durar aquella entente?

Unos días después de la visita de Perico Serramadriles, harto de no salir de casa, decidí visitar, a mi vez, a la Doloretas. Así se lo dije a María Coral y ésta no encontró inconveniente alguno.

—Yo me quedaré, si no te importa. Estoy un poco débil todavía. No tardes mucho.

La Doloretas vivía en una casa triste y oscura de la calle de Cambios Nuevos. La escalera era estrecha y tenebrosa, las paredes estaban desportilladas, la barandilla herrumbrosa, y el edificio entero olía insanamente a pucheros, verduras y guisotes. Llamé y al otro lado de la puerta se descorrió una mirilla y una voz aguda preguntó:

—¿Quién va?

—Un amigo de la Doloretas; Javier Miranda.

—Oh, le abro en seguida.

Se abrió la puerta y pasé a un recibidor tétrico y desamueblado. La que me había abierto era una mujer joven y obesa. Sostenía con una mano las puntas de su delantal formando bolsa. En la bolsa se apilaban unos puñados de guisantes.

—Perdone que le reciba así, ¿eh?, pero es que estaba pelando unos guisantes.

—No se disculpe, señora, me hago perfecto cargo.

—Soy una vecina de la señora Doloretas, ¿eh?, y le hago compañía de tanto en tanto; mientras preparo la comida, por esto.

Mientras hablaba me guiaba por un pasillo angosto al término del cual se abría una sala cuadrada en cuyo centro había una mesa camilla y un sillón. La mesa contenía una jofaina repleta de guisantes y un periódico desdoblado en el que se amontonaban las vainas. La Doloretas yacía en el sillón, cubierta por una manta a pesar del calor reinante. Al verme, sus ojos apagados cobraron animación.

—Ah, señor Javier, qué amable que ha sido al acordarse de mí.

Hablaba con dificultad, pues tenía paralizado el lado derecho de la cara.

—¿Cómo está, Doloretas?

—Mal, hijo, muy fastidiada. Ya lo ve.

—No se desanime, mujer; en unos días estará dando guerra otra vez en el despacho.

—Ay, señor Javier, no quiera darme alivio. Nunca volveré al despacho. Ya ve lo mala que estoy. —No supe qué contestar porque, a fuer de sincero, su aspecto no podía ser peor—. Yo sólo le pido a Dios una cosa: «Señor, dame mucha de salud... Dame mucha, ya que me has quitado todo lo demás.» Pero se conoce que Dios ha querido mandarme una última prueba.

—Eso no es justo, Doloretas. Se recuperará usted, tenga confianza.

—No, no. Siempre he tenido mala suerte. Ya ve usted, de pequeña me quedé sin padres y pasé muchas de privaciones...

La vecina pelaba guisantes maquinalmente, balanceando el corpachón. Oscurecía en la calle y, como suele suceder en las ciudades costeras en verano, con el crepúsculo aumentaba la presión atmosférica y se desparramaba un bochorno apelmazado. Los guisantes producían un chirrido leve y lejano, como alaridos de insectos.

—Luego todo pareció arreglarse: conocí al Andreu, que era el más bueno de los hombres ¡y muy trabajador!, Dios le tenga en su gloria. Nos casamos y, como que los dos éramos jóvenes y bien parecidos hacíamos gozo, todo el mundo nos miraba..., perdone si le cuento estas cosas, dirá usted que soy una vieja chiflada... El Andreu, ¿sabe?, no era de aquí Barcelona. Vino a hacer los estudios y cuando me conoció y nos casamos se quedó a vivir en la ciudad. No le hacía miedo el trabajo y tenía mucho empuje, pero no tenía relaciones. Entonces hizo un amigo que se decía Pep Puntxet. El Andreu estaba muy entusiasmado con su amigo y los dos se pusieron a trabajar juntos como bestias. El Pep Puntxet tenía muchos conocidos y entre una cosa y la otra ganaban buenos dineros. A mí no me gustaba aquel hombre y así le decía a mi marido: «Ves al tanto, Andreu, ves al tanto que este Pep no me hace nada de gracia.» El Andreu, pobre, sólo quería trabajar y ganar dinero para que no me faltase de nada. Lo que pasó fue que el Pep Puntxet era un desvergonzado que le engañó como a un chino, lo metió en negocios sucios y se marchó con los cuartos a la que las cosas se torcieron. El Andreu quedó solo, con todo de enemigos que le andaban detrás. «Ves al tanto, Andreu, ves al tanto.» «No te sofoques, mujer, pagaremos las deudas y comenzaremos de nuevo.» El Andreu lo era demasiado, de bueno, y no tenía malicia. Una noche..., una noche había yo hecho escudella porque sabía que llegaría con mucha gana. Pero pasaron las horas y la escudella se quedó fría. Luego vinieron en casa unos señores que eran de la Policía. Me hicieron preguntas y me dijeron: «Venga con nosotros, señora, su marido está al hospital.» Cuando llegamos ya era muerto, el pobre Andreu. Me dijeron que había tenido un accidente, pero yo sé muy bien que lo habían matado los enemigos del Pep Puntxet.

Estaba llorando. La vecina le enjugó las lágrimas.

—No lo piense, señora Doloretas, ya pasó todo hace mucho tiempo.

La Doloretas no paraba de llorar.

—Ay, Madre de Dios. La vida tiene muchos de sufrimientos y pocas de alegrías. Las alegrías de seguida pasan. Los sufrimientos duran... —dijo la vecina.

—Ya sé —dijo la Doloretas—, ya sé que se ha casado usted, señor Javier, con una señorita muy buena y muy distinguida. Haga usted bondad y tenga conocimiento y rece mucho a Dios para que le conserve la salud y la vida. Rece mucho para que su mujer no tenga que pasar lo que yo vengo pasando.

Cuando salí de la casa tenía el ánimo abatido y creí que hasta la sombra me pesaba. Me detuve en una cervecería y bebí un coñac mientras meditaba en las palabras de la Doloretas. Su historia era la historia de las gentes de Barcelona.

María Coral me miró al entrar como si me hubiera visto aparecer andando con las manos.

—¿Qué te ocurre, Javier? ¿Te has topado con un fantasma?

—Sí.

—Cuéntame.

—Un fantasma muy peculiar: un resucitado del futuro. Nuestro propio fantasma.

—¡Eh, alto ahí! No empieces con tus coñas de abogado y habla claro.

—No es cosa de abogados, María Coral. Estoy confuso y necesito recapacitar.

La dejé con la palabra en la boca y me encerré en mi cuarto (a causa de su convalecencia seguíamos durmiendo separados), del que no salí hasta la hora de la cena. María Coral estaba de mal humor por mi conducta indelicada. Yo le hablé claro: vivíamos en la cuerda floja, en un mundo de fieras, no podíamos confiar en nuestras propias fuerzas para sobrevivir. La crisis era palpable; las circunstancias, críticas; los puestos de trabajo escaseaban. No podíamos aventurarnos, lanzarnos a un mar embravecido subidos al tronco resbaladizo de nuestros buenos propósitos. Había que pensar con la cabeza, domeñar los impulsos románticos, no dar un paso en falso. La seguridad, María Coral, la seguridad lo era todo. Lo decía más pensando en ella que pensando en mí, tenía que creerme. Yo sabía cosas de la vida que ella, por su extrema juventud, no podía siquiera imaginar...

No me dejó acabar la perorata. Arrojó al aire los platos y los cubiertos, se puso en pie derribando la silla, con el rostro amoratado de indignación, trémulo el cuerpo. Ni siquiera la noche de la verbena, cuando discutimos, se había puesto así.

—¡Ya sé lo que intentas decirme, no hace falta que sigas! ¿Por qué tuve confianza en ti? ¿Por qué, una vez en la vida, creí lo que me decía un hombre?

Rompió a llorar y quiso salir del comedor. La sujeté por un brazo.

—No te pongas así, mujer, déjame terminar.

—No hace falta, no hace falta..., ya entiendo lo que no te atreves a decir —silbaba las palabras y me miró con odio—. Eres igual que Lepprince..., eres igual que Lepprince, con la diferencia de que él tiene dinero y tú eres un miserable pelagatos.

De un tirón se liberó de mi mano, abandonó la pieza y oí un portazo que parecía el estallido de un obús. Se había encerrado en mi cuarto (la puerta del suyo seguía rota) y se negó a salir a pesar de mis ruegos.

Al día siguiente salí para el trabajo. Confiaba en que la explosión de cólera de María Coral se aplacaría con el tiempo e iba dándole vueltas a la solución definitiva de nuestros problemas, cuando vi que avanzaba en dirección contraria la *limousine* de Lepprince. Me paré y seguí su trayectoria con la mirada: se detuvo ante la puerta de nuestra casa y bajaron dos figuras que reconocí de inmediato, a pesar de la distancia. Eran Lepprince y Max. La *limousine* giró, conducida por el *chauffeur*, y volvió a pasar junto a mí. Nuestros problemas ya no existían, porque un problema deja de serlo si no tiene solución. En el caso presente, ya no había problema, sino realidad irreversible. Con el corazón desgarrado seguí mi camino hacia la empresa.

Por la noche, de regreso, María Coral no estaba. Me tendí en la cama sin cenar, fumando un cigarrillo tras otro hasta que oí pasos en el recibidor. María Coral chocaba contra los muebles y su andar inseguro y un hipo esporádico y descarado me advirtieron que había bebido en exceso. No obstante, con la débil esperanza de recuperar los fragmentos de la felicidad perdida, me levanté y fui a su cuarto. Pero alguien había reparado la puerta y el cerrojo resistió a mis forcejeos. La llamé con dulzura.

—María Coral, ¿estás ahí? Soy yo, Javier.

—No intentes pasar, querido —me contestó su voz zumbona, entrecortada por la risa—, no estoy sola.

Empalidecía. ¿Sería verdad o se trataba únicamente de una fanfarronada pueril? Me agaché y atisbé por el ojo de la cerradura. En vez de lograr mis propósitos, fui rechazado por un manotazo que alguien me propinó en la espalda. Me di vuelta y encontré a Max, sonriente, plantado en el centro del pasillo, encañonándome con su revólver.

—No nos gustan los niños fisgones —dijo con sorna punzante.

Regresé a mi cuarto y esperé. Durante horas interminables oí los pasos de Max en el corredor, las risas y los juegos en la alcoba de María Coral, las protestas de los vecinos decentes. Luego un ruido confuso de gente que salía. Imaginé a mi mujer desnuda, despidiendo a su amante desde el rellano de la escalera... Me dormí por fin y soñé que estaba en Valladolid y mi padre me llevaba por primera vez al colegio.

A partir del día siguiente, nuestra vida continuó como antes de la verbena memorable, con la diferencia de que ahora vivíamos en un teatro sin tramoya y nos comportábamos como actores sin público, sintiéndonos ridículos de representar el uno para el otro un papel cuya falsedad no tenía paliativos. Las bochornosas escenas se repitieron con cierta frecuencia las primeras semanas, aunque no volví a coincidir con Max. Tanto ellos como yo extremábamos la prudencia en este sentido. Luego las juergas fueron decreciendo en periodicidad, duración y grado: apenas una vez por semana; Lepprince se hacía viejo. Yo visitaba casi a diario a la Doloretas y solía demorarme en su casa hasta muy avanzada hora, en parte por huir de la caricatura trágica en que se había convertido mi hogar, y en parte porque su rosario de calamidades, por contraste, me consolaba de mis desdichas. La situación se prolongó a lo largo del verano hasta que un día, a mediados de septiembre, todo se alteró.

Regresaba yo por la noche a casa con el presentimiento de que una novedad me aguardaba, y así era. La puerta no estaba cerrada con llave. Supuse que María Coral había regresado antes que de costumbre y la llamé desde el umbral. Nadie me respondió. Había luz en el comedor y allí encaminé mis pasos. La sorpresa fue mayúscula, porque quien ocupaba la pieza no era María Coral, sino Lepprince. Parecía cansado, incluso enfermo. Profundas arrugas le surcaban el rostro y las ojeras le circundaban los ojos.

—Pasa —me dijo.

—¿Espera usted a María Coral?

Lepprince sonrió con amargura y me miró con aquella mirada profunda, cargada de ironía y ternura. La misma mirada que me había dirigido tres años antes, cuando siendo yo un chiquillo y sin apenas conocerle le pregunté a bocajarro: «Señor Lepprince, ¿quién mató a Pajarito de Soto?»

—No me supondrás tan falto de tacto, Javier —fue su contestación.

—Entonces, ¿a qué se debe su presencia en esta casa?

—Ya te imaginarás que no habría venido si no se tratase de algo grave.

Temí lo peor y se me alteraron las facciones. Lepprince, al notarlo, hizo un gesto lánguido.

—No es lo que piensas, tranquilízate.

—¿Qué ocurre?

—María Coral se ha fugado.

Me quedé callado, confuso, tratando de asimilar la magnitud de la noticia.

—¿Y por qué me viene a contar estas cosas? —respondí, pero mi respuesta no sonaba sincera; un temblor en la voz me delataba.

Una vez más, Lepprince había escogido bien el blanco de sus disparos y no había marrado el tiro.

—¿Qué quiere de mí? —pregunté por fin.

Sacó su pitillera de plata y me ofreció un cigarrillo de una marca que yo no conocía. Fumamos en silencio hasta que habló de nuevo.

—Tienes que dar con ella y hacer que vuelva.

Apagó el cigarrillo recién empezado, unió las yemas de los dedos y clavó la mirada en el suelo.

—¿Cómo quiere que la traiga si no sé dónde ha ido?

—Yo sí lo sé.

—Entonces, ¿por qué recurre a mí?

—Yo no puedo detenerla.

—¿Y pues?

—Se ha fugado con Max.

Me quedé atónito.

—¡Increíble!

—No es momento para explicaciones. Escucha con atención lo que te voy a decir y no perdamos más tiempo.

Levantó del suelo su cartera de mano, la abrió y extrajo un revólver, una caja de balas y un papel plegado. Colocó el revólver y la caja en un extremo de la mesa y luego procedió a desdoblar y extender el papel, alisando la superficie con el canto de la mano.

—Trae una lámpara, papel y lápiz.

Fui a mi cuarto y transporté al comedor la lámpara de pie que utilizaba para mis lecturas nocturnas. Hacía calor. Lepprince se había despojado de la chaqueta y yo hice lo propio. Juntamos las cabezas bajo la lámpara. Lepprince señaló un punto en el mapa.

—Esto es Barcelona, ¿lo ves? Aquí está Valencia y aquí, al otro lado, Francia. En este sentido cae Madrid. ¿Entiendes? No, será mejor que dé la vuelta al mapa. O, mejor aún, ven aquí, a mi lado, no nos vayamos a liar el uno por el otro.

# VIII

El ronquido del motor cesó de repente dejándome una especie de hueco en la cabeza. Llevaba oyéndolo toda la noche, desde que salí de Barcelona como una exhalación en busca de los fugitivos. Según los cálculos de Lepprince, aquella misma mañana debía darles alcance. María Coral y Max viajaban sin medios propios de locomoción. Habrían tomado un tren, un *carrilet* y, tal vez, una tartana, con lo cual, y en el mejor de los casos, era imposible que hubiesen rebasado Cervera. Yo, en cambio, conduje la *conduite-cabriolet*, a cuyo mecanismo me había habituado en las excursiones de los domingos de primavera.

«A la entrada de Cervera hallarás una fonda de ladrillo rojo, cuyo nombre no recuerdo. Max pasará por ahí. Si no han llegado todavía, espérales.»

¿Cómo estaba tan seguro Lepprince del itinerario a seguir y de las etapas del mismo? Varias veces se lo había preguntado y otras tantas me había respondido:

—No es momento para explicaciones: anota y calla.

Consulté por enésima vez el cuadernito: parar en la fonda y esperar. Prudencia.

Tomé la pistola que me había dado Lepprince y la introduje en el cinturón, procurando cubrir su escandalosa presencia con la chaqueta. Caminé hacia la fonda rojiza. Las primeras luces hicieron surgir ante mí la enorme mole de la ciudad encaramada en su roca. El campo estaba silencioso, el cielo despejado auguraba un día caluroso. Al llegar junto al edificio me detuve, pegado al muro, y atisbé por un ventanuco empañado por la escarcha. Se adivinaba una sala de grandes proporciones con un largo mostrador al fondo. Las sillas se apilaban patas arriba sobre las mesas. Tras la barra trajinaba una figura cuyas proporciones y movimientos hacían imposible que se tratara de Max. Empujé la puerta y entré.

—Buenos días, señor. Madruga usted —dijo el hombre del mostrador.

—No madrugo; trasnocho —le contesté.

El hombre siguió con su faena: colocaba en la superficie del mostrador una doble hilera de platillos. Sobre cada platillo, un tazón y una cuchara.

—¿Le sirvo la cena o el desayuno?

—Un bocadillo de lo que tenga y un café con leche.

—Tendrá que aguardar. El café no está hecho. Siéntese y descanse, parece fatigado —dijo el hombre del mostrador.

Me senté junto a la ventana. Desde allí se dominaba la sala entera y, a través del cristal, la carretera que serpenteaba entre frutales desde las estribaciones de Montserrat. Atravesar el escarpado, de noche, había constituido una proeza y mis nervios se resentían. Ahora, relajado, los objetos empezaban a balancearse dulcemente a mi alrededor.

—Señor..., ¡señor! Su bocadillo y su café.

Desperté sobresaltado y eché mano a la pistola. El hombre del mostrador depositaba un plato y un tazón humeante bajo mis narices. Me había dormido de bruces sobre la mesa.

—Lamento haberle asustado.

—Me dormí.

—Ya lo he visto.

—¿Mucho rato?

—Un cuartito de hora escaso. ¿Por qué no sube a las

habitaciones del piso de arriba y se acuesta? No se tiene usted de pie.

—Imposible. Debo seguir mi viaje.

—Perdone que me meta en sus asuntos, pero lo considero una imprudencia. Usted viaja en coche, ¿verdad?

—Sí.

—Pues no debe conducir en semejante disposición.

Bebí unos sorbos de café con leche. El líquido hirviendo me reanimó un poco.

—He de seguir.

El hombre del mostrador me miró con ironía.

—Le advierto que Max y la chica pasaron por aquí hace más de tres horas.

—¿Cómo dice?

—Que Max y la chica ya deben de estar lejos. Se le prepara un largo viaje. Duerma y les alcanzará mañana.

Dio media vuelta y se dirigió al mostrador refunfuñando por lo bajo.

—¿A qué vendrá tanto interés? —iba diciendo.

—¡Oiga! ¿Cómo sabe que busco a Max y a la chica?

—Eh, usted es el enviado del señor Lepprince, ¿no?

—¿Y usted quién es?

—Un amigo del señor Lepprince. No hace falta que saque su pistola; si le quisiera mal no me habrían faltado las ocasiones de perjudicarle.

Tenía razón y, además, no era momento de desentrañar misterios.

—¿Hacia dónde han ido?

—¿Cómo que dónde han ido? ¿No lleva usted un cuadernito con el trayecto apuntado?

—Sí.

—¿Entonces por qué me pregunta? Termínese su desayuno y le prepararé la cama.

Se me cerraban los ojos.

—El automóvil... —murmuré.

—Yo lo pondré a punto y le llenaré los depósitos.

Cuando se despierte podrá reanudar la pesca, ¿vale así?

—Vale..., y gracias.

—No me dé las gracias. Los dos trabajamos para el mismo patrón. Dígale a la vuelta que me porté bien.

—Descuide.

Arrastrándome subí al primer piso, donde tenían camas disponibles para los viajeros. En una de las habitaciones dormí profundamente, como hacía meses que no dormía, hasta que me despertó el hombre del mostrador. Me lavé, pagué la cuenta y salí a la carretera. El sol declinaba. El automóvil relucía frente a la fonda. Subí, me despedí del hombre del mostrador y puse el motor en marcha. Viajé toda la noche y llegué bien entrado el día a Balaguer.

«En Balaguer preguntarás por el tío Burillas, en la terminal de tartanas.»

La terminal de tartanas era una explanada alfombrada de estiércol, en uno de cuyos extremos se levantaba un caserón de adobe. Allí dirigí mis pasos. El sol daba de lleno en la plazoleta y yo debía de constituir un blanco fácil para un tirador mediano, de modo que aceleré cuanto pude mi llegada. El caserón, que hacía las veces de oficina, establo y sala de espera para viajeros, estaba cerrado. Un letrero rezaba: TANCAT. Oí piafar un caballo y rodeé el edificio. Alguien herraba un percherón en el establo. En el exterior reposaba una tartana sin cabalgadura, sujeta por una cadena a una argolla incrustada en la pared. Me aproximé al herrero, un anciano fornido y hosco, que no se dignó mirarme siquiera. Esperé a que finalizase su labor.

—¿El tío Burillas?

El viejo hizo entrar al percherón en el establo y cerró la portezuela. Conservaba en la mano el martillo que había usado para herrar.

—*Per qui demana?*

—El tío Burillas. ¿Es usted?

—No.

—¿Dónde lo puedo encontrar?

—*Vagi a la merda. No ho sé pas.*

Comenzó a caminar hacia la oficina. Le seguí a prudencial distancia, procurando mantenerme fuera del alcance del martillo.

—¿Ha visto llegar la tartana que viene de Cervera? —insistí.

—*No hi ha tartanes, és tard* —señaló el letrero—. *No sap llegir? Tancat.*

—Ya sé que no hay tartanas. Yo preguntaba por la que vino de Cervera.

—*No hi ha tartanes, no hi ha cavalls, no hi ha res. No m'emprenyi.*

Se metió en la oficina y cerró la puerta. El cartel quedó bailando ante mis ojos. Abandoné aquel lugar y deambulé por las calles de Balaguer, temeroso de una treta de Max. Al cabo de un rato de búsqueda infructuosa vi venir una hilera de niños precedidos por un ayo. El ayo parecía persona formal y a él acudí.

—Disculpe, ¿conoce usted al tío Burillas?

El ayo me miró con evidente disgusto.

—Jamás oí semejante nombre, caballero —dijo.

Pasó el ayo y detrás la chiquillería. Un niño se destacó subrepticiamente de la fila.

—Pregunte en la taberna del Jordi.

Encontré la taberna y pregunté al dueño. El tabernero alzó la voz.

—¡Joan, un señor pregunta por ti!

Un hombre menudo y macizo, tocado con una barretina morada, se levantó de una mesa y abandonó la ruidosa partida de dominó que disputaba con otros tres jugadores.

—¿Qué desea?

—Me manda Lepprince.

El hombre de la barretina se acarició el mentón, me miró de hito en hito, miró al suelo, me volvió a mirar y preguntó:

—¿Quién?

—El señor Lepprince.

—¿Lepprince?

—Sí, Lepprince. Usted es el tío Burillas, ¿no?

—Claro, ¿quién voy a ser?

—Y conoce al señor Lepprince, ¿no?

—Sí, trabajo para él.

—¿Entonces por qué hace preguntas?

Repitió el juego de las miradas y acabó riéndose con los ojillos entornados.

—Venga, señor Lepprince, salgamos a la calle.

Le seguí. Una vez en la calle, volvió a sus miradas reticentes.

—¿Cómo anda el asunto de mi cuñado? —preguntó por fin.

—Va bien —respondí por no liar más la conversación.

—Hace seis años que va bien —se rió de nuevo—. No sé lo que pasaría si fuera mal, me cago en diez.

—Estas cosas son lentas, pero intentaré activarlas a mi vuelta. ¿No tiene informes que darme?

Se puso muy serio. Luego se rió nuevamente durante un buen rato hasta que recuperó la seriedad.

—Han estado aquí, Max y la moza. Pasaron varias horas buscando algún medio de transporte. Querían alquilar una tartana, pero no hubo modo de conseguirlo.

—¿O sea que siguen aquí?

—No, se fueron.

Las risas le iban y le venían y como sólo hablaba o escuchaba en períodos de absoluta normalidad, la charla llevaba trazas de durar horas.

—¿Cómo se fueron?

—En una máquina.

—¿Un automóvil?

—Sí.

—¿De quién?

—De Productora.

—¿Quién es?

—Nadie. No es ninguna persona —más risas—. Es una empresa, la de la luz. Se fueron en una máquina de los ingenieros. Habrán ido hacia las centrales.

—¿Hacia Tremp? —dije recordando una indicación de Lepprince.

—Y más allá. Quizá hasta Viella. Iban en un auto grande, negro. Tenga cuidado si piensa viajar hasta allí, señor Lepprince, la carretera es muy peligrosa y si cae al barranco se matará.

—Gracias, seré prudente.

—Haga lo que quiera, pero recuerde lo de mi cuñado.

—¿A qué hora salieron?

—Pronto, pronto.

—¿De la noche o de la mañana?

—No lo sé.

Me largué para no caer en un ataque de cólera. Al cabo de unos minutos estaba otra vez en ruta. Pronto, como había predicho el tío Burillas, la carretera se tornó angosta y se adentró en gargantas cavadas por el río en la peña viva. La carretera discurría por una cornisa, a gran altura sobre las aguas negras y turbulentas, describiendo curvas de trazado irregular, muy peligrosas, efectivamente. Pasado el mediodía, cansado, hambriento y entumecido, divisé el pantano de Tremp. Hacía calor. Dejé el automóvil a la sombra de unos árboles, me desnudé y me bañé en el agua helada. El automóvil había dado muestras de calentamiento, de modo que decidí concederle unas horas de reposo y tomármelas yo también. Me tendí a la sombra de un sauce y me quedé dormido. Al despertar ya se había puesto el sol. Me dirigí a la central eléctrica. Unos obreros me informaron de que había pasado por allí un automóvil de la compañía, pero que no se había detenido. Suponían que su destino sería La Pobla de Segur, Sort o tal vez Viella.

Cené y partí de nuevo. La noche era oscura y la temperatura bajísima. Cuando despuntó la luna vi brillar la nieve en las cumbres. Aunque tiritaba, juzgué preferible no detenerme, porque con el frío no se recalentaba el motor. El automóvil agonizaba: se le habían caído los guardabarros delanteros y la rueda de recambio, que rodó irremisiblemente precipicio abajo; la bocina colgaba de un solo tornillo y golpeaba contra el parabrisas; el freno apenas respondía a la presión ejercida sobre él, y al paso del vehículo iba quedando un reguero negruzco.

De mañana llegué a un pueblecito desconocido. A la entrada del pueblo se alzaba una casa bastante grande, de piedra grisácea, rodeada de una verja. En la verja había una placa y en la placa unas letras que decían: P. F. M. Identifiqué las siglas con el nombre de la empresa de suministros eléctricos a la que pertenecían los ingenieros de que me habló el tío Burillas. Paré, bajé y traspuse la verja. En el jardín un hombre regaba las plantas. Le pregunté si había pasado por allí un coche negro de la Compañía. Me dijo que no, que el coche se había quedado allí, en la casa, y que los ingenieros estaban descansando. Pedí verles. Despertaron a uno de los ingenieros y vino a mi encuentro. Me di a conocer, mencioné a Lepprince e hice las preguntas de rigor.

—Sí, trajimos a un alemán y a su mujer hasta este pueblo. Una pareja encantadora. ¿Cómo? No, no hará mucho que llegamos; un par de horas, a lo sumo. Aún deben rondar por ahí, sí. Tenían el proyecto de seguir hasta Viella, o quizá más, no sé; no hablamos mucho.

Correctos, pero reservados, sí. No, no creo que salgan de inmediato. Desde aquí no hay otro medio de transporte que una diligencia que pasa de Pascuas a Ramos o alquilar un par de mulos. Ella, la mujer del alemán, parecía enferma, por eso nos avinimos a traerlos. Y por eso no creo que sigan viaje, por el momento. Sí, es todo cuanto le puedo decir. Repito que hablamos poco. No, de nada, no ha sido ninguna molestia. Me tiene siempre a su disposición.

Dejé oculto el automóvil donde Max no lo pudiera encontrar y entré a pie en el pueblo, para no ser advertido. El pueblo era muy pequeño y pintoresco. Situado en un valle breve, de vegetación escasa por lo árido del suelo, y rodeado de altísimas montañas en parte rocosas y en parte arboladas, cubiertas de nieves perpetuas en las cimas más altas.

El pueblo no sobrepasaba el centenar de habitantes, aunque la emigración constante hacia la ciudad dificultaba el censo. Las casas eran de una sola planta, pardas y de muros gruesos, con ventanas estrechas e irregulares como grietas. Las chimeneas humeaban.

Mi pretensión de pasar desapercibido se vio pronto truncada. Me encontré súbitamente rodeado de curiosos que holgaban al sol. A ellos me dirigí en busca de información. Me dijeron que la pareja de extranjeros se alojaba en la casa del oncle Virolet, que tenía habitaciones libres porque sus hijos habían marchado a Barcelona.

—Todos se van a trabajar con la Compañía. Sólo quedamos los viejos. La Compañía paga bien y a los jóvenes el pueblo se les queda pequeño.

Insistí para que me hablaran de la pareja recién llegada.

—La señora parecía muy enferma —coincidieron

todos—, por eso se tuvieron que quedar. El señor rubio quería seguir a toda costa, pero ella se negó en redondo y los que la vimos le dimos la razón y les aconsejamos que descansaran al menos dos días. Es muy sano el clima de aquí.

Pregunté si había otro lugar en el pueblo donde alquilasen habitaciones. Me llevaron a casa de la señora Clara, una vieja que criaba gallinas en el comedor de su domicilio. La señora Clara me alquiló por un precio irrisorio un cuarto de techo inclinado en el que acomodaron un sofá. Pedí para lavarme y me trajeron una palangana, una jarra de agua y un espejo cuarteado. Al mirarme en el espejo vi que tenía las mejillas hundidas, la barbilla huida, la barba hirsuta y ojeras violáceas. Me asaltó un temblor violento y me sentí febril. Me acosté y pasé la tarde y la noche arrebujado bajo una pila de mantas. La señora Clara me traía caldo, huevos frescos, bizcochos y vasitos de vino. Mi sueño estuvo poblado de pesadillas. Desperté repuesto, pero entristecido por las visiones que me habían acosado sin tregua y que profetizaban muerte violenta.

Los incidentes del viaje y el subsiguiente decaimiento me habían impedido trazar un plan de acción, incluso fantasear acerca del cariz que tomaría nuestro encuentro. Como no deseaba improvisar sobre la marcha, pasé la mañana entregado a las más disparatadas cábalas, consciente, aunque lo negase, de que a la hora de la verdad mis elucubraciones se derrumbarían y no sabría qué hacer ni qué decir. Poco después del mediodía llegó un chaval harapiento a la casa y preguntó por mí. Le hicieron pasar. Traía un recado: la señora extranjera quería verme. Comprendí que me había estado ocultando por miedo, no tanto a enfrentarme con Max como a enfrentarme con María Coral. Me vestí, com-

probé que aún tenía la pistola en mi poder y que había
balas en el cargador, me cercioré de que recordaba el
funcionamiento del arma y me dirigí a la casa del oncle Virolet, guiado por el chaval y seguido por todo el
pueblo, que ya por entonces debía de estar al corriente
del asunto y aguardaba con expectación un sangriento
y espectacular desenlace.

La casa del oncle Virolet estaba en una callecita estrecha y sombría que partía de una plaza donde se hallaba enclavada la iglesia, la Casa Consistorial y el
cuartelillo de la Guardia Civil. En la plazuela se detu-
vieron los curiosos y yo me adentré solo en la calle desierta. Caminé aprisa, pegado a los muros, agachándo-
me al pasar frente a las ventanas. Así llegué a mi destino, sin que ningún pormenor turbase la calma del
pueblo. Me volví a mirar atrás en el último momento,
tentado de pedir ayuda o de salir corriendo. Pero no
era posible: aquel asunto tenía que resolverse y eso había de hacerlo yo, a mi modo y por mis medios. Por
otra parte, los curiosos no parecían muy dispuestos a
intervenir activamente: se habían acomodado bajo los
soportales de la plaza y liaban pitillos o daban rítmicos
tientos a un porrón colosal.

La puerta de la casa del oncle Virolet estaba entornada; la empujé y vi un largo pasillo en tinieblas. Me
hice a un lado y esperé, conteniendo unos segundos la
respiración. Nada sucedió. Asomé la cabeza: el corredor
continuaba expedito. Al fondo distinguí una rendija de
luz. Me introduje en la casa y recorrí la distancia que
me separaba de la luz con extrema cautela. Otra puerta
entornada. Volví a empujar. Me hice a un lado. Silencio
absoluto. Miré y no vi más que una estancia iluminada
y aparentemente vacía.

—¿Hay alguien ahí? —pregunté.

—Javier, ¿eres tú?

Reconocí la voz de María Coral.

—Sí, soy yo. ¿Está Max contigo?

—No, ha salido y tardará en volver. Entra sin miedo.

Entré. Lo primero que sentí fue el cañón de un revólver apoyado en la sien. Luego una mano arrebató mi pistola. María Coral lloraba en un rincón con la cara oculta en los brazos doblados sobre las rodillas.

—Pobre Javier..., oh, pobre Javier —le oí decir entre sollozos.

María Coral nos había dejado a solas. Max se sentó a la mesa y me invitó a ocupar otra de las sillas. Hice lo que me ordenaba y el pistolero guardó sus armas en el cinto, colocando la mía en la mesa, fuera de mi alcance. Luego se quitó el bombín, se aflojó la corbata y me pidió permiso para quedarse en mangas de camisa. *«Il fait chaud, n'est-ce pas?»* Le dije que sí, que hacía mucho calor. Mientras se despojaba de la chaqueta le observé detenidamente: su rostro barbilampiño y su tez sonrosada no revelaban, a diferencia de la mía, la menor muestra de cansancio. Parecía limpio y fresco, como recién salido de un baño de sales. Captó mi mirada y sonrió.

—*Êtes-vous fatigué, monsieur Miranda?*

Le confesé que sí; volvió a sonreír y señaló las montañas que se divisaban fragmentariamente a través de la ventana.

—*Qu'il fait du bien, le plein air!* —exclamó.

Luego se hizo un silencio tenso y, por fin, empezó a hablar en estos términos.

—Ya me perdonará, *monsieur* Miranda, que haya recurrido a este método tan poco deportivo, pero tiene su justificación en lo que le voy a contar. En primer lugar, no debe reprochar la intervención de María Coral en su vergonzosa captura. Lo hizo para evitar mayores males. Como usted comprenderá, yo no tenía por qué recurrir a esta..., ejem..., *tricherie honteuse*. Pude matarle, de haber querido, a traición o cara a cara en cualquier momento, *à tout bout de champ*. Pude hacerlo apenas me informaron, en Cervera, de que usted había salido en nuestra..., *comme on dit?, poursuite?* Eso es, sí, en nuestra persecución. ¿Por qué no lo hice? Ahora lo sabrá. Ante todo, yo no soy lo que usted piensa. Observe, por ejemplo, que mi castellano es correcto, cosa que hasta el presente me esforcé en disimular. No soy el clásico *tueur à gages*. Poseo una cierta instrucción, pienso por mi cuenta con bastante sensatez y soy hombre de buenos sentimientos, *au fond*. Circunstancias ajenas a mi voluntad me han conducido al desempeño de esta triste profesión, cosa que deploro, aunque reconozco que no lo hago mal. En ningún momento, sin embargo, me he sentido identificado con el oficio de matar, y por lo que a usted respecta, *monsieur* Miranda, jamás sentí animadversión hacia su persona, sino más bien una cierta simpatía. Esto en lo tocante a mí. En cuanto a María Coral, créame, sólo es una víctima inocente a la que usted no ha sabido hacer justicia. Perdone si me interfiero en sus *affaires du cœur*, cosa que no suelo hacer y que prometo no repetir en el curso de nuestra conversación. Y volviendo a los hechos *en l'espèce*, le diré que nuestra huida no se debe a meras causas emocionales, como usted sin duda habrá supuesto, sino a otros condicionamientos más fríos, pero a la vez más comprensibles.

Se interrumpió, se peinó con los dedos sus rubios y lacios cabellos y cerró los ojos como si recogiera el hilo invisible de sus pensamientos.

—Sepa usted, ante todo, que Lepprince no le ha dicho la verdad. Al menos, no le ha dicho toda la verdad. Y ese aspecto que ha tenido la prudencia de ocultarle es el que yo le voy a desvelar: Lepprince está... *en faillite*, ¿cómo se dice en español? ¿Quiebra? Sí, ésa es la palabra: quiebra. No, aún no es cosa oficial, pero ya se sabe en todos los círculos financieros. La fábrica no produce, las mercancías se oxidan en el almacén, los acreedores acosan por todas partes y los Bancos han vuelto la espalda a la firma. Tarde o temprano estallará la situación y, entonces, Lepprince está perdido. Sin dinero, sin influencias y, por decirlo todo, sin mí, sus días están contados. Quienes le han odiado *en silence* durante años aprovecharán para caer sobre sus despojos. Y son muchos los que acechan, téngalo por cierto. No diré que los admiro, pero, en cierta medida, los comprendo. Lepprince ha gustado de jugar con los débiles y ha hecho mucho mal. Es justo que ahora pague. Pero no nos desviemos del tema.

Hizo una nueva pausa. Fuera, en la plaza, sonaron las campanas de la iglesia. Ladró un perro a lo lejos. El cielo se había vuelto rojizo y las montañas se recortaban amenazadoras.

—En las circunstancias referidas, *monsieur*, era lógico que tanto María Coral como yo tratáramos de ponernos a salvo, dado que ambos éramos, y somos aún, las dos personas más *étroitement* ligadas a Lepprince. Esta actitud, que objetivamente considerada, podría calificarse de *déloyale*, no lo es si tomamos en cuenta el factor esencial de nuestra relación, *c'est à dire*, el dinero. Finiquitado éste, resulta lógico que Lepprince se defienda por sí mismo, hablo de mi caso y que busque *l'épanouissement* en su legítima esposa... hablo de María Coral. María Coral, y no vea en mis palabras un juicio de valor sino la constatación de un hecho, no puede apoyarse en usted. Falto de Lepprince, saldada la empresa, usted queda en el aire; así son las cosas. Decidimos, por lo tanto, huir. De no haber sido por la repentina *découverte de la grossesse* de María Coral, a estas horas habríamos rebasado la frontera y usted no nos habría dado alcance. Ahora las cosas han cambiado: ella no puede seguir viaje a lomos de un caballo. Por eso recurrimos al método de atraerle y dialogar. No en busca de un enfrentamiento que sólo produciría derramamiento de sangre, sino en busca de su colaboración, dado que la enemistad, actualmente, *n'a pas de sens*.

Dejó de hablar y reinó el silencio durante largo rato. Yo luchaba por hacerme cargo de la situación, asimilando las razones que me daba el pistolero. Lo que fue en un principio una turbulenta aventura sentimental finalizaba con una fría transacción en torno a una mesa.

—¿Qué clase de colaboración esperan de mí? —pregunté.

—Que nos dé su automóvil.

—¿No le sería más cómodo arrebatármelo?

—Supongo que usted opondría resistencia, y tal vez... la cosa tendría un desagradable desenlace.

—No me diga que siente escrúpulos a estas alturas.

—Oh, no, no me interprete mal. Se trata de una cuestión de conveniencia. Tenga usted por seguro que no le voy a matar. Y sepa también que Lepprince le mandó a buscarnos en la certeza de que yo le mataría. Pero no es éste momento para las explicaciones. ¿Nos cede o no nos cede su automóvil?

—¿Por qué habría de hacerlo? —inquirí.

—Por ella —respondió Max—, *si vous l'aimez encore*.

Cuando el ruido del automóvil se perdió a lo lejos y el silencio se adueñó a su vez más del pueblo, me levanté y salí de la casa del oncle Virolet. Era casi de noche. En la plazuela sólo quedaban unos pocos curiosos, pues el aburrimiento había dispersado a los más. Los tenaces que aún esperaban me miraron pasar envueltos en una quietud vacuna, mezcla de reproche por el espectáculo escatimado y conmiseración por el fracaso de mi aventura, que adivinaban.

Llegué a mi alojamiento, en casa de la señora Clara,

y pasé largo rato tendido en el sofá, fumando y pensando en mi existencia y en todas las vueltas y revueltas que había dado para volver al inicio, con más años, menos ilusiones y ninguna perspectiva. Recordé las palabras de Cortabanyes: «La vida es un tiovivo que da vueltas hasta marear y luego te apea en el mismo sitio en que has subido.»

En estas reflexiones andaba cuando advertí un cierto revuelo en las calles del pueblo. A poco llegó el chaval harapiento que horas antes me había traído el recado de María Coral. Venía muy alborotado y tras él se arremolinaban los lugareños.

—¡Señor, señor, corra!

—¿Qué sucede?

—¡La Guardia Civil, que trae su automóvil! ¡Corra!

Me precipité fuera de la casa. Todo el pueblo se había congregado en la carretera, portando faroles de aceite. Una sombra de contorno impreciso se aproximaba. Cuando llegó a la altura de los primeros faroles, vi que se trataba de dos guardias civiles, con sus tricornios, sus capotes y sus fusiles en bandolera, que empujaban y frenaban, según la pendiente del camino, el coche de Lepprince. Me acerqué al coche: sentado al volante iba Max, con el rostro lívido y desencajadas las facciones, los brazos colgantes, la camisa ensangrentada; evidentemente muerto.

—Los civiles han matado al extranjero —oí decir.

Acompañé a la comitiva al cuartelillo. Allí, tras una espera breve, el cabo, un hombre maduro y enjuto de rizados bigotes, me dio cuenta de lo sucedido.

—La pareja patrullaba por el hondo cuando vio venir ese auto de ahí afuera —señaló la puerta entreabierta que daba a la calle oscura como boca de lobo y desierta a la sazón—. Le dieron el alto y el auto paró. Al acercarse pudieron comprobar que había dos ocupantes: el difunto aquí presente y una mujer.

—¿Qué ha sido de la mujer? —interrumpí.

—Déjeme acabar. Esto es un atestado. Como iba diciendo, les pidieron la documentación, en cumplimiento de las disposiciones legales al respecto, y cuál no sería su sorpresa al ver que el difunto, para entendernos, sacaba un revólver del cinto, con intención de disparar sobre los guardias. Lógicamente, éstos respondieron a la agresión con sus fusiles. Y le frieron a tiros.

Se quitó el tricornio y se limpió el sudor con un pañuelo de hierbas. Un número hizo su aparición, respetuoso.

—El Código Penal que usted pidió.

El cabo dejó el tricornio sobre la mesa y sacó del bolsillo unas gafas de armadura de alambre.

—Déjelo aquí, Jiménez. Este señor es el propietario del automóvil. Le estoy tomando la pertinente declaración. Luego les llamaré a ustedes.

El número se llevó la mano al tricornio y se retiró andando de espaldas. El cabo se había calado las gafas y hojeaba el Código.

—Vea usted, señor Miranda, aquí lo dice bien claro: Atentado y resistencia a la Autoridad. Usted lo ha visto tan bien como yo, ¿de acuerdo? No quiero líos.

—Sí, ya veo. Lo que no me explico es cómo sus agentes salieron indemnes de la agresión.

El cabo cerró el Código y lo utilizó como refuerzo de su mímica.

—Verá usted, el extranjero llevaba revólveres de poco calibre. Tuvo que levantar mucho los brazos para disparar *por encima* de la puerta del automóvil —asomó un dedo por encima del Código—. Los agentes, en cambio, como van armados de mosquetones, dispararon a bocajarro *a través* de la carrocería. Eso les permitió efectuar los disparos con mayor rapidez y precisión —depositó el texto legal junto al tricornio y concluyó—: Ese extranjero debía ser un pistolerete de ciudad.

—¿Y la mujer que le acompañaba? —insistí.

—Ésa es la parte más chocante de la historia. Mire, la carretera tiene a un lado la montaña y al otro el barranco, ¿ve? —el Código Penal se convirtió en una carretera—. Pues bien, cuando los agentes recargaban las armas, la mujer brincó al respaldo del asiento y se arrojó al vacío.

—¡Cielo santo!

—Espere, que ahora viene lo bueno. Los agentes se asomaron a ver si se había estrellado, pero no encontraron rastro de la mujer. Se había volatilizado.

—Gracias a Dios —exclamé. Y añadí para informar al cabo—: Es acróbata circense.

—Sí, como las cabras debió descolgarse por las rocas, es cierto. De todos modos, fue una proeza inútil. Pronto volverá, si está con vida.

—¿Cómo lo sabe?

—Llevaba ropa ligera, pues hace calor mientras dura el sol, pero a la noche refresca mucho. Además, se había quitado los zapatos al saltar, porque los hemos encontrado en el asiento posterior del automóvil. Vea, vea usted mismo cómo ha refrescado.

Miré por la ventana enrejada del cuartelillo. Soplaba un viento helado y creía percibir aullidos de lobo procedentes de la sierra.

—¿Hay lobos en esta comarca?

—Eso dicen los del lugar. Yo jamás los vi —respondió el cabo con indiferencia—. Ahora, si le parece bien, procedamos a tomarle la declaración.

Me mostré lo más evasivo posible. A decir verdad, bien poco hube de forzar mis respuestas para desconcertar al cabo. Ignoraba el apellido de Max, su edad, el lugar de su nacimiento y todos los restantes datos personales concernientes al pistolero. Mentí con respecto a María Coral. Fingí no saber quién era para no dar datos y convertirla en presa identificable. Tampoco el

402

cabo se mostró muy incisivo. Se notaba que aquel asunto le desagradaba. Cuando nos despedimos aproveché para decirle:

—Si encuentran a la mujer, trátenla con delicadeza. Es una menor.

El cabo me dio una palmadita en el hombro.

—Ustedes los de Barcelona no se privan nunca de nada.


Pasé la noche a la espera de María Coral, sentado en el pórtico de la casa, pero llegó la mañana y la gitana no regresaba. Bien entrado el día, decidí telefonear a Barcelona y tener un cambio de impresiones con Lepprince. En ninguna casa del pueblo tenían teléfono, como había supuesto, y me dirigí a las oficinas de la Compañía, donde contaba con agenciarme la influyente ayuda de los ingenieros.

Sin embargo, mis propósitos estaban condenados al fracaso. En el sendero que iba de la carretera al edificio de la Compañía me topé con un grupo de obreros que me cerraron el paso.

—¿Adónde va? —me preguntó uno de los obreros.

—A las oficinas, a telefonear.

—No se puede. Las oficinas están cerradas.

—¿Cerradas? ¿Hoy? ¿Y eso por qué?

—Hay huelga.

—Pero se trata de una cuestión de vida o muerte.

—Lo sentimos mucho. La huelga es la huelga.

—Déjenme intentarlo, al menos.

—Está bien, pase.

Me dejaron el camino libre, pero fue inútil. Frente a la verja de hierro había piquetes de hombres armados con barras de hierro, herramientas y objetos contundentes. El ambiente, con todo, estaba en calma. Esperé sin que nadie fijase su atención en mí. Transcurrido un rato salió una docena de hombres del edificio. Dos, al menos, llevaban escopetas, y todos, pañuelos rojos al cuello. Los de fuera abrieron las puertas de la verja. A poco vi aparecer el automóvil negro de los ingenieros. Iba repleto de gente como un tranvía. Cruzó la verja y se perdió carretera adelante, en dirección a Barcelona. Los obreros entraron entonces en el edificio y cerraron las puertas. Yo perseguí un rato al coche, haciendo señas para que se detuviera. Naturalmente, no me hicieron ningún caso.

Volví al pueblo y acudí al cuartelillo de la Guardia Civil. El cabo había salido. Pedí que me dejaran telegrafiar.

—El telégrafo no funciona. Los huelguistas han cortado el fluido eléctrico —me dijo un número.

—¿Saben algo de la chica perdida?

—No.

—Irán a dar una batida, supongo.

—Ni lo sueñe. Bastantes quebraderos de cabeza nos traerá esa dichosa huelga. Por ahora parecen tranquilos, pero ya veremos lo que ocurre cuando pasen unas horas. Cuando este follón acabe, quizá salgamos por el monte, a ver.

—¿Y cuánto puede durar esta huelga?

El número se encogió de hombros.

—Nunca se sabe. A lo mejor es la revolución.

A mediodía sepultamos a Max. Aprovechando el desinterés de las autoridades locales por todo lo que no fuese la huelga, conseguí que lo enterraran con armas. Pensé que allí donde sea que vayan los muertos, Max tenía que ir con sus pistolas. Cuando empezaban a rellenar la fosa aparecieron varios huelguistas enarbolando una bandera roja y una enseña anarquista y rindieron honores a Max. Les pregunté por qué lo hacían y me dijeron que no sabían quién era, pero que lo había matado la Guardia Civil y eso bastaba.

# IX

Habían transcurrido cinco días desde la muerte de Max y María Coral no aparecía. Desesperado de obtener la colaboración de la Guardia Civil (absorta en la crisis social del momento) me agencié la colaboración interesada de un lugareño cabezota y zafio y juntos recorrimos los montes. Por sus funciones de guía me pidió «algo de oro» y yo le di mi reloj. A decir verdad, fue un intercambio de estafas, pues el reloj era de latón dorado y el campesino, por su parte, me hizo dar vueltas en torno al pueblo, abusando de mi desorientación, sin aventurarse por los parajes más agrestes y trabajosos. Mientras tanto, el herrero del pueblo reparaba el automóvil. Hizo una chapuza horrorosa y me cobró una cantidad desmesurada, porque «con eso de la huelga, sólo podía trabajar de noche y aun con grave peligro de su vida». De modo que le pagué por esquirol y por acabar de descomponer lo que ya estaba descompuesto.

La huelga se hacía notar por detalles marginales, ya que, aparte de la Compañía, ningún trabajo había en el pueblo que se pudiera paralizar. En el edificio de la Compañía ondeaban banderas anarco-sindicalistas y en la plaza del pueblo se habían pegado afiches con la efigie de Lenin, al que pronto pintaron los chiquillos gafas y cigarros y alguna que otra obscenidad.

Los obreros se reunían a diario y pasaban la jornada tomando el sol a la puerta de la taberna, discutiendo y filosofando y haciendo circular bulos sobre los acontecimientos revolucionarios acaecidos en otras localidades. A la caída de la tarde se organizaban mítines en los cuales los socialistas y los anarquistas se insultaban recíprocamente. Al término de los mítines, los oradores y sus oyentes se congregaban ante la iglesia y apostrofaban al cura, acusándole de usurero, corruptor de menores y soplón. La Guardia Civil no se dejaba ver en estas ocasiones. Según comprobé, seguía el devenir de la huelga desde la ventana de la casa-cuartel, tomando nota de personas, dichos y tendencias, y confeccionaba un voluminoso atestado que dictaba el cabo y escribían los números con faltas, tachaduras y borrones.

De todas estas novedades, que tenían al pueblo encandilado, me enteraba yo al anochecer, cuando regresaba de mis correrías por el monte, reventado de andar, yerto de frío, con la ropa y la piel desgarradas por las zarzas y la garganta seca de gritar el nombre de María Coral y espantar conejos. Por fin, cansado de buscar una aguja en un pajar, y aprovechando que el herrero se había cansado de manosear el automóvil, decidí regresar a Barcelona, con ánimo de volver al pueblo más adelante, cuando las cosas hubieran vuelto a la normalidad y una labor coherente y organizada pudiera llevarse a cabo con garantías de éxito.

Salí del pueblo por la mañana, confiando en llegar a mi destino en menos de cuarenta y ocho horas. Tardé una semana.

El primer día recorrí varios kilómetros a buena marcha, pero al coronar una cuesta, el automóvil se paró, relinchó, dio un brinco y empezó a despedir llamaradas cárdenas. Tuve tiempo de saltar y ocultarme tras una roca antes de que la maquinaria hiciera explosión. Abandoné pues los restos carbonizados de la *conduite-cabriolet* y continué a pie hasta llegar a una localidad cuyo nombre nunca me preocupé en averiguar.

El pueblo en cuestión parecía celebrar su Fiesta Mayor. En realidad, se trataba de la huelga. Cómo lograron aquellas comunidades ancestrales y aisladas sincronizar la puesta en marcha del conflicto es un misterio. Sin embargo, por lo que luego leí en los periódicos y por lo que yo mismo pude comprobar en mis andanzas, Cataluña entera se había lanzado a una huelga general. Eso no hacía sino entorpecer mis planes, porque los medios de transporte, ya de por sí exiguos, habían dejado de funcionar. Tampoco me fue dado usar del teléfono, del telégrafo ni de ninguna otra forma de comunicación. Cuando regresé a Barcelona, habían transcurrido dieciséis días de mi marcha y durante todo ese tiempo mi aislamiento fue absoluto.

Pero, volviendo a los hechos, llegué al pueblo en fiestas y me adentré en él sin despertar la curiosidad de nadie. Ya no hacían caso a los forasteros. Todos los vecinos de la localidad se habían concentrado en la Plaza Mayor, en torno al quiosco de la música, y ensayaban a coro la *Internacional*. Cuando se acabó el ensayo, se dispersaron. Anduve de grupo en grupo, preguntando cómo se podía ir a Barcelona. La mayoría me señalaba la carretera y me aconsejaba que anduviese. Por fin, un hombre diminuto, que no estaba de acuerdo con la huelga «porque si se deja de trabajar un solo día se contrae la tuberculosis», me alquiló una bicicleta. Le pagué dos semanas de alquiler por adelantado y firmé un papel en el que juraba «por mi honor de caballero» devolverle la bicicleta.

Yo no había montado en bicicleta desde niño y salí del pueblo haciendo eses. Pronto, sin embargo, recobré pasadas habilidades. Estos logros me levantaron la moral y abrigaba ya ciertas esperanzas de poner punto final a mis correrías. Pero estaba en un error. El pueblo donde alquilé la bicicleta se hallaba enclavado en un altiplano, de modo que la primera parte del trayecto se componía de suaves declives. Pronto, sin embargo, el camino empezó a enderezarse y al cabo de unos kilómetros se inició el ascenso a un risco. Se acabaron las piruetas y comenzaron las fatigas. Las piernas no me respondían, me faltaba el aliento, sudaba por todos los poros y creí fallecer. Al final, viendo que la cosa no tenía remedio, opté por arrinconar la bicicleta y continuar a pie. Anduve sin parar hasta coronar la cima. Desde allí divisé un valle desolado y negruzco y, más allá, otros montes y otros valles.

Descansé hasta que consideré haberme recuperado, pero lo peor estaba por venir: no podía moverme, todo el cuerpo me dolía, sostenerme en pie suponía una tortura. Caminé unos cien metros y me derrumbé. Tuve miedo de que no pasara nadie (los caminos estaban prácticamente intransitados por causa de la huelga) y de morir de inanición y de frío. Caía la tarde y del bosque cercano llegaban ruidos amenazadores. Me hice un ovillo y esperé, resignado a correr la misma suerte que sin duda había corrido María Coral.

Ya sentía los primeros síntomas (quizá imaginarios) de la parálisis, cuando percibí a lo lejos el ronquido inconfundible de un motor. Me levanté de un brinco y me planté en el centro de la carretera, dispuesto a parar a quienquiera que poseyera el automóvil que se aproximaba, así fuese el mismo diablo.

Aunque la ondulación del terreno me impedía verlo, el vehículo acortaba distancias. Contuve la respiración y creo que hasta el corazón se me paró. Por fin lo vi coronar el promontorio: era un vetusto artefacto desencuadernado, que avanzaba traqueteando entre volutas de humo y estampidos. Recortada su silueta contra el sol poniente, me pareció enorme, si bien no pasaba de ser un automóvil o camión de los que se dedicaban, en aquel tiempo, al transporte de mercancías pequeñas en trayectos breves. Constaba de dos asientos cubiertos para el conductor y un acompañante y de una caja posterior con soportes verticales en los que se podía atar una lona o hule con los que proteger la carga de las inclemencias del tiempo.

Cuando el camión se hubo acercado lo suficiente, comprobé que llevaba en los flancos sendas pancartas en las que se leía: VIVA EL AMOR LIBRE. Ocupaban el camión siete mujeres, una de ellas muy joven, otra madura y las cinco restantes de edades que oscilaban entre los veinticinco y treinta y cinco años. Salvo la que conducía, las demás se habían instalado en la caja, jugaban a las cartas, comían y bebían y fumaban tagarninas. Vestían atuendos campesinos, de amplísimos escotes, y no se recataban de mostrar las pantorrillas. Iban muy repintadas y perfumadas y se tocaban con pañuelos rojos arrollados a la cabeza, al cuello o a la cintura. Recuerdo que la menor se llamaba Estrella, y la mayor, Democracia.

El camión se detuvo y me invitaron a subir a la caja. Me acomodé como buenamente pude, pues no sobraba espacio, y el camión reanudó su ajetreado paso. Agradecí a las mujeres su hospitalidad y me contestó la mayor, en nombre de todas, que no tenía que dar las gracias ni humillarme ante nadie, que había llegado el momento de la liberación, que todo era de todos y que los hombres éramos hermanos, y cada uno, un rey.

—Si tienes hambre o sed, dínoslo y procuraremos satisfacerte en la medida de nuestras posibilidades. Y si luego quieres, elige a la que más te guste de nosotras y sacia tu fogosidad.

Yo, la verdad, estaba un tanto desconcertado. Acepté, de todos modos, un bocadillo de salchichón y un trago de vino, y decliné la segunda parte de la invitación con el pretexto, real, por otra parte, de que me hallaba en el límite de mis fuerzas.

—No lo tomen ustedes a mal, se lo ruego —añadí—, pero debo aclararles que acabo de sufrir la pérdida de un ser querido.

Todas me compadecieron y la llamada Democracia se aventuró a decir que tal vez entre todas podrían procurarme un cierto solaz. Ante mi firmeza en la negativa, no insistió y me dejaron en paz.

El camión, mientras tanto, viajaba sin tregua entre campos baldíos y breñas rojizas. La noche se nos echó encima y las que jugaban a las cartas recogieron su baraja y se pusieron a cantar. La mayor y la más joven (que no tendría más de quince años, según deduje) me pusieron al corriente de sus actividades. No saqué las ideas muy claras de su explicación, pero entendí que se habían puesto en camino apenas iniciada la huelga general con el propósito de predicar el amor libre de palabra y de obra. Llevaban recorrida buena parte de la región y habían conseguido un número grande de prosélitos. Me dieron una hoja torpemente impresa en la que se veía una mujer desnuda imitando la pose de una estatua griega. Al dorso se leía:

«El hombre pobre y trabajador se halla oprimido por el que es rico y no trabaja; pero a este hombre le queda aún el recurso, bien triste por cierto, de vengarse de la opresión que sufre, oprimiendo a su vez a la hembra que le tocó en suerte; a esta hembra no le queda ya ningún medio de desahogo, y tiene que resignarse a padecer el hambre, el frío y la miseria que origina la explotación burguesa y, como si esto fuera poco, a sufrir la dominación bestial, inconsiderada y ofensiva del macho. Y éstas son las más felices, las privilegiadas, las hijas mimadas de la Naturaleza, porque existe un treinta o un cuarenta por ciento de esas mujeres que son mucho más infelices aún, puesto que nuestra organización social, *hasta les prohíbe el derecho a tener sexo, a ser tales hembras, o, lo que es lo mismo, a demostrar que lo son.*

»¡OH, LA MUJER! He ahí la verdadera víctima de las infamias sociales; he ahí el verdadero objeto de la misión de los apóstoles generosos.»

—Es un hermoso y noble texto de uno de los maestros del anarquismo —me dijo la dulce Estrella mirándome a los ojos con los suyos, profundos y claros.

—Queremos demostrar a los hombres con nuestra conducta que somos capaces y dignas de comprensión, iguales en la libertad —declamó la llamada Democracia.

Yo no sabía a qué carta quedarme. Al principio las tomé por vulgares prostitutas que habían decidido adaptar la profesión al espíritu de los tiempos. Más adelante pude comprobar que no cobraban por ejercer su apostolado, si bien aceptaban comida, vino, tabaco y algún obsequio de poco valor (un pañuelo, unas medias, un ramillete de flores silvestres, un retrato de Bakunin). A lo largo del viaje las fui catalogando sucesivamente como locas, farsantes, chifladas y santas, a su manera.

Los seis días que duró el recorrido hasta Barcelona tuvieron un cariz que me atreveré a calificar de bucólico. Viajábamos de día y por las noches dormíamos en los establos de las masías, cuyos habitantes nos acogían con hospitalidad fraternal. Nos cobijábamos entre las pajas y nos abrigábamos con mantas que nos prestaban y tratábamos de dormir, cosa que no siempre resultaba fácil, pues los mozos de labranza, sabedores de la moral de las huéspedes, acudían con ruidosa frecuencia al dormitorio común. Una vez fui despertado por unas manos trémulas y recibí en el rostro la siguiente salutación:

—*Collons, si és un home!*

Con todo, las misioneras del amor libre se mostraban infatigables. Por la mañana, después de desayunar una espléndida ración de jamón u otro embutido, leche recién ordeñada y pan tierno, nos poníamos en ruta. Normalmente, conducía yo, como pago por sus atenciones, pues compartía su comida y alojamiento sin participar, como es lógico, de sus actividades. Si sorprendíamos algún grupo de huelguistas portando enseñas anarquistas, me ordenaban tascar el freno y las ocupantes del camión se apeaban, platicaban, distribuían el texto sobre la mujer proletaria y desaparecían entre los arbustos, dejándome solo o en compañía de los más ancianos. Así trabé muchas amistades y recibí una buena dosis de adoctrinamiento filosófico. Contra lo que sospeché en un principio, el proselitismo logrado entre los hombres (tanto solteros como casados) era sincero y las siete propagadoras del dogma del amor libre fueron siempre tratadas con sumo respeto y deferencia.

De esta guisa llegamos a Barcelona. La impresión que me produjo fue dramática. Lo que en el campo era liberación y alegría, en la ciudad era violencia y miedo. El corte de fluido eléctrico había sumido al conglomerado urbano en un laberinto tenebroso donde toda alevosía estaba encubierta y todo rencor podía saldarse impunemente. Si de día, con la luz, las calles eran el reino de predicaciones de la igualdad y la fraternidad, por las noches se convertían en el dominio indiscutido de hampones, mangantes y atropelladores. El cierre de los comercios y la carencia de avituallamiento proveniente de las zonas rurales habían provocado la escasez de los productos más necesarios y los canallas imponían sus leyes abusivas en un mercado negro donde la compra de un pan revestía los trágicos caracteres de una degradación.

A la vista de aquel pandemónium, aconsejé a las predicadoras del amor libre que renunciasen a ejercer su ministerio y regresasen al campo.

—Nuestro lugar está con el pueblo —dijeron.

—Esto no es el pueblo —repliqué—, es la chusma, y no sabéis de lo que es capaz este atajo de bestias.

Tras una discusión estrepitosa, logré que aceptasen pasar la noche en mi casa. No obstante, al llegar al portal y advertir el aire señorial del inmueble, se cerraron a la banda y se negaron a hospedarse en una casa burguesa. Les rogué (aun sabiendo al comadreo a que me exponía) que al menos me permitieran hacerme cargo de la menor, Estrella, pero no hubo forma humana de convencerlas. Me dejaron plantado en la acera y se adentraron en la negrura de las avenidas sin luz con su camión, sus pancartas y sus sueños. Nunca más supe de ellas.

Pasé dos días encerrado en casa, comiendo de lo que tuvieron a bien darme los vecinos. Al fin, el tercer día de mi llegada, y decimonoveno después de mi marcha, volvió la luz y la ciudad recobró la normalidad. De las paredes colgaban aún pasquines que las primeras aguas del otoño en ciernes se cuidaron de desleír. En los suelos se arremolinaban las octavillas fustigadas por el viento, mezcladas con las hojas pardas de los plátanos que se desnudaban y dejaban ver un cielo encapotado que amasaba truenos y chaparrones. Los coches de punto circulaban brillantes como el charol bajo la lluvia; las farolas de gas se reflejaban en el empedrado, las ventanas se cubrían de gruesas cortinas, humeaban las chimeneas, los viandantes aceleraban el paso retardado y cansino del verano, embozados en sus capas. Volvían los niños taciturnos al colegio. Maura era jefe de gobierno, y Cambó, ministro de Hacienda.

413

Por los periódicos tuve noticia de la muerte de Lepprince.

Un incendio había destruido por completo la fábrica Savolta. Debido a la huelga, todo el personal se hallaba ausente y no había que lamentar otra víctima que el francés. A partir de ahí, las versiones de los distintos periódicos eran contradictorias. Unos afirmaban que Lepprince estaba en la fábrica cuando se declaró el siniestro y no pudo ponerse a salvo; otros, que había intentado sofocar las llamas con ayuda de algunos voluntarios y lo aplastó el hundimiento de una viga o muro; un tercero atribuía su muerte a la explosión de la pólvora negra almacenada. La verdad es que ninguno se extendía en las explicaciones y todos soslayaban las preguntas que a mi modo de ver se planteaban, es decir, ¿qué hacía Lepprince *solo* en la fábrica? ¿Fue por su propia voluntad o se trataba de un crimen *astutamente* disfrazado de accidente? En tal caso, ¿habría sido Lepprince conducido por la fuerza a la fábrica y encerrado? ¿O tal vez ya estaba muerto cuando el incendio se declaró? *¿Por qué* no se había iniciado una investigación policial? Cuestiones todas ellas que jamás hallaron respuesta.

Todos los periódicos, en cambio, eran unánimes a la hora de destacar «la figura señera del gran financiero». Silenciaron el hecho de que la empresa se hallaba en la ruina y compusieron hiperbólicas elegías a la memoria del finado. «Las ciudades las hacen sus habitantes y las engrandecen los forasteros» (*La Vanguardia*); «era francés, pero vivió y murió como un catalán» (*El Brusi*); «fue uno de los creadores de la gran industria catalana, símbolo de una época, faro y brújula de los tiempos modernos» (*El Mundo Gráfico*). En resumen, meras fórmulas estereotipadas. Sólo *La Voz de la Justicia* se atrevió a remover viejas inquinas y encabezó un violento artículo con este titular: «El perro ha muerto, pero la rabia continúa.»

La tarde de aquel mismo día me dirigí a la mansión de los Lepprince. Era una tarde triste de otoño, fría y lluviosa. La casa estaba sumida en el letargo; las ventanas, cerradas; el jardín, encharcado; los arbolitos se doblaban al empuje del viento. Llamé y la puerta se abrió unos centímetros, dejando una rendija por donde asomó el rostro afilado de una vieja sirvienta.

—¿Qué desea?

—Buenas tardes. Soy Javier Miranda y quisiera ver a la señora, si está en casa.

—Está, pero no recibe a nadie.

—Soy un antiguo amigo de la familia. Me choca que no me haya visto usted antes por aquí. ¿Lleva poco tiempo en esta casa?

—No, señor. Llevo más de treinta años al servicio de la señora Savolta y fui ama seca de la señorita María Rosa.

—Ya entiendo —dije para ganarme su simpatía—, usted prestaba servicio en casa de los padres de la señorita, en la mansión de Sarrià, ¿no es así?

La vieja sirvienta me miró con desconfianza.

—¿Es usted periodista?

—No. Ya le dije quién soy: un amigo de la familia. ¿Quiere decirle al mayordomo que salga? Él me reconocerá.

—El mayordomo no está. Todos se fueron cuando murió el señorito Paul-André.

Un golpe de viento nos llenó de lluvia la cara. Tenía los pies húmedos y deseaba terminar de una vez aquella discusión.

—Dígale a la señorita que Javier Miranda está aquí, hágame el favor.

Vaciló unos instantes. Luego cerró la puerta y oí sus pasos cada vez más débiles hasta que se perdieron en el interior del vestíbulo. Esperé bajo la lluvia un rato que se me antojó larguísimo. Por fin volvieron a oírse los pasos afelpados de la vieja sirvienta y se abrió la puerta.

—Dice la señorita María Rosa que puede usted pasar.

El vestíbulo estaba en tinieblas, a pesar de lo cual advertí que el polvo y el desorden se habían adueñado de todo. Medio a tientas llegué al pequeño gabinete de Lepprince. Los anaqueles de la librería estaban vacíos, había una silla volcada y en la pared destacaba un rectángulo blanquecino que indicaba el lugar que antaño había ocupado el cuadro de Monet, por el que tanto afecto sentía Lepprince. Cuando encendí un cigarrillo, me percaté de que tampoco quedaban ceniceros. La puertecita que comunicaba el gabinete con el salón se abrió y apareció de nuevo la vieja sirvienta.

—Pase, señorito —dijo en un susurro apenas perceptible.

Pasé al salón donde habíamos tomado café tantas noches María Coral, María Rosa, Lepprince y yo. Allí el desorden era impresionante. Sobre las mesas se amontonaban tazas de café, algunas de las cuales contenían aún parte del mejunje, gelatinoso. El suelo estaba lleno de colillas, cerillas y ceniza. Se respiraba un aire denso. Los postigos de las ventanas, tal como se podía ver desde el exterior, estaban cerrados a cal y canto y sólo una débil luz artificial iluminaba la estancia. En el sofá yacía tendida María Rosa Savolta, cubierta por una manta, y junto a ella se bamboleaba una cunita en cuyo interior dormitaba un niño de escasos días. Noté que María Rosa Savolta había recuperado su aspecto normal y deduje que aquel niño no era otro que el hijo de Lepprince.

—Lamento haberla molestado, señora —dije acercándome al sofá.

—No te disculpes, Javier —respondió María Rosa

416

Savolta sin mirarme—. Siéntate, y perdona este desorden. Ha venido mucha gente al funeral, ¿sabes?

Recordé haber leído en los periódicos que el funeral se había celebrado hacía más de una semana, pero no hice al respecto el menor comentario.

—Vino todo el mundo al funeral, según me contaron —continuó la viuda de Lepprince—. Yo no pude asistir, porque estaba dando a luz en casa de mi madre. Me ocultaron la noticia por miedo a que la impresión me hiciera perder al niño. Hace dos días que supe lo de Paul-André. Sentí mucho no haber asistido al funeral. Dicen que había tanta o más gente que en el de mi padre. ¿Tú lo presenciaste, Javier?

Hablaba maquinalmente, como hacen las personas sometidas al sopor hipnótico.

—Estuve ausente de Barcelona y tampoco supe la triste nueva, por causa de la huelga —dije, y añadí sin transición, para eludir el tema funerario—: Esa criada me ha contado que lleva más de treinta años a su servicio.

—¿Serafina? Sí, servía ya en casa de mis padres cuando yo nací. Mamá me la prestó..., nuestros criados se habían ido sin avisar. Supongo que se habrán llevado los objetos de valor.

—¿Por qué no se quedó a vivir con su madre?

—Preferí venir, interinamente. Ignoraba en qué estado se hallaba esta casa. Hemos puesto en venta la de Sarrià, ¿comprendes? Sí, ya nos han salido varios compradores, pero eso supone un trastorno que no me sentía dispuesta a soportar: visitas, regateos, ya te puedes figurar. Ahora que nos saben necesitadas todos intentan arrimar el ascua a su sardina y apoderarse de lo nuestro por cuatro chavos. Aquí, en cambio, no viene nadie. La casa está gravada con tres hipotecas y hasta que no se pongan de acuerdo y la subasten, no me molestarán. Cortabanyes dice que la cosa puede arrastrarse más de un año. Ya no queda nada que robar, ¿has visto cómo lo han limpiado todo?

No había tristeza en su voz. Más bien parecía un viejo trotamundos que recuerda fragmentariamente sus anécdotas, dotándolas de una confusa indiferencia niveladora.

—Dicen que vinieron al funeral, pero es mentira. Vaya, yo sé bien a qué vinieron: a llevárselo todo. ¡Ah, si hubiera vivido papá! No se lo habría permitido, ya lo creo que no. Ni ellos se habrían atrevido, los muy rastreros. Pero ¿qué podíamos hacer nosotras, dos mujeres solas? Cortabanyes intentó salvar algo, o al menos eso dice, aunque bien poco debió salvar, a juzgar por lo que se ve.

Calló y quedó sumida en un estado cataléptico, con los ojos fijos en el techo.

—En el fondo, es mejor que Paul-André haya muerto. Así se ha evitado el espectáculo de la ingratitud. Válgame Dios, saquear la casa de un difunto... Y más aún, de un hombre a quien le deben hasta la ropa que llevan puesta. Cuando papá se hizo cargo de la empresa la mayoría de ellos no eran más que unos muertos de hambre: proveedores de talleres de reparación y cosas por el estilo. Papá y Paul-André les hicieron ganar dinero a espuertas... y ahora se creen con derecho a robar y a ensuciar la memoria de los muertos, porque ya sé que ahora van por ahí murmurando y hablando mal de mi marido: que si fue mal administrador, que si no supo adaptarse a los tiempos y qué sé yo. Me gustaría ver lo que habría sido de ellos si no les hubiera tendido tantas veces las manos el pobre Paul-André. Venían en procesión a esta casa y le pedían con lágrimas, casi de rodillas, un préstamo, un favor; como antes habían hecho con papá. Y ahora son esos mismos los que quieren quedarse con la casa de Sarrià por cuatro chavos. Los dos, papá y Paul-André, fueron demasiado buenos: dieron lo que tenían a manos llenas. A veces incluso lo que no tenían, también eso dieron, con tal de favorecer a un amigo; por el placer de ayudar, sin exigir intereses ni garantías, sin apremios ni documentos, fiados de la palabra y el honor, como hacen los caballeros. Y ellos salían andando hacia atrás, doblando el espinazo, risueños, serviles... En cambio ahora, como ya no hay hombres a nuestro alrededor que nos defiendan, mira lo que han hecho: robar. Ésa es la palabra, robar. Ay, Dios mío, qué sola estoy. Si al menos, al menos hubiera vivido el tío Nicolás, o el pobre Pere Parells... Ellos no lo habrían permitido; nos querían bien, eran como de la familia. Pero todos han ido desapareciendo, que Dios los tenga en su santa gloria.

Por primera vez sus ojos se clavaron en los míos y percibí un tenue destello, ajeno al odio y al desprecio y a su amargura, un destello que me asustó, pues creí reconocer en él un adiós al mundo de la cordura. Hice un nuevo intento de desviar la conversación.

—¿Y el niño, cómo está? Parece sanote.

—No es un niño. Es una niña. Ni en esto he tenido suerte. Si hubiese sido un chico, mi vida tendría un objeto: educarle y prepararle para reivindicar la memoria de su padre y de su abuelo. Pero esta infeliz, ¿qué puede hacer, sino amoldarse y sufrir lo que mi madre y yo hemos sufrido?

La niña se puso a berrear, como si hubiese oído las palabras de su madre y captado el amargo sentido de la profecía. Entró Serafina, la vieja sirvienta, y tomó a la niña en brazos, acunándola con suave balanceo y una nana monocorde.

—Voy a darle su biberoncito, que ya le toca, ¿verdad, señorita María Rosa?

—Muy bien, Serafina —contestó María Rosa Savolta con absoluto desinterés.

419

—¿Usted no quiere tomar nada, señorita? El médico le recomendó mucho que se alimentara.

—Ya lo sé, Serafina, no me des la lata.

—Señorito, dígale que tiene que cuidarse —me rogó la vieja sirvienta.

—Eso es cierto —dije yo sin mucha fe en la eficacia de mi aseveración.

—Si no lo hace por usted, señorita, hágalo al menos por este ángel de Dios, que la necesita a usted más que a nadie en el mundo.

—Ya basta, Serafina; vete y déjanos en paz.

Cuando Serafina se hubo ido, María Rosa Savolta hizo un esfuerzo por incorporarse y se dejó caer finalmente, agotada.

—Está usted agotada, no se mueva —dije yo.

—¿Quieres hacerme un favor? Sobre aquel aparador hay una caja de cuero repujado. Dentro encontrarás cigarrillos, sírvete y tráeme uno.

—Creía que no fumaba.

—No fumaba, pero ahora sí fumo. Enciéndelo tú, ten la bondad.

Encontré la caja y encendí un cigarrillo, que reconocí por su forma ovalada y sus colorines variados como los que fumaba Lepprince y de los que tenía buena provisión por ser una marca difícil de adquirir en los estancos.

—No creo que le convenga fumar.

—Oh, iros todos a paseo y dejadme hacer lo que me venga en gana. ¿De qué sirve cuidarse? —aspiró el humo del cigarrillo con avidez e inexperiencia, con aires de mujer fatal, remedos de película melodramática—. Anda, dime de qué sirve cuidarse. Paul-André se pasaba el día con la misma cantinela: cuídate, no hagas esto, no hagas aquello. Mírale ahora, ¿de qué le habría servido no fumar en toda su vida? Ay, Señor, qué desgracia.

El tabaco parecía causarle un efecto sedante, pues su rostro se había relajado y gruesas lágrimas rodaban por sus mejillas. Tosió y arrojó el cigarrillo al suelo con displicencia.

—Déjame sola, Javier. Agradezco mucho tu visita, pero ahora preferiría descansar, si no te importa.

—Lo comprendo muy bien. Si en algo puedo serle útil, no tiene más que llamarme. Ya sabe dónde vivo y cuál es mi teléfono.

—Muchas gracias. A propósito, ¿cómo está tu mujer? Ahora que lo pienso, es extraño que no haya venido contigo.

—Ha cogido un ligero catarro..., está en casa..., pero pronto se recuperará y vendrá sin falta, descuide usted.

No pareció escuchar lo que le decía. Hizo un gesto vago de despedida y yo caminé hacia la puerta procurando no chocar con los objetos esparcidos aquí y allá.

La vieja criada me acompañó al vestíbulo llevando en brazos a la niña, que parecía dormir. Ya en el vestíbulo, creí percibir un ruido sospechoso, como de pasos, en el piso superior. Le pregunté a la criada si había otra persona en la casa.

—No, señor. La señorita María Rosa, la niña y yo... y usted, claro está.

—Me ha parecido que alguien andaba en el piso de arriba.

—¡Jesús! —exclamó la vieja criada por lo bajo.

Guardamos silencio y percibimos el ruido inconfundible de unos pasos sigilosos sobre nuestras cabezas. Serafina se puso a temblar y a musitar jaculatorias.

—Voy a ver qué pasa —dije.

—¡No suba, señor! Puede ser un ladrón o un maleante o un huelguista que anda huido. Mejor será llamar a la policía. Hay un teléfono en la biblioteca.

Era una sugerencia muy puesta en razón, pero yo albergaba ciertas sospechas que me impulsaban a comprobar por mí mismo la identidad del misterioso visitante. Sin saber de quién se trataba, estaba seguro de que no era un desconocido ni un vulgar ladrón. Por otra parte, las situaciones arriesgadas ya se habían convertido en un hábito para mí en los últimos tiempos.

—No se mueva de aquí. Si dentro de diez minutos no he bajado, llame a la policía. Y, sobre todo, no le diga nada a la señora.

Me prometió que así lo haría, la dejé imprecando a los cielos y yo subí de puntillas las escaleras que comunicaban la planta baja con el piso. Sólo había oscuridad en el pasillo, pues las ventanas y balcones estaban herméticamente cerrados. Me aventuré a tientas. No conocía la distribución de los aposentos ni la colocación de los muebles, de modo que anduve muy cauteloso para no tropezar y hacer ruido. Al fondo del pasillo distinguí una débil claridad. Supuse que sería una linterna y allí encaminé mis pasos. Los rumores habían cesado. Al llegar a la puerta del cuarto del que procedía la luz me detuve. Distinguí una silueta que revolvía los papeles de un escritorio con ayuda de una diminuta linterna.

—¿Qué hace usted ahí? —le dije al hombre que registraba el escritorio.

La silueta se volvió y dirigió hacia mí el cono de luz de la linterna. Casi al mismo tiempo un segundo personaje, con el que no había contado, se me vino encima y empezó a darme puñetazos. Retrocedí cubriéndome con los brazos e intentando repeler la agresión. El hombre de la linterna se puso a reír y dijo:

—Déjelo, sargento, es nuestro viejo amigo Miranda.

Cesaron los golpes y el que había hablado encendió una lámpara.

—Ya es inútil andarse con disimulo, puesto que nos han descubierto —exclamó, apagando y guardando la linterna en el bolsillo de su chaqueta.

En efecto, no se trataba de un desconocido, sino del comisario Vázquez, cuya presencia en Barcelona me llenó de asombro.

—Creyó usted que sería otra persona, ¿verdad? —me dijo sin dejar de reír por lo bajo—. Pierda las esperanzas, amigo Miranda. Lepprince está muerto y bien muerto.

Después de tranquilizar a la vieja criada, salimos de la casa el comisario Vázquez, su ayudante, al que Vázquez identificó como sargento Totorno —un tipo escuálido, huraño y cerril, manco del brazo derecho a consecuencia de un disparo recibido años atrás en el atentado que Lucas «el Ciego» perpetrara contra Lepprince en un teatro, y que se disculpó con gruñidos por su comportamiento precipitado, alegando que «mejor era tener que disculparse que recibir una puñalada en el cogote»— y yo. Seguía lloviendo, por lo que Vázquez me invitó a subir a su coche. Nos trasladamos al centro y en el trayecto el comisario me contó que llevaba más de un mes en Barcelona, reincorporado a su antiguo puesto merced a los últimos reajustes ministeriales, que le habían permitido apelar a Madrid y conseguir una revisión de su caso. Apenas puso el pie en la ciudad, y no obstante hallarse archivado el asunto Savolta, el comisario Vázquez se había entregado a la investigación del mismo con el tesón de otrora. El registro de la casa de Lepprince formaba parte de sus investigaciones.

—Por supuesto, ni tengo ni habría obtenido una orden judicial, así que decidí actuar por mi cuenta y riesgo. Se trata, qué duda cabe, de una ilegalidad, pero espero que usted no nos denunciará —dijo en tono de camaradería.

Le tranquilicé al respecto y me invitó a tomar un café con leche.

—Ya sé que hubo un tiempo en que no nos llevábamos bien usted y yo —añadió—, pero eso ha pasado a la historia. Acepte mi invitación y pelillos a la mar.

No podía negarme y, por otra parte, sabía que el comisario ansiaba hacerme partícipe de sus descubrimientos. De modo que accedí de buen grado y paramos ante un salón de té. El sargento Totorno, que a todas luces no me quería —seguramente por haberse visto obligado a ofrecerme excusas por algo que consideraba perfectamente normal—, se despidió de nosotros y continuó camino de la Jefatura. El comisario y yo entramos en el salón de té, pedimos dos cafés con leche y guardamos un largo silencio viendo caer la lluvia tras la cristalera.

—¿Sabía usted, amigo Miranda —empezó diciendo el comisario Vázquez después de haber sorbido su café con leche y encendido un cigarrillo—, que durante un tiempo le consideré a usted el principal sospechoso? No, no se acalore; ya no lo pienso. Es más, creo que ni siquiera estaba usted al corriente de lo que sucedía. Pero tendrá que perdonar mi suspicacia: todas las pistas conducían hacia usted. Eso me despistó, pero me proporcionó también la clave del misterio. ¿Recuerda la noche en que invadí su casa? Se puso usted furioso y esta circunstancia, tan trivial, me hizo ver claro. Su comportamiento no era propio de quien se sabe culpable. Yo buscaba una confesión o un frío disimulo, una coartada, en suma, que, de haber sido minuciosamente preparada, me habría confirmado en mis sospechas. Pero su actitud, tan confiada, rayana en la temeridad, me desarmó. Luego, meditando, comprendí lo que había pasado. Usted no tenía coartada porque usted era la coartada. ¿De Lepprince, pregunta? Sí, claro, ¿de quién, si no? Ah, vaya, veo que aún no sabe nada. Bien, empezaré por el principio si le sobran unas horas y me invita a fumar. Se me han acabado los pitillos.

Yo no tenía nada que hacer y, como puede suponerse, ardía en deseos de conocer las revelaciones que tenía que hacerme Vázquez. Así se lo hice saber y él adoptó su peculiar prosopopeya, lo que me hizo rememorar fugazmente las charlas en casa de Lepprince, cuando éste y yo recibíamos la visita del comisario y oíamos, medio en serio, medio en broma, sus largas disquisiciones acerca del anarquismo y los anarquistas. Pero ya he dicho que fue sólo una rememoración fugaz, pues pronto las palabras del policía prendieron mi atención.

—¿Ha oído usted hablar alguna vez —dijo— de un tipo llamado Nemesio Cabra Gómez? No, claro que no. Y, sin embargo, desempeña un papel esencial en lo que voy a contarle. Porque, de todos cuantos intervinimos en este asunto, a excepción naturalmente de los protagonistas del mismo, fue el primero y durante mucho tiempo el único que intuyó la verdad —el comisario esbozó una sonrisa dedicada a su recuerdo—. Un tipo listo, el pobre Nemesio, ya lo creo que sí. Aunque, bien pensado, ni él mismo se daba perfecta cuenta de lo que sabía. En cualquier caso, los hechos, hasta donde yo sé, ocurrieron del modo siguiente.

La historia que me refirió el comisario Vázquez había empezado treinta y tantos años antes, cuando el estrafalario y multimillonario holandés Hugo van der Vich vino a España, invitado por unos aristócratas catalanes, para tomar parte en una expedición de caza mayor en la sierra del Cadí. Formaba parte del grupo un joven abogado llamado Cortabanyes, el cual, en el curso de una conversación mantenida en uno de los descansos —y en la que, como es de rigor, se habló de

425

tipos y marcas de escopetas—, convenció al holandés de la conveniencia de crear una fábrica de armas de caza en Barcelona. Quizá el proyecto incluía la fabricación de un ejemplar más perfecto que los existentes hasta la fecha en el mercado, quizá otras consideraciones —de tipo fiscal, acaso— impulsaron a Van der Vich a poner en práctica tan peregrina idea. En cualquier caso, el joven Cortabanyes debió de mostrarse particularmente persuasivo. Se trataba de un abogado novel, de humilde cuna, exiguos medios y escasas relaciones, que luchaba por abrirse camino sin otras armas que su inteligencia, su energía y sus dotes disuasorias. No sólo el afán de lucro y prestigio le movían a prosperar: el joven Cortabanyes quería casarse con una linda muchacha de conocida familia barcelonesa cuyos padres se oponían a una boda tan poco conveniente. Sea como sea, Van der Vich se dejó arrastrar, pues, por las palabras del ambicioso abogado y el proyecto se hizo realidad. Entonces Cortabanyes empezó a poner en marcha su plan: recogió de los últimos peldaños de la Bolsa a un rústico negociante, tozudo y codicioso, llamado Enric Savolta y lo presentó al holandés como hábil financiero catalán. Posteriormente hizo lo mismo con varios individuos de oscura extracción, procedentes de diversos campos de la industria: Nicolás Claudedeu, Pere Parells y otros que no guardan relación con el presente caso. Van der Vich confiaba en Cortabanyes y confió en Savolta. Es probable que nunca se diera cuenta del engaño en que le habían envuelto, pues pronto regresó a su país, se desentendió de la fábrica de armas de caza y se fue volviendo loco al mismo tiempo y ritmo que los arribistas le iban escamoteando las acciones, así que, cuando Van der Vich murió en dramáticas circunstancias, Cortabanyes y Savolta se habían metido en sus respectivos bolsillos la casi totalidad de las mismas y eran dueños absolutos de la empresa. Dejaron de fabricar elegantes escopetas de caza y empezaron a producir armas de guerra, ganaron dinero y el joven abogado pudo contraer por fin matrimonio con la hermosa muchacha de buena posición. Todo parecía marchar a pedir de boca cuando un suceso imprevisible se cruzó en el camino de Cortabanyes: su esposa, al año de casados, murió de parto. Fue un golpe terrible para quien se sentía seguro, dichoso y enamorado. Cortabanyes se hundió en la depresión, vendió a Savolta su paquete de acciones y abrió un humilde bufete, dispuesto a vegetar y a olvidar sus sueños de grandeza.

—Hay aquí un punto oscuro en la historia —dijo Vázquez haciendo una pausa para encender un cigarrillo—. Yo tengo al respecto mi propia teoría, pero usted es muy dueño de considerarla errónea. Me refiero, por supuesto, al hijo de Cortabanyes: ¿qué fue de él? ¿Murió también en el desventurado parto? ¿Vivió y su padre, imputándole la muerte de su amada esposa, lo alejó de sí? Nada se sabe, y Cortabanyes no parece dispuesto a despejar la incógnita. Sea como sea, si hubo un hijo, éste desapareció.

Retirado Cortabanyes, la empresa Savolta continuó su marcha siempre ascendente. Treinta años trascurrieron sin que se produjera cambio alguno; Savolta, Parells y Claudedeu envejecieron; estalló la guerra europea y la empresa estableció un acuerdo de suministro exclusivo con el Gobierno francés. Fue por aquellas fechas cuando hizo su aparición en Barcelona un joven dandy procedente de París —de donde había huido, según él mismo gustaba de decir, para evitar las molestias de la conflagración— que dijo llamarse Paul-André Lepprince. El tal Lepprince se instaló en el mejor hotel de la ciudad y empezó a llevar la vida ostentosa del que obviamente no sabe qué hacer con su dinero. ¿Quién era en realidad ese misterioso personaje? La policía francesa, con la que el comisario Vázquez se puso en contacto, negaba conocerle y, más extraño aún, la fortuna de que hacía gala el francés se demostró inexistente. ¿Se trataba, pues, de un vulgar estafador, de un aventurero internacional, de un tahúr, de un cazadotes? El comisario Vázquez, como había dicho antes, tenía su propia hipótesis. En cualquier caso, reconstruyendo los pasos del francés, se supo que éste se había puesto en contacto con Cortabanyes apenas llegado a Barcelona y, a través del abogado, con Savolta. Ya en el terreno de las conjeturas, no cabía duda de que Cortabanyes no ignoraba la personalidad fraudulenta del individuo y de que usó de su prestigio y de su antigua camaradería para disipar las reservas que con certeza debió de albergar Savolta. Ahora bien, ¿qué pudo impulsar al abogado, viejo y cansado por entonces, a sacudir un marasmo de treinta años y a embarcarse en una aventura que sólo podía calificarse de disparatada? Enigma.

Lepprince era listo y, sobre todo, hábil: pronto se granjeó la confianza de Savolta, cuya salud se deterioraba a pasos agigantados. Es posible incluso que el magnate, inconscientemente, se dejara impresionar por la elegancia, maneras y apostura del francés, en quien veía, quizá, un sucesor idóneo de su imperio comercial y de su estirpe, pues, como ya es sabido, Savolta sólo tenía una hija y en edad de merecer. Así fue cómo Lepprince se convirtió en el valido de Savolta y obtuvo sobre los asuntos de la empresa un poder ilimitado. De haberse conformado con seguir la corriente de los acontecimientos, Lepprince se habría casado con la hija de Savolta y en su momento habría heredado la empresa de su suegro. Pero Lepprince no podía esperar: su ambición era desmedida y el tiempo, su enemigo; tenía que actuar rápidamente si no quería que por azar se descubriera la superchería de su falsa personalidad y se truncara su carrera. La guerra europea le proporcionó la oportunidad que buscaba. Se puso en contacto con un espía alemán, llamado Víctor Pratz, y concertó con los Imperios Centrales un envío regular de armas que aquéllos le pagarían directamente a él, a Lepprince, a través de Pratz. Ni Savolta ni ningún otro miembro de la empresa debían enterarse del negocio; las armas saldrían clandestinamente de los almacenes y los envíos se harían a través de una ruta fija y una cadena de contrabandistas previamente apalabrados. La posición privilegiada de Lepprince dentro de la empresa le permitía llevar a cabo las sustracciones con un mínimo de riesgo. Seguramente Lepprince confiaba en amasar una pequeña fortuna para el caso de que su verdadera personalidad y calaña se vieran descubiertas y sus planes a más largo plazo dieran en tierra.

El negocio marchaba viento en popa, pero los problemas surgían puntuales e indefectibles. Los obreros estaban quejosos: se veían obligados a trabajar en ínfimas condiciones un número muy elevado de horas a fin de producir el ingente volumen de armamento que los acuerdos secretos de Lepprince exigían sin que sus emolumentos experimentaran el alza correspondiente. En suma: querían trabajar menos o cobrar más. Hubo conatos de huelga que, en circunstancias normales, no habrían revestido gravedad, pues Nicolás Claudedeu, que desempeñaba el cargo de jefe de personal con una energía que le había valido el sobrenombre de «el Hombre de la Mano de Hierro», sabía cómo zanjar semejantes situaciones. Pero Lepprince no podía permitir que Claudedeu interviniera, porque una investigación habría puesto al descubierto sus actividades irregulares. Asesorado por Cortabanyes y por Víctor Pratz, decidió adelantarse al «Hombre de la Mano de Hierro» y contrató a dos matones que sembraron el terror entre los líderes obreristas.

—Pero una acción de este tipo no estaba exenta de riesgos y Lepprince no estaba dispuesto a correrlos —dijo el comisario Vázquez mirándome fijamente a los ojos—. Había que buscar a un tercero de buena fe, ajeno a los manejos de Lepprince y de Pratz, sobre quien echar las culpas si las cosas se torcían. Una cabeza de turco, usted ya me entiende. Un intermediario.

—¿Se refiere a mí? —pregunté adivinando el resto de la historia.

—Justamente —dijo el comisario Vázquez.

Lepprince, sin embargo, cometió un error que había de costarle caro: se enamoró de María Coral. Una mujer no podía por menos de entorpecer sus planes, pero fue débil y sucumbió a la tentación. Hizo que la gitana abandonase a sus compañeros y la instaló en el hotel de la calle de la Princesa donde tres años después María Coral convaleció de su enfermedad y de donde yo la saqué para convertirla en mi esposa.

El peligro estaba conjurado, pero sólo provisionalmente. Había que hallar una solución definitiva y el azar se la brindó a Lepprince: una noche, cuando regresaba caminando a su casa, absorto en sus cábalas, un pillete le vendió un panfleto. Lo compró mecánicamente y lo leyó por aburrimiento. El folleto era *La Voz de la Justicia* y en él aparecía un artículo de Domingo Pajarito de Soto relativo a la empresa Savolta. Las ideas brotaron fáciles, arrolladoras. En menos de una hora todo estaba programado y decidido. Lepprince consultó con Víctor Pratz y éste juzgó el plan viable. Sólo faltaba ejecutarlo sin errores.

El plan, en síntesis, consistía en lo siguiente: Pajarito de Soto era un hombre inocente e incorruptible, sin vinculación alguna a facción o partido. Carente por ello de respaldo, resultaba fácilmente controlable. Se le dieron facilidades para que investigase y así lo hizo. No había más que seguir sus pasos y aprovechar los resultados a medida que los fuera obteniendo. Las investigaciones, convenientemente dirigidas, tenían un doble objetivo. En primer lugar, la subversión obrera; en segundo lugar, las irregularidades cometidas por Lepprince. Si Pajarito de Soto descubría algo, lo consignaría en su informe, el informe pasaría directamente a manos de Lepprince y éste tendría la oportunidad de corregir los fallos.

—La primera parte de su función la cumplió Pajarito de Soto a las mil maravillas. Tras sus pasos dieron con los instigadores y cabecillas de la subversión y obraron consecuentemente. En cuanto a lo segundo..., bueno, Pajarito de Soto era menos inocente de lo que aparentaba. Descubrió el enredo, pero se calló como un muerto. Quizá quería hacer *chantage* a Lepprince en el futuro, quizá tomar venganza por haber sido utilizado. Craso error que habría de costarle la vida a él y a otros muchos —suspiró el comisario Vázquez.

Desesperado por el fracaso de su gestión mediadora en el conflicto social y consciente de haber sido utilizado para levantar la presa, el desgraciado periodista se dio a la bebida y empezó a charlar en demasía. Un agente de Lepprince —pues lo tenía estrechamente vigilado— le oyó referirse a «cierto señor a quien podía poner en un buen aprieto si le venía en gana». Lepprince lo sentenció y Víctor Pratz lo mató una noche de diciembre, cuando regresaba a su hogar.

Pero Lepprince no era el único que vigilaba a Pajarito de Soto. Las sospechas que albergaba Pere Parells se remontaban a los días en que Lepprince hizo su espectacular aparición. Era Pere Parells hombre despierto, dotado de un notable sentido común. Desconfiaba de los advenedizos y recelaba de los éxitos fáciles. Convencido de que la inesperada intrusión del francés en los asuntos de personal de la empresa encubrían otros designios, decidió seguir y sonsacar a Pajarito de Soto.

Para ello se agenció la colaboración de un oscuro y pintoresco confidente de la policía, un verdadero desecho social, llamado Nemesio Cabra Gómez. Nemesio cumplió su objetivo, pero llegó tarde: apenas trabó conocimiento con Pajarito de Soto, éste murió a manos de Pratz. Antes de morir, sin embargo, y previendo su inminente final, Pajarito de Soto había escrito una carta en la que, al parecer, daba cuenta de sus descubrimientos en el seno de la empresa Savolta. Nemesio Cabra Gómez vio la carta, pero no su destinatario. Informó de su existencia a Pere Parells y, posteriormente, al comisario Vázquez. Sea por indiscreción de Nemesio o del propio Parells, sea por mediación de sus agentes, Lepprince también tuvo noticia de la carta y se volvió loco tras su paradero. Fueron momentos de angustia para el francés; los días pasaban y la carta no aparecía. Lepprince veía oscilar sobre su cabeza la espada de Damocles. En vista de que las cosas no se resolvían ni bien ni mal, tomó la determinación de jugar la baza decisiva y matar a Savolta. Si éste tenía la carta, el peligro estaba conjurado; si no la tenía, Lepprince pasaría a ocupar el más alto cargo directivo dentro de la empresa —la boda con María Rosa Savolta ya estaba cuidadosamente preparada— y se pondría relativamente a salvo de las acusaciones o, al menos, en situación de parar el primer golpe.

Pratz y sus hombres liquidaron a Savolta la noche de Fin de Año, pero la carta no apareció. Del asesinato de Savolta se culpó a los terroristas y éstos fueron ejecutados.

—Sí, ya sé que fue culpa mía —dijo el comisario Vázquez—, pero no hay que lamentarse demasiado. Aquellos individuos merecían el pelotón por más de un concepto.

Los terroristas, por su parte, creían que Nemesio Cabra Gómez había traicionado y vendido a Pajarito de

Soto y exigieron al confidente que les revelase la verdad a cambio de su vida. Nemesio acudió a Vázquez, pero el comisario no le hizo caso, porque por entonces no se había percatado todavía de que la muerte del periodista y la del magnate tenían otras conexiones más intrincadas que las aparentes. Incapaz de cargar con la responsabilidad de tantas muertes —pues también la voz común le imputaba la ejecución de los terroristas—, Nemesio Cabra Gómez perdió el poco juicio que tenía y dio con sus huesos en el manicomio. Los terroristas, a su vez, asesinaron a Claudedeu. Sin Claudedeu, Pere Parells se encontró solo frente a un Lepprince omnipotente y, sea por miedo, sea por otras causas, si algo sabía, nada dijo. Seguros de su posición, Lepprince y Pratz salieron de la sombra: aquél, instalándose en el trono de Savolta, y el alemán, con el seudónimo de Max, simulando ser el guardaespaldas del francés. Con el atentado fallido de Lucas «el Ciego», el primer acto de la tragedia llegó a su final.

—¿Y quién era el destinatario de la carta? —pregunté.

El comisario Vázquez suspiró. Había estado esperando mi pregunta y se sentía satisfecho de poder responderla. Del bolsillo interior de su chaqueta extrajo un sobre arrugado y me lo tendió. Era la carta de Pajarito de Soto e iba dirigida a mí.

—A usted, sí, pero no a su casa. Vea la dirección, ¿la reconoce? Claro, es la de la casa del propio Pajarito de Soto. El infeliz no era tan tonto como todos supusimos. Quería que sus hallazgos comprometedores llegaran a manos de usted, pero sólo en el caso de que él muriese. Aquella noche debió de presentir su próximo fin y escribió la carta. Si moría, usted se personaría en su casa (pidió a Nemesio Cabra Gómez que le localizase, cosa que éste no hizo porque trabajaba para Parells y Parells se lo prohibió); y si no moría, podía recuperar la carta delatora y seguir monopolizando sus descubrimientos. Bien pensado, ¿verdad?

La sonrisa de Vázquez se hizo maliciosa.

—Con lo que no contaba Pajarito de Soto —continuó— era con que usted y Teresa, su mujer, le habían estado poniendo los cuernos a sus espaldas. No se asombre de que lo sepa, Miranda, amigo mío. La propia Teresa me lo contó todo. Sí, di con ella en su actual residencia. No, no le diré dónde para. Me rogó que no lo hiciera y yo, compréndame, soy un caballero. Por Teresa supe de su aventura sentimental y, al propio tiempo, de la carta. Léala: va dirigida a usted, al fin y al cabo. Yo, por supuesto, la he abierto. Tendrá que disculparme una vez más. La profesión, ya sabe...

Abrí el sobre y leí la carta. Era muy breve, apenas unas notas apresuradas, escritas con letra temblorosa.

«Javier: Lepprince es el culpable de mi muerte. Él y un espía llamado Pratz venden armas a los alemanes a espaldas de Savolta. Cuida de Teresa y desconfía de Cortabanyes.»

Doblé el papel, lo introduje de nuevo en el sobre y se lo devolví a Vázquez.

—El remordimiento provocado por el adulterio hizo que usted y Teresa optaran por no verse. Teresa huyó de Barcelona con su hijo y la carta se fue con ellos. Y mientras la carta viajaba por España perdida entre pañales, aquí los hombres se mataban por su posesión. Ya ve si la vida es complicada, querido Miranda —reflexionó el comisario.

El segundo acto de la tragedia empezó cuando el comisario Vázquez, insatisfecho del sesgo que habían tomado los acontecimientos, se decidió a desenterrar el caso y empezó a establecer conexiones entre sucesos aislados. Recordó a Nemesio Cabra Gómez y resolvió ir a verle al sanatorio donde permanecía enclaustrado desde hacía un año e interrogarle si su estado se lo permitía. Nemesio volvió a mencionarle la carta de Pajarito de Soto y citó mi nombre. Vázquez creyó ver claro y acudió a mi casa, pero mi torpeza me salvó de sus sospechas. Excluido yo, sólo quedaba Lepprince. Éste, que tenía vigilados los pasos del comisario, no perdió el tiempo. Su posición le había granjeado amistades influyentes y consiguió que desterraran al comisario.

—Quizá pensó en matarme —fanfarroneó Vázquez—, pero no se mata a un comisario de la brigada social así como así.

Libre de Vázquez, Lepprince pudo respirar al fin, pero un hecho imprevisible torció su vida. María Coral, a quien Lepprince seguía amando, volvió a Barcelona. Pratz la localizó —la dueña del cabaret me dijo, cuando fui a preguntar por la dirección de la gitana, que otro hombre me había precedido con idéntica intención— y sin avisar a Lepprince resolvió acabar con ella. Es casi seguro que la envenenó. María Coral habría muerto de no haber sido por mi providencial indiscreción. Lepprince y Pratz debieron de discutir airadamente. El alemán insistía en deshacerse de un testigo tan peligroso, pero Lepprince le disuadió. Casó a María Coral conmigo y reanudó su relación amorosa con la gitana.

—Y ahora viene la moraleja de la historia —dijo el comisario—. Lepprince había matado, robado y traicionado para obtener el dominio de la empresa Savolta, pero una vez lo tuvo en sus manos, la empresa estaba en quiebra.

El final de la guerra dio al traste con las expectativas comerciales de la fábrica de armas. Lepprince no era un hábil comerciante como habían sido Parells y Savolta y no supo adaptarse a las circunstancias, abrir nuevos mercados, reducir los gastos... Se fue hundiendo en un cenagal de créditos, garantías, avales, hipotecas, documentos y trabazones. Cortabanyes le aconsejó que se desprendiera de las acciones y Lepprince hizo algunos tanteos en este sentido. Pere Parells tuvo noticia de los manejos del francés, perdió los estribos y provocó un escándalo. Lepprince, por aquellas fechas, estaba intentando iniciar una carrera política que le sirviera de salvaguarda cuando se produjera el cataclismo. La intervención airada de Parells no podía ser más inoportuna y, por otra parte, desenterraba el viejo asunto de la carta de Pajarito de Soto —por entonces Lepprince creía que Parells la tenía en su poder—, así que hizo que sus hombres despachasen a Parells. Fue una decisión inútil: ni el viejo financiero tenía la carta, ni su muerte detuvo un proceso irreversible. La publicidad que pronto tuvieron las relaciones de Lepprince con María Coral y la tentativa de suicidio de la gitana —que todas las lenguas atribuyeron al francés— acabó con su carrera política. Lepprince era un despojo. Víctor Pratz decidió huir y se llevó consigo a María Coral. Sin dinero, sin amigos, desertado por Pratz y por su amada, Lepprince vio abrirse la tierra bajo sus pies, pero no era hombre que se rindiera sin lucha, de modo que recurrió a mí y me puso tras las huellas de los fugitivos. Sabía la ruta que éstos habían de seguir, es decir, la ruta por la que antaño los envíos de armas pasaban la frontera —Víctor Pratz, reclamado por la policía francesa, no tenía otra alternativa— y contaba con que yo les alcanzaría merced a la ventaja de contar con vehículo propio. Calculaba el francés que del enfrentamiento yo resultaría muerto, con lo cual se libraría de un testigo y conseguiría que María Coral, cuyo cariño hacia mí le constaba, abandonase a Pratz. Si, por una ironía del destino, era yo quien acababa con Pratz, Lepprince no dudaba de que regresaría con María Coral a Barcelona. Sea como sea, no llegó a saber el resultado de sus manejos porque murió.

—¿Cómo murió Lepprince? —quise saber.

El comisario Vázquez se mostró esquivo.

—No creo que lo sepamos jamás. Tal vez se trate, a fin de cuentas, de un suicidio o de un accidente.

Hizo una pausa, en la que pareció luchar con la tentación de añadir algo, y luego, bajando la voz, dijo precipitadamente:

—Oiga, Miranda, yo siempre he pensado que Lepprince era un peón de alguien... —señaló al techo— muy alto, usted ya me comprende. Para mí que lo hicieron desaparecer, pero esto es sólo una teoría. No le diga a nadie que se lo he dicho yo.

Llamó al camarero y pagó. Su rostro se había tornado sombrío, como si sus palabras fueran un presagio certero de su propia muerte, acaecida en circunstancias misteriosas hace pocos días. Cuando salimos a la calle la lluvia remitía. Nos despedimos con afecto y no volvimos a vernos más.

A la mañana siguiente fui al despacho de Cortabanyes con la remota esperanza de disipar algunas dudas. Llovía y la ciudad estaba enfangada. Me costó encontrar un coche y llegué calado, de mal humor. Me abrió la puerta un joven de aspecto pueblerino a quien no conocía.

—¿Qué desea el señor? —me preguntó con timidez.

—Quiero ver al abogado señor Cortabanyes

—¿A quién debo anunciar?

—Al señor Miranda.

—Tenga la bondad de aguardar un instante.

Desapareció en el gabinete y a poco volvió a salir y se hizo a un lado. Cortabanyes apareció resollando y vino a mi encuentro y me dio un abrazo cariñoso y deferente. El jovenzuelo nos miraba deslumbrado. Cortabanyes y yo pasamos al gabinete y el abogado cerró la puerta tras de sí.

—¿Qué te trae por aquí, Javier?

—Hay muchas cosas de las que tenemos que hablar, señor Cortabanyes.

—Tú dirás, hijo. Nada malo, supongo... Si vienes a pedirme dinero...

No parecía excesivamente afectado por la muerte de Lepprince. Pensé que Vázquez se había dejado llevar por la fantasía al hacer ciertas insinuaciones. Aunque bien podía ser que Cortabanyes estuviese asustado y optara por el disimulo. Decidí no abordar la cuestión directamente.

—Me ha parecido notar la ausencia de Serramadriles —dije.

—Sí, se fue hace un par de meses, ¿no lo sabías? Ha instalado un despachito por su cuenta. Yo le paso asuntos... de poca monta, de esos que dan mucho trabajo y rinden poco. Así se va formando una clientela para el día de mañana y se brega un poco en este terreno tan resbaladizo y empinado. Creo que piensa casarse pronto, pero no me ha presentado aún a su novia. Mejor así, ¿no te parece? Me ahorraré un regalo de bodas, je, je, je.

—¿Y la Doloretas?

—Sigue igual, pobre mujer. No creo que se recupere nunca. Ya ves, en tan poco tiempo he perdido a mis tres colaboradores. Ahora me ha venido ese chico. Parece que vale, pero acaba de llegar a Barcelona y está un poco aturdido. Es igual, ya se despabilará, ya lo creo que se despabilará. Como todos. Y hasta hará los posibles por arrancarme de mi butaca y poner aquí sus posaderas. Como todos, hijo, así es la vida.

No había dejado de cloquear, subrayando cada una de sus frases. Consideré llegado el momento de abordar el tema de Lepprince.

—Oh, hijo mío, yo no sé nada. Sólo lo que dicen los periódicos y aun eso lo he leído con dificultad. Pierdo vista de día en día. Luego están las habladurías, claro. No podían faltar. Que si estaba en bancarrota y todo eso. Yo, personalmente, opino que sí, que no le iban bien las cosas. Quiebra, lo que se dice quiebra, no lo puedo asegurar. Me consta que fue mendigando por los bancos y que le dieron con la puerta en las narices. Es lógico. Las guerras han terminado, según se dice ahora en París y en Berlín y en todas partes; los conflictos los resolverá esa dichosa Sociedad de Naciones y las armas sólo servirán para los desfiles, los museos y la caza. Ojalá sea cierto, aunque me permito dudarlo. ¿Cómo? Ah, sí, volviendo al tema, no creo que Lepprince incendiara su propia fábrica para impedir el embargo y la subasta. Estas cosas ya no se hacen. Sí, desde luego, posible sí es, pero ya te digo que no lo creo. No, a mí no me consta que hubiese ningún seguro, aparte de los normales, ya sabes: incendio, robo y esas cosas. Por supuesto, el seguro de incendio se cobrará, pero no creo que llegue a cubrir la décima parte de las deudas. Claro que nadie piensa en levantar la fábrica de nuevo. No, las acciones no se cotizan en Bolsa desde que murió Savolta. En realidad, cuando Lepprince se hizo cargo de la empresa ya estaba muerta. Yo se lo quise decir, pero no hubo forma de que entendiera. Sí, tenía ideas fantásticas y no escuchaba, ése fue su mal. ¿Suicidio? No quiero ni pensarlo, líbreme Dios. Asesinato..., es posible. No veo el móvil, pero si he de serte franco, no veo el móvil de casi nada. Los actos humanos me sorprenden... quizá porque soy viejo, digo yo.

Cuando acabó de hablar me levanté, le di las gracias por todo y me dispuse a salir. Cortabanyes me retuvo.

—¿Qué piensas hacer ahora?

—No lo sé. Buscar trabajo, por de pronto.

—Aquí siempre tienes sitio, aunque la paga no será espléndida...

—Muchas gracias. Prefiero empezar en otra dirección.

—Lo comprendo, lo comprendo. ¡Ah, me olvidaba! Virgen santísima, ¿cómo se puede ser tan despistado? Lepprince vino a verme dos días antes de su muerte. Dejó algo para ti.

—¿Algo para mí?

Cortabanyes debió de interpretar mal mi exclamación, porque se apresuró a añadir:

—No te hagas ilusiones. Es un sobre que sólo contiene papeles... manuscritos. No lo he abierto, te doy mi palabra de honor. Lo miré al trasluz, eso sí; ya me perdonarás mi curiosidad. Los viejos y los niños gozamos de ciertos privilegios, ¿no es así? Para compensar las desventajas, digo yo. Las desventajas...

Hurgó por entre sus cajones y sacó un sobre de regular tamaño. Iba lacrado, lo cual explica por qué Cortabanyes no se había atrevido a abrirlo. Reconocí la escritura de Lepprince. Era la segunda carta del más allá que recibía en menos de veinticuatro horas.

—Si dice algo interesante me informarás, ¿eh? —rogó Cortabanyes haciendo esfuerzos por ocultar su emoción.

Me acompañó hasta la puerta. El joven pueblerino se puso de pie cuando nos vio pasar.

En la calle seguía lloviendo. Paré un coche y me dirigí a casa. Una vez en ella procedí a deslacrar el sobre. Contenía una carta y un documento. En la carta Lepprince me decía que había sido informado de la muerte de Max y de María Coral. «Ahora, querido Javier, ya sólo me toca esperar el fin: todo lo he perdido.» Sabía del regreso del comisario Vázquez y comentaba: «Ese viejo zorro me la tiene jurada y no descansará hasta verme muerto.» ¿Era una velada acusación? Lepprince no insistía en este punto. Me pedía perdón y confesaba

440

haberme profesado un sincero aprecio. La carta no contenía, en suma, ninguna revelación y acababa como sigue:

«Hace unos meses, previendo la catástrofe que se avecinaba, suscribí una póliza de seguros con una compañía americana. Nadie sabe de su existencia y toda la documentación se halla en custodia en poder de la firma Hinder, Maladjusted & Mangle, de Nueva York, mis abogados. Debes guardar el secreto y no intentar cobrar el seguro de inmediato, pues los acreedores se lanzarían sobre el dinero y no dejarían un céntimo. Espera unos años, los que tú creas precisos, hasta que las aguas vuelvan a su cauce. Entonces ponte en contacto con los abogados de Nueva York y cobra el seguro. Tú figuras como beneficiario, para eludir sospechas. Cuando hayas cobrado, busca a mi mujer y a mi hijo y entrégales ese dinero. Les esperan tiempos de prueba y el dinero les servirá de ayuda cuando el niño esté en edad de ir al colegio. Si por entonces los ves y los tratas, procura por todos los medios que el niño no sepa la verdad sobre su padre y, a ser posible, que no sea abogado. Y ahora, Javier, adiós. Si has llegado al final de esta carta, sabré que al morir tenía un amigo. Tuyo afectísimo,

PAUL-ANDRÉ LEPPRINCE.»

# X

Durante quince días busqué trabajo sin resultado. Mi notoria vinculación a Lepprince me cerraba todas las puertas. Los exiguos ahorros que había reunido se acabaron y empecé a malvender mis pertenencias. Pensé, incluso, en volver a Valladolid y recurrir a los antiguos conocidos de mi padre, aunque sabía que aquello sería enterrarme en vida. La verdad es que me faltaba coraje para emprender cualquier camino y habría terminado practicando la mendicidad si el cielo no se hubiese apiadado de mí. Aconteció, pues, lo único que podía sacarme del marasmo en que me hallaba sumido.

Una noche, cuando había empleado más de una hora en resolver irme a la cama sin cenar, llamaron a la puerta quedamente. Acudí sin esperanza, pero con curiosidad: no recibía visitas. En el rellano había una forma menuda, cubierta con una vieja manta. Creí desmayarme cuando reconocí en la forma menuda a María Coral. La hice pasar y cayó en mis brazos derrengada. En síntesis, esto había sucedido: se salvó del frío y de los lobos de la montaña y halló refugio en casa de unos pastores. Estaba muy enferma, pues las penalidades le habían hecho perder al hijo que esperaba. Durante muchos días se debatió entre la vida y la muerte. Al fin, su naturaleza se impuso y se fue recuperando lentamente. Vivió con los pastores (dos ancianos y un zagal) ayudándoles en los quehaceres domésticos, hasta que se sintió con fuerzas para volver a Barcelona. El viaje fue largo y lleno de pequeños incidentes. No traía dinero ni comida y pudo viajar y subsistir gracias a la caridad más o menos interesada de las gentes. Había dudado en comparecer ante mí, temiendo ser acogida con desprecio. Ignoraba la muerte de Lepprince y los hechos que la siguieron.

Su presencia me dio nuevas fuerzas, porque la amaba y aún (al escribir estas líneas) la sigo amando. Hice brotar el dinero de la nada, en pequeñas cantidades, para subvenir a su recuperación. Cuando volvieron los colores a su cara y la alegría a su espíritu, nos replanteamos el futuro.

—¿Ya no recuerdas nuestros planes? Quedamos en ir a Hollywood, Javier, ¿a qué esperamos?

Y así fue cómo salimos de Barcelona para no regresar jamás. El dinero del pasaje del barco nos lo prestó Cortabanyes, en un inesperado gesto de generosidad, o tal vez por quitarse de en medio a quien tanto sabía sobre su persona.

No llegamos a Hollywood. Nos quedamos en Nueva York, donde las cosas no fueron como María Coral había pensado. Luchando contra la pobreza, el idioma y la posibilidad de ver negada la prórroga de nuestro permiso de residencia y trabajo, trascurrieron varios años. Yo desempeñé los más diversos oficios manuales y sufrí todas las humillaciones imaginables. María Coral trabajó como figuranta en un teatrillo inmundo de Broadway. Jamás perdió las ilusiones de triunfar en el cine y llegó, incluso, a concertar una entrevista con Douglas Fairbanks, a la que éste, sin que mediara excusa, no acudió. Sólo el amor inquebrantable que nos profesábamos mutuamente nos permitió sobrellevar con entereza las duras pruebas de aquellos años.

Apenas hube reunido algún dinero, devolví a Cortabanyes el préstamo. Me contestó con una carta de su puño y letra en la que me informaba de los más destacados acontecimientos acaecidos en Barcelona desde mi partida. Todo me resultó extrañamente ajeno, salvo la noticia de la muerte de la Doloretas, ocurrida en el verano de 1920.

Por último, obtenida la nacionalidad americana e introducido en el mundillo financiero de Wall Street como mero agente comercial, pero con un sueldo respetable, y retirada María Coral del mundo del espectáculo, me decidí a cumplir con el encargo que otrora me hiciera Lepprince. La compañía aseguradora quedó sorprendida de mi reclamación, no se avino a pagar y los abogados de Lepprince me convencieron para llevar las cosas ante un tribunal. Del juicio y mis declaraciones han brotado estos recuerdos.

Estoy solo en casa, el juicio ha terminado y sólo queda esperar hasta mañana para conocer el resultado. Los abogados dicen que la impresión es buena y que mis declaraciones han sido hábiles y prudentes. María Coral ha salido. No tenemos hijos, pues María Coral quedó imposibilitada para la maternidad a raíz de la pérdida del hijo de Lepprince. Nos vamos haciendo viejos, pero nuestro amor se ha transformado en un afecto y una compenetración que ilumina y justifica nuestras vidas.

El correo me ha traído una carta inesperada de María Rosa Savolta. Creo que su transcripción será el mejor modo de poner punto final a esta historia.

«Apreciado amigo:

No puede usted imaginarse la enorme alegría que nos ha producido a Paulina y a mí recibir la noticia de que usted nos iba a enviar dinero desde Nueva York. Hasta que nos escribió el abogado no sabíamos nada de ese seguro que mi marido (q. e. p. d.) suscribió antes de morir. El abogado nos ha explicado las causas del retraso en el cobro del seguro. Créame que nos hacemos perfecto cargo de los motivos que le han impulsado a usted a obrar de esta manera y no le hacemos reproche alguno.

Estos años han sido muy difíciles para Paulina y para mí. Mamá murió hace ya tiempo, tras una larga y penosa enfermedad. Al principio podíamos sobrevivir de lo que Cortabanyes nos fue dando. Se portó como un perfecto caballero y, más aún, como un buen cristiano. Después de su muerte pensamos que todo estaba perdido. Afortunadamente, se hizo cargo del despacho un joven abogado de prestigio, llamado D. Pedro Serramadriles, quien accedió a darme trabajos esporádicos que nos han permitido ir tirando. Figúrese usted lo que habrá sido para mí, que no había trabajado nunca, desempeñar las funciones de mecanógrafa. El señor Serramadriles ha sido, en todo momento, muy considerado, amable y paciente conmigo.

Mi único deseo, en este tiempo, ha sido procurar que la pequeña Paulina no careciese de nada. Por desgracia, temo que su educación sea deficiente. Como además hemos tenido que ir vendiendo mis joyas, la pobre ha crecido en un ambiente de clase media, tan distinto al que por nacimiento le corresponde. La niña, sin embargo, no traiciona su origen y se quedaría usted sorprendido de su distinción y modales. Sin apasionamiento de madre, puedo asegurarle que es bellísima y que guarda un increíble parecido con su pobre padre, cuya memoria venera.

El dinero que usted nos va a enviar nos viene pues como anillo al dedo. Tengo puestas mis esperanzas en una buena boda, para cuando Paulina esté en edad de merecer, cosa difícil de lograr si no se cuenta con un mínimo de medios. Y, aunque estoy segura de que muchos hombres de valía la mirarán con buenos ojos, no creo que ninguno se atreva a dar el paso definitivo, por consideraciones de orden social. Ya ve usted lo muy necesitadas que estamos de ese dinero que usted nos enviará en breve.

Ya sabe que nos tiene siempre a su entera disposición y que nuestra gratitud por su desinteresada ayuda no conoce límites. Crea que con ella ha contribuido a despejar un poco el negro panorama de nuestras vidas y a rehabilitar la memoria de aquel gran hombre que fue Paul-André Lepprince.

Suya afectuosa,

MARÍA ROSA SAVOLTA.»